Cuando me llamas por mi nombre

Cuando me llamas por mi nombre

Tucker Shaw

Traducción de Bruno Álvarez Herrero y José Monserrat Vicent

Argentina – Chile – Colombia – España
Estados Unidos – México – Perú – Uruguay

Título original: *When You Call my Name*
Editor original: Henry Holt and Company, un sello de Macmillan Publishing Group, LLC
Traducción: Bruno Álvarez Herrero y José Monserrat Vicent

1.ª edición: febrero 2023

ISBN: 978-84-17854-95-9
E-ISBN: 978-84-19413-43-7
Depósito legal: B-22.005-2022

Fotocomposición: Ediciones Urano, S.A.U.

Impreso por: Rodesa, S.A. – Polígono Industrial San Miguel
Parcelas E7-E8 – 31132 Villatuerta (Navarra)

Impreso en España – *Printed in Spain*

Para Steven.

Nunca te he echado tanto de menos.

Índice

Uno • 13

Enero de 1990

«So welcome to the world, yeah».

Dos • 73

Abril de 1990

«I couldn't ask for another».

Tres • 143

Mayo de 1990

«It just takes a beat to turn it around».

Cuatro • 209

Mayo y junio de 1990

«What I feel has got to be real».

Cinco • 293

Junio, julio y agosto de 1990

«Come and pour your heart out to me».

Seis • 353

Septiembre y octubre de 1990

«No choice your voice can take me there».

«No podemos volver atrás; eso está claro.
El pasado sigue demasiado reciente».

—**Daphne du Maurier, *Rebecca*.**

Uno

Enero de 1990

«So welcome to the world, yeah».
The Beloved, *Hello*.

ADAM

Pronto, Adam conocerá todas las partes del chico. Cada relieve, cada superficie, cada pliegue, cada sombra. Contará y volverá a contar cada una de las pecas que se arremolinan sobre su piel como constelaciones; sobre su pecho, alrededor de los hombros y en los hoyuelos poco profundos de la zona lumbar. Conocerá las vibraciones de su voz y las líneas de las palmas de sus manos y el ritmo constante de su respiración al dormir.

Pronto, pero hoy no. Hoy Adam solo conoce lo que ve: un chico, puede que un hombre, de pie bajo el sol de enero con el cuello de la camisa levantado para protegerse del frío y esperando una respuesta.

—¿Vendrás? —vuelve a preguntarle. No lo dice con un tono impaciente. Sonríe.

Míralo. Mira qué alto es; le saca una cabeza a Adam. Mira esos ojos. No son simétricos; el izquierdo está más alto que el derecho. ¿O será solo la forma en que inclina la cabeza? Mira esos rizos rebeldes que escapan del gorro. Mira esa nariz tan preciosa. Míralo.

Una ráfaga de viento gélida azota a Adam en la cara y le mete el pelo en los ojos. Los entrecierra para ver a través de los mechones. Se estremece. ¿Por qué siempre se le olvida llevarse el gorro?

Adam gira un pie hacia dentro. Presiona el suelo con fuerza para sentir la acera bajo la zapatilla. La gravedad. Estudia los ojos del chico; primero el izquierdo, luego el derecho y luego vuelve a empezar. Unos ojos claros. Plácidos. Llenos de esperanza.

«¿Vendrás?». Es una pregunta muy sencilla. Adam sabe cómo van estas cosas. Lo ha visto en miles de películas y lo ha ensayado mentalmente un millón de veces. Un extraño se planta ante ti. Recita su frase. Formula su pregunta. Luego te toca a ti. Responde, y tu historia dará comienzo. Adam se muerde el labio inferior y trata de reunir algo de valor.

Un taxi roza la esquina de la acera al doblar la calle y arrastra el silenciador estropeado por el asfalto mientras avanza hacia Christopher Street. El metal hace saltar chispas y Adam siente la vibración en los dientes. Es uno de esos taxis antiguos, un Checker, y hay que pedir un deseo cada vez que ves uno. Adam pide un deseo. El taxi atraviesa el cruce y se aleja.

Su mirada vuelve a un cúmulo de pecas que el desconocido tiene en un lado de la cara, justo ahí, justo en la sien. Mira con detenimiento. ¿Lo ves? Un pulso, su pulso, firme, expectante y vivo.

«¿Vendrás?».

Adam dirá que sí. Adam tiene diecisiete años.

BEN

Los cristales de las gafas de sol de Ben están manchados de gomina y las ventanas del autobús están empañadas por la respiración de los pasajeros, de modo que no puede ver mucho mientras el Greyhound atraviesa con pesadez el centro de Manhattan. Avanza con una lentitud insoportable, y le cuesta media hora recorrer las últimas manzanas hasta llegar a Port Authority.

El ritmo encaja con el día. El viaje desde Gideon no debería llevar más de una hora y pico, pero hoy ha tardado una eternidad. Con el tráfico nunca se sabe. Ben ya se ha leído de principio a fin los ejemplares de *Vogue*, *i-D* e *Interview* que ha comprado en la estación, y ya ha escuchado tres veces el CD de Beloved, *Happiness*. Volvería a escucharlo si no fuera porque se le han acabado las pilas al *discman*. Debería haber venido en tren.

Ben mete la mano en la manga de la sudadera y limpia el cristal empañado de la ventana para crear un agujerito por el que mirar. Sabe que el día está despejado, pero cuesta darse cuenta con todas las sombras del centro de la ciudad. El sol brilla en lo alto, en alguna parte, pero cientos de edificios lo ocultan.

Un torrente de personas vestidas con abrigos de invierno de color gris, marrón, verde militar y negro recorre la acera y se reúne en grupos ansiosos al llegar a los cruces mientras todos esperan a que el semáforo cambie. Se sujetan las bufandas contra el cuello y tratan de apartarse del viento para protegerse los rostros.

Cuando el semáforo cambia de color, algunos cruzan a toda velocidad, inclinándose hacia el frío. Otros caminan despacio, con paso quejumbroso. Nadie parece feliz. Es todo tan bonito. A Ben le encanta Nueva York.

De repente, un chico con una chaqueta naranja chillón se separa del grupo monótono de viandantes, se baja de la acera y examina el tráfico como si fuera a cruzar. Su cara le suena. ¿Es posible? Ben vuelve a desempañar la ventanilla. Sí. Es él. Marco. Justo en la Novena Avenida. Ben sería capaz de reconocerlo en cualquier parte.

Hace dos años, cuando Ben estaba en segundo, le dieron una paliza a la salida del instituto a un estudiante de un curso inferior llamado Marco. Lo metieron en un armario de la limpieza, fuera de la clase de música, rompieron el pomo de la puerta y lo dejaron allí encerrado. Pintaron «Los maricas se pescan el sida» en la puerta y desaparecieron. Nadie encontró a Marco hasta la mañana siguiente, cuando uno de los conserjes desmontó la puerta y se lo encontró acurrucado contra la pared, con los zapatos cubiertos de vómito. El instituto llamó a un especialista en residuos peligrosos para desinfectar el armario —al fin y al cabo, en la puerta ponía «sida»—, pero no llamaron a la policía. La gente no tardó en decir que Marco se lo había buscado él solito, que no podías ir por ahí con pendientes en las orejas y una camiseta de Culture Club como si nada. Llamaba la atención. A Marco le habían dado su merecido.

Ahora la postura de Marco rezuma confianza. Justo entonces un remolino de vapor que proviene de una alcantarilla lo envuelve en una nube blanca que resalta el naranja eléctrico de la chaqueta. Parece una fotografía de una de las revistas de moda favoritas de Ben. Sin embargo, si él fuera el estilista, cambiaría la chaqueta naranja por algún color menos llamativo. Rojo oscuro, o esmeralda quizá. Algo igual de deslumbrante pero un poco menos estridente.

Ben parpadea y Marco desaparece; se lo ha tragado la ciudad. El autobús se detiene en la estación de Port Authority y todo el mundo sale de golpe al pasillo empujando, suspirando y chasqueando la lengua. Ben espera a que el autobús se vacíe y luego recoge su bolsa de viaje y va a buscar una cabina de teléfono. Tiene que llamar a su hermano. Tiene que llamar a Gil.

ADAM

—¿Vendrás?

No es para tanto. El chico —¿o el hombre? No, mejor sigamos llamándolo «chico» por ahora— solo le está preguntando si quiere ir a ver *Temblores,* la nueva película de miedo de Kevin Bacon que se supone que da más risa que miedo. Lo que pasa es que nunca nadie le ha preguntado a Adam si quiere ir al cine. No de esa manera. No un cliente.

Sonia's Village Video ha estado toda la mañana abarrotado de clientes agobiados que han hecho acopio de películas para prepararse para la tormenta de nieve que Sam Champion, de *Eyewitness News,* ha asegurado que llegará. A Sonia le encantan los avisos de tormenta porque es lo mejor que les puede pasar a los videoclubs de Nueva York. Pero, en días tan ajetreados como este, Adam se pasa casi todo su turno decepcionando a los clientes desde detrás del mostrador. «No, no puede alquilar más de tres películas a la vez». «No, no tenemos *Drugstore Cowboy* en Beta». «No, aquí no tenemos *esa* clase de películas, pero eche un vistazo en Pleasure Chest, en la Séptima Avenida».

Enseguida se hizo la una y se acabó el turno de Adam. El ajetreo había ido disminuyendo. Adam se deshizo de la sonrisa de dependiente y descolgó la parka de color azul pálido del perchero.

—Me voy —dijo, poniéndose el abrigo por encima de los hombros.

—¿Me das dos minutos? —le preguntó Sonia—. Tengo que ir al baño.

Se escabulló a través de una cortina de cuentas verdes y moradas que colgaba delante de la puerta de la trastienda, que se agitó y repiqueteó a su paso.

Había un cliente en el mostrador. Un cliente muy alto. Un cliente muy alto y muy mono, con el pelo rizado, alborotado y echado un poco hacia un lado. Como si se acabara de levantar o se hubiera quitado un gorro. Ambas opciones eran posibles.

—¿Puedo ayudarle? —le preguntó.

—Creo que tengo una cinta reservada a nombre de Keane.

Adam soltó la cremallera de la parka, aún sin abrochar.

—¿Kim?

—Keane —respondió el cliente—. Callum Keane.

—Callum Keane…

Adam pronunció el nombre para sí mismo. Dos chasquidos guturales con una vibración en medio y un fundido al final. *Callum Keane.* Aún no sabía que nunca olvidaría ese nombre.

Adam se agachó detrás del mostrador, donde había dos estantes en los que guardaban las cintas que reservaban con pósits rosas. Repasó los nombres: «Ramón», «Barillas», «Inkpen», «Zakris», «Keane».

—Aquí la tengo —dijo colocando la cinta sobre la mesa—. Conciertos para violín de Bach.

—Ah —respondió Callum Keane. Hundió los hombros en señal de decepción. A Adam se le cayó el alma a los pies—. Esperaba que fuera el ensayo de Carlos Kleiber. Este es el de Seiji Ozawa. Ya lo he visto.

Callum le devolvió la cinta empujándola sobre el mostrador. Al hacerlo se le subió la manga de la chaqueta vaquera y reveló una tela de franela sobre una muñeca delgada cubierta de pecas rojizas.

—Lo siento —le dijo Adam.

—No pasa nada. —Callum sonrió con la lengua asomando entre los dientes—. Es difícil encontrarla.

Justo en ese instante Sonia volvió a cruzar la cortina de cuentas envuelta en una nube de desodorante con olor a jazmín, poniéndose un aro en la oreja.

—¿Adam? ¿Qué haces aún aquí?

—Me has pedido que me quedara.

—Adam me estaba ayudando.

Le sorprendió oír a Callum Keane pronunciar su nombre.

—Tenía una cinta reservada —explicó Adam—. Pero resulta que no era la que quería, así que…

—Vale, estás empezando a enrollarte. —Sonia se dio unos toquecitos en el reloj de pulsera y señaló la puerta—. Adiós. ¿Y tu gorro? Estamos en enero, y hace un frío que pela.

—Me lo he olvidado.

—Eres peor que mis hijos. Abróchate la parka.

Adam inclinó la cabeza y se dirigió con paso rígido hacia la puerta para dejar atrás aquel instante incómodo, evitando el contacto visual con Callum Keane y esperando no tropezar. Si se daba prisa, llegaría a Astor Place en quince minutos para ese corte de pelo que necesitaba con tanta urgencia. Pero solo llegó al final de la manzana, porque, a su espalda, Callum Keane lo estaba llamando por su nombre, porque ya sabía cuál era.

—¡Adam!

Y ahí están ahora, en la esquina.

«¿Vendrás?».

¿Qué le diría Lily que hiciera? Hace unas semanas, en Nochevieja, le insistió para que ambos escogieran un mismo propósito. «Es una nueva década, amiga —le dijo Lily—. Puede que los ochenta nos hayan creado, pero a los noventa los creamos nosotros. Es hora de empezar a vivir. Es hora de empezar a correr riesgos. Ha llegado el momento. Esta es la Década del Sí. Dilo conmigo: SÍ». Brindaron con vino espumoso barato y azucarado del armario de licores de la madre de Lily.

Adam respira hondo y endereza la columna.

Callum sonríe de oreja de oreja.

Adam también sonríe.

—Vale —dice al fin—. Voy contigo.

Callum levanta el puño en señal de victoria.

—¡Toma! Pero tenemos que darnos prisa. Empieza a la una y media en el cine de la Sexta Avenida. Ese que está al lado de las canchas de baloncesto. ¿Te suena? Bueno, ¿por dónde deberíamos...?

—Por ahí —responde Adam, señalando hacia Christopher Street.

—¿En serio? —Callum mira en dirección contraria, hacia Bedford.

—Confía en mí —le dice Adam—. Llevo toda mi vida en este barrio.

BEN

Gil no responde, de modo que Ben cuelga para ahorrarse los veinticinco centavos. Volverá a intentarlo dentro de un rato. Se dice a sí mismo que no se preocupe. Gil le dirá que sí. Como siempre. Cuando se mudó a Tribeca tras haber aceptado la plaza de médico residente en el hospital St. Hugh, Gil le dijo a Ben que podía ir cada vez que quisiera hacer una escapadita de fin de semana. «Pero llámame primero —le dijo—. Necesito que me avises con cuarenta y ocho horas de antelación». Ben siempre ha respetado esas cuarenta y ocho horas. Y en esta ocasión también lo habría hecho si hubiera sabido dos días antes que iba a ir a la ciudad. Pero solo lo sabe desde esta mañana.

Todo ha empezado un poco después de que amaneciera, con unos toquecitos en el hombro. Era su madre, con el dedo que se rompió ayer al cerrar la puerta del coche después de otra de sus peleas. Primero le dijo que se arrepentiría si no empezaba a portarse mejor con ella, y luego se puso a berrear tan alto como para que los vecinos de al lado se acercaran hasta su casa. Ben la ayudó a subirse al asiento del copiloto y se la llevó a Urgencias. El médico le dijo que era una fractura limpia. Bastaría con una férula, muchas aspirinas y hielo.

—Esta vez sin codeína —le dijo, y luego se dirigió a Ben—: Asegúrate de que duerma con la mano apoyada en una almohada para reducir la inflamación.

Quizá su madre tuviera razón. Quizá no se había portado muy bien con ella ayer. Le pidió que la animara después de salir del trabajo —una petición recurrente y ambigua—, y él le dijo que no, que quería estar solo. Había tenido un día complicado. De ahí el discursito de «Ya te arrepentirás», uno que ha oído cientos de veces. Su error fue ignorarla. El portazo del coche fue para llamarle la atención. Y metió el dedo donde no debía sin querer. O quizá lo metió a propósito. Ben se lo preguntaría durante mucho tiempo.

—Ben —le ha dicho esta mañana cuando le ha dado los toquecitos—. Benjamin.

Durante un instante, se preguntó si su madre habría forzado la cerradura de su cuarto, pero luego se acordó de que se había levantado dos veces a lo largo de la noche para comprobar la posición de la mano de su madre mientras dormía. Lo más seguro era que se le hubiera olvidado cerrarla.

Ben se ha incorporado y ha buscado a tientas las gafas en la mesilla de noche. Su madre llevaba unos vaqueros ajustados bajo la bata de franela morada. Iba descalza; los dedos de los pies se le enredaban en la moqueta andrajosa, desgastada tras años de maltratos por parte de la aspiradora. Tenía la mano lesionada al lado de la cabeza, como si quisiera recordarle el dolor que sentía.

—¿Estás bien? —le ha preguntado Ben.

—No.

—¿La mano?

—No estoy preparada para lidiar con esto —le ha dicho con una voz lúgubre, fría y desolada.

Ben se ha tirado del cuello de la camiseta de Depeche Mode con la que se quedó dormido. Ha tirado más fuerte de lo que debería, se lo ha cargado y se le ha quedado suelto sobre la clavícula. Estupendo. Otra de sus camisetas favoritas destrozada.

—¿Para lidiar con qué? —le ha preguntado Ben.

Su madre ha señalado una caja de zapatos que estaba en el armario.

—Con esto.

Ben sabía que dentro de la caja había una pila de revistas de papel brillante que encontró hace un año en el servicio de hombres de la estación de tren —*Honcho, Inches, Mandate*— y que se llevó a casa en la mochila. Las tenía escondidas en el sótano porque su madre siempre estaba fisgoneando por su cuarto. Las dejaba allí abajo, salvo cuando las necesitaba. Anoche las necesitó. Debió de dejarse la caja fuera.

—¿Quieres morirte o qué?

—¿Qué dices?

Con la mano sana, su madre ha tomado un pañuelo de la mesilla de noche. Se ha secado los ojos y se ha sonado la nariz; después ha hecho una bola y la ha dejado sobre el último ejemplar de la edición británica de *Vogue* que Ben estuvo leyendo antes de quedarse dormido, ese en el que salen Linda, Naomi, Tatjana, Christy y Cindy en la portada. Los gastos de envío le costaron nueve dólares. Su madre odia lo mucho que le gustan esas revistas. Le ha sostenido la mirada mientras sacaba otro pañuelo, volvía a sonarse la nariz y lo dejaba junto al primero. Mensaje captado.

—¿Qué voy a hacer si te mueres?

—Si me muero, entonces estaré muerto. Así que supongo que tendrás que descubrirlo tú sola.

—¿Es eso lo que quieres? ¿Quieres morirte?

Ben no ha respondido.

Su madre ha vuelto a sonarse la nariz. Otro pañuelo sobre la revista.

—Debería estar en la basura.

—Pues tírala —le ha contestado—. Me da igual.

Ella lo ha mirado fijamente.

—Todo debería estar en la basura —le ha dicho—. Todo esto.

Entonces lo ha entendido. No se refería a las revistas. Se estaba refiriendo a él.

Primero se ha quedado paralizado, pero luego comprenderlo le ha dado el empujón que necesitaba. De repente sabía lo que tenía que hacer. Ha apartado las sábanas y la colcha y ha salido de la cama. Ha sacado la bolsa de viaje de debajo de la cama y ha empezado a hacer la maleta. Ha ido haciéndola con calma, sin prisa. Algunas camisetas del montoncito del armario. Dos sudaderas. Una más. Tres pares de vaqueros. Ha llenado el neceser de productos para el pelo, desodorante y dos lápices de ojos del primer cajón de la cómoda. Se ha asegurado de que su madre viera que los metía en el neceser. Ha reunido los calcetines, los calzoncillos y el cepillo de dientes del baño. Su madre no ha pronunciado ni una palabra. Se ha quedado de pie a un lado, mirándolo.

Ben se ha tomado su tiempo para elegir los CD: New Order, Erasure, Cocteau Twins, Book of Love. Solo se ha llevado unos diez o así. Ha descolgado las fotos de revistas que tenía colgadas en la parte de atrás de la puerta del armario: Iman vestida de Halston, Marpessa de Dolce & Gabbana, Gia de Armani, Grace Jones de Alaïa. Las ha doblado y las ha metido en la mochila.

Hace unas pocas semanas, Gil le dio un sobre con cinco billetes de veinte dólares, y Ben cobró ayer el sueldo de su trabajo en el centro comercial de Poughkeepsie, setenta y ocho dólares, de modo que ha juntado el dinero y lo ha metido en la mochila. Ha metido también gafas de repuesto, protector labial y un Swatch de imitación.

Se ha vestido. Pantalones negros, un brazalete de cuero, una sudadera color carbón y unas Converse negras con las punteras negras. Se ha abrochado la parka negra y se ha puesto la gorra negra de béisbol bien ajustada en la cabeza. No se ha molestado en peinarse.

Su madre le ha señalado otra vez la caja de zapatos.

—Te las puedes quedar —le ha dicho Ben—. Parece que a ti te importan más que a mí.

Ha levantado la bolsa de viaje y, sin querer, ha tirado la caja de la cómoda y el suelo se ha cubierto de cuerpos desnudos brillantes. Su madre se ha llevado la mano rota a la cara.

En la puerta principal, se ha dado la vuelta para mirarse en el espejo que había junto al perchero, como siempre. Se ha recolocado la gorra, se ha remetido los mechones que se le escapaban y se ha limpiado la raya emborronada del párpado inferior. Debería acordarse de quitársela antes de irse a dormir. Ha apretado la mandíbula. Se ha estudiado con los ojos entornados. *¿Por qué no puedo ser guapo? Todo sería mucho más fácil si fuera guapo.*

En ese instante, justo antes de abrir la puerta y marcharse, lo único que tendría que haberle dicho su madre era «Para», y habría parado. «Espera», y habría esperado. «Vuelve aquí», y se habría dado la vuelta, se habría disculpado y lo habría intentado de nuevo.

Pero su madre no le ha dicho nada. Ni «Para» ni «Espera» ni «Vuelve aquí», ni siquiera «Feliz cumpleaños», hoy, que cumple dieciocho. No le ha dicho nada. Sabía que se iba a marchar. Él también lo sabía. Todo habría sido distinto para ambos.

Ahora, en Port Authority, Ben se pregunta cuántas de las personas a su alrededor no tienen claro dónde van a pasar la noche. Descuelga el auricular de la cabina e intenta llamar a Gil de nuevo. Sigue sin responder. Siente alivio. Solo un poco. Más tiempo para ensayar. El favor que tiene que pedirle no es precisamente pequeño.

ADAM

Adam y Callum cruzan por Sheridan Square y por la calle Cuatro Oeste, modificando la ruta a medida que avanzan para asegurarse de que se mantienen en la acera en la que da el sol, un intento inútil por calentarse un poco. Pero hay tanto viento que da igual. Caminan rápido. Cuando doblan la esquina en la Sexta Avenida, el viento gélido se le cuela a Adam en los ojos. Corre por la última mitad de la manzana hasta llegar a la taquilla. Cada uno mete un billete de cinco dólares bajo el plexiglás y el taquillero les hace un gesto para que entren con las manos cubiertas por mitones.

—Oye, ¿qué pasa? —le pregunta Callum en el vestíbulo—. Estás llorando.

—No —responde Adam, enjugándose las lágrimas. Se le escapa una risita nerviosa—. Es el viento; hace que me lloren los ojos.

—Madre mía, las orejas. Se te han puesto rojísimas. Ven aquí.

Callum se frota las manos varias veces y luego las apoya contra las orejas de Adam. Adam mira a su izquierda y a su derecha. ¿Habrá alguien mirándolos? Están en el Village, el barrio más gay de toda la ciudad, pero, aun así... Es un pensamiento que siempre está presente.

—No te preocupes —le dice Callum con seguridad, como si estuviera leyéndole la mente a Adam—. ¿Mejor ahora?

Adam asiente y se separa de él.

—Gracias —le dice.

Justo en ese momento, Callum esboza una sonrisa de felicidad.

—¡No me lo creo! —dice señalando un fotomatón que está en un rincón del vestíbulo—. Venga, vamos.

—¿En serio?

Adam no ha usado ese fotomatón desde que estrenaron *Gremlins*.

Callum ya está dentro, sujetando la cortina y haciéndole gestos a Adam para que entre.

—Es obligatorio para una primera cita. Entra, y ahora me aprieto yo a tu lado.

Una primera cita. A Adam le da un vuelco el corazón al oír esas palabras.

—Vale.

Adam se sienta en el banco y Callum se mete como puede detrás de él, contorsionándose y doblando ese cuerpo tan largo en la cabina y colocando las piernas sobre las de Adam.

—¿Te aplasto?

—Para nada —responde Adam. Es mentira. Lo está aplastando, pero no quiere que Callum se mueva.

—Vale, pues vamos. —Callum mete veinticinco centavos en la ranura—. ¡Sonríe!

Adam sonríe. Se dispara el *flash*.

—¡Ahora con caras graciosas! —grita Callum.

Adam se pone bizco. Otro *flash*.

—¡Sonríe otra vez!

Flash.

—¡Saca la lengua!

Flash.

Callum sale del fotomatón riéndose. Adam lo sigue, mirando a su alrededor. ¿Habrá alguien mirándolos? No.

Un minuto después, la máquina escupe una tira pequeña de cuatro fotos en blanco y negro. En cada una de ellas, Callum aparece en primer plano, rebosante de alegría, con una sonrisa resplandeciente; a Adam se le ve más rígido, como incómodo. *Sonríe, cara graciosa, sonríe, lengua.*

—Qué monos. —Callum corta la tira por la mitad y le da la parte de arriba a Adam—. Toma, de recuerdo.

—Lo guardaré como un tesoro —responde Adam, tratando de ligar, sin estar seguro de si está funcionando.

Callum vuelve a sonreír con la lengua asomando entre los dientes.

—Venga, vamos a ver esos monstruos.

Cuando se dejan caer en sus asientos y las luces se apagan, Callum se acerca a él.

—¿Tienes miedo? —le pregunta en voz baja, y Adam siente su aliento cálido en la piel.

—Un poco —responde.

—No te preocupes —le susurra Callum. Aprieta la rodilla contra la de Adam—. Yo te protejo.

Cuéntame cuándo lo tuviste claro.

Fue bastante pronto. Estaba en la casa que tenía mi abuela en las montañas; me había quedado con ella porque mis padres estaban de viaje. Estábamos viendo la competición de gimnasia en los Juegos Olímpicos de Montreal, así que sería… ¿1976? Debía de tener unos cuatro años y medio. No dejaba de llamarlos «los Juegos Límpicos».

Mi abuela no paraba de hablar de lo impresionante que era Nadia Comăneci en las barras asimétricas.

«¿A que es guapa? —repetía mi abuela durante el famoso diez perfecto de Nadia—. Es muy guapa. Guapísima».

Yo estaba sentado en el suelo, al lado de su sillón, mirando una sección especial del periódico dedicada a los Juegos Olímpicos. Había fotografías de muchas gimnastas famosas: Nadia, Olga Korbut, Nelli Kim… Las favoritas de todo el mundo. Pero yo no dejaba de mirar una foto de Kurt Thomas en lo alto del caballo con arcos. Tenía las piernas extendidas, los músculos tensos y apretados contra la camiseta de tirantes en la que ponía «USA» y los pantalones blancos de gimnasia. Empecé a acariciarle el pelo, que llevaba como Shaun Cassidy, y a decirle: «Es muy guapo. Guapísimo», igual que mi abuela. Entonces la miré para ver si a ella también se lo parecía.

Pero la expresión de mi abuela era extraña. Inclinó la cabeza hacia un lado y tomó aliento con fuerza, como si hubiera recibido una visita poco grata o como si hubiera aparecido un animal salvaje en el jardín. Recuerdo que me sentí raro. Como si fuera diferente. Puede que sintiera pudor o vergüenza. No estoy seguro. Aún no conocía esos conceptos. No quería que mi abuela se enfadara conmigo, así que salí al jardín a jugar solo.

Más tarde, mientras mi abuela hablaba por teléfono con mi madre, la oí decir: «Es un niño muy sensible». Puso mucho énfasis en esa palabra: «sensible». Me sigo poniendo tenso cada vez que oigo esa palabra. Como cuando la gente dice: «Es muy original» o «Es muy creativo» o «Prefiere los deportes individuales». Todo viene a decir lo mismo; es como una especie de código.

BEN

El viento de la Octava Avenida deja a Ben sin aliento y le recuerda que es invierno. Pero a la ciudad no le importa el frío. Siempre está en movimiento. Vibrando. Ben gira hacia el metro.

Caminar por Nueva York es participar en una coreografía urbana enorme con millones de bailarines, y Ben se adapta sin esfuerzo a ese ritmo de prisas, propósitos y posibilidades. Conoce los pasos de la coreografía porque escucha cómo se los marca la ciudad. Sabe a dónde se dirige la mujer que se está acercando a él por la posición de sus caderas y la forma en la que gira el cuello, y, cuando se acerca a Ben sin amago de frenar, Nueva York le dice que cuente el ritmo y que gire los hombros al mismo tiempo que ella. Pasan uno al lado del otro sin tocarse, como si fueran modelos en una pasarela que desfilan con elegancia sin perderse ni un paso. La mujer sigue adelante, y Ben hace lo mismo, y no tardará en bailar con otro desconocido.

Ben siente que la ciudad es su lugar, no Gideon, donde no dejan de recordarle que es un inadaptado. «Bicho raro», lo llaman, o «friki». Pero aquí, en la ciudad, un chico rarito con cara de aburrido y la raya en los ojos encaja a la perfección. No es especial. Pasa inadvertido. Este es su sitio. Por eso viene tan a menudo. La diferencia es que, en esta ocasión, no piensa volver.

Se detiene frente a un puesto de periódicos para mirar la portada de la *Women's Wear Daily*. En ella hay una fotografía de una modelo a la que no conoce con una gorra a cuadros y una chaqueta a juego. ¿Será de Kenzo? ¿Moschino? Ben lee el titular. «La rompedora diseñadora Anna Sui está poniendo la ciudad patas arriba, página 5».

¿Anna Sui? A Ben no le suena de nada. Pero le gusta el modelito, así que compra un ejemplar por setenta y cinco centavos y lo guarda en la mochila para más tarde. También compra pilas nuevas para el *discman*.

Cuando ve una cabina, vuelve a intentar llamar a Gil. Sigue sin responder. Mete la mano en la mochila y busca a tientas el sobre con el dinero. Tiene suficiente para pasar una noche en un hotel, puede que dos, pero no más.

Baja las escaleras del metro y mete una ficha en la ranura. Tomará la línea C o la A, según el tren que llegue primero. No importa. Los dos lo llevan a su destino.

ADAM

Si quieres llevarte dulces a casa un día que se avecina una tormenta de nieve, será mejor que llegues pronto a Rocco's, porque la enorme variedad de dulces que suele haber en la inmensa vitrina —*pasticciotti*, tartas de queso y *cannoli*— se vuelve tan escasa que resulta deprimente. Pero hoy la suerte le sonríe a Adam. En cuanto entran en el local, avista un par de trozos de tarta de café y chocolate en un estante detrás del mostrador.

—Sígueme —le dice a Callum, tirando de él por el suelo de azulejos hasta llegar a una mesita de café que está en la parte de atrás. Adam cuelga la parka en el respaldo de una silla y le señala a Callum la otra—. Guárdame el sitio.

—Sí, señor —responde Callum mientras se sienta.

Adam vuelve al mostrador y saca número, rezando para que los tres clientes que tiene delante no le dejen sin tarta.

El hombre indeciso del principio de la cola está liando a los encargados con preguntas imposibles de responder —«¿Me gustará la crema de limón más que la de pistacho? ¿Me dará ardor de estómago el tiramisú?»—, mientras, detrás de él, una mujer con una parka acolchada que le llega hasta las pantorrillas y un gorro con pompones le mira con impaciencia. Un niño pequeño se libera de sus brazos, se abalanza sobre la vitrina con las manos abiertas y chilla «¡Galletaaaaaaaa!» mirando los pocos merengues de limón que quedan. Adam le sonríe a la mujer. Antes era él el niño que dejaba las marcas de los dedos por toda la vitrina mientras su padre compraba su medio kilo semanal de galletas *pignoli*.

Cuando el número de Adam aparece en la pantalla de detrás de la caja, agita el papelito por encima de la cabeza. La dependienta le dedica una sonrisa cansada desde detrás del mostrador.

—Adam, ¿no? ¿Qué te pongo?

—Dos de esas —responde Adam, señalando la tarta de café y chocolate—. Para tomar aquí —añade, y señala a Callum.

—Ahora os lo llevamos, cielo.

Adam va al lavabo para lavarse las manos y llena dos vasitos de agua de una fuente de autoservicio. Cuando vuelve a la mesa, Callum ya se ha zampado medio trozo de tarta. Levanta la mirada y sonríe mientras mastica.

—No he podido resistirme —se excusa.

—Es mi favorita de aquí —le contesta Adam, aliviado. Se sienta y le da un mordisco a la tarta, presionándola contra el paladar con la lengua, aplastando el glaseado de café—. Menos mal que aún quedaba algo. La vitrina suele estar a rebosar.

—Hemos tenido suerte —responde Callum.

Le da una patadita en el pie por debajo de la mesa. Adam se aparta, pero Callum lo sigue para mantener el contacto. Adam siente un cosquilleo en el estómago, como de ansiedad, pero en el buen sentido.

Adam carraspea.

—¿Cuál era la cinta que querías alquilar esta mañana? Se me ha olvidado. Era algo de música clásica, ¿no?

—Carlos Kleiber, el mejor director de orquesta de la historia. Estoy estudiando para ser director. Bueno, tengo intención de ponerme a estudiar. Primero tengo que ahorrar.

A Adam le viene a la cabeza *Amadeus*, la película sobre Mozart que ganó todos esos premios Oscar hace unos años. Se imagina a Callum con una peluca empolvada y una chaqueta de brocado, saludando triunfalmente a la orquesta.

—Director de orquesta —repite Adam—. El que está abajo, delante de todos. Con la varita.

—Se llama «batuta», caballero —le responde Callum, pedante.

—Ah, vale —contesta Adam—. Perdone usted.

Callum acerca aún más el pie. Adam siente que está punto de quedarse sin aliento.

—Ya tendrás tiempo de sobra para aprenderte el vocabulario importante cuando me acompañes en mi primera gira mundial —le dice Callum—. París, Viena, Tokio, la Ópera de Sídney. Seguramente será dentro de unos veinte o treinta años, más o menos. ¿Te apuntas?

—Ni siquiera sé qué hace en realidad un director de orquesta.

—Es sencillo, pero a la vez no.

Callum saca una hoja de papel doblada del bolsillo y la alisa sobre la mesa. Es una partitura llena de líneas horizontales, notas y palabras en cursiva desperdigadas.

—Mira. Esto es la música. Es como una serie de instrucciones. Al leerla sé qué notas tengo que tocar. Deletrea la melodía, marca el tiempo y me da unas cuantas pistas sobre si debería sonar fuerte o bajo, *fortissimo* o *mezzo piano,* y qué notas deberían ser rápidas, *staccato,* o lentas, *legato.* ¿Lo ves? Esta partitura me dice cómo debería sonar la música, pero no me proporciona mucha información sobre cómo debería hacerme sentir la música. ¿Sabes?

Adam mira a Callum a los ojos mientras habla; los ve ir de un lado a otro a toda velocidad, bailando, como si fueran colibríes.

—Bueno, pues todo el mundo interpreta las instrucciones de una forma un poco distinta. Cuando hay cuarenta, sesenta o noventa músicos siguiendo las mismas instrucciones, pero interpretándolas de manera diferente, hace falta alguien que se asegure de que todo el mundo esté en sintonía. Eso es lo que hace el director. Da unos golpecitos con la batuta, levanta las manos, se asegura de que todo el mundo esté listo y entonces empieza a moverse, y los músicos comienzan a tocar, y la sala se llena de música. Es como si estuviera extrayéndole la música a los músicos y liberándola al aire para el público. Todo el mundo lo mira y, si es bueno, todo el mundo confía en él. Crea un momento especial. Crea un estado de ánimo. Lo comparte. Eso es lo que quiero hacer yo.

—Qué guay —responde Adam, y lo dice en serio.

—¿Y tú qué? ¿Qué te gustaría hacer?

—¿Con mi vida? No lo sé. Algo que tenga que ver con el cine.

—¿En plan director?

—No lo sé. Es que me gustan las pelis. Por eso trabajo en el videoclub de Sonia. Puedo llevarme todas las que quiera.

Sus ambiciones le parecen demasiado imprecisas en comparación con las de Callum. No tiene tan claros sus sueños.

—¿Cuál es tu favorita? —le pregunta Callum.

—¿Mi película favorita?

—Sí, la que más te gusta del mundo.

Uy, peligro. Adam no quiere equivocarse. Tu película favorita dice mucho de ti. Cuando tenía siete años, era *El mago*; a los once, *Fama*; a los catorce, *Buscando a Susan desesperadamente*. Pero ¿ahora?

Varios títulos le cruzan la mente: *Loco por ti*; *Cómo eliminar a su jefe*; *El invisible Harvey*; *Purple Rain*; *El último unicornio*; *Hechizo de luna*; *Jo, ¡qué noche!*; *Un tipo genial*; *El juego de la sospecha*; *Harold y Maude*; *Educando a Rita*; *Muerte bajo el sol*; *Smithereens (La chica de Nueva York)*. Adora todas esas películas, pero ninguna es su favorita.

—¿Y bien?

—*Amadeus* —suelta de repente, para su sorpresa. ¿Por qué ha escogido esa? Solo la ha visto una vez.

Callum abre los ojos de par en par.

—¿En serio?

A Adam se le forma un nudo en el estómago. ¿La ha liado? ¿Y si Callum odia *Amadeus* al igual que los verdaderos fans del boxeo odian las secuelas de *Rocky*? ¿Y si piensa que *Amadeus* es una mierda?

—No me lo creo. Adoro esa película. La vi siete veces cuando la estrenaron.

Uy, piensa Adam. ¿Y si ahora quiere ponerse a hablar de *Amadeus*? Adam no recuerda casi nada de los detalles, salvo la ropa, las pelucas y la risa desquiciada de Tom Hulce. Decide volver a alquilarla para repasarla. Pero, por ahora, cambiará de tema.

—¿Y cómo te haces director de orquesta?

—Estudiando, y es carísimo. Llevo un par de años ahorrando, trabajando de acomodador en el Lincoln Center. El sueldo no es que sea muy bueno, pero puedo ver casi todos los conciertos gratis desde un ladito. Casi no hago otra cosa. Trabajo, voy a conciertos, ahorro y estudio música en casa con Clara.

—¿Clara?

—Es mi piano. Lo conseguí por setenta y cinco pavos en el mercadillo de Chelsea. Me costó casi el doble que me lo enviaran a casa.

De repente a Callum le brillan los ojos y desenfoca la mirada, como si estuviera desenterrando un recuerdo. Adam se pregunta dónde estará.

Después de un instante, vuelve a poner los pies en la tierra. Relaja la expresión y vuelve a mostrar esa sonrisa sincera que Adam ya conoce.

—¿Podemos pedir otro trozo? —pregunta Callum—. No quiero que esta tarta se termine nunca.

BEN

Cuando llega el metro y se abren las puertas, Ben ve un asiento libre bajo un cartel con un número de teléfono de atención para personas con sida. «No te mueras de vergüenza», reza el texto. «Departamento de Salud del estado de Nueva York». Se acomoda en él, junto a una mujer con trenzas con cuentas y vaqueros desgastados, y delante de un joven que le está leyendo un cuento ilustrado a un niño que está mucho más interesado en la pareja que se está enrollando al final del vagón. Ben deja la bolsa de viaje sobre el regazo y mete la mano para buscar el *discman*. Cambia las pilas a tientas y pulsa *play*. Se coloca los cascos en las orejas y la fina diadema de metal detrás del cuello porque, con la gorra, no le cabe encima de la cabeza.

Un mogollón de pasajeros sube al vagón en la parada de la calle Treinta y Cuatro. Hay un grupo de chicos de secundaria con camisetas de los Knicks y zapatillas altas. Una mujer con un abrigo de pata de gallo con un cinturón y un chal amarillo. Tres chicas delgadas con pinta de mala leche que tendrán su edad, con portafolios de cuero en los que pone «Elite Model Management».

El metro sigue avanzando a trompicones. Ben se fija en que las tres chicas lo miran y susurran entre ellas. Se le forma un nudo en la garganta. ¿Tendrá una pinta rara? ¿Tendrá algo en la cara? Se mira las rodillas, confiando en que la visera de la gorra lo oculte de sus miradas.

En la calle Veintitrés suben dos hombres al vagón. Uno de ellos parece de la edad de Gil, treinta y pocos; tiene la piel oscura y una mirada amable. Lleva una chaqueta de chándal bajo un chaleco acolchado. El otro arrastra los pies con la ayuda de un bastón con la punta de goma. Parece mucho mayor; tiene el pelo muy fino y algunas zonas calvas y va encorvado. Lleva un jersey muy gordo con botones y parches de cuero en los codos.

—¿Puedo sentarme? —le dice a Ben, haciéndole un gesto con el bastón.

Ben se levanta al instante con su bolsa de viaje y señala el asiento.

El hombre intenta sentarse con una mueca de dolor, y sonríe de alivio cuando lo consigue. Ben se da cuenta de que no es mayor que su compañero. Está enfermo. Siente el impulso natural de apartarse, de separarse de una enfermedad más que evidente. El hombre le da las gracias y Ben asiente con la cabeza.

El metro continúa su viaje brusco hacia el bajo Manhattan, repleto de neoyorquinos despreocupados que se sacuden como muñecos cabezones mientras avanzan. Ben también se sacude, pero lo hace al ritmo de la música.

ADAM

El sol de la tarde está bajo y perezoso como solo lo está en pleno invierno, cuando proyecta sombras largas y extrañas sobre las calles, formas distorsionadas como si fueran arañas. Caminan despacio, sin prisas, felices de que el viento haya amainado. Al llegar a la esquina, Callum levanta la mano para proyectar la sombra de un conejito en el lateral de un autobús.

—¿Te parezco mono? —pregunta el conejito sin dejar de dar botes.

Adam proyecta la sombra de un cocodrilo.

—Me parece que estás de rechupete —dice antes de abrir la boca y devorar al conejito. Ambos se ríen como si fueran niños.

La acera está llena de gente: algunos, con bufandas enormes; otros, cargados con bolsas de papel de la compra apoyadas contra la cadera y otros fumando. Adam reconoce varios rostros cuando pasan junto a ellos. Ahí está el tipo del cuello ancho que tiene la sombrerería en Christopher Street. Le saluda con la cabeza, y Adam le devuelve el saludo. Ahí está la dueña del restaurante de Greenwich que siempre tiene las pestañas postizas torcidas. Le sonríe, y Adam le devuelve la sonrisa. Ahí está el repartidor del Grand Sichuan con su bicicleta de diez marchas. Le saluda con la mano, y Adam le devuelve el saludo también.

—Parece que conoces a todo el barrio —le dice Callum.

—Sí —responde Adam—. Así que más te vale comportarte.

Está más suelto cuando liga. Lily estaría orgullosa.

Adam da rodeos por Greenwich Village a propósito para alargar la tarde. Callum no se queja. Pasan por delante de un mayorista de café, la tienda de importaciones afganas, unos cuantos bares de ambiente: el Ty's, el Boots & Saddle, el Stonewall. Adam acelera el paso cuando aparece el *sex shop*: el despliegue de bandanas de colores y carteles brillantes con estrellas porno con el ceño fruncido lo pone nervioso.

En la esquina de Perry Street, Callum se para de sopetón delante de un adosado de ladrillo. Señala la ventana del segundo piso. Se la han dejado abierta; es algo que se hace mucho en estos edificios antiguos incluso en días de invierno fríos porque muy poca gente puede controlar los radiadores de sus casas.

—¿Lo oyes? —le pregunta—. Suena música.

Adam mira hacia la ventana. Apenas logra oír las notas delicadas de un piano.

—Chopin —afirma Callum cuando los leves golpes de las teclas se vuelven más fuertes y más rápidos y se convierten en una melodía—. Es de uno de sus *Estudios*; creo que el décimo.

Levanta las manos como si fuera un mimo y comienza a tocar un piano invisible con una coordinación perfecta, con las notas cada vez más rápidas que provienen del piso de arriba. Acierta cada nota, cada pausa, cada énfasis. Es como un *playback* perfecto, solo que con los dedos. Callum empieza a balancearse con un ademán dramático mientras la melodía va *in crescendo* hasta que termina.

Adam aplaude. Callum hace una reverencia. La ventana se cierra de golpe y rompe el hechizo.

—Me encanta Nueva York —dice Callum, lleno de vida. Luego le grita a la ventana—: ¡Hay música por todas partes!

Adam sonríe. Se ha enamorado. Se ha enamorado de este ser alto, alegre y misterioso.

De repente, oye una voz familiar detrás de él.

—¿Adam?

Adam se da la vuelta y se encuentra a Lily con un abrigo extragrande de piel falsa que le recuerda al conjunto que llevaba Tippy Walker en *El irresistible Henry Orient*. Le está saludando mientras agita con la mano la trenza, gruesa y de un marrón intenso con la punta teñida de granate.

—Yujuuuuu —le dice.

Adam se separa de Callum de forma instintiva.

—¡Hola, Lily! —la saluda.

Lily se baja las Ray-Ban y examina a Callum con una mezcla de curiosidad y sospecha. Extiende la mano como si fuera una duquesa saludando a un cortesano.

—Soy Lily. La mejor amiga de Adam.

Callum le toma la mano y le da un beso grácil en los nudillos.

—Es todo un placer.

—Seguro que se lo dices a todas —le dice con un tono coqueto—. Bueno, ¿y tú quién eres?

—Callum Keane, a su servicio. Adam y yo hemos ido a ver *Temblores*.

—No me digas.

—Sí. Ha sido muy majo y me ha acompañado. Soy demasiado miedica para ir a ver pelis de terror yo solo.

—Vaya, qué caballeroso por su parte —le contesta, mirando con disimulo a Adam. Es una señal: «Te voy a matar». Se suponía que iba a ir a ver la peli con ella. Está obsesionada con Kevin Bacon.

—Anda, te has hecho algo en el pelo —le dice Adam.

—Es el tono rojo vampiro de Manic Panic —responde Lily mientras menea la trenza—. Queda muy llamativo, ¿verdad? Muy dramático. Ya sabes lo mucho que me gusta a mí un buen *drama*.

—Me encanta —dice Adam—. Bueno, te llamo luego, ¿vale?

—Inténtalo, pero, si te soy sincera, no creo que pueda hablar esta noche. Tengo muchísimas cosas que hacer. Pero, si quieres, puedes dejar un mensaje en el contestador.

Adam sabe que miente. No tiene planes.

—Espero que volvamos a vernos pronto —le dice Callum.

Le tiende la mano para estrechársela, pero Lily la aparta de un manotazo y le acerca la cara para darle dos besos, uno en cada mejilla.

Cuando se acerca para darle dos besos a Adam, le susurra:

—Te odio, pero es guapísimo.

—Chao, Lily.

—*We're all connected, New York Telephone* —canta Lily mientras se aleja. Otra señal. Que la llame luego, o algo así.

—Parece muy simpática —comenta Callum mientras la ve marcharse.

—En general, sí —responde Adam.

Al poco rato llegan al parquecito que hay entre Bank Street y Hudson Street. Adam señala un edificio de apartamentos de ladrillo rojo al otro lado del cruce, uno que parece estar viniéndose abajo.

—Ahí vivo yo —dice Adam—. El que está torcido, en la esquina.

—Tú lo llamas «torcido»; yo lo llamo tener personalidad —bromea Callum.

Adam estudia a Callum con los ojos entrecerrados.

—Oye, ¿cuánto mides? —le pregunta.

—No lo sé —responde Callum—. ¿Te parezco demasiado alto?

—No; tienes la altura perfecta.

—Uf, menos mal.

¿Y ahora qué? ¿Se abrazan? ¿Se dan la mano? ¿Dos besos en la mejilla? Adam mira hacia el suelo.

Callum agarra a Adam por los hombros y le da un apretón. No es un abrazo y, desde luego, no es un beso. Pero parece que significa... ¿algo?

—¿Puedo llamarte? —le pregunta Callum.

—No llevo ningún lápiz encima —le responde Adam.

—No pasa nada. Tengo buena memoria. Venga, ponme a prueba.

Adam recita los siete dígitos de su número de teléfono y Callum los repite sin fallar ni uno.

—¿Vives muy lejos? —le pregunta Adam.

—En Horatio Street. —Callum señala hacia el norte.

—Está cerca.

—A cuatro manzanas.

Callum estira el brazo y le recoloca un mechón de pelo por detrás de la oreja. Al hacerlo, le roza la mejilla con la mano.

—Tienes el pelo del mismo color que el jarabe de arce —le dice—. Mi sabor preferido.

Adam se apoya contra la calidez de la palma de la mano de Callum y, en ese instante, siente que algo encaja, algo esencial, crucial, una pieza que faltaba y que al fin ha encontrado.

Bésame, piensa Adam. *Bésame igual que George besa a Lucy en* Una habitación con vistas. *Bésame, y esta esquina se transformará en un campo de cebada con Florencia de fondo, y empezará a sonar la música y me dejaré caer en tus brazos y ambos cambiaremos para siempre. Bésame y todo será perfecto. Bésame.*

Pero Callum no besa a Adam. Lo suelta y vuelve a meterse la mano en el bolsillo.

—Será mejor que entres en casa —le dice—. Te vas a morir de frío aquí fuera. Y, entonces, ¿quién me va a responder el teléfono cuando te llame?

Adam se despide a regañadientes y cruza la calle. Cuando llega al portal de su casa, se gira para ver a Callum, que sigue ahí, sin dejar de mirarlo.

—¡Tenía que asegurarme de que llegaras a casa! —le grita antes de girarse hacia el norte y marcharse.

Adam mete la llave en la cerradura y empieza a esperar a que Callum le llame por teléfono. No tendrá que esperar mucho.

BEN

Ben se baja del metro en la calle Catorce, a mitad de camino hacia Tribeca. Matará algo de tiempo en Dome Magazines antes de volver a intentar llamar a Gil. Queda a pocas manzanas del metro.

Ve su reflejo en el escaparate de una tienda. Va todo de negro. Le parece que va de postureo, pero no le queda otra. No se puede permitir ropa de calidad. La mejor alternativa es vestirse de negro. Es lo más parecido a ir bien vestido sin tener que gastarse una pasta en vaqueros y abrigos de marca. El truco está en conseguir que el tono de negro de todas las prendas sea el mismo, pero los vaqueros se le han empezado a desteñir. Ya no son del mismo tono que los zapatos. A Ben le da un montón de rabia. Quiere ahorrar para comprarse unos vaqueros nuevos.

Le da un subidón nada más entrar en Dome. Es su lugar favorito de Nueva York. Hay miles de revistas de todo el mundo, montones y montones, en estanterías y mesas y estantes, incluso apiladas junto al mostrador y bajo el estante de las chuches. Mires adonde mires hay rostros preciosos en papel brillante que te sonríen. Revistas de moda, revistas de diseño, revistas de música, revistas de arte, todas repletas de caras bonitas de personas vestidas con ropa bonita haciendo cosas bonitas en mundos bonitos. En esos mundos no existen las cosas malas. A Ben le encantaría adentrarse en ellos.

—Hola, Ali —dice Ben, con un gesto de cabeza hacia el encargado de la tienda que lo mira desde arriba, desde detrás del mostrador. Saca un pañuelo de la caja y se limpia las gafas—. ¿Puedo dejar la mochila aquí, al lado del mostrador?

Ali levanta la vista de un ejemplar de *The Economist* y se alisa la camisa. Asiente con la cabeza.

—Claro. Por cierto, ha llegado hoy un número del *Vogue* británico —dice—. El de febrero.

—¿Ya?

—Sí, por una vez ha llegado a tiempo.

—¿Te queda alguno de enero?

Ali señala una caja de cartón al fondo de la tienda.

—Ahí dentro queda alguno. Estaba a punto de tirarlos.

Sube el volumen de la radio y da unos golpecitos con las manos en el mostrador al ritmo de Paula Abdul.

Ben le echa un ojo a la caja de cartón. Ahí está: la portada de la edición británica de *Vogue,* con la fotografía de Peter Lindbergh. Naomi Campbell, Linda Evangelista, Christy Turlington, Tatjana Patitz y Cindy Crawford. La santísima trinidad más otras dos supermodelos, en un papel suave en blanco y negro con unas letras de un rosa intenso que rezan: «Los 90. ¿Y ahora qué?». Un ejemplar en buenas condiciones y limpio para sustituir el que ha manchado su madre con los pañuelos esta mañana.

Estudia los rostros de las modelos; le parece que las conoce de toda la vida. Naomi es la mejor en la pasarela. Linda es la que mejor posa. Christy es la más glamurosa. Tatjana tiene la expresión más sensual. Cindy es la más famosa. Ahora mismo Linda es su favorita. La semana pasada fue Naomi. La anterior, Christy. A veces prefiere a Veronica Webb, a Helena Christensen, a Nadège o a Carla Bruni. Le gustan las dos Claudias, Mason y Schiffer, y le encantan Gail Elliott y Gurmit Kaur.

Abre un número de *L'Officiel*. Mira, ahí está Yasmeen Ghauri vestida de Claude Montana para Lanvin. Puede que sea su nueva favorita. ¿Y qué hay de Stephanie Seymour vestida de Versace? Parece que haya nacido para llevar Versace. Seguro que Gianni la adora.

—No está nada mal —dice Ali, señalando con la cabeza hacia la fotografía de Stephanie—. Pero que nada mal.

Ben ve de reojo a Madonna en la portada de una revista de cotilleo. Es una foto en la que un *paparazzi* la ha pescado con Warren Beatty saliendo de un restaurante en Los Ángeles. Se ha vuelto a teñir de rubia y esboza una sonrisa amplia y agresiva. Warren tiene el ceño fruncido.

—Puedes aspirar a más —dice Ben en voz alta—. Eres la persona más famosa del mundo. Y ese tipo es un fracasado.

—¿Has dicho algo? —le pregunta Ali.

—No, nada —responde Ben—. Estaba hablando solo.

Toma un número de *Harper's Bazaar,* con Karen Alexander en la portada. *Debería ser más famosa,* piensa. *Y Bazaar necesita un lavado de cara.* Sigue hojeando. Primero las revistas de moda: *Elle, Mademoiselle, W.* Luego las de música: *Q, Spin, NME.* Y después las de importación: *Match, So-En, Tatler, Grazia.* Si pudiera, las compraría todas. Si pudiera, viviría dentro de una revista.

Ya debería irse. Deja el ejemplar de la edición británica de *Vogue* sobre el mostrador.

—¿Solo te llevas esto? —le pregunta Ali. Ahora está leyendo *Sassy*.

—Estoy intentando ahorrar un poco —responde Ben.

—Te entiendo —dice Ali—. Bueno, este te lo regalo. Iba a acabar tirándolo de todas formas. Ah, y hay un nuevo número de *GXE*, por si te interesa.

Señala la mesa de revistas gratuitas junto a la puerta.

Ben siempre se lleva un número de *GXE*, la revista quincenal gratuita sobre noticias de la comunidad gay de Nueva York y el ambiente nocturno, aunque la mitad son anuncios que manda la gente. La nueva portada es un primer plano de un culo embutido en un Speedo naranja que parece a punto de estallar, con las palabras «Sumérgete» superpuestas en letras azules de neón.

—Gracias, Ali —le dice Ben—. ¡Nos vemos!

—Cuídate —le responde Ali, como siempre, y vuelve a bajar la vista al número de *Sassy*.

El viento se ha calmado en la Octava Avenida. Decide ir andando hasta casa de Gil. No le pesa demasiado la mochila, y Tribeca no está tan lejos. Tendrá que seguir por la Octava Avenida, luego girar al este por Canal, a la derecha por West Broadway, y después solo le quedarán unas pocas manzanas. Llegará en media hora. Si Gil aún no está en casa para entonces, conoce una cafetería por la zona donde le podrá esperar.

Cuéntame cómo pensabas que sería tu vida.

La primera vez que tuvimos en casa un televisor en color, yo estaba en segundo, y me pasé todo el curso inventándome formas de fingir que estaba enfermo para poder quedarme en casa y ver la tele todo el día. Mi madre nunca se quedaba en casa conmigo porque tenía que trabajar. Pero era mejor así. Podía ver todos los concursos que quisiera: The Joker's Wild, Press Your Luck, The Price Is Right. Pero sobre todo Name That Tune.

¿Te acuerdas de ese? El presentador, Tom Kennedy, entraba trotando en el plató reluciente y presentaba a los concursantes, y entonces la banda, todos con esmóquines a juego, tocaba unas cuantas notas de alguna canción. Los concursantes tenían que adivinar de qué canción se trataba a partir de esas únicas notas. Siempre era alguna canción de viejos, como I Left My Heart in San Francisco o Born Free. A veces aparecía Kathie Lee Johnson y cantaba algún verso. ¿La conoces? Ahora está en ese programa matutino con Regis. En fin, que me sabía todas las canciones.

Estaba convencido de que, cuando fuera mayor, me subiría a un avión y me plantaría en Hollywood, California —la capital mundial de la música, según el presentador— y competiría en el concurso. Ganaría todas las rondas. Me llevaría a casa un sillón reclinable de la marca La-Z-Boy, un microondas Radarange y un viaje de cuatro noches a Hawái, y luego llegaría a la ronda de la Melodía Misteriosa y ganaría los 25 000 dólares. Solo me harían falta dos notas para adivinar la canción, me pondría a saltar durante unos minutos y saldría de allí con un cheque gigante. Si ganara esa ronda, no tendría que preocuparme por nada nunca más. Me podría comprar un buen apartamento en Nueva York y vivir solo y hacer lo que quisiera, y nadie me molestaría jamás. Te juro que creía que todo eso acabaría pasando. Creía que los ganadores de los concursos eran ricos para siempre.

¡¿Qué?! ¡Solo tenía ocho años! No tenía ni idea de nada.

ADAM

Al piso de la familia de Adam no se accede por la entrada principal del edificio; su puerta está a unos cuantos metros, detrás de una pequeña verja y bajando unos escalones. Su padre corregiría a Adam si dijera que su casa es como un apartamento en un sótano, porque según su padre está «a la altura del jardín». Dice que así no parece tan barato, aunque es probable que sea el piso de tres habitaciones más barato del barrio.

No hay nadie más en casa. Mejor. A Adam no le apetece responder a preguntas de cómo le ha ido la tarde o de qué ha hecho. Quiere repasar a solas todo lo que ha pasado a lo largo del día durante un rato más. Cuelga la parka en el perchero, se quita de una patada unas Sambas destrozadas y las deja sobre la alfombrilla, también destrozada, en la que se lee «Hogar, dulce hoga» en una letra cursiva gris. Clarence, el gato, se ha comido la R final. Típico de Clarence. Hace siempre lo que le da la gana. A Clarence no le importa lo que pienses de él. Clarence sabe que lo querrás pase lo que pase. Clarence es pura seguridad en sí mismo. Adam se pregunta qué se sentirá al ir por la vida con tanta confianza. Admira mucho a Clarence.

Solo viven los cuatro en este pisito desordenado y abarrotado con suelos de linóleo: su madre, su padre, Clarence y él. Sus padres se mudaron al piso en 1970, antes de que naciera Adam, cuando su madre era *hippie* y su padre intentaba hacerse un hueco en el mundillo de los musicales. El alquiler salía caro, trescientos cincuenta al mes, pero tenía el tamaño ideal para un par de *hippies* que querían formar una familia.

Su padre dejó de presentarse a *castings* hace mucho tiempo. Ahora trabaja como guía turístico en uno de esos autobuses de dos pisos que se ven por el centro. Ya sabes, en los que pone: «Súbete y bájate cuando quieras». Le gusta el trabajo; es estable y siempre le aplauden. Su madre, por su parte, lleva un negocio de contabilidad desde casa. Sus clientes son todos los artistas, escritores y músicos del barrio que hablen algún idioma que ella conozca. La mesa de la cocina está siempre hecha un desastre, con montones de libros de contabilidad, carpetas, grapadoras, lápices y rollos de papel de la calculadora. Tiene un calendario de oficina gigantesco colgado de la parte posterior de la puerta del armario de las escobas, repleto de notas de reuniones con clientes, plazos para presentar documentos, citas con el dentista y cumpleaños. Lo llama «el Cerebro». En esta casa no pasa nada que no esté anotado en el Cerebro.

Adam saca una taza de café desconchada del armario, una vieja con el logotipo de la serie *WKRP in Cincinnati* y una foto descolorida del reparto. La llena de agua del grifo y toma un puñado de M&M's del cenicero que hizo cuando estaba en cuarto. M&M's normales, no de cacahuete, porque le parece que los cacahuetes son «comida sana». *Si quisiera frutos secos, me habría comprado frutos secos.*

Adam va patinando con los pies por el linóleo y entra en su cuarto. Cierra la puerta tras de sí. La ventana da a la acera de Hudson Street, justo a la altura de los pies de la gente. Cuando se aburre, se pone a ver pasar los zapatos y se inventa historias sobre los que los llevan. Un corredor de bolsa que va a ganar un millón de dólares. Un inspector que está a punto de atrapar a un sospechoso. Un amante que llega tarde a una cita. A veces, cuando va al súper, ve un par de zapatos que reconoce por haberlos visto desde la ventana, pero la persona que los lleva casi nunca coincide con lo que había imaginado. A las ancianas les encantan los zapatos de *skater*.

Hay estanterías por todo el cuarto, y están repletas de libros. Incluso tiene los demás estantes llenos de libros. Muchos libros. Demasiados. A algunos aún los lee, como la colección de críticas de cine de Pauline Kael y el atlas mundial que hojea cuando no puede dormir. Hay otros que no abre desde hace mucho tiempo, como *El misterio del manantial, Tiger Eyes* o la trilogía de *El Señor de los Anillos*, con la que lo ha intentado muchas veces sin éxito. Le fue mejor con *Postcards from the Edge* de Carrie Fisher, *Lulu en Hollywood* de Louise Brooks y el guion de *Perdición*. También tiene un par de colecciones de Edward Gorey y varios libros de bolsillo de Stephen King. Su último libro es un regalo de sus padrinos, Jack y Víctor: *The Celluloid Closet*, de Vito Russo. Jack le ha dicho a Adam que espera poder presentarle a Vito algún día.

Hay al menos dos estantes llenos de películas que Sonia le ha dejado quedarse porque ya nadie las alquila: *El volar es para los pájaros, Los ojos de Laura Mars, Orejas largas, Polvo de oro* y *El gran azul*. La carátula que está marcada como *Juegos de guerra* contiene en realidad *El señor de las bestias*, que Adam solo ve cuando sus padres no están en casa.

El armario minúsculo que hay junto a las estanterías está hasta los topes de ropa, zapatos y juguetes que ha ido acumulando durante sus casi dieciocho años de vida y que ya no usa. Cubos de Rubik, sets de Lego incompletos y una consola Pong que nadie ha enchufado desde 1981. Es un desastre. De vez en cuando, su madre decide que ha llegado el día para ponerse a ordenarlo, pero en cuanto abre la puerta se caga en todo y la cierra de golpe.

Adam se mira en el espejo que hay detrás de la puerta del dormitorio. Apoya un pie sobre el otro y se echa el pelo hacia atrás. ¿Jarabe de arce? Se quita la camisa y se queda en ropa interior. Cruza los brazos sobre el pecho hundido, se gira hacia un lado y levanta la cabeza para mirarse el culo inexistente. Mete barriga y trata de encontrarse abdominales. Nada. Se inspecciona los pezones. ¿Por qué tiene uno más grande que el otro? Se imagina a Callum en ropa interior.

Vuelve a comprobar que la puerta esté cerrada con pestillo y se tumba en la cama para seguir imaginándoselo.

BEN

Tribeca no tiene nada que ver con el centro de Manhattan. Las aceras están casi vacías. No hay tiendas abiertas, apenas hay restaurantes ni luces en las ventanas que se vean desde la calle. Es lúgubre y, ahora que el viento se ha levantado de nuevo, es más lúgubre aún. Ben pasa por delante de edificios con las fachadas cubiertas por andamios, con paredes provisionales de madera contrachapada que ocultan las zonas de construcción. Hay filas y filas de carteles que cubren la madera contrachapada y anuncian los próximos conciertos o lanzamientos de discos. MC Lyte. Fine Young Cannibals. Henry Rollins. Eric B. & Rakim.

Cuando llega a la entrada del edificio de Gil en Church Street, Ben llama al timbre. Nadie responde. Vuelve a pulsar. Nada. Tendría que haber agarrado un par de esos folletos de hoteles baratos en la estación de autobuses.

Vuelve a llamar. Esta vez responde.

—¿Sí?

—¿Gil? Soy yo. Ben. He intentado lla…

Lo interrumpe el zumbido de la puerta al abrirse. Ben entra y sube hasta el tercer piso, donde lo recibe un pasillo tosco con paredes descascarilladas y una enorme pila de tablones de madera amontonados en un extremo. Ben saca la mochila de la bolsa de viaje, se la cuelga de los hombros y esconde la bolsa detrás del montón de madera. La recogerá más tarde, ya sea para meterla en la casa cuando Gil le diga que puede quedarse o para llevársela a otra parte.

Toma aire y abre la puerta de Gil. El loft es enorme, una estancia gigantesca con techos de doble altura y grandes ventanas cubiertas con láminas inmensas de plástico. Las paredes son de yeso desnudo y hay cables que asoman por los agujeros donde deberían estar las tomas de corriente. Hay una aspiradora que parece R2-D2 junto a un banco de trabajo improvisado con una sierra de cinta. Está todo hecho un desastre. Gil dice que no queda mucho para acabar la reforma, pero no lo parece. Ben se pregunta cómo puede permitirse Gil este loft tan enorme, por no hablar de las obras, pero los médicos ganan mucho dinero. Esto no tiene nada que ver con Gideon.

Gil aparece por el umbral de la puerta de una cocina de lo más moderna, la primera zona que terminó. Es un centímetro más alto que Ben y mucho más corpulento, con un pelo negro y grueso que sale disparado hacia todas partes. Lleva un uniforme de médico azul pálido arrugado. Lo llama su uniforme de dormir.

—Hola —dice Ben—. ¿Estabas durmiendo? Si solo son las siete.

—No tienes mucha idea de médicos, ¿no? —dice Gil tras frotarse los ojos—. He tenido un turno de dieciocho horas.

—Lo siento —dice Ben.

Gil arquea una ceja.

—¿Todo bien?

—Sí. Solo quería venir a la ciudad un par de días o así. ¿Te parece bien si duermo en el sofá del estudio?

—¿Qué quieres decir con «o así»?

Ben se encoge de hombros.

Gil se rasca la barriga.

—Bueno, no importa. Pero no hagas ruido.

—¿Tienes hambre?

—Me vuelvo a la cama.

—Pero ¿tendrás hambre luego? Puedo hacer algo de comer para los dos.

—Aquí no hay comida. Solo vino y galletas de la suerte.

—Ya voy yo a comprar. Tengo dinero. Haré los espaguetis que te gustaron la última vez.

—Como quieras.

—Te prometo que no te voy a estorbar —dice Ben.

Gil inclina la cabeza en señal de reconocimiento. Conoce esas palabras. De pequeño, el mayor pecado en su familia era estorbar. Y «estorbar» abarcaba casi cualquier ofensa: ocupar demasiado espacio, ser demasiado curioso, necesitar ayuda. Si estabas viendo *The Electric*

Company demasiado alto, estabas estorbando. Si necesitabas que te echaran una mano con los deberes, estabas estorbando. Si habías perdido el dinero para comprar leche y necesitabas veinticinco centavos, estabas estorbando. Si estabas en el asiento trasero del coche y tenías que hacer pis, «por el amor de Dios, deja de quejarte y aguántate. Siempre estás estorbando, joder».

—Hay algo de dinero en el cajón de al lado de la nevera —dice Gil.

—Vale —responde Ben.

Gil se da la vuelta y se marcha por el pasillo.

—¡Feliz cumpleaños! —grita antes de desaparecer en su dormitorio.

ADAM

Son poco más de las siete cuando Adam sale del cuarto. Su madre está una vez más en la mesa de la cocina, rellenando un formulario de impuestos y cantando una canción de Gloria Estefan que suena en el radiodespertador.

Su madre lo mira a los ojos, se menea y luego inclina la cabeza hacia atrás, triunfal, para el final de la canción.

—*Gonna get you... tonight!* —grita—. ¡Uf! Este ritmo me vuelve loca. Hola, tesoro.

Adam se da cuenta de que tiene dos pares de gafas de lectura en lo alto de la cabeza, además del par de la nariz.

—Mamá, tienes como tres pares de gafas en...

Su madre alza una mano para detenerlo.

—Unas para leer, unas para sujetarme el pelo y... Ya sé lo que estás pensando, pero te equivocas si piensas que se me ha olvidado que tenía las otras ahí arriba. No me he pasado media hora escarbando en cada rincón de la cocina buscándolas. Nada más lejos de la realidad. No. Ni hablar. Para nada.

—Sabes que también tienes al menos dos lápices en el pelo, ¿no?

—Tú lo llamas «pelo» —responde—. Yo lo llamo «mi armario de material de oficina». Es posible que también tenga una grapadora, un bote de típex y varios formularios de impuestos por triplicado.

—Impresionante.

Adam se acerca a la puerta del baño.

—Está tu padre dentro —le dice su madre, y le pasa su taza de café de los Teleñecos—. ¿La puedes meter en el micro? Veinte segunditos. Odio el té frío.

Adam la mete en el microondas de la encimera.

—No olvides que esta noche vamos a tomar algo al Bus Stop. Hemos quedado con Jack y Víctor a las ocho. Tienen muchas ganas de verte.

Cualquier otro día, Adam también tendría muchas ganas de verlos a ellos. Le encanta el Bus Stop y adora a sus padrinos Jack y Víctor. Pero Adam todavía está flipando después del día que ha pasado con Callum. Se lo puede ocultar a sus padres, pero Jack y Víctor se darían cuenta al momento, y sabrían que se debe a un chico, y se convertiría en el tema de la noche. Y Adam no está dispuesto a pasar por eso. Por ahora, quiere a Callum para él solito.

—Creo que voy a pasar —dice.

Su madre lo mira por encima de las gafas.

—¿Pasa algo? ¿Te encuentras bien?

—Sí. Es solo que me apetece quedarme en casa.

—Menudo disgusto les vas a dar a Jack y a Víctor.

—Ya los veré la próxima vez.

—¿Tú no ibas a cortarte el pelo hoy? —Le da unos golpecitos a la fecha en el calendario de la oficina—. Sí, aquí lo pone. «Adam: Astor Place». Más claro que el agua.

—Se me había olvidado. Ya iré mañana.

—Bueno, pues lo cambio en el calendario —responde, y lame la punta del lápiz—. He visto que hoy te has dejado el gorro.

—Mamá. Tengo casi dieciocho años.

—Y yo tengo cuarenta y cuatro. ¿Por qué lo dices?

—¿También vas a estar pendiente de si llevo el gorro cuando esté en la Universidad de Nueva York el año que viene?

—Ay, cariño, pues claro. Me muero de ganas de plantarme en tu residencia dándole vueltas al gorro con el dedo. Llevaré mis calcetines de la Pantera Rosa con sandalias y ligaré con tus compañeros de cuarto. Ya verás lo popular que te vuelves.

—Me aterra un poco lo específica que puedes llegar a ser.

—Es un don. Ah, casi se me olvida: Lily quiere que la llames.

El padre de Adam brama desde el baño:

—¿Estoy oyendo a mi hijo?

El pomo de la puerta gira y su padre irrumpe en la cocina, todavía con la sudadera del trabajo. Agarra a Adam por las orejas y le besa en la frente.

—¿Listo para un pedazo de noche en la ciudad? El Bus Stop mola incluso más que Studio 54.

—No va a venir, cari. Y Studio 54 lleva diez años cerrado.

—¿Qué? —El padre de Adam le da un golpecito en el hombro—. ¿Seguro que este es mi hijo? No le ha dicho que no a un sándwich de queso en su vida.

—Creo que me voy a quedar viendo una peli —responde Adam.

Su padre se gira hacia su madre, atónito.

—No me irás a dejar tirado tú también, ¿no, Frankie?

La madre de Adam se levanta y abraza al padre.

—Hay dos posibles respuestas a esa pregunta, cari.

—¿Ni loca y ni muerta?

—Premio.

Su padre la recuesta sobre su brazo, como un bailarín de tango.

—Bésame, Frankie. Me vuelves loco.

—Odio interrumpir este momento tan conmovedor —dice Adam—, pero tengo que llamar a Lily.

Agarra el teléfono y se lo lleva a su habitación. Clarence se lanza a por el cable, pero falla.

—¿Seguro que no quieres venir a cenar?

Adam se lo piensa durante un momento. A lo mejor debería ir. Podría hablarle a su padre, a su madre, a Jack y a Víctor del desconocido tan alto que le ha invitado al cine, de las fotos que se han hecho, de la tarta que han comido, del largo paseo de vuelta a casa. Pero entonces se imagina sus reacciones, sus expresiones tontas al intentar no reírse entre ellos del amor de los jóvenes y los flechazos de los adolescentes y cómo era todo en *su* época.

—No, gracias —responde—. Pero dadles recuerdos de mi parte.

Su padre le despeina.

—Te traeremos un sándwich de queso, ¿vale? —Se acerca un pasito y frunce el ceño—. ¿Ya estás más alto que yo?

Adam le saca unos cinco centímetros, pero le sigue el juego.

—Nunca.

—Buen chico. —Su padre le guiña un ojo—. Sopa de tomate de acompañamiento. Con extra de picatostes.

—Gracias, papá.

—De nada, peque.

BEN

El toldo sobre Angelino's Fruit & Flowers informa sobre todo lo que venden: «Cerveza. Verduras. Tabaco. Lotería». Es decir, un típico súper de barrio. Ben se pregunta cómo sobrevive en esta zona. Puede que vendiéndoles bocadillos a los obreros durante la jornada laboral. Y tabaco.

Ben le sonríe a la mujer que está detrás del mostrador, que está desordenado y lleno de cosas, pero ella no le devuelve la sonrisa. Se limita a reconocer su presencia inclinando la cabeza canosa hacia un lado y parpadeando con pereza. Está absorta en una sopa de letras. La cadena de las gafas se le ha enredado en el botón superior de la blusa. Detrás de ella, los expositores de cigarrillos, medicamentos para la tos, kits para arreglar gafas y condones rodean un pequeño televisor en blanco y negro en el que están poniendo *Wheel of Fortune* sin sonido.

La tienda tiene tres pasillos cortos con estanterías repletas hasta el techo de cereales para el desayuno y galletas para perros y paquetes de cuatro unidades de batidos Yoo-hoo y rollos individuales de papel de cocina y cajas de bombillas y latas de sopa y paquetes de galletitas saladas de marca. No hay ni un centímetro vacío en toda la tienda. Ben empieza a reunir los ingredientes. Un paquete de medio kilo de espaguetis. Da para cuatro personas, pero Ben tiene mucha hambre. Una lata grande de tomate triturado. Un bote verde de queso en polvo, porque no tienen queso de verdad. Medio kilo de mantequilla en barra, mucho más de lo que necesita. Una cebolla grande y una cabeza de ajo que saca de una cesta junto a la nevera. Mientras inspecciona la cebolla, una gata regordeta aparece por debajo de la cesta, mira a Ben, estornuda y desaparece.

Se lo lleva todo a la caja, lo coloca frente a la cajera y toma también un paquetito de cuatro galletas de chocolate envueltas en plástico de una cesta que hay sobre el mostrador. Parecen caseras y tienen pinta de estar deliciosas.

—¿Tenéis copos de chile? —le pregunta.

La mujer mete la mano bajo el mostrador y saca dos bolsitas, de esas que suelen poner en las cajas de pizza para llevar.

—Cinco centavos cada una.

—Vale. —Ben levanta la mantequilla—. Solo me hace falta una barra. ¿Puedo comprar solo una?

—Dos —responde la mujer.

—Vale. Dos.

La cajera abre el paquete, saca dos barras y las deja en el mostrador; luego le da las otras dos a Ben.

—Devuélvelas a su sitio —le dice.

Ben obedece.

Cuando vuelve al mostrador, la mujer está pulsando con esmero los botones de la caja registradora; busca cada tecla una a una, comprueba la pantalla para asegurarse de que ha pulsado el número correcto y va metiendo cada artículo en una bolsa de papel.

—La máquina es nueva —se excusa, ajustándose las gafas cuando las encuentra—. Veintiuno con veintidós.

Ben mira su billete de veinte. Siempre se le olvida lo caro que es todo aquí.

—Mejor dejo las galletas, supongo —le dice.

La mujer suspira, anula la venta y vuelve a empezar. Después de introducir de nuevo los precios, dice:

—Diecinueve con cuarenta y siete. —Ben le entrega el billete de veinte dólares—. No le gusta nadie, pero tú sí que le caes bien.

—¿Yo? —pregunta Ben—. ¿A quién?

—A Madonna.

La mujer señala hacia el suelo y Ben ve que la gata está sentada a escasos centímetros de su pie, mirándolo.

—¿Su gata se llama Madonna?

—No es mía. Vive aquí y ya está. Se ocupa de los ratones, así que le doy de comer. La única persona a la que le tenía cariño era a mi hijo Dominic. Se sentaba en su regazo cuando estuvo enfermo. Conmigo no lo hace nunca. —Le da el cambio—. Te devuelvo cincuenta y tres.

Ben recibe la bolsa.

—Gracias —le dice, pero la cajera está ya mirando hacia el fondo de la tienda, con la mente en otra parte.

De vuelta en el loft, Ben cierra la puerta con cuidado para no despertar a Gil. Pero justo cuando deja la bolsa en la encimera, suena el teléfono. Antes de que pueda responder, salta el contestador automático.

—Gil. Soy tu madre. Contesta. Benjamin ha desaparecido.

Habla despacio, con una voz somnolienta y triste. Ben encuentra el botón del volumen, lo baja casi del todo y se pega al altavoz para escuchar.

—¿Gil? Contesta.

Debería contestar. Debería hacer lo correcto y decirle que está a salvo, asegurarse de que su madre está bien, recordarle que hay sobras de albóndigas en la nevera que puede calentarse para cenar. Pero sabe que no sería tan sencillo, así que decide no hacerlo.

—¿Gil? —dice una vez más, y se corta la llamada.

Ben espera un momento y pulsa el botón de «Borrar». Escucha el pequeño casete girar y zumbar dentro de la máquina mientras se borra todo. Así Gil nunca lo oirá.

Empieza a sacar la comida de la bolsa. Se encuentra las galletas de chocolate dentro, las que no tenía suficiente dinero para pagar. Nueva York es el mejor sitio del mundo.

ADAM

Lily responde con una voz agudísima:

—*Kiss!*

Adam oye a Prince tocando de fondo. *Kiss* ha sido la canción favorita de Lily desde que empezó el instituto.

—Soy yo —dice Adam.

—No me digas —le responde Lily—. Sabes que ya tenemos identificador de llamadas, ¿no?

—Qué modernos. ¿Qué haces?

—Dándole un repasito al lunar de la cara.

—No sabía que tuvieras un lunar en la cara.

—Ahora sí, gracias al *eyeliner*. Aunque me ha quedado un poco demasiado a lo Cindy Crawford. Quiero algo más tipo Lisa Stansfield. ¿Sabes lo que te quiero decir?

—¿Son distintos?

—Ay, amiga. ¿No has aprendido nada sobre moda y belleza conmigo a lo largo de todos estos años? Con mi *look* a lo Irene Cara con los calentadores de piernas, mi *look* a lo Chrissie Hynde con las pestañas postizas exageradas, mi *look* a lo Lisa Bonet con el bombín, mi *look* a lo Bananarama, mi *look* a lo Sade, mis *looks* de las tres épocas distintas de Debbie Harry, mi *look* a lo Martika, mi *look* a lo *Papa Don't Preach*...

—Tu *look* de estudiante pija con el bolsito de mano —la interrumpe Adam.

Lily suelta un grito ahogado.

—¿Cómo te atreves? De esos días oscuros no se habla.

—Lo siento. Se te estaba yendo de las manos. Alguien tenía que pararte.

—Ay, qué compleja es la historia de mi estilo durante los ochenta —dice con una nostalgia exagerada—. Todo era tan diferente por aquel entonces. Éramos tan jóvenes, tan ingenuos. Tan inocentes.

—Hace como cinco minutos que se acabaron los ochenta.

—Es historia antigua. Una época pasada. Ya casi ni me acuerdo.

—Estás escuchando una canción de 1986.

—Eso es diferente. *Kiss* es la mejor canción de todos los tiempos. Por ahora.

—Entonces para la música hay excepciones, ¿no?

—Sí. Y para la moda. Pero son excepciones muy estrictas y que pueden cambiar en cualquier momento, según me venga en gana. Pero ¿por qué estamos hablando de esto? Has ido a ver una película de Kevin Bacon sin mí.

—Creía que estarías orgullosa —le dice Adam.

—Deja de apelar a mi lado maternal.

—¿No eras tú la que decía que era la Década del Sí?

—Bueno, vale. Estás perdonado. Pero venga, desembucha. ¿Quién es, dónde lo has conocido, por qué no me has hablado de él antes y hasta dónde habéis llegado? Y exijo detalles.

Adam está encantado de proporcionárselos. Empieza por el principio. Se lo cuenta todo: desde el momento en que vio al cliente tan alto al fondo de la tienda hasta el momento en que vio a Lily en la acera, pasando por la cinta que había reservado el chico y que no era la correcta, la pregunta de la esquina, el fotomatón, la película, la tarta de café y chocolate y la música de la ventana. La única parte que omite es cuando Callum le colocó el pelo por detrás de la oreja y le rozó la mejilla. A esa parte se la quiere guardar para él.

—Vale, espera. ¿Me estás queriendo decir que no os habéis besado?

—Exacto.

—¿Ni un pico?

—Nada.

—O sea, ¿que he agarrado yo más cachete al darle los dos besos para despedirme que tú en todo el día?

—¡Acabo de conocerlo!

—No te entiendo —le responde Lily.

—Ay, Lily. Qué duro debe de ser aguantarme.

—Qué quieres que te diga; soy toda generosidad. Y, además, estamos hechos el uno para el otro. Somos como esa canción de los Pet Shop Boys: yo, el cerebro; tú, la belleza; juntos podemos ganar mucho dinero.

—Cerebro, belleza, dinero —repite Adam—. Lo capto.

—Ay, amiga, no es justo. Yo nunca consigo ninguna cita.

—Tuviste una cita el fin de semana pasado. ¿Cómo se llamaba? ¿Ramón? Tenía un apodo, ¿no?

—¿Te refieres a Rabón?

—¿Por qué me da la sensación de que se le ocurrió a él solito ese apodo?

—Y eso no es lo peor; lleva camisetas de rugby, como si estuviéramos en 1983. Los heteros van a su ritmo.

—¿Acaso no eres hetero tú?

—No me vengas con tecnicismos. La cuestión es que yo también quiero salir con alguien como Calvin.

—Callum.

—Pues eso. Callum. Me encanta ese rollo que tiene de estrella del *rock,* alto y delgado. Como Mick Jagger, solo que veinte años más joven y quince centímetros más alto. ¿Qué tal estará desnudo?

Adam suspira. No quiere imaginarse el cuerpo desnudo de Callum con Lily. Eso puede hacerlo solito. Va siendo hora de cambiar de tema.

—Quiere ser director de orquesta —le dice.

—*Oooh, rock me, Amadeus* —canta Lily imitando el acento austriaco que tiene Falco al entonar el exitazo pop de hace unos años—. Qué sexi. ¿Y cuántos años tiene?

—No se lo he preguntado. Es mayor que nosotros. Al instituto desde luego no va.

—Mejor —responde Lily—. En serio. Tienes casi dieciocho años. O sea que ya eres un adulto. Personalmente, yo tiraría hacia los de veintidós o veintitrés. A los mayores se les da mejor todo. ¿Sabes por dónde voy?

—Lo tendré en cuenta.

—Además, mira a Diana y Charles, los mayores referentes del amor verdadero y la felicidad conyugal del mundo. Diana tenía diecinueve años cuando se comprometieron.

—¿Diecinueve? ¿Cuántos tenía Charles?

—Treinta y dos.

—Bueno, a ver, Callum treinta y dos no tiene.

—Oye, ¿y dónde vive el donjuán este?

—En Horatio Street.

—¿En serio? Qué raro. ¿Por qué no lo habremos visto antes por el barrio? Es bastante difícil pasar por alto un pedazo de tipo de uno noventa como ese.

—Le he dado mi número —añade Adam.

Adam espera un gritito de felicidad, pero en cambio Lily se queda en silencio. La canción de fondo termina. Lily le pregunta en voz baja:

—Entonces, ¿crees que vais a ser novios?

—Que lo acabo de conocer.

—Pero ¿tú querrías?

—No sé —responde Adam, pero miente. Sí, claro que quiere. No tiene del todo claro lo que significa eso de ser novios, pero siempre lo ha querido. Tal vez demasiado—. Ni siquiera sé si me llamará.

—Te llamará —contesta Lily, en un tono que parece una mezcla de seguridad y resignación. Suena casi triste.

Adam preferiría que estuvieran juntos, en persona. Le gustaría tomar a Lily de la mano.

—Iré a ver *Temblores* otra vez contigo si quieres.

—Bah, me da igual —dice Lily con la voz animada de nuevo—. Estoy harta de Kevin Bacon.

—¿Que qué? ¡Pero si te encantaba!

—Ya no. Acabo de decidirlo.

—Te quiero, Lily.

Cuéntame cómo escapaste.

Creo que fue en cuarto o en quinto. Estaba en los recreativos a los que iba a jugar al Frogger y al Centipede, y vi que tenían un nuevo juego, Ms. Pac-Man. Quería jugar a ese porque se me daba bien el Pac-Man normal. Pero un grupo de chicos mayores que siempre rondaban por allí se estaban burlando del juego porque tenía un Pac-Man sexi con pestañas y maquillaje en lugar del normal y aburrido. Así que ni siquiera me acerqué. No puedes jugar a un juego del que todo el mundo se burla.

Al final esos chicos se fueron y me puse a jugar a Ms. Pac-Man. Me pasé un montón de niveles solo con la primera moneda. Metí dos más antes de quedarme sin dinero. Cuando me di la vuelta, vi que los mismos chicos habían vuelto. Estaban de pie en la puerta, riéndose.

—Estás jugando a un juego de niñas —dijo uno de ellos—. Es para chicas.

—Y para maricas —añadió otro—. ¿Eres marica?

Fingí que no los había oído. Vi al encargado de los recreativos en el mostrador, al fondo, negando con la cabeza. Me subí la cremallera del abrigo muy despacio, intentando pensar si había alguna otra forma de salir de allí; una puerta trasera o algo por el estilo. Pero no se me ocurrió ninguna. La única manera de salir era pasando justo por donde estaban ellos, así que me dirigí hacia la puerta.

—Disculpad —les dije.

Se apartaron para dejarme pasar, pero entonces uno de ellos me empujó por detrás. Con la sacudida, me mordí sin querer el carrillo, pero no me caí. Seguí caminando tan rápido como pude hacia la parada del autobús,

*intentando no mover las caderas de un lado a otro, por-
que sabía que mover las caderas de un lado a otro también era cosa de chicas y de maricas.*

*Ese día no me persiguieron. Esa vez, no. Eso fue más
adelante.*

BEN

La salsa para los espaguetis es muy fácil de preparar. Ben pone la mantequilla en una olla y espera a que se derrita antes de añadir la cebolla, que ha cortado en cuatro trozos iguales. Mientras chisporrotea, aplasta cuatro dientes de ajo con un cuchillo y los echa también. Unos segundos después, liberan su aroma. Ben inspira hondo. El olor del ajo es su favorito. Añade un quinto diente, y luego un sexto. Se le quemará si no se da prisa, así que abre la lata de tomates y la vierte. Cuando empieza a burbujear, baja el fuego y tapa la olla. En un rato se transformará en algo mucho más profundo y complejo de lo que podría parecer en un principio con unos ingredientes tan simples. Llena otra olla con agua, añade una cantidad generosa de sal y la pone a hervir. A Ben le gusta cocinar aquí. Es una cocina mucho más bonita que la de Gideon. Todos los fogones funcionan; todo está reluciente. Para no saber cocinar, Gil se ha preocupado bastante por tener una buena cocina. O quizá no haya sido cosa de él.

Gil entra en la cocina arrastrando los pies, recién salido de la ducha.

—Qué bien huele —dice, se sirve un vaso de agua y se sienta en uno de los taburetes de la isla para ver cómo cocina Ben.

Ben vacía el paquete de pasta en el agua hirviendo y la remueve con cuidado para asegurarse de que los espaguetis no se peguen. Saca la cebolla de la salsa de tomate y la deja a un lado. Ya le ha dado sabor. Aplasta los tomates con el dorso del cucharón, lo justo para romper los trozos más grandes. Prueba la salsa. No está mal. Añade unos copos de chile para darle un toquecito picante. Vuelve a remover los espaguetis. *Deberían nadar como anguilas en el mar*, piensa. Se pregunta dónde ha oído eso. Seguro que en la tele. En

Great Chefs, tal vez, o en alguno de los otros programas de cocina que ve.

La pasta ya está lista, justo como le gusta a Ben. Blandita pero no demasiado. Utiliza las pinzas de Gil, que chirrían al apretarlas, para sacar los espaguetis del agua y echarlos en la olla con la salsa. Saca un par de cuencos de la alacena y les echa un poco del agua de la pasta para calentarlos. La pasta caliente tiene que servirse en cuencos calientes, para que se mantenga caliente. Ese truquito también lo ha sacado de la tele.

—¿Te apetece una copa de vino? —le pregunta Gil—. Tengo una botella de tinto.

—No, gracias —responde Ben.

Vacía el agua de los cuencos y luego llena cada uno con una buena ración de espaguetis. Deja el bote de queso en polvo sobre la encimera y se sienta frente a Gil.

Gil descorcha el vino y se sirve una copa. Hunde el tenedor en el cuenco, lo gira en el sentido de las agujas del reloj y se lleva los espaguetis a la boca. Cierra los ojos mientras mastica.

—Qué bueno está esto —dice.

—Es muy fácil —contesta Ben, feliz de que Gil esté contento.

—¿Ha sonado el teléfono antes? —pregunta Gil—. ¿Había algún mensaje en el contestador?

Ben traga saliva.

—He intentado bajar el volumen para que no te despertara, pero me he confundido con los botones. Creo que lo he borrado.

Gil lo mira con los ojos entrecerrados.

—Los botones están muy bien señalados.

—Lo siento —dice Ben, con la cara ardiendo—. Soy un patoso.

—Podría haber sido importante.

—Esperemos que vuelvan a llamar —añade Ben.

Esperemos que no.

Gil se lleva el tenedor de nuevo a la boca.

—Dios, sí que está bueno. ¿Le has puesto más ajo de lo normal?

—Un poquito.

—Hazme un favor, ¿vale? No vuelvas a toquetear el contestador automático. —Gil se sirve otra copa de vino—. Y cuéntame. ¿Por qué te ha echado mamá?

—Técnicamente no es que me haya echado —contesta Ben—. Pero tenía que salir de allí.

—¿Te ha molestado algo que ha hecho?

—Nada nuevo —dice tratando de evadir la pregunta—. Es que estoy harto de decepcionarla.

—¿De decepcionarla?

—De no lograr que esté contenta.

—Pero esa no es tu obligación.

—Eso díselo tú. Para ella parece que ese debe ser mi principal cometido en la vida.

—Está muy feo escaparse de casa.

—No me he escapado. Mamá estaba delante, viéndome hacer la maleta. Quería que me llevara más cosas.

—Pero ahora se ha quedado sola.

Ben no responde.

Gil toma otro sorbo de vino.

—No es un monstruo, ¿sabes? No lo ha tenido fácil.

Me ha llamado «basura», piensa Ben. Empieza a recoger los platos.

—No hace falta que laves los platos. Has cocinado tú. Ya los lavo yo.

—No pasa nada. No me importa.

Ben abre el agua caliente. Necesita tener las manos ocupadas. Hacer algo que no sea sentarse a la mesa y escuchar a Gil.

—¿Por qué no los metes en el lavavajillas? Estoy muy orgulloso de él. En esta ciudad nadie tiene.

—Se limpian mejor a mano —responde Ben mientras echa unas gotas de detergente líquido en el agua.

Observa la espuma convertirse en burbujitas brillantes; cada una de ellas, un arco iris.

—Menudo cumpleaños —suelta Gil en tono sarcástico. Hace una bola con la servilleta—. Vale, a ver. No tengo ni idea de qué es lo que has hecho, y no estoy seguro de si me gustaría si lo supiera. Pero puedes quedarte. Unos días, un par de semanas, un mes, lo que haga falta. Pero vas a ir a clase. Todos los días. Vas a ir en tren hasta Gideon cada mañana, y me da igual a la hora que sea. Ya te compraré un bono.

—Pero el viaje de ida y vuelta será etern…

—No es negociable. Un montón de gente va en tren al trabajo o a clase. Si te saltas las clases un solo día, hasta luego. *Capisci?* —Ben asiente—. Ah, y si viene Rebecca y necesito la casa para mí, te vas a dar un buen paseo.

—¿Quién es Rebecca?

—Una amiga. Ya la conocerás. O quizá, no. Eso no importa. La regla es que, si necesito privacidad, te vas un rato. Y voy a hablar con mamá, que, si no, va a seguir llamando.

—¿Ha llamado?

—No me jodas, Ben.

Ben no esperaba sentirse tan indefenso esta noche. Al marcharse de Gideon esta mañana, se sentía valiente. Ahora vuelve a estar a merced de otra persona. Ha cambiado a su madre, en Gideon, por su hermano, en Tribeca. Y ese cambio tiene un precio. Tiene que lograr que su hermano quiera que se quede. Que lo vea útil, en el mejor de los casos, o al menos que no le parezca un incordio.

—Yo me encargo de cocinar —dice Ben.

—Eso estaba clarísimo. No comía nada tan bueno desde hace como un mes. —Gil se acaba el vino—. Madre mía, ¿de verdad tienes ya dieciocho años?

ADAM

Hace un frío que pela. A oscuras siempre parece que hace más frío todavía. El viento vuelve a soplar. Adam contiene la respiración y se sumerge en la ráfaga de viento. Son solo unas pocas manzanas.

En Horatio Street, un hombre con un abrigo y un gorro de aviador cruza la acera por delante de Adam y sube trotando unos cuantos escaloncitos. Pulsa el timbre de una puerta que hay entre dos ventanas arqueadas y se apoya en la pared para esperar a que le abran.

Horatio Street es una calle corta, de solo cuatro manzanas, o cuatro y media, si cuentas el pequeño tramo que hay entre la Octava Avenida y la de Greenwich. También es tranquila, sobre todo por la noche. No hay restaurantes ni tiendas; la mayoría de los edificios son residenciales, y hay un par de naves industriales al final, junto al río. Hay un parque infantil algo anticuado en el lado norte de la calle, con sus canchas de baloncesto en ruinas y sus árboles anémicos, que atrae a quienes les gusta beber al aire libre durante las noches de verano, pero en enero no. Aparte del hombre del abrigo, que ya ha entrado en la casa, esta noche no hay nadie en la calle. En pleno invierno, los árboles pelados proyectan sombras alargadas y siniestras. Sus ramas puntiagudas se mecen con el viento.

Adam recorre la calle entera en ambas direcciones, primero hacia el río y luego de vuelta a la ciudad, contemplando las luces cálidas de las ventanas en lo alto. Se imagina a los hombres, mujeres y niños que viven allí arriba; algunos, solos en sus pisos; otros, apiñados. En alguno de esos edificios vive Callum.

Se podría rodar una película de época en esta calle. Aquí la arquitectura es de todo menos moderna. Sería muy fácil hacer que pareciera 1880 o los años veinte. Bastaría con quitar los coches y los carteles en contra de Bush. El camión de la basura también tendría que desaparecer. Pero Adam decide dejarlo para su propia película.

Comienza a escribirla mentalmente. Será una película larga, una historia épica con escenas y escenas que abarquen varias décadas y continentes distintos. Drama y comedia y apuros y victoria y dolor y alegría y romance. Un héroe alto y guapo. Personajes secundarios graciosetes, villanos condenados al fracaso y sabios consejeros. Platós de millones de dólares, secuencias grabadas en lugares remotos y escenas románticas lánguidas, empalagosas y sentimentales, a la luz dorada del crepúsculo. Y la banda sonora. Ay, la banda sonora ganará premios.

La primera escena es fácil. Exterior: Greenwich Village. El comienzo de una nueva década. Una ráfaga de viento, un taxi de los que te conceden deseos, una pregunta. ¿Vendrás? Y luego el resto se irá desarrollando de un modo misterioso y sorprendente. Pero no habrá final feliz, porque no habrá final. La película será eterna.

Busca las fotografías en el bolsillo de la parka, las que se hicieron en el fotomatón. Ya las ha memorizado, se ha grabado las imágenes a fuego en la retina. Los rizos de Callum. La sonrisa de Callum, con la lengua entre los dientes. Los hombros de Callum. Las pecas de Callum, como si le hubieran espolvoreado polvo mágico sobre esa nariz algo torcida.

El viento le azota las mejillas. Queda poco para que empiece a nevar. Pero, de todos modos, Adam seguirá caminando durante unas horas más. Esta vez se ha acordado del gorro.

Dos

Abril de 1990

«I couldn't ask for another».
Deee-Lite, *Groove Is in the Heart.*

ADAM

Adam siempre se muerde la misma zona del carrillo cuando está nervioso. No muerde tan fuerte como para que le duela o para hacerse sangre. Solo lo bastante como para que le escueza un poco, para dejar de pensar en todo lo demás. Lo tranquiliza mientras espera a que lleguen los sábados. Los sábados son los días en los que ve a Callum. Llevan dos meses pasando los sábados juntos. Dos meses y sumando. Salvo por una semana.

A veces hablan por teléfono entre semana, pero solo unos minutos, porque Callum está siempre muy ocupado. Trabaja todas las tardes y noches, excepto los martes y los sábados, y los martes tiene ensayo de música con unos amigos del trabajo. Una vez, Adam puso a prueba esos límites pidiéndole a Callum que se saltara el ensayo para ir a ver una película, pero Callum solo se rio. «No voy a tocar nunca en Carnegie Hall si no practico, practico y practico», respondió.

Cuando llega cada sábado, a Adam le preocupa que Callum no aparezca, pero todos los sábados se presenta en el videoclub a la una, sonriendo con la lengua entre los dientes. Le da a Adam una ficha de metro o un cartucho de monedas de veinticinco centavos, y Adam pregunta a dónde van, y Callum le posa el dedo en los labios para hacerle callar. «Es una sorpresa —le dice—. Sígueme».

Tal vez bajen a Battery Park y tomen el ferri de Staten Island. Tal vez vayan a los recreativos de Chinatown Fair y jueguen al Galaga. Tal vez vayan en metro hasta Coney Island para montarse en el Cyclone una y otra vez.

O puede que vayan a engullir tallarines al Grand Sichuan y se inventen canciones sobre los *dumplings*. O a cortarse el pelo y cantar *Father Figure* mientras esperan su turno en los sillones de vinilo. Tal vez se queden en la puerta de una tiendecita de electrónica de la calle Catorce intentando memorizar toda la letra del rap de Queen Latifah que suena en el radiocasete del escaparate. O puede que se compren unos kebabs en un carrito de comida del que proviene música *rag*. «Lo que te decía —comenta Callum cada vez que oyen una canción—. Hay música por todas partes».

Hubo una semana en la que Callum no fue. Sencillamente no apareció. Adam lo llamó, pero Callum no le devolvió la llamada hasta el domingo. Le dijo que no se encontraba bien. Era solo un resfriado, una gripe de nada o algo así. «Te llevo sopa de pollo del Second Avenue Deli», le dijo Adam. Pero Callum le dijo que no. Que no se preocupara. Que tenía muchas medicinas para el resfriado. Que se le pasaría durmiendo. Que se encontraría mejor para el sábado siguiente.

Y sí que se encontró mejor el sábado siguiente. Aquella tarde fueron al Theatre 80, se sentaron en la última fila y se tomaron de la mano durante la sesión doble de cine *noir* en tecnicolor; primero *Que el cielo la juzgue,* una de las favoritas de Adam, y luego *Niágara,* una que Adam no había visto nunca. Después se colaron en el jardincito que hay detrás de la Biblioteca del Mercado de Jefferson. Una nevada primaveral los sorprendió, los envolvió y cubrió los jacintos de copos de nieve. Callum eligió uno para Adam. «Feliz cumpleaños —le dijo—. Dieciocho años. Ya casi me alcanzas».

Quizás uno de estos sábados Callum invite a Adam a su casa. Todavía no ha ocurrido, pero tal vez sea lo normal. Tal vez estas cosas lleven tiempo. ¿Cómo va a saberlo Adam?

BEN

Ben no está seguro de cuánto tiempo tardó Gil en darse cuenta de que no iba a volver a casa ni en unos días ni en unas semanas ni nunca. Trata de molestar lo mínimo posible y, como prometió, prepara la cena casi todas las noches. Si los dos están en casa, comen juntos viendo la tele. Si Gil está en el trabajo, Ben deja las sobras en la nevera: macarrones con queso, chili con carne, albóndigas para hacerse bocadillos... Se encarga de comprarlo todo, incluso el vino. Nunca le piden ninguna identificación en Corker, la tienda de vinos de Broadway. Nunca se la piden en ningún sitio.

Ha seguido todas las reglas de Gil. Va a la estación Grand Central todas las mañanas para tomar el tren de las siete y doce en dirección a Gideon. Ha llegado a un acuerdo con su profesora de Historia, la señora Clovis: redactará un trabajo individual en lugar de ir a la clase por la tarde. Ha elegido hacer el trabajo sobre la historia de la industria textil —en especial, la confección de prendas— en Francia tras la Segunda Guerra Mundial, sobre todo porque se ha obsesionado con Christian Dior y Cristóbal Balenciaga. Y porque a la señora Clovis también le gusta la moda. En el instituto de Ben no hay demasiados recursos útiles, así que la profesora lo ha puesto en contacto con un amigo suyo que es profesor en el Instituto Tecnológico de la Moda. Todos los días sube al tren de la una y cinco de vuelta a Nueva York, hace los deberes de Biología, Matemáticas y Lengua en el tren, y luego se pasa una o dos horas en la biblioteca del Instituto Tecnológico de la Moda trabajando en su proyecto sobre Dior y Balenciaga. Tras una paradita rápida en Angelino's para comprar, vuelve a casa de Gil a tiempo para preparar la cena.

Las notas finales de Ben no serán perfectas como lo eran las de Gil, pero serán las mejores que haya tenido nunca. Seguro que Gil se alegrará. Ben no está seguro de lo que hará con unas notas tan buenas. Es demasiado tarde para solicitar la admisión a la universidad para empezar el curso en otoño, pero quizá pueda matricularse en primavera. Le preguntará al secretario del Instituto Tecnológico de la Moda si cabe la posibilidad. Le encantaría estudiar allí.

Ben siempre ve a los mismos dos hombres en el tren de la tarde. Son guapos, de la edad de Gil. Siempre se sientan juntos, siempre en el mismo lado del vagón, el lado que da al río. El más bajo siempre se sienta junto a la ventana. El más alto bebe Perrier. A veces llevan traje, y a veces vaqueros y jersey, y hablan en voz baja entre ellos. A veces el alto se queda dormido.

Hace dos semanas, Ben los vio discutir. No logró oír lo que decían, pero era una conversación tensa y cortante y se quedó preocupado. Cuando llegaron a Grand Central, el más bajo se levantó y pasó por encima del alto para salir del vagón, sin despedirse. El alto estaba llorando. Ben no los ha vuelto a ver.

ADAM

—Reunión en el baño de chicas —le dice Lily, y luego cuelga.

Adam toma una sudadera y sigue el protocolo que Lily y él establecieron cuando *Meeting in the Ladies Room* de Klimax era un exitazo y se dirige a su punto de encuentro habitual, en la puerta del supermercado Banana Express, que está a medio camino entre las casas de ambos. Lily está mascando chicle con tanto ímpetu que Adam ve cómo mueve la boca desde la otra acera.

—¿Todo bien? —pregunta Adam.

—Sí. No. No sé. He dejado a Brent. —Forma una pompa enorme y perfecta.

—¿Qué?

—Me dijo que quería que le hiciera una paja en el laboratorio de química y le dije que me parecía una estupidez porque hay muchísimos sitios mejores para una paja. Se cabreó y me dijo que era una zorra.

—¿En serio? ¿Una zorra? ¿Así, sin más?

Empiezan a andar hacia Carmine Street. Cuando dicen «reunión en el baño de chicas», suelen querer decir «dar tres o cuatro vueltas a la manzana».

—Le dije que se fuera a la mierda. De verdad, ojalá hubiera una palabra para llamar a los tipos que les jodiera tanto como cuando nos llaman a nosotras «zorra», sobre todo para situaciones como esta. Nos hace falta un insulto específico para los heteros, y que haga daño. Podemos llamarlos «gilipollas», claro, pero no tiene tanta fuerza, ¿sabes?

—Nos pondremos a trabajar en ello. Como si fuera un proyecto de Lingüística.

—Suena guarro.

—A ti todo te suena guarro.

—Por cierto, tenía razón. Es un hecho. El laboratorio de química es un sitio espantoso para hacer una paja. ¿Qué clase de fetiche a lo Thomas Dolby es ese?

—Por no hablar de todas las quemaduras misteriosas con las que podrías acabar. Dios sabe en qué partes del cuerpo.

—Mira, ahora que lo dices, a lo mejor debería haberlo hecho. «¿Qué hay en este matraz? ¡Uy, perdona!».

—Eres superretorcida —le dice Adam sonriendo.

—Es muy frustrante, amiga. Creía que me gustaba. Creía que le gustaba. Era tan cariñoso cuando empezamos… Pero va y a las dos semanas ya empieza a comportarse como si yo tuviera la obligación de hacer que se corriera.

—Es un imbécil.

—Ya, pero es que se le ha ido la olla de repente. En plan, se pensaba que le iba a decir que sí. Estaba convencido. ¿Es eso lo que piensan los tipos de mí? ¿Esa es mi reputación?

—Que les den a las reputaciones —responde Adam—. Y a él también. Eres una diosa, y él no es más que un pajillero.

—Lo único que quiero es acabar ya el instituto. Cuando vaya a la universidad me reinventaré. Nadie en toda Canadá sabrá quién soy. Seré tan pura como la nieve recién caída. ¿Crees que allí la nieve llega a derretirse? ¿O estará todo cubierto siempre de hielo?

—Lily, Hunter College está en la calle Sesenta y Ocho. No es casi ni el norte de la ciudad.

—No me lo recuerdes. Me voy a morir de frío. ¿Qué clase de ropa se lleva por encima de la calle Catorce? ¿Y si me congelo? Es un tema muy serio, ¿vale? Podría perder los dedos de los pies. Y, entonces, ¿cómo voy a llevar sandalias durante mi luna de miel?

—A tus dedos no les va a pasar nada —le responde Adam—. Serás Julie Christie en *Doctor Zhivago*. Y te llevaré cócteles calentitos montado en un trineo de perros.

—¿Vendrás desde NYU? ¿Te harás todo ese camino?

—Claro. Recuérdame que consiga unos perros.

—Ay, Adam, eres el mejor amigo que podría tener una chica —le dice Lily—. Pero ahora hablemos de cosas más importantes. ¿Ya lo habéis hecho don Larguirucho y tú?

—¿Que si hemos hecho qué?

—¡Follar!

—Define «follar» —le pide, pero se arrepiente al instante—. No, espera...

Es demasiado tarde.

—«Follar» es cuando metes tu cosita en...

—Para —le pide—. No sé qué te estarás imaginando en esa cabeza loca, pero no. No hemos hecho eso. La verdad es que ni siquiera nos hemos besado.

—¡¿Que no os habéis besado?! ¿Estás de coña? Ay, Adam, me siento como una mala madre. Tenéis que agenciaros una botella de vino, quitaros las camisetas y ver qué pasa.

—Menudo desastre sería. ¿No te acuerdas de cuando te obligué a ver aquella peli antigua? ¿*Gardenia azul*? ¿Esa en la que Anne Baxter se bebía demasiados cócteles Pearl Diver y se olvidaba de con quién se estaba liando? Al final acababa dándole una paliza a Raymond Burr con el atizador de una chimenea.

—Es totalmente comprensible. Yo también me he confundido alguna que otra vez en mitad de la faena.

—Creo que la moraleja es no beber cuando te vayas a dar el primer beso.

—Qué poco atrevido... —le responde—. Pero bueno, vale, sin vino. Os quitáis las camisetas y os liais. Tenéis que hacer algo ya. O sea, ¿estáis enamorados o qué?

Adam no sabe qué responder. *Quiere* estar enamorado. Piensa en ello todo el tiempo. Se pasa los días con Callum en la cabeza, y a veces hasta sueña con él. ¿Es eso el amor?

—Ojalá supiera qué piensa él —responde Adam.

—Ay, amiga—se lamenta Lily—. ¿Qué voy a hacer contigo?

—Ahora sí que suenas como una madre.

—Luke, yo soy tu madre —me dice como si estuviéramos en *Star Wars*.

—Sí, Lily Vader.

Doblan la esquina y vuelven al Banana Express. La reunión en el baño de chicas está a punto de terminar.

—Pero ¿tú quieres hacerlo con Callum o no? —le pregunta.

—Sí —responde—. Sí, quiero. Me apetece mucho.

BEN

Ben empieza a sentirse como un inquilino permanente en el loft de Gil. Hace unas semanas, cuando el obrero terminó el salón, Ben ayudó a su hermano a sacar el sofá del cuarto de Ben —así lo llaman ahora, «el cuarto de Ben»— para llevarlo al salón, donde siempre debería haber estado. Gil se compró una tele nueva para el salón, y el obrero abrió un hueco en la pared para que, al meterla en él, la tele quedara a ras de la pared, casi como si fuera una pantalla plana, sin tubo por detrás. Ben se imagina colgando una tele de la pared, como si fuera un cuadro o un calendario. ¿A que quedaría guay? Pero no cree que nunca vaya a inventarse algo así.

Pero piénsalo. Cuando inventaron los CD, tampoco podía creérselo nadie. Y ahora son lo más normal del mundo. Lo mismo ha pasado con los teléfonos inalámbricos y los laboratorios fotográficos que te revelan las fotos en una hora. Es cuestión de tiempo que inventen los coches voladores, los ordenadores de bolsillo, las videollamadas, las bodas gais, las vacaciones en la Luna o las capas de invisibilidad. Todo es igual de probable, o de improbable. A lo que más ganas le tiene Ben es a las vacaciones en la Luna. Aunque la capa de invisibilidad también suena bien.

Gil tenía un sofá más pequeño y antiguo en el almacén, de modo que lo han subido para que Ben pudiera dormir en él. Le encantaría tener una cómoda, pero no la pide. Tiene todas sus cosas en montoncitos ordenados a lo largo de la pared. La pila de revistas crece semana a semana.

Los hermanos no hablan mucho, ni siquiera cuando ambos están en casa. Al principio Ben creía que era porque Gil estaba enfadado con él. Tiene motivos de sobra. Lleva meses viviendo allí. Pero quizá sea así como conviven los hermanos cuando se hacen mayores. Sin hablar demasiado. A Ben no le importa. Intenta pasar inadvertido y no molestar.

—Vas a tener que llamar a mamá en algún momento. Lo sabes, ¿no? —le dijo Gil el otro día—. Es lo mínimo.

Ben le contestó que ya había intentado llamarla. No es mentira. La llamó dos veces porque quería asegurarse de que no estaba en casa. Quería colarse para llevarse algo más de ropa. Pero atendió el teléfono las dos veces, así que le colgó. Ben se sintió fatal, pero solo durante unos minutos.

ADAM

La madre de Adam está plantada delante de la nevera con una sudadera de Howard el Pato, a la que le ha cortado la capucha.

—Estoy segura de que me dejé medio bocadillo de pastrami en la nevera —dice mientras acaricia a Clarence con el dedo gordo del pie—. ¿Te lo has comido?

—No soporto el pastrami —responde Adam.

—Ah, ya, igual que tu padre. Los hombres sois más raros… —Agarra un puñado de M&M's y se sienta a la mesa—. Tendré que conformarme con esto. Buenos días, cielo. Qué camiseta tan bonita. Deberíamos ir algún día.

Adam se mira la camiseta para acordarse de qué lleva puesto. Es su camiseta del monte Rushmore.

Su madre alisa el periódico del día. En primera plana hay una noticia de las negociaciones sobre la independencia de Lituania y otra de la discriminación laboral de los inmigrantes. Hay otra de una investigación en curso sobre un accidente de avión que se produjo en Lockerbie, Escocia, y también un titular que reza: «Bush menciona por primera vez el sida en un discurso y apoya una ley para proteger a las víctimas». La madre de Adam le da un golpe con el dedo a la fotografía del presidente como si estuviera echando a una hormiga de una mesa de pícnic.

—Su primera mención al sida —gruñe—. Lleva un año y medio en el cargo y por fin se anima a hacer algo al respecto. Es igual de horrible que su antiguo jefe, Reagan. No me creo que tengamos que aguantar dos años más a este imbécil.

—O seis —dice Adam, agachándose para atarse las zapatillas.

—Retíralo —le responde su madre—. Por cierto, ¿te has inscrito para votar? Ahora ya puedes.

—Ya me inscribiré. Ahora llego tarde al curro.

—Espera, tengo un mensaje para ti por algún lado. —Hojea varios papeles que tiene encima de la mesa y le da un pósit en el que está escrito el nombre de Callum—. Parece muy educado.

Adam es consciente de que sus padres saben de la existencia de Callum, aunque no les haya hablado de él. Debería tratar el tema con más normalidad. Pero sabe que, en cuanto reconozca que está saliendo con alguien, no dejarán de hacerle preguntas. «¿Cómo está Callum? ¿Podemos conocerlo? ¿Por qué no lo invitas a cenar? ¿Estáis familiarizados con el sexo seguro?».

—¿A qué hora vuelves? —le pregunta su madre.

—No lo sé. Imagino que tarde.

—Yo también. Tengo que hacer un millón de recados. Tengo que ir a la farmacia, al súper, uy, y a Lilac's Chocolate. Tengo que comprarle un regalo a Bryan. Le encantan las cerezas cubiertas de chocolate. ¿Compro con leche o negro?

—Compra un surtido. Me tengo que ir, o me van a poner de patitas en la calle.

—Vale. Ten cuidado por el camino. No quiero que te atropelle una camioneta ni que… —Señala con el lápiz la fotografía de George Bush—. Tú ten cuidado.

«Ten cuidado». Su madre ni se imagina el peso que tienen esas palabras.

Un repartidor en bicicleta con una gorra de Jeep está intentando arreglar la rueda en lo alto de los escalones de la entrada y le corta el paso a Adam. Adam le dice «Perdona», pero el otro se queda mirándolo y no tiene pinta de que vaya a moverse. Adam le frunce el ceño y luego trepa por la verja para saltar al otro lado de la bici. Aterriza justo delante de un señor mayor que empuja un carrito de bebé lleno de bolsas de la compra.

—Hola, señor Carson —le dice Adam.

El anciano asiente, pero no parece reconocer a Adam. Es lo habitual. Quizá lo reconozca la próxima vez. El señor Carson ha vivido en el edificio de Adam desde la Segunda Guerra Mundial. Cada pocas semanas, el padre de Adam lo manda a su puerta para preguntarle si necesita que le ayude con las tareas de la casa o si quiere que le haga algún recado. El señor Carson siempre le dice que no, pero a veces le pide que se siente y escuche sus batallitas de los cincuenta y los sesenta, cuando nadie en el vecindario tenía dinero, pero todo el mundo se lo pasaba bien. «Había homosexuales por todas partes —le dice—. Y yo era su Mama Rose. Ay, me adoraban. Me traían orquídeas en Navidad y fresas en junio. Pero mis niños ya no están con nosotros. Se pusieron enfermos y ahora ya no están con nosotros».

La primera vez que le contó aquella historia, Adam no estuvo seguro de haberla entendido. Pero ahora sí que la entiende.

Hace más calor de lo que se esperaba; no hay nubes ni viento. Se acerca el verano. La libertad. Podrá estar todo el rato con Callum.

Se baja de la acera y va por la calle, por ese hueco que hay entre el bordillo y el tráfico, esquivando tanto a coches como a peatones. Atraviesa en diagonal un cruce de Hudson Street en lugar de cruzar por los dos pasos de peatones. No tiene tiempo para esperar a que el semáforo cambie de color. No tiene tiempo para seguir las normas.

«Ten cuidado».

Adam llega al trabajo cinco minutos tarde, pero Sonia no se da cuenta. El videoclub está bastante tranquilo durante toda la mañana, y Adam se mantiene ocupado reordenando las películas que han devuelto y actualizando el registro de alquileres y devoluciones. Está detrás del mostrador cuando Lily se acerca a la caja. Lleva puesta una camiseta de manga larga de *Rhythm Nation 1814*. Adam no la ha visto entrar.

—Una para alquilar, por favor —le dice mientras le acerca una cinta por el mostrador.

—Uy, nuevo corte de pelo —le responde Adam—. Te queda bien.

Lily se aparta el flequillo de la frente.

—¿Bien? No me odies por ser tan guapa, amiga.

—Perdona. Quería decir que estás preciosa. Preciosa, espectacular, encantadora y deslumbrante. No sé cómo has conseguido llegar hasta aquí sin que todos los hombres de Nueva York se hayan postrado a tus pies.

—Es una lata —suspira—. Pero me las apaño.

Adam abre el registro y escribe el nombre de la cinta que ha escogido Lily. *Seducir a Raquel.*

—¿Esta no las has alquilado ya dos veces?

—Me gusta Ione Skye, ¿vale? Por cierto, tengo noticias sobre el baile de fin de curso.

—¿Vamos a ir? —le pregunta Adam, escéptico. Ni siquiera se le había pasado por la cabeza asistir al baile.

—Claro que no, pero esa no es la noticia. Lo que quería decirte es que tú y yo vamos a celebrar nuestra liberación de la tiranía de la adolescencia en el Mirror Ball.

—¿El qué?

—¡El Mirror Ball! ¿No has visto *Behind the Velvet Ropes*? Es la fiesta del año. Es para recaudar fondos para algo, pero no recuerdo para qué. Algo gay. El año pasado fue en Roseland y estaba todo el mundo: Dianne Brill, Joey Arias, Quentin Crisp, Lahoma van Zandt y Ru-Paul. Hasta Sylvia Miles. Aunque dicen que siempre va a todo. En fin, que Larry Tee hizo de DJ y había contorsionistas desnudos colgando del techo. Ni un solo estudiante de instituto. El paraíso.

—Suena bien —responde Adam, sin fiarse un pelo. Lily siempre está montando planes que luego nunca salen bien.

—Me abruma tu entusiasmo —le dice—. Pero he conseguido entradas. Me debes cien pavos.

—¿Qué? ¿Cien dólares? ¿Estás de coña? Sabes que no tengo ese...

—¿Qué parte de «la fiesta del año» no has entendido? Va a ser increíble. Podríamos conocer a Rupert Everett. ¡A lo mejor te pide salir! ¡O a mí, según lo que prefiera!

—Claro. Seguro que sí.

—Mírame —le dice Lily muy seria—. Te estoy avisando. Tú, yo, el Mirror Ball, música *house* toda la noche. Tienes que prometérmelo ahora mismo.

—¿Cuándo es?

—El último fin de semana de abril, justo antes de que me vaya a Grecia. Me voy a visitar a mis primos en mayo y junio, ¿te acuerdas?

—¿Te vas a saltar la graduación?

—Perdona, ¿nos conocemos? Me llamo Lily y no me pongo togas ni birretes.

—Ya. Fallo mío.

—Bueno, el Mirror Ball. Prométemelo.

—Te lo prometo.

—Eso es. Bueno, vas a tener que buscarte un modelito. Te ayudaré. Yo voy a llevar un conjunto de cuero y encaje de Trash and Vaudeville. Tiene una abertura hasta arriba y un ribete metálico alrededor del escote. Aún no sé qué me haré en el pelo. Puede que vaya en plan Elvira. Así, tipo bruja. O puede que algo más estrafalario a lo B-52. ¿Qué te parece? Podría ir a lo Annie Lennox.

—No te atreverías a cortártelo tanto.

—¿Me estás retando?

—No, porque, si te retara, lo harías, y luego me echarías la culpa y seguramente me matarías, y te pasarías el resto de tu vida en la prisión de mujeres en el norte del estado comiendo comida de mierda y cagándote en mis muertos.

—En el norte… Puf —responde Lily, estremeciéndose.

—En serio, Lily, ¿por qué no alquilas otra cosa? ¿Has visto *La noche del cometa*?

—Un millón de veces.

—*¿Sammy y Rosie se lo montan?*

—Adam, me estás decepcionando…

—*¿Un hombre lobo americano en Londres?*

—Te juro que como me digas *Escuela de jóvenes asesinos* o *Mystic Pizza* te rompo la crisma.

—Como quieras. —Adam pulsa los botones de la caja registradora—. Dos con trece.

—¿Dos con trece qué?

—Dos dólares y trece centavos. —Adam le hace un gesto con la cabeza al cliente que está detrás de Lily como diciéndole «Enseguida estoy con usted», después se inclina hacia su amiga y le susurra—. Ya he utilizado todos los alquileres gratuitos para amigos de los trabajadores que tenía este mes.

Lily entrecierra los ojos.

—Entiendo…

Y deja un bolso enorme sobre el mostrador.

—Fuiste tú la que me dijo que me buscara un novio. Bonito bolso.

—Vaya, así que ahora es tu *novio*. No puedo seguirte el ritmo. Y gracias. Es de Canal Street.

Lily empieza a rebuscar en su bolso y saca un *walkman,* un cepillo cilíndrico, un mapa del metro, un ejemplar con las esquinas dobladas de la autobiografía de Tallulah Bankhead, una fotografía plastificada de Maria Callas, un paquete de chicles Hubba Bubba y una cajita de hilo dental.

—Mierda, ¿dónde tengo la cartera?

—No pasa nada. Invita la casa —dice, dándole la cinta.

—Gracias. ¿A qué hora sales? Tengo hambre.

—A la una, pero ya he…

—Claro. Fallo mío. Es sábado, ¿no? —Mete la cinta en el bolso y se pone las gafas de sol—. No te olvides del Mirror Ball. Me lo has prometido.

—Lo sé. ¿Hablamos mañana?

—Si quieres, pero tampoco hay prisa. —Le da dos besos al aire y luego se gira hacia la cola que se ha montado tras ella y dice—: ¡Siguiente!

BEN

—Necesito que me hagas un favor —le dice Gil mientras se pasa la bandolera por el hombro—. Se supone que he quedado con Rebecca en el Time Café en media hora, pero me acaban de llamar del trabajo. No consigo ponerme en contacto con ella. Necesito que vayas y le digas que he tenido que ir a quirófano.

—¿Ahora mismo? —pregunta Ben.

—Sí. Está en la Lafayette, a la altura de Bond Street o Great Jones Street o alguna de esas. Sabes dónde es. Hay un letrero.

—Puedo encontrar la cafetería, pero no tengo ni idea de cómo es Rebecca.

—Pintalabios rojo y mucho carácter —responde Gil—. Sabrás quién es en cuanto la veas.

Y, dicho esto, se va.

Media hora. Ben toma la mochila y la gorra de béisbol. Sale de casa y cierra la puerta con llave. Ha oído hablar del Time Café, claro. Lo ha visto en revistas como *Details* y en *The Village Voice*. Se supone que es un lugar famoso porque van muchos modelos. Lo cual, como Ben bien sabe, seguramente quiere decir que no van modelos de verdad, al menos los famosos. En cuanto los periódicos mencionan que los modelos se reúnen en un lugar como el Time Café, solo aparecen por allí los de medio pelo.

Camina rápido y no tarda en llegar a Lafayette Street y plantarse delante del Time Café. Ha llegado cinco minutos antes de lo previsto. Debería poder dar con Rebecca antes de que entre.

Ve su reflejo en la ventana y se queda mirándolo. Tendría que haber dedicado más de dos minutos a escoger la camiseta antes de salir. La camiseta negra que lleva no pega con el tono negro de los vaqueros. Odia cuando le pasa eso. Se restriega el párpado inferior con el dedo para limpiarse un manchurrón de los restos de la raya.

Vuelve a mirar hacia la calle y, de repente, ahí está. Gil tenía razón. La reconoce al instante. Está en el borde de la acera, apagando un cigarrillo con el pie. Lleva unos vaqueros desteñidos, botas de cuero y el pelo negro recogido en una coleta tirante a la altura de la nuca. Lleva una chaqueta en tonos carbón, plata y negro que le resulta familiar. ¿Será una imitación de la chaqueta de cuero de Patrick Kelly que vio en *House of Style*? No puede ser auténtica. Esas solo se ven en París o en las sesiones de fotos.

—¿Rebecca? —le pregunta con voz vacilante, casi demasiado baja como para que lo oiga.

—¿Quién lo pregunta? —responde ella, bajándose las gafas de sol.

—Soy Ben, el hermano de Gil.

—Ben —repite, y sus rasgos afilados se convierten en una sonrisa. Tiene los ojos claros, grises e inmóviles, fijos en él. Tiene un poquito de lápiz de ojos en el párpado inferior, igual que él antes. El pintalabios, tal y como le había dicho su hermano, es rojo intenso. Rebecca le tiende la mano. Lleva el pintauñas negro desgastado—. He oído hablar mucho de ti.

Ben ya está hechizado.

—Encantado de conocerte —balbucea.

—¿Dónde está Gil? He intentado llamarle para cancelar la comida. Me ha salido un trabajo de última hora.

—Me ha enviado para decirte que al final él tampoco podía venir. Lo han llamado para que fuera a quirófano.

—¿Estás de coña?

Ben niega con la cabeza.

—Perfecto —dice ella—. Los planes cancelados por ambas partes son los mejores.

Ben le mira las botas. Están cubiertas de polvo y tienen marcas de rozaduras en los empeines, pero… Un momento. ¿Son las botas de motorista de Chanel que ha visto en *Vogue*? No sabía que ya estuvieran a la venta.

—¿Te gustan?

—¿Son las botas de…?

—Sí —responde—. Hice una sesión de fotos para Chanel hace varios meses.

Ben abre los ojos de par en par.

—No fue para ninguna campaña —comenta—. Fue algo puntual. Mira, te lo digo aquí en confianza: no entiendo por qué no me contrataron. Supongo que lo que quieren es apostar por una imagen un poco menos limpia. Pero me dijeron que me podía quedar las botas. No está mal, ¿eh?

Los ojos de Ben van disparados de las botas a la chaqueta. Si lleva botas de Chanel, ¿puede que esa chaqueta de Patrick Kelly no sea de imitación?

—¿Y la chaqueta…?

—¿Sí?

—¿Es de Patrick Kelly?

Rebecca asiente.

—Gil tenía razón —añade Rebecca—. Se te da bien la moda.

—Leo muchas revistas —responde Ben tratando de controlar la emoción en la voz, porque está hablando con una fotógrafa de moda que lleva una chaqueta de Patrick Kelly de mil dólares como si fuera una ganga de una tienda de segunda mano. *Contrólate,* se ordena a sí mismo.

—Eso me han dicho. Gil dice que cualquier día se le incendia la casa con todos los números antiguos que tienes allí. Te entiendo. En la mía llegan hasta el techo.

Un coche pasa a toda velocidad con Bell Biv DeVoe a tope cantando sobre veneno.

—¿Estás liado? —De repente, el tono de Rebecca suena apresurado. Se mira el reloj, un Timex negro sencillo.

—¿Ahora mismo?

—Sí. Ahora. —Vuelve a colocarse las gafas de sol y empieza a caminar por Great Jones, hacia Broadway, mientras busca un taxi libre—. ¿Y bien?

—La verdad es que no. —Ben se apresura tras ella, hechizado.

—Bien. ¿Quieres ser mi ayudante de fotografía? Hace veinte minutos que debería estar en Paradiso Studios para hacerle fotos a Davina da Silva con seis chaquetas de invierno distintas y el ayudante al que suelo llamar a última hora no puede venir. Es para el número de noviembre de *Elle.* Tendremos que saltarnos la comida, pero siempre hay dulces en el estudio. ¿Qué te parecerían un montón de minibarritas de chocolate?

Ben no es capaz de creerse las palabras que escapan de la boca de Rebecca. ¿*Elle*? ¿Sesión de fotos? ¿Davina da Silva?

—¿Va en serio? —le pregunta.

—Ben, si hay algo que deberías saber de mí, es que siempre hablo en serio. Empieza tu turno. Necesitamos un taxi.

Ben se gira y baja a la calle. Ve un taxi y lo llama con la mano.

—Muy bien —le dice Rebecca. Lo empuja al asiento de atrás y luego entra ella—. Al cruce de Washington con Bethune —le dice al taxista—. Y vamos con prisa.

A pesar de las instrucciones firmes de Rebecca, el trayecto por Houston Street y Bedford es muy lento. Rebecca empieza a impacientarse y da golpecitos con el pie sobre el suelo del taxi.

—¿Qué se supone que hace un ayudante de fotografía? —le pregunta Ben.

—Cualquier cosa que yo te diga —responde —. No es difícil. Mover trastos por todo el set, sujetar los reflectores de luz, cargar las cámaras… Tienes que prestarme atención, solo a mí, y hacer exactamente lo que te pida. Te pagaré sesenta pavos y para las seis estarás libre. ¿Entendido?

—Entendido —responde Ben; parece que le va a dar algo de la emoción.

El taxi se detiene delante de una señal de stop en la esquina de Bedford y Grove. Mientras esperan a que pase el tráfico, Ben se fija en un chico de su edad con el pelo alborotado y una camiseta del monte Rushmore acercándose a un chico alto, muy alto. Camina directo hacia sus brazos como si ese fuera su sitio, como si estuviera volviendo a casa. El chico cierra los ojos. El más alto envuelve al otro en un abrazo protector. Ben se fija en los músculos de esos brazos esbeltos, que se contraen mientras abraza al chico aún más fuerte.

El chico abre los ojos. Son de un verde pálido, como el bronce desgastado, y ven a Ben justo antes de que el taxi arranque.

Dime con qué soñabas.

Cuando estaba en primaria, a mi madre le gustaba decirme «Te quiero» cuando íbamos en el coche y esperar a que le respondiera que yo también. Si no respondía de inmediato, me lo repetía: «Te quiero». Pero lo decía como si fuera una pregunta, para que supiera que tenía que responder: «¿Te quiero?». Y, si seguía sin decírselo, volvía a repetirlo, una y otra vez, y luego empezaba a cabrearse. «¡Te he dicho que te quiero!». Y yo me quedaba mirando por la ventana. Odiaba que me hiciera sentir como una máquina expendedora. Metía una moneda, un «Te quiero», y esperaba a que le diera su caramelo. «Yo también te quiero». Como si aquello fuera una transacción.

Un día el tráfico era espantoso y parecía que no llegábamos nunca. Cuando al fin llegamos a casa, mi madre estaba tan enfadada porque no le hubiera seguido el juego que se encerró en su habitación. Me dejó solo durante la cena.

Me dio igual. Sabía que había pizza en el congelador. Venían dos en cada paquete. Tenía hambre, así que me hice las dos. Casi no cupieron en el horno tostador. ¡Se calentaron mogollón! Me quemé el paladar en cuanto le di el primer mordisco, así que tuve que dejar que se enfriaran un poco. Pero estaban buenísimas.

Me llevé las pizzas y una lata de Squirt delante del televisor y comí mientras veía Vacaciones en el mar y La isla de la fantasía. Me moría de ganas de ir a esa isla. Le diría al señor Roarke que mi sueño era conocer a Cher. Y Cher aparecería y me llevaría a su camerino y me dejaría escogerle la ropa y solo me diría «Te quiero» una vez, al final del todo, y lo diría de corazón.

ADAM

Cuando Adam termina su turno, Callum lo lleva a Rebel Rebel, la tiendecita de música de Bleecker Street. Cada uno de ellos se coloca delante de uno de los tocadiscos con carteles de «Pruébame» y ambos se ponen los auriculares. Adam reproduce un disco de Sinéad O'Connor para ver si tiene otras canciones buenas aparte de *Nothing Compares to You,* pero la verdad es que no le presta mucha atención cuando empieza a sonar. Está demasiado ocupado viendo a Callum escuchar a Bach. El modo en que el rostro de Callum se transforma después de colocar la aguja le resulta hipnotizante. La forma en que mueve la mano marcando un ritmo visible pero creando espirales impredecibles a la vez. Está concentrado al máximo, serio, apasionado, con los ojos cerrados y haciendo dibujos con las manos en el aire. Estira el cuello como si estuviera soportando un dolor intensísimo, y de repente baja el brazo con un golpe seco. Luego, como si le hubiera atravesado una flecha, baja la cabeza poco a poco y acerca las manos hacia su cuerpo, con elegancia, con dulzura, como si fuera un bailarín. Adam podría pasarse toda la vida mirándolo.

—Lo siento —susurra Callum cuando se da cuenta de que Adam lo está mirando, y se quita los auriculares.

—¿Bach? —pregunta Adam.

—¿Estaba haciendo el ridículo?

—Un poco —bromea Adam.

—Bueno, en mi defensa… —empieza a decir Callum, sosteniendo los auriculares—. Escucha.

Las notas rápidas y delicadas se despliegan en la cabeza de Adam; crean una melodía vivaz, liviana, alocada.

—¿Qué instrumento es este?

—Un clavecín. Es como si fuera un piano, pero tiene dos niveles de teclas. Pinza las cuerdas en vez de golpearlas, por lo que la reverberación es mayor. Me encanta. Suena como si estuviera vivo, ¿no? Como el tiempo o… no sé. ¿Lo oyes?

Adam se imagina la escena de *El corazón es un cazador solitario*, cuando Sondra Locke intenta describirle cómo es Beethoven a Alan Arkin. «Es como si fuera agua descendiendo por una colina. Como las hojas antes de que empiece a llover».

—¿Cómo es posible que alguien pueda mover los dedos tan rápido? —le pregunta.

—Scott Ross era un músico increíble. Grabó un montón de piezas antes de morir, el año pasado. Cada vez que las escucho, me recuerdan lo complejo que es Bach. Está el aspecto técnico, como las estructuras y las formas, que son precisas, limpias y muy inteligentes. Pero también transmite significados, ¿sabes? Montones de emociones humanas. Belleza, conflicto, alegría, discordancia, propósito. Lo muestra todo con mucha claridad.

—Como si fuera un cuento —responde Adam. *Belleza, conflicto, alegría, discordancia, propósito.*

—Exacto —dice Callum—. Como si fuera un cuento. Lo captas.

Escuchan unos cuantos discos más, Callum se compra un casete de los conciertos de clavecín y Adam se compra un casete de cuatro dólares con el single de la última canción que ha sacado Madonna: *Vogue*. Solo ha oído algunas partes de la canción, una vez cuando estaba en Duane Reade mientras se compraba un paquete de Trident, y luego la otra noche, cuando el tipo ese que va por ahí en una bicicleta a la que le ha instalado un radiocasete pasó junto a la ventana de su cuarto, con la música a todo trapo, por la parte en la que Madonna recita los nombres de varias estrellas de cine en mitad de la canción. Gene Kelly, Fred Astaire y demás.

Callum extiende la mano.

—Dámela.

—¿Eh?

—A Madonna. Dámela. Tú me das tu música y yo te doy la mía. La música que se escoge al ir a comprar a una tienda de discos dice mucho sobre las personas, y quiero saber más sobre ti.

—Pero apenas conozco esta canción —responde Adam, angustiado por lo que *Vogue* pueda decir de él.

—Sabes lo bastante de ella como para comprarla. Eso quiere decir algo.

—Si tú lo dices…

Intercambian las cintas.

—¿Tienes hambre?

—Muchísima.

—¿Vamos a Mamoun's?

Hace unas semanas llegaron a la conclusión de que Mamoun's tiene el mejor faláfel de toda la ciudad; por solo dos cincuenta te ponen un pan de pita relleno con tres faláfeles, verdura, tahini y toda la salsa picante que quieras. Recogen la comida y siguen por Sullivan Street hasta llegar al SoHo. Hay un parquecito en la esquina de Spring Street al que Adam solía ir con Lily porque había un chico que jugaba al baloncesto que le molaba a su amiga. Es uno de esos millones de lugares anónimos perfectos de la ciudad.

Se sientan a horcajadas en un banco de hormigón sin respaldo, mirándose el uno al otro. Adam ataca su pan de pita con unos mordiscos enormes y voraces. Se ha comido la mitad antes de fijarse en que Callum ni siquiera ha empezado con el suyo.

—¿No tienes hambre?

Callum sonríe a medias, con una expresión melancólica que no pega nada en ese momento.

—Me gusta mucho estar contigo, señor Mount Rushmore.

Adam deja el resto del pan de pita. De repente se ha puesto nervioso.

—A mí también —contesta—. O sea, contigo, no conmigo.

Callum le limpia una miga del hombro a Adam.

Bésame, piensa Adam, esperando que suceda. *Bésame.*

Y entonces, en vez de esperar, Adam aprovecha un instante de valentía. Toma a Callum de la barbilla. Se acerca tanto que la cara de Callum se convierte en un borrón. Inclina la cabeza, lo acerca hacia él y posa los labios en los de Callum, primero con cuidado y, luego, a medida que va ganando confianza, con más intensidad. Callum le sostiene la mano a Adam y entonces empiezan a besarse, a besarse de verdad, ahí en medio del parquecito de Spring Street, y Adam cierra los ojos y abre la boca y sus lenguas se rozan, y entonces siente la mano de Callum alrededor del cuello, acercándolo a él. Es como si se fundiera con Callum, como si se estuviera sumergiendo en su calidez, en su seguridad. Separan los labios, solo lo suficiente como para que a Adam le dé tiempo a respirar, y entonces llega otro beso. Y otro. La sensación se extiende por toda su piel; se muere de ganas de abalanzarse sobre Callum, de tumbarlo de espaldas en el banco y ponerse encima de él para unir hasta el último centímetro de sus cuerpos. Adam quiere más, mucho más, muchísimo más.

Y entonces Callum se aparta de golpe. Baja las manos, se da la vuelta, rompe el hechizo.

A Adam se le cae el alma a los pies. ¿Qué ha pasado? ¿Ha hecho algo que no debía? Mira a Callum a los ojos, que han cambiado por completo en tan solo un instante. Vidriosos. Distantes. El brillo ha desaparecido. Adam busca en ellos alguna pista.

Di algo. Por favor. ¿Qué he hecho?

BEN

Cuando Ben y Rebecca se bajan del taxi en Paradiso Studios, una mujer con gafas de sol envolventes y una camiseta de los Bad Brains les hace señas con un *walkie-talkie* desde la puerta principal.

—Menudo desastre —dice la mujer.

—Siobhán —la llama Rebecca, abrazándola—. A ver, cuéntame.

—Han cancelado el vuelo de Davina desde São Paulo. Catrine está en el piso de arriba en pleno ataque de nervios. Dice que *Elle* necesita las fotos antes de que acabe la jornada o todo su plan de producción se irá al garete. No deja de gritar «¡Solucionalo!». Y yo en plan, ¿qué quiere que arregle? ¿El avión? Yo dirijo el estudio; no contrato a las modelos.

—¿Ha llamado alguien a la agencia?

—Yo misma. Les he hecho prometerme que me mandarían a alguien o si no les partiría las piernas. El caso es que tenemos un estudio lleno de abrigos de invierno, pero no tenemos modelo. Al menos de momento.

—Eres un sol, Siobhán. Te presento a mi ayudante, Ben.

—Encantado —dice Ben.

—Es un genio —dice Rebecca.

Siobhán le estrecha la mano.

—¿Se te ocurre algo, genio?

¿A mí? Ben niega con la cabeza, pero cuando Siobhán los lleva por las escaleras hasta el estudio, empieza a pensar. Repasa miles de millones de imágenes que tiene en el cerebro. Entre ellas, encuentra varias fotografías que vio hace unos cuantos meses en una revista de moda alemana.

—¿Los abrigos son ajustados? —pregunta—. ¿O son más bien gordos y holgados?

—No son ajustados —responde Siobhán—. Son enormes, de unos colores superchillones.

—Mmm… Y si… —Deja la frase a medias—. Bah, da igual.

—Y si… ¿qué? —pregunta Rebecca.

—Nada. Es una tontería.

Rebecca se detiene en medio de las escaleras y le corta el paso.

—Escúchame bien, Ben. Como asistente mío que eres, no eres tú quien decide si tus ideas son tontas. Eso lo decido yo. Tú me cuentas tu idea, y yo te digo si es tonta o no. ¿Lo entiendes?

Ben traga saliva.

—Bueno… ¿De verdad os hace falta una modelo famosa como Davina? Es una modelo increíble, pero si los abrigos son grandes y de colores chillones, quizá puedan ser ellos los protagonistas.

—¿Te refieres a que hagamos un bodegón?

—No, con gente. Pero no con Davina.

—Pero *Elle* quiere a modelos famosas —protesta Siobhán.

—Sí, normalmente sí —responde Rebecca—. Pero sigue, Ben.

—A lo mejor podríamos fotografiar tres o cuatro abrigos al mismo tiempo, en vez de que Davina se los vaya poniendo uno a uno. ¿Y si hubiera más de una persona en las fotos y estuvieran moviéndose para que quedase como borroso? Se perderían algunos detalles, como los rasgos faciales, pero sería muy rollo Ellen von Unwerth.

Rebecca mira de repente hacia atrás.

—¿Sabes quién es Ellen von Unwerth?

—Es una de mis fotógrafas favoritas.

—A *Elle* no le gustan las fotos borrosas ni excéntricas —dice Siobhán.

—Con que no, eh… —comenta Rebecca—. Vamos a echarles un vistazo a esos abrigos.

Ben las sigue por las escaleras y entran en una sala inmensa con techos altísimos e hileras de ventanas cuadradas sucias a cada extremo. Las paredes de ladrillo alternan el rojo y el blanco. Hay algunos muebles por aquí y por allá, y el suelo, de tablones de madera, está cubierto por capas de laca. Las botas de Rebecca resuenan con cada paso que da. Todo tiene un aire tosco, industrial, como si fuera un almacén vacío, como si alguien hubiera encendido las luces en mitad del videoclip de *The Pleasure Principle*. Lo único que falta es Janet Jackson.

—Menos mal que aún no han limpiado las ventanas —comenta Rebecca.

—¿Por?

—Es más fácil trabajar con poca luz. Los colores resaltan más. Puedes jugar con la profundidad.

—Tienes más control —responde Ben, aún pensando en Janet Jackson.

—Veo que lo entiendes.

Al final de la sala, dos mujeres jóvenes con vaqueros y camisetas blancas tiran de una hoja de papel enorme, de unos tres metros y medio de ancho, que cuelga de un rollo en el techo. Bajan el papel como si fuera una cortina hasta el suelo y lo colocan sobre las tablas de madera para crear un fondo y un suelo blanco. Enganchan el papel a dos postes que han puesto de manera temporal a cada lado para que se quede en su sitio. Por los altavoces del techo suena muy flojito *Listen to Your Heart*.

—¿Seguro que quieres hacerlo con todo el fondo blanco? —pregunta Rebecca, y luego, en voz baja, añade—: ¿A qué viene poner a Roxette?

—Catrine dijo que necesitaba huecos en blanco para añadir el texto en la página —susurra Siobhán—. Y ya sabes que le encanta Lite FM.

—Ay, señor. Bueno. A ver esos abrigos.

Siobhán le señala tres percheros enormes con ruedas llenos de parkas (como mínimo, debe de haber unas treinta) gordas, acolchadas y brillantes, de colores chillones: rojas, azules, verdes, naranjas y moradas.

Hay dos chicos con camisas vaqueras y gafas tintadas apoyados contra la pared, al lado de los percheros, que parecen tan estresados como aburridos.

—Aleluya, ya era hora —le dice uno de ellos a Rebecca—. ¿Sigue adelante todo esto o qué?

—Confía en mí, Derek —responde Rebecca—. Sigue adelante y va a quedar estupendo. Te presento a Ben, mi musa y mi amuleto. Ben, te presento a Derek y a Charles. El mejor equipo de peluquería y maquillaje de toda la ciudad, y también la pareja más adorable del mundo mundial.

—Hola, musa —dice Charles—. Sin presión, ¿eh?

—No le hagas ni caso a este, que es una perra —dice Derek—. Encantado de conocerte.

—Escuchadme —dice Rebecca—. Davina sigue en Brasil. Pero no os preocupéis; la he contratado para otra sesión dentro de dos semanas para *Tatler*. Os juro que contaré con vosotros para el proyecto.

—¿De qué es la sesión?

—De joyas. Piedras enormes, preciosas y caras. Bulgari, Van Cleef, Tiffany.

—Harry Winston, cuéntame más —responde Derek imitando la voz de Marilyn Monroe.

Charles se ríe con disimulo.

—Hoy deberemos apañarnos con lo que tenemos. Las modelos llegarán en veinte minutos, y va a haber que meterle caña porque solo tenemos el estudio hasta las seis.

—¿Qué modelos?

—Todo a su debido tiempo, mi querido Charles. ¿Dónde está Catrine?

Charles señala hacia detrás de un perchero, donde hay una mujer con una rebeca morada sentada en un tocador improvisado, estudiando su reflejo.

Rebecca se vuelve hacia Ben.

—Es nuestra clienta. Todo depende de que la tengamos contenta. Ven conmigo y deja que hable yo.

—Entendido —responde Ben.

Rebecca cambia a un tono cantarín.

—¡Catrine! Mírate. Me encanta cómo te queda ese color. Quiero presentarte a mi ayudante, Ben. Ben, te presento a Catrine Jericho, directora de moda y visionaria.

—Encantado de conocerla, señora Jericho —dice Ben.

Catrine le lanza una mirada glacial y luego se vuelve hacia Rebecca:

—¿Y bien?

—No te preocupes. Tenemos unas ideas estupendas que creo que te van a encantar. Vamos a darle caña.

Catrine resopla y vuelve a mirarse en el espejo.

—Eso ya lo veremos.

—Déjame que te presente a Jorge —le dice Rebecca a Ben, señalando a un hombre esbelto que lleva una chaqueta de cuero negra y unos botines de ante morados—. Es nuestro estilista, y mi persona favorita en el mundo.

—Hola, encanto —le dice Jorge. Los rizos sueltos le rebotan mientras le da un beso en la mejilla a Rebecca.

Ben se fija en que, debajo de la chaqueta, lleva una camiseta de Keith Haring.

—Me gusta tu camiseta —le dice Ben.

—Gracias, encanto número dos —responde Jorge—. Es de Pop Shop.

—Se llama Ben —le dice Rebecca—. Venga, cuéntame qué ha pasado.

Jorge gesticula «Catrine» con la boca y mueve el dedo en círculos en la sien.

—Como una cabra —le susurra—. Como una auténtica cabra.

—¿Tan mal?

—Exagerado. Y esta música, uf. Me siento como si estuviera en el dentista.

—Ha habido días peores —responde Rebecca, chocándole la mano a Jorge—. Bueno, ¿qué rollo estamos buscando?

—Rollo bola de nieve, pero en plan chic —responde Jorge—. No de esquiadora sexi ni Doctor Zhivago, que está muy visto ya. Más tirando a moda de París. Como una ilustración de Antonio López, pero con un estilo más deportivo.

—Me encanta Antonio López —comenta Ben—. Es el mejor.

Jorge señala a Ben y le dice a Rebecca:

—No lo sueltes. Este chico sabe de lo que habla.

—Me alegro de que alguien sepa algo. Yo ya me he perdido.

—Vale. Visualízalo: hace frío. Es invierno. En plan ártico. Rollo: «Uy, qué frío hace aquí fuera. Seguro que está a punto de caer moda del cielo». En plan, tengo los pezones duros. En plan, enviadme un san bernardo. Pero también estoy en la discoteca. ¿Ves las lucecitas que emite la bola de la discoteca? En realidad es nieve. ¿Lo vas captando? —Saca una chaqueta verde chillón del perchero, se la echa al hombro y posa con morritos sexis—. ¡Dale caña!

—Jorge, me muero por vivir en tu mundo —le dice Rebecca—. No quiero vivir en ningún otro lado.

—Puedes venir cuando quieras —responde Jorge—. Y lo mismo le digo a tu amiguito Ben.

Catrine se acerca despacio a propósito.

—Esto no va de ninguna discoteca —dice sin rodeos y sin dirigirse a nadie en concreto—. La idea es: abrigos de colores chillones cuando el mundo es gris. Es muy fácil. ¿Lo entendéis?

—Y mira qué colores —exclama Rebecca—. ¡Y el corte! Mira ese naranja con el cuello enorme. Está diseñado para que te tape toda la cara. ¡Y qué capuchas! Son inmensas. Vamos a tratar de realzar las formas. ¿Cuántas páginas van a ser, Catrine?

—Un reportaje de tres páginas —responde—. Pero tenemos que centrarnos en el color; las formas son secundarias.

—Un reportaje de tres páginas —repite Rebecca—. Vale. ¿Una foto alargada para dos páginas y otra para la tercera, o todas por separado?

—Haz ambas versiones —responde Catrine—. Y necesito que quede mucho espacio para el texto.

—Claro. —Rebecca sonríe, y Ben es consciente del esfuerzo que le supone.

Mientras Catrine vuelve a su sitio frente al espejo, Ben se fija en que las chanclas de charol le vienen pequeñas; se le salen los talones. Jorge se acerca a él y le susurra:

—A eso lo llamamos «enseñar la galleta», que es lo contrario a que te sobresalgan los dedos de los pies. A eso lo llamamos «enseñar las gambas».

—Muy bien —interrumpe Rebecca, cortante—. Vamos al lío. Ben, pídele a Jordana, la chica que está abajo en el mostrador, que suba. Luego ve a Tortilla Flats en la calle Doce y pregunta por Nicola. Dile que la necesito aquí tan pronto como pueda. Solo será media hora, y haré que le valga la pena.

—Entendido.

—Siobhán, ven aquí. Jorge, dame ese abrigo azul. Quiero ver cómo le queda a Siobhán.

—¿A mí? —pregunta Siobhán.

—¿A ella? —pregunta Jorge.

—Sí. El azul.

—El ultramarino —corrige Jorge.

—Eso he dicho. Ultramarino. Ben, te he dicho que te fueras. ¡Venga!

Ben baja corriendo las escaleras y le hace llegar el mensaje a Jordana; después va a toda prisa por la calle hasta que llega a Tortilla Flats. Nicola está justo en la puerta para recibir a los clientes.

—Por Rebecca, lo que haga falta —le dice—. En diez minutos estoy allí.

Ben vuelve a toda leche al estudio, donde se encuentra a Siobhán y a Jordana delante del fondo blanco. Siobhán lleva una parka de color amarillo chillón con el cuello levantado de forma que le cubre hasta los ojos. Jordana tiene la capucha púrpura de su abrigo bien calada. Las mujeres de las camisetas y los pantalones blancos, Rita y Amy, se están probando otros abrigos.

Rebecca cuelga su chaqueta de Patrick Kelly del respaldo de una silla y se queda en una camiseta de tirantes.

—Llega en diez minutos —le dice Ben.

—Estupendo. Conociendo a Nicola, estará aquí en tres... dos...

Nicola irrumpe por la puerta. Rebecca le da dos besos en las mejillas, señala a Jorge y le grita:

—Jorge, ¿qué te parece el azul para Nicola? Digo, el ultramarino.

Jorge mira a Nicola.

—Eres guapísima —le dice.

—Derek, necesito que te pongas a peinar a Amy.

Poco después, Amy lleva un abrigo naranja y Rita uno verde, y las cinco modelos improvisadas se ponen delante del fondo blanco, sin mirar a la cámara. Rebecca les hace fotos y no deja de gritar instrucciones:

—¡Más alto! ¡Cambiaos de sitio! ¡Siobhán, ponte en uno de los extremos! ¡Nicola, tú al centro! ¿Qué te parece, Catrine? ¿Ves bien los colores?

Catrine se encoge de hombros y se da la vuelta.

Rebecca le guiña un ojo a Ben.

—Vale, está contenta. Ahora dime la verdad. ¿Qué piensas?

—Está guay —responde Ben.

—Mientes fatal. Prueba otra vez.

Ben parpadea.

—Vale… Es muy colorido, pero quizá un poco rígido. Parece la campaña de Benetton de 1986.

—Tienes razón. ¿Cómo puedo mejorarlo?

—¿Ves el abrigo morado de Jordana? Cuando se queda quieta, tiene solo un color liso. Pero cuando se mueve bajo la luz que viene de arriba, mira, ¿lo ves? Entrecierra los ojos para que esté un poco borroso. Es como si el nailon dejara una ráfaga en el aire, como si tuviera una cola, como un cometa. Ese abrigo tiene muchos colores, pero no se ven cuando Jordana se queda quieta. Con el azul pasa lo mismo.

—El ultramarino —le dice Rebecca—. ¡Nicola! Da una vuelta, porfa.

—¡Mira! —exclama Ben—. ¿Lo has visto? Es como si el abrigo estuviera pintando el aire. ¿Será por la luz? ¿Te las imaginas bailando? ¿Podrías conseguir eso en una foto?

Rebecca se queda mirando a Jordana y luego, despacio, se gira hacia Ben.

—¿Pintando el aire?

Ben se pone rojo como un tomate.

—Lo siento. No sé mucho de fotografía.

Rebecca se queda mirándolo durante un instante, impasible, pero luego le cambia la expresión y sonríe. Toquetea la cámara, ajusta los controles para reconfigurarla y luego va hasta el equipo de música que hay en un rincón y cambia el CD.

—¿A todo el mundo le gusta la música *house*? ¡Decidme que sí!

Le da al *play* y sube el volumen al máximo. Un ritmo *house* llena el estudio, con unos bajos muy graves y un golpeteo rítmico. Rebecca empieza a bailar mientras vuelve hacia Ben, mordiéndose el labio y moviendo la cabeza.

—¡Esta canción me flipa! —grita Jorge. Levanta un brazo al aire—. ¡LNR! *Work it to the bone bone bone!*

Ben empieza a menear la cabeza, Derek y Charles bailan con Jorge, y Rebecca se lleva la cámara al ojo y grita:

—¡Muy bien, mis supermodelos! ¡Necesito que os mováis! ¡Bailad! ¡Dad vueltas! ¡Saltad! ¡A ver ese Cabbage Patch, ese Smurf y ese Running Man!

Ben entrecierra los ojos y ve que el morado, el naranja, el amarillo, el verde y el ultramarino empiezan a girar y a saltar y a brincar y a agitarse y a jugar por delante del fondo blanco, y los cinco colores se convierten en quinientos colores, en cinco mil, en cinco millones, todos distintos, todos vivos, todos bailando.

ADAM

Cuando se terminan el faláfel, Callum recoge los envoltorios, los tira en la papelera junto a la puerta de la verja y pregunta:

—¿Vienes conmigo? Tengo que ir a la tienda de partituras.

Parece cansado cuando se lo pregunta. Distraído. Aturdido. Han pasado unos minutos desde el beso y sigue con la mirada ausente.

Sí. Claro que Adam quiere ir al centro. Ahora mismo Adam iría a cualquier sitio con Callum. Separarse en este momento, con la incertidumbre que siente, sería insoportable.

—¡Claro! —dice, tan alegre como puede.

Vuelve, Callum, piensa.

Caminan hasta la estación de la calle Cuatro Oeste para tomar el metro de la línea F, se sientan juntos y permanecen en silencio, mirándose los pies. Cuando el metro se detiene en la calle Catorce, Callum desvía la mirada de sus propios zapatos a los de Adam y dice en voz baja:

—Me has besado.

¿Es una acusación? ¿Una queja? ¿Tan solo una constatación de un hecho? Adam se muerde el carrillo.

—Sí —dice. ¿Debería añadir que lo siente?

Adam espera que diga algo más, pero Callum se queda callado mientras los pasajeros se mueven a su alrededor; algunos se suben al metro, otros se bajan. Un hombre vestido con un chándal Adidas y zapatos finos con la puntera recamada se coloca frente a ellos, tan cerca que resulta incómodo.

—Me ha gustado mucho —dice Callum, y la seguridad de su voz inunda a Adam como agua caliente.

Adam deja de morderse el carrillo. Quizá no haya hecho nada malo después de todo.

El metro vuelve a ponerse en marcha, pero se detiene al momento entre las calles Catorce y Veintitrés. Las luces parpadean y se terminan apagando; dejan el vagón a oscuras. Nadie reacciona. Adam no se sorprende; nadie suele reaccionar a menos que el apagón dure más de uno o dos minutos, o si ocurre dos veces seguidas. Un problema momentáneo como este no merece atención en Nueva York. Es lo normal. Todo el mundo está acostumbrado. Nadie tiene miedo.

Cuando las luces vuelven a encenderse tras varios parpadeos, Callum está mirando a Adam.

—¿Puedo hacerte una pregunta? —le dice.

—Acabas de hacerlo —responde Adam. Es una vieja broma de su padre.

Callum esboza media sonrisa.

—Muy buena.

—Gracias. Llevo tiempo ensayándola.

—¿Beso bien?

A Adam le sorprende la pregunta. ¿Se lo está preguntando en serio, con lo seguro de sí mismo que parece?

—¿Estás de broma? —responde.

—No. En serio. ¿En qué puesto estoy, en comparación con los demás chicos a los que has besado?

El metro llega a la parada de la calle Veintitrés. Se abren las puertas y se baja una joven con un niño pequeño en una mano y una bolsa de la compra en la otra. Una mujer algo mayor, con unos vaqueros cortados y un jersey amarillo, ocupa su asiento. Las puertas se cierran y el metro vuelve a ponerse en marcha.

—Eres el primer chico al que beso —dice Adam—. Bueno, solo me han dado un beso antes, pero ese no cuenta.

Fue un chico del Xavier que besó a Adam en una fiesta que montaron en una casa de Chelsea hace un año. Adam se asustó y huyó de la fiesta.

Callum asiente con la cabeza y vuelve a bajar la vista a los zapatos.

—Bueno, pues deberías saber que yo sí he besado a otras personas antes. Tengo algo de experiencia. —Adam no se sorprende; siempre había dado por hecho que Callum tenía más experiencia que él. Pero no está seguro de qué responder—. En realidad tengo bastante. Bueno, mucha. Un montón.

Hay miles de cosas que Adam no sabe sobre Callum, miles de cosas que nunca le ha preguntado. Callum ha mencionado alguna vez a su familia, a sus tres hermanas mayores y a sus padres ultracatólicos. Ha bromeado sobre su instituto, un centro enorme de las afueras al más puro estilo de *El club de los cinco*, con sus deportistas, sus empollones, sus frikis y sus reinas del baile. Pero son cosas que solo ha mencionado de pasada, como si ya nada de eso importara, como si todo perteneciera a un lugar y a una época que Callum ha dejado atrás. El pasado de Callum parece muy lejano, a diferencia del de Adam, que sigue apilado en sus estanterías y guardado en el armario de su cuarto.

—Hay algo más... —prosigue Callum. Aprieta los puños y los deja sobre las rodillas. Mira a Adam, y luego detrás de él, hacia la multitud que entra en el vagón desde la calle Treinta y Cuatro—. Joder. No imaginaba que fuéramos a tener esta conversación en el metro.

Una oleada de pánico atraviesa a Adam. Nunca había visto a Callum tan serio, con la cara tan sombría. ¿De qué puede tratarse? Le cuesta respirar; está ansioso y preocupado.

Las puertas del vagón se cierran y vuelven a sentarse en silencio hasta Times Square.

—Vamos a bajarnos —dice Callum—. Podemos ir andando desde aquí.

Salen al cruce de la calle Cuarenta y Dos con la Sexta Avenida, frente a Bryant Park, que sigue oculto tras un muro de madera. Lleva ya dos años cerrado. Es uno de esos proyectos de renovación urbana que pone de los nervios al padre de Adam. «¿Por qué tardan tantísimo? Solo hay que poner un poco de césped, plantar algunos árboles, ¡y listo! ¿Qué problema hay?». Suelta esos comentarios cada dos por tres, y su madre siempre tiene que recordarle que también están renovando las estanterías subterráneas de la biblioteca pública que quedan bajo el parque. «Ah, sí —dice—. Es verdad. Estoy algo despistado».

—Se me ha ocurrido una idea mejor que ir a por las partituras —dice Callum—. Vamos a sentarnos al sol en las escaleras de la biblioteca. Las estatuas de los leones dan buena suerte, y hoy me vendría bien tener un poco.

¿Suerte? ¿Para qué necesita tener suerte? A Adam le sale la ansiedad por las orejas.

—Vale, vamos —responde, y fuerza una sonrisa.

—¿Sabes que tienen nombre? —pregunta Callum—. Los leones.

—Paciencia y Fortaleza —contesta Adam; todos los niños de las escuelas públicas de Nueva York lo saben.

—Muy bien —lo felicita Callum.

Doblan la esquina hacia la concurrida acera de la Quinta Avenida y pasan por delante de largos parterres de tulipanes que en primavera se vuelven de un rojo deslumbrante. La biblioteca se alza frente a ellos, con su fachada majestuosa, grandiosa, más propia de un museo que de una biblioteca. Las fuentes, los pilares, los dos leones gigantes y una enorme escalinata conducen a las imponentes puertas de la entrada principal. Al padre de Adam le encanta este edificio. «Es una obra maestra de la arquitectura *Beaux Arts* —dice siempre, antes de sonreír con suficiencia por haber utilizado términos arquitectónicos sofisticados—. Sí, he dicho *Beaux Arts*. No está mal para un zopenco como yo, ¿eh?».

Se sientan en mitad de los escalones, a medio camino. Hay más gente, sola, en parejas y en grupos, sentada en los escalones, por aquí y por allá, descansando, tomando el sol y mirándose unos a otros. En la acera, una pareja de mediana edad se detiene frente a los tulipanes. La mujer le agarra el brazo al hombre con ambas manos y apoya la cabeza en su hombro. Él se gira para darle un beso en la frente.

Adam se impacienta.

—Callum, ¿qué...?

—Vale, a ver —le interrumpe Callum—. Si tú y yo vamos hacia donde creo que vamos, hay algo que quiero que sepas. Algo que *necesito* que sepas.

Adam asiente.

—Pero no lo puede saber nadie más, ¿vale? Solo tú.

Solo tú.

—Te lo prometo —contesta Adam.

Si Adam pudiera detener el tiempo en este instante y rebuscar en lo más profundo de su mente, descubriría que ya sabe lo que está a punto de oír. Ha sentido cómo se iba incubando, como una tormenta.

—Bueno —empieza a decir Callum, pero luego se detiene. Toma una bocanada de aire de nuevo—. Necesito que sepas que soy seropositivo. Tengo...VIH.

Lo dice rápido, como corriendo, como contrarreloj.

Las palabras penetran despacio en los oídos de Adam; cada una de ellas es un peso que le presiona el cerebro. «Tengo... VIH». Dos palabras. Una frase simple. Afirmativa y clara. Adam la entiende a la perfección. Y, sin embargo, no le encuentra sentido. Lo único que puede hacer es mirar a la pareja que sigue junto a los tulipanes.

—Joder, qué raro se me hace decirlo en voz alta —dice Callum.

No, piensa Adam. *No*. El VIH es cosa de otros. El VIH es para la gente que va a morir. No puede estar ahí con ellos. No puede tenerlo Callum. Callum no va a morir.

—Vale —contesta Adam. Une las manos en el regazo y las aprieta.

—¿Vale?

Un aluvión de palabras y sílabas atraviesan la mente de Adam; aparecen y desaparecen, se mueven de un lado para otro y dan vueltas ante él como un banco de peces imposible de atrapar. Se zambullen, saltan, cambian de forma y se arremolinan, burlándose de él mientras trata de alcanzarlas en busca de algo que decir, avergonzado por su torpeza. *¿Por qué? ¿Cómo? ¿Cuándo? ¿Con quién?* No puede atraparlas, ni una sola. *¿Estás enfermo? ¿Te estás muriendo? ¿Y qué pasa con nosotros? ¿Conmigo?* Siente una marea en los pies que lo arrastra mar adentro. *Aguanta, Adam*. Respira. Baja la barbilla hacia el pecho.

—No sé qué más...

—No estoy enfermo —le interrumpe Callum—. Quiero que lo sepas. Estoy sano.

Adam nota la tensión en la voz de Callum. Está tratando de sonar optimista, de orientar a Adam, al igual que hizo su abuela en las últimas etapas del cáncer. «No te preocupes, cariño —le decía—. Soy fuerte. Estoy hecha un toro». Estaba más preocupada por él que por sí misma. Murió cuando Adam tenía nueve años.

—Debería habértelo dicho antes —dice Callum.

Adam se queda mirando la rodilla de Callum, ese desgarro perfecto en sus vaqueros. Después pasa la mirada a la mano de Callum, al grupito de pecas que tiene justo debajo del hueso de la muñeca, tan suave, tan joven. Le ve el pulso, un ritmo ligero que golpea la piel desde el interior. Uno, dos, tres. Su sangre.

De repente piensa en su barrio, donde ha visto sufrir a tantos hombres, mientras él se mantenía a una distancia prudencial. Ha visto las caras demacradas. Las bocas entreabiertas. Los cuellos deformes, los ojos que no ven, los moratones, las facciones acentuadas, el ritmo al que se mueven, la palidez, las sombras. *No. Callum, no.* Aprieta los párpados para tratar de borrar las visiones.

—¿Adam? —Adam sacude la cabeza. Le da miedo intentar hablar ahora. Tan solo siente una pesadez enorme—. Bueno. Pues ya lo sabes.

Adam debería decir algo reconfortante, tranquilizador. Debería decir que no pasa nada. Debería decir que Callum va a estar bien. Debería volverse hacia Callum y sostenerle la cara y abrazarlo y decirle que todo va a ir bien. Debería hacer que Callum se sintiera mejor, seguro, consolado, conforme. Pero algo en su interior no funciona. No puede girarse. No puede moverse, solo puede retorcer las manos en el regazo una y otra vez.

Callum vuelve a hablar, más solemne esta vez:

—Sé que esto te puede venir grande. Si quieres que lo dejemos, si quieres salir pitando, si quieres cortar por lo sano e irte, lo entenderé.

—¿Es eso lo que quieres que haga? —Las palabras salen sin querer, como si vinieran de otra parte.

—No, Adam. Para nada. Es solo que sé que es algo que puede venirte grande y…

La voz de Callum se desvanece. Tal vez haya dejado de hablar, o tal vez Adam haya dejado de escuchar. Quién sabe. En este momento todo parece extraño, incomprensible, ajeno. Y silencioso. El tráfico de la Quinta Avenida pasa a toda velocidad sin que Adam oiga nada. Tampoco oye a la gente a su alrededor. Toda la ciudad está sumida en un silencio sepulcral.

Al fin, Callum se levanta.

—Bueno, me voy —dice.

Se detiene un momento, como si esperara la respuesta de Adam, y luego se aleja; baja los escalones paso a paso, primero lento, pero luego empieza a trotar, haciéndose cada vez más pequeño a medida que se marcha.

Adam se queda sentado, paralizado.

Esta es la escena en la que el público espera que Adam se levante de un salto y corra tras Callum. Si es rápido, podrá alcanzarlo a la altura de los parterres. Podrá agarrarlo y abrazarlo, y decirle allí mismo, en la Quinta Avenida, delante de mil tulipanes, que no pasa nada, que lo único que importa es estar juntos, en la salud y en la enfermedad, pase lo que pase, juntos para siempre. Y podrá rodear a Callum con los brazos y besarlo, y la cámara podrá acercarse para capturar la devoción en su mirada, y la gratitud en la de Callum, y la intensidad de su abrazo; y la música sonará más fuerte y la multitud de las escaleras estallará en vítores porque no saben lo que les espera, y el público llorará porque ellos sí saben lo que les espera, pero todos vitorearán por la misma razón: porque creen, o quieren creer, que el amor lo vence todo.

¿No es así?

Pero Adam no saltará ni correrá. Se limitará a quedarse sentado entre Paciencia y Fortaleza y a ver cómo se aleja Callum.

BEN

Después de la sesión de fotos, Rebecca se sienta en el suelo, en medio del estudio, y dispone todo su equipo fotográfico. Cámaras, carretes, estuches, objetivos, filtros y medidores de luz. A Ben le parece increíble que todo eso quepa en una mochila tan pequeña.

—Hago esto seis veces a la semana y todavía no sé cómo consigo que quepa todo —dice—. ¿Por qué no puedo ser como Bill Cunningham y llevar solo una camarita compacta colgada del cuello?

—¿Quién?

—Bill Cunningham. Fotografía las colecciones para *Details* y trabaja también para *The New York Times*. Pero para el *Times* no hace sesiones de estudio como esta; trabaja sobre todo en la calle, ¿sabes? Suele hacer fotos a gente rica con ropa de diseño, porque eso es lo que quiere el periódico, pero también a gente corriente, en el parque o donde sea. Busca la inspiración en la ropa de la gente. Ya sea en un traje caro de Yves Saint Laurent que lleva una mujer elegante del alto Manhattan o en unas zapatillas que ha tuneado un *skater*. Es una de las pocas personas de esta industria que reconoce de dónde vienen las ideas. Si le parece interesante, le parece interesante. Te recuerda que hay ideas en todas partes, no solo en los talleres de lujo. Los mejores diseñadores también piensan así.

—¿A qué te refieres?

—Por ejemplo, si te fijas en una colección de Vivienne Westwood o de Isabel Toledo o de Stephen Sprouse o de Mugler o… de Patrick Kelly —dice mientras señala su chaqueta, todavía colgada de la silla—. No piensan solo en la moda. Piensan en el arte, en la música, en lo que está ocurriendo en el mundo. Piensan en ideas. Salen a la calle y miran a su alrededor. ¿Me entiendes?

—Me encanta Patrick Kelly.

Rebecca inhala con brusquedad.

—¿Sabes que murió hace unos meses?

—No lo sabía.

—Pues sí. Y el mes pasado, Tseng Kwong Chi. Me encantan sus fotos. Murió como tres semanas después de Keith Haring. ¿Recuerdas el libro que hicieron juntos, *Art in Transit*? Y Way Bandy, Angel Estrada, Willi Smith, Joe MacDonald... Y muchos más. Muchísimos.

—Antonio López —dice Ben.

—No termina nunca. No paro de pensar en el mundo que se nos va a quedar si esto no para. —Toma aire con fuerza y mira hacia el techo—. Madre mía, Rebecca, mantén la compostura.

—¿Y tú? —le pregunta Ben, para cambiar de tema con cautela—. ¿A dónde vas para mirar a tu alrededor y buscar ideas?

—A todas partes —contesta—. Siempre estoy buscando inspiración. Últimamente me llama mucho la atención el East Village. Está repleto de ideas. Deberías darte una vuelta por allí.

Terminan de guardarlo todo y bajan a la acera de Washington Street. Ben trata de encontrar algún taxi para Rebecca, pero la calle está vacía.

Rebecca se enciende un cigarrillo.

—No pasa nada. No tengo prisa. Y quiero preguntarte una cosa.

—Dime.

—¿Dónde crees que estarás dentro de diez años?

Ben intenta imaginarse a sí mismo con veintiocho años. Le parece que quedan siglos para eso. ¿Qué aspecto tendrá? ¿En qué trabajará? ¿De quién estará enamorado?

—Supongo que aquí —responde—. En la ciudad.

—No me refiero a eso. Ya sabes lo que quiero decir. ¿Quién serás dentro de diez años?

Se encoge de hombros.

—Yo, supongo.

—¿Y ese quién es?

—¿A qué te refieres? Yo soy yo.

Rebecca le da una larga calada al cigarrillo y estudia los ojos de Ben.

—¿Estás seguro de eso?

—No sé de qué me estás hablando.

Rebecca se ríe.

—Creo que yo tampoco lo tengo muy claro —dice—. Es solo que pienso en mí hace diez años, cuando llegué aquí por primera vez en autobús desde Pueblo, Colorado, y en lo poco que sabía sobre quién era. Tú pareces conocerte mucho más que yo me conocía a mí misma por aquel entonces. Pareces mucho más seguro de ti mismo.

Ay, qué equivocada está.

—¿Qué hiciste cuando llegaste? —le pregunta Ben.

—Conseguí un trabajo de ayudante de camarera en el CBGB. Me llevaba la cámara y durante mis descansos hacía fotos a las bandas que iban allí a tocar. Talking Heads, Blondie, Ramones, Patti Smith, los Fleshtones. Esas sí que eran fotos espantosas. No tenía ni idea de cómo sacar buenas fotos con esa iluminación. Estaba muy oscuro y olía fatal, y todas las superficies estaban pegajosas. Siempre acababa malgastando un montón de carrete. Ojalá hubiera sacado al menos una o dos buenas fotos. ¿Sabes lo alucinante que la gente pensaría que soy si tuviera una fotografía inmensa de Mink DeVille expuesta en una galería del SoHo?

—¿Ese quién es?

—Una banda de punk. Ya he dejado ese mundillo atrás. Me costaba horrores trabajar al día siguiente, después de haber trasnochado. Y, si quieres triunfar en este mundo tan loco de la moda, tienes que currar sin parar ni un momento. —Apaga el cigarrillo—. Apuesto a que el CBGB acaba siendo una *boutique* o algo por el estilo. O un restaurante. Algo así, que sea una apuesta segura. Pero así es Nueva York. Aquí nada es para siempre.

Ben mira detrás de Rebecca y ve las torres del World Trade Center, en el bajo Manhattan. Parecen altísimas desde ahí, e ingrávidas bajo la luz del sol.

—Mierda, te debo sesenta dólares —dice Rebecca.

—No, da igual.

—Respuesta equivocada —contesta mientras le entrega tres billetes de veinte—. Regla importante en este mundillo: nunca rechaces dinero. Has estado genial hoy. Ah, y llévate este CD también. Es una nueva banda inglesa, Saint Etienne. Se supone que en una semana o así tengo que hacerles fotos. Ya me contarás qué te parece. Si te gusta, te contrato como asistente.

—¿Y si no?

—Te contrato de todos modos. A la sesión de hoy la has salvado tú, que lo sepas.

—Lo dudo —responde Ben.

—Otra regla: acepta los cumplidos cuando te los hagan. Que no suelen hacerlos demasiado a menudo. —Se vuelve hacia la calle—. Ahí viene mi taxi.

Ben le hace señas para que se detenga.

Se despiden y Rebecca sube al taxi. Ben se pone los cascos y camina hacia el este. Todavía no quiere ir hacia Tribeca. Sigue con la emoción del rodaje. Decide ir caminando hasta el East Village.

Pero antes de llegar, cuando esté justo en el límite de Washington Square Park, volverá a ver al chico de la camiseta del monte Rushmore. Esta vez estará solo, mirando el cielo. Ben se detendrá a mirar desde el otro lado de la calle y se preguntará en qué estará pensando.

ADAM

Adam está parado en un extremo del Washington Square Park. Algo lo ha detenido allí mientras caminaba confundido por el centro. Es un sentimiento, una sensación de reconocimiento, algo familiar de lo que se da cuenta de repente. No es un *déjà vu*, sino más bien un código que al fin ha descifrado. El virus ya no es algo abstracto. Ahora lo tiene ahí delante. Ahora se da cuenta de que se ha estado preparando durante años para lo que le ha contado Callum. Cada anuncio de servicio público del metro, cada folleto que le han entregado en la escuela, cada noticia que ha visto en la televisión, cada vecino que ha desaparecido... Todo ha sido una campaña para prepararlo. Iba oculto tras el pretexto de la importancia del sexo seguro, pero ahora Adam ve que ese mensaje no era más que una cortina de humo. El verdadero mensaje para Adam siempre ha sido: «No hay forma de salir de esta. No hay forma de protegerse. Este virus se cobrará su cuota de un modo u otro. Prepárate para pagarla. Tal vez con todo lo que posees».

Mira al cielo. Ahora lo ve todo claro. Sabe qué es lo que tiene que hacer. Corre a casa.

—¡Hola, peque! —le grita su padre, alegre, cuando Adam abre la puerta. Está frente a la encimera, ocupándose de los platos.

—¡Los zapatos! —chilla su madre desde el salón. Está viendo un partido de los Knicks.

—¿Dónde has estado?

—Por ahí.

—Tú siempre tan específico.

—Ya —responde Adam.

—Te hemos comprado un bocadillo de pollo a la parmesana. ¿Te lo traes y te lo comes con nosotros? Tu madre dice que es un partido importante.

—No me apetece; no tengo mucha hambre.

—¡Pero si he ido hasta la tienda de la calle Quince a por él, la que tiene pan del bueno!

Adam se lo piensa un momento. Si rechaza el bocadillo, algo que no ha pasado jamás, se pasarán días pendientes de él, intentando averiguar qué le pasa. Pero, si se lo come y ve quince minutitos del partido, creerán que todo va bien y lo dejarán en paz.

—Bueno, vale —contesta.

—Shhh —dice su madre mientras Adam se acomoda en el suelo, al lado del sofá—. Concentraos todos. Ewing tiene que meter este tiro libre o estamos fuera de los *playoffs*. No respiréis y visualizad la gloria.

Adam aguanta la respiración hasta que Patrick Ewing encesta.

No le estaba mintiendo a su padre; es cierto que no tiene hambre, pero consigue terminarse la mitad del bocadillo. Cuando se levanta para excusarse, su madre está demasiado concentrada en el juego para darse cuenta y su padre ya se ha quedado dormido a su lado. Adam envuelve la mitad del bocadillo que no se ha comido, lava el plato y lo deja en el escurreplatos. Se lleva el teléfono de la mesa de la cocina y entra en su cuarto. Se mete debajo de las sábanas y llama a Callum a oscuras, tanteando los botones. Ya conoce el recorrido que tiene que seguir con los dedos para marcar el número de teléfono de Callum.

—¿Sí? —responde Callum.

Suena tan cerca…

—Quiero que sepas que me da igual. —Las palabras salen a borbotones, a toda velocidad, una cadena de sonidos que Adam apenas puede controlar—. Lo que me has dicho antes. No me viene grande. No quiero que lo dejemos. No quiero huir. Quiero quedarme contigo.

—Entonces, ¿no importa?

—Claro que importa. Importa mucho. Pero no va a hacer que cambie de opinión. Quiero quedarme contigo. No tengo miedo. —Esa última parte es mentira—. Pero tengo algunas preguntas.

—Vale —contesta Callum, vacilante.

—Me has dicho que estás sano. ¿Qué significa eso?

—Significa que ahora mismo me encuentro bien. No tengo ninguna infección.

—¿Y has tenido alguna?

—Sí. Pasé unos días en el hospital. Pero me recuperé. No fue nada.

—Ir al hospital tampoco es «nada» —dice Adam.

—Pero me recuperé.

—¿Fue solo una vez?

Silencio.

—¿Y el mes pasado? ¿Te acuerdas? La semana que no pudimos quedar.

—Sí —responde Callum en voz baja.

—¿También estabas en el hospital? —Silencio—. ¿Callum?

—Odio hablar de este tema —dice al fin Callum—. No es justo hacerte cargar con todo esto.

—Lo único que no es justo es que no me digas la verdad. Empieza por el principio.

—Vale —accede Callum. Respira hondo—. Cuando terminé el instituto empecé a trabajar en una tienda de discos en Jersey, a un par de pueblos del mío. Cuando acabábamos el turno, el encargado, Randy, invitaba a sus amigos a la tienda para escuchar vinilos a todo volumen, pasarnos botellitas de vodka y bailar. Los amigos de Randy eran mayores que yo, pero quería que me vieran como a uno de ellos. Fueron los primeros chicos gais que conocí, y salíamos mucho de fiesta. Me volví bastante popular… Ya me entiendes. Pero unos meses después, Randy enfermó, y luego otro amigo suyo. Me asusté. Yo también había tenido una gripe ese verano. Así que dejé de salir tanto de fiesta. Seguí con mi puesto en la tienda, pero ya no salía con ellos después de trabajar. Ese invierno, volví a pescarme lo que creía que era otra gripe. Tardé unos meses en armarme de valor, pero al final fui a hacerme una prueba anónima. Cuando volví a por los resultados dos semanas después, me entregaron un papel en el que ponía: «Reactivo». Un orientador me dijo que tenía suerte. Que era joven. Que podía contar con al menos un par de años más, si me mantenía sano.

—¿Un par de años? —Adam intenta tragar, pero tiene la garganta demasiado seca.

—Ese tipo no tenía ni idea. Ya han pasado tres años desde que me hice aquella prueba.

Adam hace las cuentas mentalmente. Si cuenta esa primera gripe como un síntoma, ya han pasado casi cuatro años desde que Callum se expuso al virus.

—Lo raro fue que me quedé muy tranquilo después de recibir el resultado. En cuanto me dieron el papel, me centré. Me di cuenta de que lo que quería era vivir en la ciudad y estudiar música. Dejé el trabajo en la tienda de discos y encontré una habitación que ofrecían para subalquilar en la Avenida C por cuatrocientos dólares. Cuando conseguí trabajo, me mudé a Horatio Street. Encontré a un médico y empecé a ir de manera regular.

—¿Cuántas veces has caído enfermo desde entonces?

—¿A qué te refieres con «enfermo»?

—Pues… que hayas tenido que ir al hospital.

—Unas cuantas.

—¿Y eso no significa que tienes sida?

—Odio ese término. Da un miedo que te cagas. Pero supongo que es el único que tenemos ahora mismo.

—Lo siento.

—No es culpa tuya. Pero tu pregunta es más difícil de responder de lo que parece. La definición oficial ha cambiado un par de veces. Y seguro que volverá a cambiar a medida que las cosas avancen. Puedes volverte loco intentando estar al día. Pero sí, me han dicho que tengo sida.

—Tengo mucho que aprender —dice Adam.

Pienso aprenderlo todo.

—Yo solo sé que me encuentro bien. Y eso es con lo que me quedo.

—¿No tienes miedo?

—Sí. Pero tener miedo solo lo vuelve todo más difícil, así que trato de guardarlo todo en un compartimento, ¿sabes? Intento centrarme en otras cosas, como la música. Pero, a veces, sí. A veces me viene todo de golpe y me da pavor. Pero el orientador aquel tenía razón. Tengo suerte. Siempre que me pongo enfermo, acabo recuperándome.

—¿Iba a visitarte alguien cuando te ingresaban?

—Nadie sabía que estaba ingresado.

—¿Ni siquiera tu familia?

—Ni de coña. Nunca les he contado nada de esto. Les daría un ataque. Tendrías que haber visto cuando se enteraron de que era gay. Fue la mayor tragedia del universo. Decírselo solo empeoraría las cosas, sobre todo para mí. Además, tampoco podrían hacer nada al respecto.

—Me da mucha rabia que tuvieras que estar solo en esos momentos —dice Adam.

—No fue para tanto. La verdad es que no me gusta que la gente lo sepa, porque, en cuanto lo saben, te tratan de forma diferente. Te empiezan a soltar cosas del estilo: «¿Cómo estás? No, ¿cómo estás *de verdad*? *¿Seguro* que estás bien?». Solo se centran en eso, y entonces te toca a ti intentar hacer que los demás se sientan mejor. Lo odio. Prefiero no decírselo a nadie.

—¿Por eso no me lo dijiste?

—No. A ti no te lo dije porque no quería que tuvieras que cargar con todo este asunto. No deberías verte obligado a lidiar con esto.

—Pero es parte de ti.

—Sí. Supongo que sí. Lo siento.

—No lo sientas. No tienes que disculparte por nada.

—Debería disculparme por muchas cosas. No soy ningún ángel.

—Cállate.

—Durante un tiempo pensé que sería más fácil dejar de verte. Romper, dejar de venir los sábados. No sería nada agradable, pero a todo el mundo le han dejado alguna vez. Pensarías que soy un cabrón, te enfadarías, estarías triste un tiempo y luego seguirías adelante. Pero no pude. No me veía capaz de alejarme de todo esto, Adam. De ti.

—No más secretos. A partir de ahora tienes que contármelo todo. Todo.

—Vale.

—Lo digo en serio.

—Lo sé.

—Prométemelo. No más secretos. Dímelo.

—No más secretos —responde Callum con la voz rota.

Adam se entierra más aún bajo las sábanas.

—Dímelo otra vez.

—No más secretos. Te lo prometo. —Vuelve a respirar hondo; y luego le dice a Adam—: Esto se va a acabar resolviendo, lo sabes, ¿no?

—Ya lo sé —miente Adam. No lo sabe. Nadie lo sabe—. Pero estamos juntos en esto.

Callum no responde.

—¿Me has oído?

—Nunca pensé que me dirían algo así —susurra Callum.

Adam parpadea para contener las lágrimas, aunque no las vaya a ver nadie. Se muerde el carrillo. Se da cuenta de que su cuerpo gira, atraído como si fuera una brújula, hacia Horatio Street. Ahora la atracción de Callum es irresistible. Lo necesita. Adam se está enamorando desesperada y físicamente al fin, y de repente le da miedo dejarse llevar; le parece que la caída puede ser muy grande. *Por favor, recógeme,* piensa. *Por favor, necesito que estés ahí cuando aterrice.*

Tras un instante, Adam vuelve a hablar:

—Nunca he estado a solas contigo. A solas del todo; no sé si me entiendes.

—Ya.

—¿Y es este el motivo? Todo este asunto, quiero decir.

—Tal vez. Supongo que he intentado dejarlo al margen porque no quería que se interpusiera entre nosotros.

—Pero no podemos estar así siempre.

—No, supongo que no.

—Pienso mucho en eso —añade Adam—. En estar contigo.

Una vez más, Callum no responde.

—¿Y tú? ¿Alguna vez piensas en eso?

—A todas horas —contesta Callum—. Todos los días.

Adam inhala las palabras de Callum. Le hinchan el pecho; le presionan las costillas. Cómo duele.

—¿Nos veremos el sábado? —pregunta Callum.

—Sí. A la una.

—Bien.

—Va a ser una semana muy larga.

—Ya… —contesta Callum, y Adam sabe que lo dice en serio.

—Bueno… —comienza a despedirse Adam.

—Espera. Tengo un regalo para ti. Dame un segundo.

Adam oye a Callum dejar el teléfono. Lo oye mover algo, y luego un chirrido de muebles por el suelo. Después, un acorde en el piano. Y luego otro, y otro, cada uno rebotando después del anterior… *pom, pom, pom, pom, pom.*

—*Strike a pose!* —grita Callum, y los acordes continúan.

Y, aunque Adam está oculto bajo las sábanas en su cuarto, en un sótano oscuro a cuatro manzanas de distancia, se tapa la boca con una mano. Callum está tocando *Vogue*. En las horas que han pasado desde que se han separado, Callum ha escuchado el casete de Adam, se ha aprendido la canción y la ha practicado, y ahora la está tocando al piano para él, acertando todas y cada una de las notas, con tanto esmero y atención como lo haría con cualquier pieza de Bach. A Adam le empiezan a escocer los ojos. Susurra la única parte que se sabe, los nombres de famosos de Hollywood: *Greta Garbo and Monroe.*

Cuando termina la canción, Adam le pregunta:

—¿Cómo me clasificarías en comparación con los chicos con los que has estado antes?

—Ay, cariño —susurra Callum—. Ni te lo imaginas.

—Dímelo.

Háblame de tu primer amor.

Durante las vacaciones de invierno del cole, en la tele local ponían películas por las tardes para mantener a los niños entretenidos, porque los padres tenían que ir a trabajar. Pelis como El corcel negro y Los picarones. Pero lo mejor era cuando ponían Castillos de hielo, porque salía Robby Benson.

Me encantaba. Tenía unos ojos enormes y parecía que siempre estaba a punto de llorar, o que acababa de hacerlo. ¿Te acuerdas? Me entraban ganas de abrazarlo y consolarlo.

Solía ir a la biblioteca y buscar fotos suyas en revistas como Tiger Beat, Teen Beat y todas esas. Arrancaba las páginas muy despacio para no hacer ruido. Me las guardaba en la carpeta y me las llevaba a casa para mirarlas. Nunca las colgaba en el corcho de mi cuarto ni nada por el estilo. Las guardaba detrás de la colección de enciclopedias y solo las sacaba a la hora de irme a la cama, cuando podía esconderme bajo las sábanas con la linterna.

Más tarde me enamoré de Christopher Atkins, y de Matt Dillon, y de Ralph Macchio y Greg Louganis.

Cuando estaba en sexto teníamos unas taquillas pequeñitas, y siempre guardaba fotos de Kristy McNichol y Brooke Shields y Nancy McKeon. No creo que nadie les prestara atención, pero yo las dejaba allí por si acaso. Aunque, si ahora echo la vista atrás, se me ocurre que es bastante probable que haya metido la pata al hacer eso. Si quería que la gente pensara que era normal, debería haber tenido fotos de Evel Knievel, del equipo de hóckey del «Milagro sobre hielo» o de John Belushi. Eso era lo que tenían todos los niños normales.

BEN

Ben camina durante horas, hasta bien entrada la noche, escuchando el CD que le ha regalado Rebecca. Saint Etienne. La primera canción pregunta qué se siente al estar solo, y ahora mismo a Ben no le importa en absoluto. Le gusta el anonimato de la ciudad. Es curioso, pero se siente mucho más libre en una acera abarrotada de la ciudad que en un pueblo pequeño. Le parece que le prestan mucha menos atención. Puede ser él mismo, y a nadie le parece que sea raro, porque en Nueva York, estés en la zona que estés, siempre habrá alguien o algo más raro a la vuelta de la esquina.

Su ruta, si se puede llamar así, es un zigzag por las calles del East Village. Sube por la Segunda Avenida, baja por la Primera, cruza la calle Cinco Este y vuelve por la Cuatro Este. Pasa por delante del Crowbar en la calle Diez, el Wonder Bar en la Seis y el Pyramid Club en la Avenida A. En St. Mark's Place pasa por delante de un grupo de chicas vestidas al estilo *rockabilly,* todas con los labios pintados de carmesí y con camisetas a cuadros sin mangas. En Tompkins Square Park ve a una *drag queen* altísima que se intercambia la peluca —una rosa con un corte estilo bob por una rubia con un moño colmena— con su compañera, mucho más bajita. En la calle Tres, un hombre calvo con un abrigo gris cierra la puerta de una pequeña lavandería con una foto gigante de Linda Evangelista en el escaparate. Le dice al chico delgado de la sudadera de Iron Maiden que lleva un cesto de ropa sucia que cierran a las once. Pasan un par de mujeres con camisetas de ACT UP abrazadas, enfrascadas en una discusión apasionada. Un joven con vaqueros deshilachados detiene a una muchacha que lleva una parka plateada para pedirle fuego en español. Le contesta que no tiene, pero una anciana con una camiseta que dice How'm I Doin'? sí que se lo ofrece. Un hombre musculoso con una chaqueta vaquera con las mangas cortadas le da dos besos en las mejillas a un hombre mayor con un traje marrón arrugado; luego llama a un taxi y se marcha a toda velocidad. Un deportivo resplandeciente pasa por delante de Ben con Biz Markie a todo volumen. El bajo sacude las ventanas de toda la manzana.

Puede que Ben no sepa quién va a ser dentro de diez años, pero al menos sabe dónde estará. Estará aquí.

ADAM

Lily sostiene en alto una chaqueta de esmoquin negra con una calavera y unos huesos cruzados bordados en la espalda con hilo metálico rojo y con pedrería multicolor para los ojos.

—Esta —dice—. *Tiene* que ser esta. Alta costura con toques glam, *rock,* metal y punk. Perfecta para el Mirror Ball de mañana. Pruébatela. *And take me down to Paradise City* —añade, cantando Guns N' Roses.

Adam tira de la etiqueta del precio.

—¿Qué dices? ¿Trescientos dólares? Ni de coña.

—Esto es Century 21, amiga. Aquí está todo rebajado. Es la gracia de estas tiendas. Mira de nuevo, donde dice «Rebajado». ¿Ves? Solo son ciento ochenta.

—Solo ciento ochenta, dice la Rockefeller.

—Ay, venga, Eileen —responde Lily, con más referencias a canciones—. Es el complemento perfecto para mi conjunto de Trash and Vaudeville. Es elegante. Es irónica. Es compleja. Es pura moda. Cerebro, belleza y dinero. Póntela.

Adam suspira, pero deja que Lily le ayude a ponerse la chaqueta. Respira aliviado al ver que le queda pequeña.

—Gracias a Dios. De todas formas, ¿por qué me tengo que comprar una chaqueta nueva? ¿No puedo ponerme algo que ya tenga?

—Me sé tu armario de memoria, y ya te digo yo que no tienes ni un solo modelito para esta fiesta. Ah, eso me recuerda que tenemos que pensar qué hacerte en el pelo.

—¿El pelo?

—También hay que pensar en el maquillaje.

—Pelo y maquillaje. ¿Cuánto me va a costar todo esto? Ya he tenido que pedirle prestados cien dólares a mi madre para la entrada. Y ya sabes que mi madre siempre cobra intereses.

—¿Y qué es el dinero, exactamente?

—Lo dice la que tiene un suministro inagotable.

—Me lo has prometido —le reprocha Lily.

—Bajo coacción. Y porque me habías ocultado parte de la información.

—¿Por qué estás tan fastidioso con todo este tema? —Utiliza un meñique para desenredarse un mechón de pelo que se le ha quedado atrapado en el pendiente—. Nos lo vamos a pasar genial.

—No estoy siendo fastidioso —responde Adam.

Pero a lo mejor Lily tiene razón. No tiene demasiadas ganas de ir a la fiesta. Durante las últimas semanas, solo puede, o quiere, pensar en Callum. Esta semana se ha pasado todas las tardes en la biblioteca, investigando sobre los linfocitos T y la neumonía por *Pneumocystis*. Ha buscado folletos sobre sexo seguro en librerías y tiendas de discos. Ha comprado una copia de segunda mano de *En el filo de la duda*. Pero nada de eso le aporta confianza, ni valor, ni esperanza. Solo siente miedo, y cada día va a más. Cada día pesa más. Cada día le hace pensar en cuánto tiempo quedará para que Callum caiga enfermo de verdad. Pero no puede dejar que Callum vea que está asustado. Tiene que contener el miedo. Y no es fácil.

—Un poco, sí. —Lily le pasa un par de mocasines de charol—. Pruébatelos.

—Ni de coña. Demasiado brillantes. Si hasta me estoy viendo reflejado. ¿No puedo llevar mis zapatillas de deporte? Quedaría muy punk, ¿no? O metal. O lo que hayas dicho que es el *look* este.

Lily sacude la cabeza.

—No le estás poniendo ganas. Vamos a tomarnos un descanso en la sección de ropa interior femenina. Necesito sujetadores para cuando vaya a Grecia. Luego podemos ir a Star Struck, la tienda de ropa *vintage* de Greenwich Avenue. He visto una chaqueta en el escaparate que te quedaría ideal. Tiene un estampado de tigre gris y negro, muy nuevo romántico del 84, pero con un toque más atrevido. Solo cuesta cuarenta dólares, si es que no se la han llevado.

Grecia. Adam ha estado tan preocupado por Callum que se había olvidado del viaje de Lily.

—¿Cuándo decías que te ibas?

—Pasado mañana. Ya tengo las gafas de sol de los días de resaca listas para el avión. Deberías verlas. Parezco la hija de Jackie O. y Tron. Impenetrable. Los azafatos se van a creer que estoy muerta.

Adam la sigue por el laberinto de prendas de la tienda, famosa por su desorden habitual. Atraviesan la zona de vestidos, abrigos y maletas, pasan por la de los cinturones, los vaqueros de diseño y los jerséis, suben un tramo de escaleras y bajan otro, adentrándose cada vez más en la tienda.

—Espero que sepas cómo volver —dice Adam—. Esto parece *Calles de fuego.*

—Ay, ¿te acuerdas del corte de pelo de Diane Lane en esa peli? Tendría que cortármelo así y volver a ponerlo de moda. O puede que me quede mejor esto —dice, señalando a una modelo de una caja de camisetas de tirantes—. Un bob como la chica de Swing Out Sister.

—¿Quién?

—Sabes quién es. La que parece una mezcla entre Isabella Rossellini y Louise Brooks. Es del grupo que canta *Fooled by a Smile.*

—Ah, sí, me encanta —responde Adam, demasiado distraído como para caer en quién es a partir de las indicaciones de Lily.

Lily deja la caja.

—Vale, amiga. Ya está bien. ¿Qué te pasa? ¿Estás deprimido o algo? Estoy preocupada por ti, y me estoy empezando a poner de los nervios.

—Estoy bien —responde Adam. ¿Qué más puede decir? No puede contarle la verdad. Se lo prometió a Callum.

—Cuando algo va mal, tienes que hablarlo con tu mejor amiga. Eso es así. ¿Acaso no te lo cuento yo todo?

—No hay nada que contar —miente Adam—. Es solo que odio ir de compras.

Lily se inclina sobre un cesto de sujetadores, enmarañados unos con otros. Saca uno, lo dobla y lo pone encima de la pila. Saca otro.

—Nunca me cuentas nada sobre él —dice—. Es como si tuvieras otra vida de la que no sé nada.

La culpa atraviesa a Adam; le perfora la garganta y el estómago hasta llegarle a los pies. Lo último que quería era verse atrapado entre Lily y Callum.

—Lo siento.

—Mi mejor amigo no confía en mí.

—Eso no es verdad —responde Adam, pero sí lo es, más o menos.

Lily dobla otro sujetador.

—Seguro que en Callum sí que confías. Seguro que él sabe qué te pasa.

—Lily. Déjalo.

Lily dobla otro sujetador, y otro, cada vez más rápido.

—Bueno, pero ¿lo sabe o no?

—Lily, que lo dejes.

Lily lo mira fijamente durante un buen rato.

—Ya veo. Ya me ha quedado todo muy clarito. Te importa más él que yo.

—¿Vas en serio? —le pregunta Adam, incrédulo.

—Dímelo y ya está, Adam. No te cortes. ¿Quién va primero? ¿Callum o yo?

Le sorprende la pregunta. Quiere responderle a gritos, pero logra controlar la voz.

—Yo nunca te preguntaría algo así. Nunca.

—Porque no te haría falta —responde Lily—. Siempre has sabido exactamente cuál es tu puesto.

—Ah, ¿sí? —le espeta él, enfadado—. ¿Y ahora mismo cuál es, Lily? Porque me estás haciendo sentir como una mierda por no querer romper una promesa.

Lily alza la vista.

—¿Una promesa? ¿Qué promesa? ¿A Callum?

—Olvídalo —dice Adam, arrepentido de haber usado esa palabra porque, para ella, «promesa» significa «secreto». Ahora ya sí que no va a dejarlo pasar.

—Bueno, mira tú por dónde. Tenía yo razón. Callum va primero.

—Claro que sí, Lily —le dice Adam con sequedad—. Haz que todo gire en torno a ti. Como siempre.

Lily se queda paralizada, con expresión de sorpresa.

—Supongo que soy una mala amiga. Supongo que soy una mala persona.

—Yo no he dicho eso.

—Sí, más o menos es eso lo que has dicho —contesta Lily—. Gracias por ser tan sincero. Gracias por decir por fin la verdad sobre lo que piensas de mí.

—¡Eso no es justo! —Ahora Adam sí que ha empezado a hablar a gritos, incapaz de contener la ira—. ¡Siempre he estado ahí para apoyarte en todo! Siempre. Y nunca te he obligado a hablar de nada que no quisieras. Jamás. ¡Ni una sola vez!

—Porque siempre te lo he contado todo —responde Lily tan calmada que a Adam le resulta exasperante. Dobla otro sujetador, y luego otro—. Seguro que ni siquiera quieres ir al Mirror Ball, ¿no?

Adam se mira las manos.

—Tu silencio lo dice todo —concluye Lily al ver que no responde. Se recoloca el pelo detrás de la oreja—. ¿Sabes qué? Vamos a olvidarnos de todo este asunto. El baile era una tontería.

—Eso no es verdad —dice Adam, arrepentido. Toma un sujetador para doblarlo—. Llevas meses queriendo ir. Y yo quiero que vayamos. Solo tengo que encontrar una chaqueta. Y unos zapatos.

—Bah —responde Lily, tratando de restarle importancia—. El baile tiene pinta de ser una estupidez. No quiero ir. Acabo de decidirlo.

Y entonces, por primera vez en toda su vida, la mejor amiga en el mundo de Adam se da la vuelta y se aleja de él sin decirle ni una palabra de despedida. Sin los dos besos de siempre. Sin sonreírle. Sin un «Llámame luego» o «No hagas nada que yo no haría» o «Te quiero». Ni siquiera una despedida con la mano, de espaldas. Nada. Tan solo se va, desaparece, y lo deja plantado y perdido en mitad de los grandes almacenes Century 21, con las manos enterradas en un cesto de sujetadores rebajados.

BEN

Ben ha entregado el trabajo de Historia, *Dior, Balenciaga y la nueva economía de la confección,* antes de tiempo, y hoy la señora Clovis le ha dicho que ha sacado un sobresaliente. Va a tener una media *casi* perfecta este semestre. Lengua se la bajará un poco, pero sigue siendo buena, y le vendrá genial si al final decide solicitar plaza en el Instituto Tecnológico de la Moda. Solo le quedan dos semanas más de clase, y además no hay casi nada que hacer. A estas alturas ya es ir por ir, un paripé; no sirve de nada. Las notas ya están puestas. Seguirá asistiendo a clase para cumplir con la regla de Gil hasta el final, pero, después de eso, adiós muy buenas, instituto. Adiós a ir a clase en tren. Adiós, pasado. Toca pasar página.

De vuelta en el loft, Ben se desploma en el sofá. En la CNN sale Elsa Klensch entrevistando a Rifat Ozbek sobre su colección inspirada en *Las mil y una noches.* Ben tarda solo dos segundos en darse cuenta de que es un programa antiguo de Elsa Klensch. Cuando Ozbek salió en el programa el año pasado, ya dijo que se había inspirado en *Las mil y una noches,* y nunca repetiría tema.

Ben cierra los ojos, solo un minutito.

Son casi las diez cuando se despierta de golpe, muerto de hambre. Gil está trabajando. Ben encuentra sobras de arroz frito con gambas en la nevera y las recalienta en una sartén con un poco de agua y un huevo que remueve con los palillos. Lo sirve todo en un bol y le echa un poco de salsa de soja de un paquetito que descubre en el cajón. Lo engulle en segundos y se queda saciado y a gusto.

Ahora no quiere volver al sofá. Hace buen tiempo. Es primavera. Está contento de haber terminado el instituto. Tiene dieciocho años. Está inquieto. Siente la necesidad de salir, como si fuera obligatorio. Ben, listo para servir.

Se cepilla los dientes, se pone una camiseta negra lisa, se esconde el pelo bajo la gorra de béisbol y sale de casa.

East Village, allá voy.

Camina rápido. No porque tenga prisa, sino porque está emocionado; se está dejando llevar por una ola, una corriente, como una cinta transportadora que le impulsa, flotando a un palmo del suelo. Deja atrás un rostro tras otro, como si fuera una cámara de televisión que recorre una multitud, y cada persona es visible solo durante una fracción de segundo. Ben disfruta de la velocidad. Pierde la noción del tiempo mientras sigue dejándose llevar por la cinta, hasta que, sin previo aviso, esta se detiene y lo deja en la esquina de la Segunda Avenida y la calle Cuatro. Justo en la puerta de The Bar.

Se llama así: The Bar. Ben ha leído sobre él en *GXE.* A estas alturas, ha leído sobre un millón de bares y clubes. The Bar, Wonder Bar, Boy Bar, Crowbar, Boots & Saddle, Two Potato, Stonewall, Uncle Charlie's, Ty's, Rounds, Townhouse, Candle Bar, Limelight, Palladium, Spike, Eagle, Barbary Coast, Save the Robots, World, Mars,

Roxy, Barracuda… Solo que nunca ha entrado en ninguno. Ni uno solo. Aún no.

La puerta del bar se abre justo delante de él y oye una música enlatada que proviene de una gramola. *Pump up the jam. Pump it up.* Ben estira el cuello para divisar el interior, pero, antes de que logre ver nada, tres hombres cruzan la puerta y le tapan la vista. Uno de ellos está llorando a mares, con los ojos rojos, enfadado. Se restriega la cara con violencia para limpiarse las lágrimas. Los otros dos le sujetan por los hombros y tratan de consolarlo. El más alto lleva una gorra de béisbol de los Yankees. El otro, una camisa de cuadros remangada por encima de los bíceps. Ben supone que tendrán veintitantos. Veintipocos.

—Cálmate —le dice el de la gorra al que llora—. No pasa nada.

—¡Callaos! —grita el que llora—. ¡No tenéis ni idea!

—Los demás también lo echamos de menos, ¿sabes? —añade el de la camisa.

—¿Sí? ¿Y dónde habéis estado este último mes? ¡Yo era el único que estaba con él! ¡Yo!

—Y una mierda. Íbamos cada vez que podíamos.

—¡Dejadme en paz!

El de la gorra agarra al del llanto y se lo acerca.

—Oye. Te queremos, ¿vale? Él se ha marchado, pero nosotros seguimos aquí. Mira, mírame. ¿Ves? Estamos aquí.

El que llora entierra la cabeza en el hombro del de la gorra y empieza a sollozar. El de la camisa los abraza a ambos.

—No vamos a dejar que te vayas a ninguna parte —dice.

Ben retrocede unos pasos, avergonzado por si lo sorprenden en mitad de un momento emotivo del que no forma parte. Alguien los ha dejado, alguien a quien el chico que llora quiere mucho, y los otros dos son sus amigos. Ben no pinta nada ahí. Los músculos del chico de la camisa de cuadros se tensan cuando los abraza con más fuerza.

No vamos a dejar que te vayas a ninguna parte.

Ben mira la puerta abierta. Ahora suena Deee-Lite en el interior del bar. ¿Debería entrar? ¿Se atreverá? Salen dos chicos más, riendo. Uno de ellos agita un cigarrillo apagado y le hace los coros a Lady Miss Kier, que canta *Groove Is in the Heart*.

El otro se echa una coleta imaginaria detrás del hombro.

—*Sing it, baby!*

—¿Alguien tiene fuego? —dice el del cigarrillo, sin dirigirse a nadie en particular.

El chico de la gorra se lleva a sus amigos de allí. Ben empieza a alejarse también, pero el joven del cigarro le grita:

—¡Eh, tú! Qué mono eres. ¿Tienes fuego?

—Tengo que irme —murmura Ben.

—Ay, espérate —le pide, sonriendo. Parece que va borracho. Ben sacude la cabeza y da un paso atrás—. Espera un momentito. ¿Cómo te llamas?

Ben da otro paso atrás, pero pisa mal el bordillo, se tropieza y se cae a la calle.

—¡Ey! ¿Estás bien?

El chico de la coleta imaginaria se agacha para ayudarlo a levantarse, pero Ben se pone en pie solo.

—Sí, sí —responde.

—Te has hecho sangre—dice el chico del cigarrillo. Le señala el codo, y Ben ve que tiene un rasguño bastante feo, de un rojo intenso—. ¡Te has hecho sangre!

—Que estoy bien —le asegura Ben, y se lleva la mano a la herida para ocultarla—. No me duele.

—Entra —le ofrece el de la coleta imaginaria en un tono amable y comedido. Se acerca a Ben y le sonríe—. Así te damos una tirita y te invitamos a una copa.

—Es que me tengo que ir —repite Ben. Se baja la gorra y comienza a marcharse.

—Espera —le dice el de la coleta, y le entrega un folleto con dos chicos sin camiseta—. Toma. Mi amigo va a hacer de DJ en el Monster, la disco de la planta de abajo, mañana por la noche. Deberías venir. Creo que encajarías bien.

Ben sonríe nervioso, se mete el folleto en el bolsillo trasero y cruza la calle en un santiamén. Un taxi pasa a toda leche, con Black Box a máximo volumen. Ben sigue caminando, cubriéndose el codo con la mano. Algún día volverá a The Bar. Tal vez incluso se atreva a entrar.

ADAM

Ahora. Esta noche. Ha llegado la hora. El primer día de mayo. Todos los temores de Adam se han reunido; están en formación. Los que ya preveía —la inseguridad, la humillación— y para los que sabe que no está preparado —la enfermedad, la muerte—. Incluso los que aún no conoce —el arrepentimiento, el remordimiento—. Todos le están esperando y, si no se enfrenta a ellos ahora mismo, teme no poder hacerlo nunca. Se apoderarán de él y se aferrarán a su interior, donde se quedarán a vivir para siempre. Es hora de ser valiente.

—¿Puedo ir a tu casa? —pregunta Adam. Son más de las once, demasiado tarde para llamar, pero le da igual.

—¿Ahora?

—Sí.

—¿Estás seguro? —pregunta Callum.

—Sí —repite Adam.

Sí.

Tarda solo cinco minutos en llegar a Horatio Street. Toca el timbre del 4.º A —«Cuarto ¡ahhh!», bromeó Callum con un gemido— y sube las escaleras de dos en dos. Intenta recuperar el aliento antes de llamar a la puerta. Se muerde el carrillo mientras espera a oír la cerradura.

Callum entreabre la puerta y se asoma. Con una voz ronca de anciano le dice:

—No compramos biblias.

Pero Adam no tiene paciencia para seguirle el juego. Empuja la puerta con las dos manos y se abalanza sobre Callum.

—¡Guau! —grita Callum cuando se tropieza hacia atrás.

Solo lleva un pantalón de chándal gris, y tiene el torso cubierto de pecas preciosas. Es aún más bonito de lo que se imaginaba Adam. Tiene el pelo mojado de la ducha y una camiseta negra de tirantes en la mano.

—Déjame que me vista al menos, ¿no?

Adam no le hace caso y rodea el cuello de Callum con los brazos. Se pone de puntillas, atrae a Callum hacia abajo y lo besa. Baja las manos y tira de la goma del pantalón de Callum mientras se apoya en él, lo que hace que Callum retroceda hacia la cama individual del rincón. Adam no ve que Callum tiene la banqueta del piano detrás y, de repente, caen; Callum de espaldas y Adam encima, y el impacto contra el suelo de madera de pino hace que los cubiertos del fregadero empiecen a tintinear.

—¡Calma! —ríe Callum—. ¡Que no soy de goma!

Adam se levanta y se apoya en la banqueta del piano. Le arde la cara. Se sienta sobre las manos y agacha la cabeza, avergonzado.

—¿Estás bien?

Callum sigue en el suelo, riéndose.

—Desde luego, sabes cómo hacer una entrada triunfal.

—Soy estúpido —dice Adam. Se siente como un bobo.

—No digas tonterías —responde Callum. Se levanta, se pone la camiseta de tirantes y abre la ventana. Sale a la escalera de incendios y le tiende la mano a Adam—. Ven. Siéntate aquí fuera conmigo. Hace buen tiempo y, si estiras el cuello, casi se ve el centro de la ciudad. Y esta noche se ve la luna; solo media, pero es suficiente para dos bobos como nosotros, ¿no?

Adam sale por la ventana y se quedan sentados un rato, sin hablar, hasta que Callum señala la luna.

—¿Te has enterado del restaurante que han abierto allí?

—¿En la luna?

—Sí. La comida es estupenda, pero la atmósfera es regulera.

—Eres peor que mi padre —dice Adam con una sonrisa débil.

Callum le rodea con el brazo y tira de la cabeza de Adam hacia su hombro. Adam se acerca y se inclina sobre él.

—¿La he cagado? —pregunta.

Callum le besa la coronilla. Se le ve tan tranquilo...

—Para nada.

—No tengo ni idea de qué me ha pasado —se excusa Adam.

—Lo entiendo —dice Callum—. ¿Quieres que hablemos un poco sobre el tema? A mí al menos me dejaría más tranquilo.

—¿Hablar de qué?

Callum vuelve a meter la mano por la ventana y se estira para alcanzar una caja de zapatos que tiene justo debajo de los pies de la cama.

—Mira.

—¿Qué es eso?

—Cosas. —Callum abre la caja—. Cosas que puede que necesitemos. Por si acaso.

Saca un paquetito de plástico que parece de kétchup. Rompe una esquina, aprieta y deja caer una gota de lubricante en el dedo de Adam.

—¿Qué te parece?

—Qué suave.

—Es a base de agua —dice Callum.

—Compatible con el látex —añade Adam.

—Muy bien.

—Me he estudiado el folleto —dice Adam, y nota una sensación de alivio en el pecho que expulsa toda la preocupación.

—¿Uno como estos? —Callum saca de la caja una pila de folletos sobre sexo seguro.

—Probablemente —dice Adam con una sonrisa.

—¿Quieres ver qué más hay en la caja?

Adam asiente, y juntos rebuscan entre el resto del contenido. Algunos condones de látex, más paquetes de lubricante y un par de toallas pequeñas.

—Hacemos solo lo que queramos, y nada más, ¿vale? —dice Callum, y vuelve a meter la caja por la ventana—. Y si de repente cambiamos de opinión y decidimos no hacer nada de nada, a mí me basta con sentarme aquí fuera y tomarte de la mano toda la noche. O podemos ir a dar un paseo. O tocar el piano. O besarnos con la ropa puesta. Podemos hacer todo lo que queramos, y no hace falta que hagamos nada que no queramos.

Adam se lleva las manos de Callum al regazo. Las estudia, pasa los dedos por las palmas, los nudillos y las muñecas.

—Quiero hacerlo todo —dice Adam—. Quiero hacerlo todo contigo.

—Vale —dice Callum. Le acaricia el antebrazo y posa el dedo sobre la vena azul que se vuelve visible por la parte interior del codo; a Adam se le pone la piel de gallina. Callum presiona con delicadeza—. Vamos a empezar por aquí. Esta parte tan suave, justo esta. ¿Me la dejas?

Una vibración recorre el cuerpo de Adam, embelesado por las caricias de Callum.

—Es toda tuya.

Callum se lleva el brazo de Adam a los labios y lo besa, suave, solo una vez. Se levanta y se lleva a Adam adentro de nuevo. Se quita la camiseta de tirantes y luego se la quita a Adam.

—Mírate —le dice, recorriendo el pecho de Adam con el dorso de la mano—. Mírate, eres precioso.

Adam se abraza a Callum y aprieta la mejilla contra las pecas de su pecho. Callum le desabrocha el primer botón de los vaqueros, y después el segundo. Adam se acerca más aún. Enseguida están desnudos, juntos, cara a cara en la cama de Callum. Empiezan a moverse.

Al principio avanzan despacio. Callum sabe lo que hace, de modo que es él quien guía a Adam. Es mucho más grande, mucho más fuerte, y cuando sujeta la cabeza de Adam con las manos, le ofrece una sonrisa tierna mientras le mira a los ojos y le besa tan lento que a Adam le gustaría fundirse con Callum.

Callum va indicándole qué hacer con susurros. «Sí», dice mientras exhala cuando Adam encuentra el punto exacto, y «Todavía no» cuando se mueve demasiado rápido. «Deja que te guíe». Mira a Adam a los ojos y le lleva el pulgar a los labios. Adam le mira fijamente y se deja llevar. «Quédate ahí», susurra Callum, y las preocupaciones de Adam se desvanecen. «Respira. Eso es. Justo ahí. Tranquilo. Bésame otra vez. Ah. Eres tan guapo. Tan precioso».

Callum no cierra los ojos en ningún momento, no deja de prestarle atención a Adam, y pronto Adam empieza a sentir tanto placer que le asombra. Deja de pensar, deja de hacerse preguntas; solo se centra en el presente, en estar ahí, con Callum, conectados, unidos. «Soy tuyo», susurra Callum, sin soltarlo en ningún momento. «Soy tuyo».

Cuando acaban, Callum se queda pegado a Adam para asegurarse de que ambos descienden con suavidad hacia la realidad. Comienza a respirar más lento, marcando un mismo ritmo para los dos. Le aprieta las manos a Adam para acompañarlo mientras vuelve en sí; ahora, un espacio compartido. Abraza a Adam hasta envolverlo por completo, para protegerlo por todas las partes de su cuerpo. «Adam», susurra. «Adam». Lo repite una y otra vez para tranquilizarlo con su propio nombre. No lo suelta. «Adam».

Poco después, Callum se queda en silencio, sumido en un sueño profundo y tranquilo.

En la calle parpadea una luz que proyecta sombras inquietantes en el interior de la habitación. Adam también está inquieto. Qué infantil era al llegar al piso de Callum. Qué desesperado, qué tonto. Qué pequeño y estúpido y asustado.

Pero Callum sabía qué hacer. Callum sabía qué palabras decir y conocía el camino que debían recorrer. Callum, precioso, infinito; él se ha ocupado de que ambos recorrieran ese camino juntos.

Cuando Callum se revuelve y levanta el brazo para rascarse, Adam siente como si uno de sus muros se hubiera agrietado y tiene frío. Quiere gritar: «¡Vuelve!». Ay, es un instante tan frágil. Solo se ha movido un segundo para rascarse; un pequeño movimiento que lo cambia todo. *Sin ti no soy nada,* piensa Adam. *Vuelve. No me sueltes.*

Como si le estuviese respondiendo, Callum vuelve a pasarle el brazo por encima. Abraza de nuevo a Adam y se pega aún más; todas las partes de sus cuerpos vuelven a estar unidas.

Callum respira otra vez con calma, con el ritmo uniforme de un director de orquesta al compás de los sonidos de la ventana abierta: los neumáticos de los taxis sobre los adoquines, las risas al otro lado de la calle, la sirena que se desvanece al adentrarse en la ciudad. El ritmo de la respiración de Callum hace que los ruidos de la ciudad se conviertan en una nana para Adam. «Ya puedes descansar», le dicen los sonidos. «Estás a salvo».

Adam cierra los ojos.

Sí. Ahora ya puede dormir.

Tres

Mayo de 1990

«It just takes a beat to turn it around».
Cyndi Lauper, *Change of Heart.*

ADAM

A la mañana siguiente, Adam se despierta poco a poco con el suave crujido del papel. Ahora está solo en la cama, pero Callum no anda muy lejos, solo a un par de pasos de distancia, sentado frente al piano, estudiando una partitura. Otra vez lleva solo los pantalones de chándal, el mismo modelito con el que recibió a Adam anoche, si a eso se le puede llamar «recibimiento». También lleva el *walkman*, y se menea al son de una música que Adam no oye, y para de vez en cuando para tomar notas. Adam observa la espalda desnuda de Callum. Los músculos se le tensan, se le crispan y se le relajan, como si no estuviera concentrado solo con la mente, sino con todo el cuerpo. Recuerda las formas que adoptó anoche el cuerpo de Callum, las curvas y los ángulos y las extensiones. Recuerda su piel, el sudor que perlaba esa superficie cubierta de pecas y el brillo que reflejaba la luz moteada de la ciudad, su sabor salado, su firmeza bajo los labios de Adam. El descubrimiento de todo lo que sabe ahora.

Anoche ni siquiera se fijó en lo pequeño que es el estudio de Callum; no es más grande que su propio dormitorio en casa de sus padres. Está abarrotado de muebles: una cómoda, un par de taburetes, una otomana, una escalera de tijera. Los muebles no combinan ni parecen colocados a propósito en ninguna parte; la única excepción es Clara, con sus teclas amarillas y un radiocasete encima. Hay una cocinita en un rincón frente a un baño diminuto. El baño no tiene lavabo. Callum tiene que lavarse las manos en la cocina.

Los pósteres del Lincoln Center cubren la única pared que está vacía: «Mostly Mozart, 1989». «Chamber Music Series, 1988». También hay un póster de la película *Amadeus*. Tiene una pequeña biblioteca encima de la nevera. Casi todos son libros de texto de música, y también hay una biografía de Beethoven, una recopilación de tiras cómicas de *Snoopy* y un diccionario.

Al lado de Clara, en el suelo, hay un par de zapatos, unos Oxford preciosos con un perforado elegante. Adam nunca se ha fijado en ellos hasta ahora. Parecen usados, pero no demasiado, y están cuidados con muchísimo mimo, como si Callum los limpiara todas las noches con un paño suave y los llevara a un zapatero para que se los puliera todos los meses.

Adam estornuda, y Callum se da la vuelta.

—Hola —le dice con dulzura mientras se quita los cascos.

—¿Qué estás escuchando?

—Mozart. Las mañanas son para Mozart.

Callum saca la cinta del *walkman* y la mete en el radiocasete. Es una melodía ligera, rápida y casi juguetona que Adam apenas reconoce.

—Me gusta —le dice.

Me gustas.

—Es aún mejor cuando la escuchas en directo. ¿Alguna vez has ido a un concierto en el Lincoln Center?

—No.

—Te tengo que llevar. Iremos.

—Ojalá pudieras llamar al trabajo y decir que estás enfermo —dice Adam—. Podríamos ir a ver *Cry Baby*. Me encanta John Waters.

—Ni en sueños. A la una tenemos una reunión obligatoria para todo el personal, y antes tengo que pasarme por Colony. Me tienen reservada una copia de un estudio de Chopin. Así que me tengo que ir ya. —Le acaricia el pelo a Adam como lo haría un padre. No le da un beso—. ¿Quieres que te deje un cepillo de dientes?

Adam recuerda haber leído en uno de sus folletos que compartir el cepillo de dientes puede ser peligroso. Lo mismo con las cuchillas. Pero ¿cómo le va a decir que no? ¿Cómo puede fingir, mojar el cepillo y frotarse la pasta en los dientes cuando el único lavabo de toda la casa está a plena vista? ¿No lo verá Callum? ¿Y le hará sentir mal, infeccioso y diferente? ¿No los separará? ¿Cómo le dice que no?

La mente le va de un lado a otro, pensando en qué puede decirle, cuando de repente Callum le da un cepillo de dientes nuevo, aún dentro del paquete.

—Toma. Tenían un dos por uno en Duane Reade.

Adam exhala.

Se pone los vaqueros y se cepilla los dientes en el fregadero de la cocina mientras Callum se viste. Primero se pone una camisa granate que le viene un poco grande; después, unos pantalones negros y un cinturón de cuero negro con una hebilla de bronce. Por encima de la camisa se pone un chaleco de color carbón con cinco botones. Se los abrocha todos y se alisa el chaleco por encima del abdomen.

—¿Qué tal?

—Eres el acomodador más sexi del mundo. Te seguiría a cualquiera asiento al que me llevaras.

Callum sonríe. Recoge los Oxford y los mete en una bolsita de terciopelo, y luego mete la bolsita en la mochila.

—¿A dónde te llevas esos zapatos? —le pregunta Adam mientras se ata las zapatillas.

—Son los del trabajo. No quiero que se estropeen en el metro, así que los llevo en la mochila y me los cambio al llegar. Hay que estar impoluto en el Lincoln Center, o te echan a la calle. —Se coloca la mochila por encima del hombro—. ¿Ya estás?

—Aún sigo pensando que deberías inventarte alguna excusa para faltar.

—Eres muy mono —le dice Callum, con una sonrisa a medias. Abre la puerta, y es como si se rompiera un sello; Adam siente el mundo entrando en el estudio.

—¿Puedo acompañarte hasta el metro?

—Estamos en un país libre —responde Callum, y a Adam le suenan frías las palabras.

Tiene que acelerar el paso para seguir las zancadas largas y urgentes de Callum cuando cruza Horatio Street y sube por la Octava Avenida, a solo dos manzanas del metro de la calle Catorce. Hay un súper al lado de la entrada donde venden flores, y las de hoy son especialmente bonitas: narcisos, tulipanes, ramitas de forsitia y de sauce con inflorescencias… Todas las flores de mayo que mencionaba la canción infantil, todas bien atadas con gomas para crear ramos. Adam saca cuatro billetes arrugados del bolsillo de atrás del pantalón y los intercambia por un puñado de margaritas de pétalos blancos y centros amarillos. Se las ofrece a Callum cuando llegan al borde de las escaleras del metro.

—Para ti —le dice.

—¿Para mí? Ay. —La sonrisa de Callum parece teñida de preocupación—. Pero no tengo dónde ponerlas en el trabajo. Se me morirán en la taquilla. ¿Me las puedes guardar?

Adam se quiere morir de la vergüenza. Pues claro que Callum no se puede llevar las flores al trabajo. ¿En qué estaba pensando?

—Vale —responde, acercándose a él—. Te las guardo.

—Te llamo luego.

—¿Luego?

—Me tengo que ir.

Adam espera que le dé un abrazo, un beso o, aunque sea, un apretoncito en el hombro. Pero nada. Observa a Callum bajar a toda prisa y desaparece, sin mirar atrás, como si estuviera escapando. Adam deja caer la mano y las flores quedan bocabajo.

Se imagina esta misma escena en la película. Pondría la cámara en un soporte justo encima de él. La toma empieza con un primer plano de la cara de Adam, que pasa de la esperanza infantil al asombro y luego a la vergüenza; después la cámara se aleja y muestra una acera llena de peatones ajetreados que van de un lado a otro, pasando por delante de él y empujándolo como si no fuera más que un obstáculo. La música pasa a una tonalidad menor, más melancólica, dulce pero indecisa. Empieza a caer una llovizna que le empapa el pelo y se lo pega a la frente mientras se da la vuelta y se aleja de la escalera, en dirección hacia el bajo Manhattan.

Pero solo llueve en la película. Hoy, en la vida real, brilla el sol.

BEN

Ben está inmerso en un sueño. Está en un bar, apretujado y abriéndose paso entre una multitud de hombres que sonríen y ríen y ligan y beben y bailan. La música está altísima; los ritmos graves le hacen vibrar los tímpanos y los pies. Ben se queda de pie junto a una pared, viendo a los hombres que se acercan a él bailando, uno detrás de otro, llamando su atención, dando vueltas y meciéndose delante de él, animándole a que se una, a que se toquen, una cara tras otra, cada vez más y más cerca pero sin llegar hasta él del todo. Primero uno, y luego otro, y otro, siempre fuera de su alcance. Poco después los tiene a todos delante, invitándole a bailar.

Siente sus miradas, ve su sudor, se empapa de su expectación. Intenta moverse, bailar con ellos, pero sus piernas son como rocas, calcificadas, como si se hubiera quedado atrapado en cemento. No logra que le respondan. No puede bailar. No puede ir con ellos. Al final, los hombres giran la cara y dejan de mirarlo para centrarse en otro, y al momento se olvidan de él porque se ha vuelto invisible. «¡Esperad! ¡Estoy aquí!», quiere gritarles. Intenta llamarlos con la mano, pero se golpea el codo herido contra la pared y hace una mueca de dolor. Cuando vuelve a levantar la vista, todo el mundo ha desaparecido. Se han ido. Solo queda oscuridad.

—¿Ben? Despierta.

Ben abre los ojos de golpe. Durante un instante de pánico, no sabe muy bien dónde está. Todo sigue a oscuras.

—¿Estás ahí?

Se asoma desde debajo de la almohada y se encuentra a Gil en la puerta con una camiseta arrugada, la bandolera cruzada sobre el pecho y un juego de llaves colgando de la mano. Acaba de llegar a casa después de terminar su turno. Ben vuelve a cubrirse la cara con la almohada. ¿Cuánto tiempo lleva ahí su hermano?

—¿Qué hora es? —farfulla.

—Casi las ocho. ¿Qué te ha pasado?

—¿Por qué lo dices?

—Por esto —responde Gil enseñándole una toallita ensangrentada.

De repente, la noche anterior llega como una avalancha a la mente aturdida de Ben. El paseo hasta el East Village, el hombre que lloraba fuera del bar. El tropezón en la acera. El arañazo en el codo. La vuelta a casa a toda prisa. La ducha abrasadora, el sofá y el descenso al sueño y a todos esos hombres bailando.

Ben señala las tres tiritas que apenas cubren la herida.

—No es nada. Es solo un arañazo.

—No me vengas con esas —responde Gil—. Déjame que le eche un vistazo.

Ben se incorpora y le enseña el brazo. Gil le quita las tiritas.

—Tiene peor pinta que los rasguños que le traté anoche a un *skater*. ¿Qué ha pasado?

—No es nada. Me tropecé y me caí. Apoyé mal el pie en el bordillo.

—¿Dónde estabas?

—En el East Village.

—¿Habías bebido o algo? ¿Cómo te tropezaste con el bordillo?

—No sé. Me tropecé.

—¿Te has limpiado la herida?

—Sí. Tenía algo de grava dentro.

—Te la has curado bastante bien. Pero quiero examinarla mejor. ¿Por qué no te das una ducha, le das un buen lavado y te vienes a la cocina? Quiero hablar contigo.

Cuando Ben encuentra las gafas, ve el folleto de anoche encima de la mesita de café. Es una fotografía en blanco y negro de dos hombres muy musculosos, descamisados, marcando abdominales, que miran a cámara con una sonrisa que resulta casi amenazante. Están uno detrás del otro, y el de detrás tiene la mano metida en los vaqueros del de delante. «Adéntrate en el Monster», pone con letras doradas de estilo gótico.

ADAM

—¿Margaritas? ¿Para mí? —La madre de Adam le dedica una sonrisa de oreja a oreja desde la cocina—. ¿Qué he hecho yo para merecerme unas margaritas? Ni siquiera he terminado el crucigrama.

Durante un instante, Adam se queda a cuadros porque se ha olvidado de que lleva un ramo de flores en la mano. Entonces se acuerda:

—Sí, son para ti.

—Un regalo adelantado del Día de la Madre de mi querido hijo. ¿Has ido hasta Central Park a por ellas? Me he despertado a las seis y media y ya te habías ido.

—No podía dormir —le responde, y no es del todo mentira.

—Bienvenido a la edad adulta —contesta su madre, y le agarra la mano—. ¿Cómo es posible que tengas dieciocho años? Ya eres todo un hombrecito.

—Sí, supongo —responde, mordiéndose el carrillo.

Su madre se gira y va a buscar un jarrón de una alacena que está debajo del fregadero.

—¿Puedes llenarlo de agua hasta la mitad? Voy a recortar los tallos. De momento podemos dejarlas en tu cuarto. Tengo esta mesa hecha un desastre.

Una vez que su madre las deja listas, Adam se lleva las flores a su habitación y cierra la puerta. Se sienta en el borde de la cama con el jarrón en el regazo y se pregunta dónde estará Callum. Se lo imagina en el metro, yendo a la tienda de música, cambiándose los zapatos en el Lincoln Center. Qué tonto ha sido al comprarle las flores. ¿De verdad creía que Callum se las iba a llevar hasta el Upper West Side?

Tiene el atlas encima de la cama, a un lado. Pasa las páginas hasta que llega a un mapa de todo el mundo, luego pasa a uno de Estados Unidos, luego a uno del estado de Nueva York y luego a uno de Manhattan. Recorre con el dedo el trayecto que va desde el Village hasta la calle Sesenta y Cuatro y hasta el Lincoln Center. Son tan solo unos milímetros en la hoja de papel, pero le parece que está lejísimos.

BEN

Gil corta dos cuadrados de gasa del rollo, los coloca con mucho cuidado sobre el arañazo de Ben y los sujeta bien con esparadrapo.

—Déjatelo tapado hasta que le salga la costra, ¿vale? Dale un par de días. Te voy a dejar un poco más de gasa para que la cambies.

—Gracias.

Ben le da un sorbo al café. Está amargo. Va a la nevera a buscar leche, pero no hay. Le echa un poco de azúcar y lo remueve. Sigue amargo.

Gil se levanta para lavarse las manos.

—Me da a mí que no me lo estás contando todo sobre ese arañazo.

—¿A qué te refieres?

Gil deja el folleto encima de la encimera. «Adéntrate en el Monster».

Ben se queda mirándolo como si fuera un test de Rorschach.

—No es más que un folleto —le dice.

—Tienes razón —responde Gil—. Y los números de *GXE* que están al lado de la tele no son más que revistas.

Ben se tapa el arañazo del codo con la mano.

—Mira, Ben. No hace falta que me cuentes nada que no quieras contarme. Sé que nunca hemos hablado de esto, y no pasa nada. Es tu decisión. Pero necesito saber que estás teniendo cuidado.

—Sí, ya. Usar condones y eso.

—Sí. Hay que usar condones. Siempre. ¿Necesitas algunos?

—No.

—¿Ya tienes?

—No. Es que… Es que no… —Ben baja los hombros y trata de volverse más pequeño. No quiere hablar con su hermano de condones. No quiere hablar con su hermano de su vida sexual. Ni siquiera tiene una vida sexual sobre la que hablar—. ¿De verdad tenemos que hablar de esto? Ya he dado educación sexual en el instituto.

—No hace falta que hablemos de sexo, pero tenemos que hablar de todo lo demás.

—¿Lo demás?

—Anteayer tuve un paciente al que le habían dado una paliza delante de un bar de Chelsea después de haberse despedido con un beso de su novio. Un macarra los vio y aprovechó para seguir al chico y sacarle un par de dientes de una patada.

—A mí no me han dado ninguna paliza.

—Esa no es la cuestión. Lo que quiero decirte es que esto pasa cada dos por tres, y va a más. Puede que sea por el sida, no lo sé. Pero cada vez lo veo más. Si vas a salir por sitios como este —dice señalando el folleto—, como el Monster, tienes que tener cuidado.

—Nunca he ido al Monster.

—No me estás entendiendo.

—Todo el mundo tiene que tener cuidado —responde Ben, poniéndose cada vez más a la defensiva—. A ti te podría atropellar un autobús.

Gil apoya las manos en la mesa.

—Sí, podría atropellarme un autobús. Pero no es lo mismo. A ti te podría atropellar un autobús *y encima* tienes que enfrentarte a un montón de amenazas a las que yo no me tengo que enfrentar. A mí no me va a dar una paliza un homófobo. Las posibilidades de que yo contraiga VIH son mucho menores en comparación contigo. Las cosas son distintas para la gente como tú.

—Para la gente como yo... —repite Ben—. Palizas de homófobos, riesgo de VIH. Vale.

—Es solo que no quiero tener que verte nunca en el hospital. No sé qué haría.

Ben se lleva un pulgar y un índice a los ojos. *No llores,* se dice a sí mismo. *Pase lo que pase, no llores.*

—La gente como yo... —repite.

—Ben.

—Preferirías que fuera diferente.

—No.

—Estoy estorbando...

Las palabras penden en el aire, como una acusación.

—No he dicho eso —responde Gil.

Ben se mira los pies.

No llores.

Gil se inclina hacia delante y le habla con un tono comedido y exasperante de adulto.

—Ben, tienes dieciocho años. Puedes tomar tus propias decisiones. Solo quiero asegurarme de que tomes las más inteligentes.

Las palabras de Ben salen demasiado rápido como para contenerlas.

—¿Decisiones? ¿Sobre qué? ¿Sobre quién soy? ¿Crees que he *decidido* ser...?

Siente un sollozo trepándole por la garganta. Se lo traga con desesperación.

No llores. No le des el gusto. No lo hagas.

—Venga, Ben, no te pongas así.

Ben se queda mirando la taza de café amargo, mientras siente la rabia y la desesperación revolviéndose en el pecho. No puede decir nada más. Si habla, se vendrá abajo. Contrae todos los músculos y tensa todo el cuerpo, de la cabeza a los pies. *Aguanta, Ben. Aguanta.*

Tras un largo silencio, Gil se levanta y le dice:

—No es que disfrute teniendo que hacer el papel de capullo, ¿sabes?

Ben suelta una risita burlona.

Cuando esté seguro de que Gil se ha ido a dormir, se permitirá llorar. Pero sin hacer casi ruido, y solo durante un minuto o dos.

Cuéntame algo que escondas.

He estado alquilando todas las películas de la sección de «Gais y lesbianas» del videoclub: Querelle, Mi hermosa lavandería... Siempre voy con una mochila para esconder las pelis de vuelta a casa. Nunca sabes con quién te puedes topar. Imagínate que te encuentras con la vecina de al lado y te pregunta qué peli has alquilado. Si es Batman o Solos con nuestro tío, te dirá algo tipo: «¡Oh!». Pero, si es Su otro amor o Los chicos de la banda, empezará a hacerte más preguntas. Y odio cuando pasa eso.

Mi peli gay favorita es Maurice. ¿La has visto? Me hizo llorar. Esa escena del final en la que Rupert Graves está en plan: «Ya nunca nos separaremos». Lloré hasta cuando volví a verla. Además transcurre hace ochenta años, así que no hay sida ni nada de eso, no como en Compañeros inseparables o en Miradas en la despedida. Son buenas películas, pero me siguen poniendo los pelos de punta. Me gusta más Maurice porque, aunque es un poco triste, en general es una historia de amor y tiene un final feliz. Es complicado pero feliz. Perdona, ¿te he destripado el final?

Supongo que lo de esconderlas en la mochila es una estupidez. Pero así todo es más fácil. Llegas a casa antes.

Solo tardé unas semanas en alquilar todas las pelis de la sección. Ojalá hubiera más. Por cierto, ¿has visto Querelle y Mi hermosa lavandería? No tiene nada que ver una con la otra. No pintan nada en la misma sección del videoclub.

ADAM

Callum aún no lo ha llamado.

El primer día, las puntas de un par de pétalos de las margaritas comenzaron a ponerse marrones. Adam los arrancó y el ramo volvió a parecer como nuevo. El segundo día, aunque recortó los tallos y cambió el agua, se marchitaron varios pétalos. Los arrancó. Al tercer día, encontró veintisiete pétalos caídos sobre el escritorio.

Hoy es el cuarto día, y los pétalos no dejan de caer; se agitan en silencio mientras caen como si fueran alas disecadas, dan vueltas en el aire y aterrizan en el escritorio y en el suelo.

Adam está tumbado en la cama y los observa. Piensa que lo único que hacen las flores es marchitarse. Las compras porque son bonitas, pero, en cuanto las traes a casa, te das cuenta de que ya han empezado a morir. Rápido o lento. Da igual. Se marchitan y lo único que puedes hacer es mirar.

Ha intentado llamar a Callum un millón de veces durante la semana. Pero solo le ha dejado tres mensajes en el contestador, y le ha hablado con voz animada, tranquilo, como si no pasara nada en absoluto. Pero Callum no le ha devuelto las llamadas. A Adam le encantaría saber qué es lo que ha hecho mal. Entonces quizá podría arreglar las cosas.

Se imagina lo que le diría Lily si no estuviera en Grecia: *Vale, contrólate. El primer día que estabas rayado por él quedaba mono. El segundo, raro. Pero ¿esto? Esto es patético, y tu cuarto empieza a oler raro. Los chicos son todos iguales. Van y vienen. Ahora levántate y tráete unas cuantas películas para que las veamos. A lo mejor* Mahogany. *Hace casi un año que no la vemos.*

La Lily imaginaria tiene razón. Los chicos van y vienen.

Adam se ata los cordones de las zapatillas y sale a la calle. Camina por la Octava Avenida y deja atrás el súper, la hamburguesería y la tienda de revistas. Al pasar por delante de la cafetería, la dueña le detiene para saludarlo. Le pregunta dónde está su amigo, el alto. Adam le responde que no lo sabe.

Camina hacia el este, hacia Greenwich Avenue, y luego baja hacia la Séptima Avenida. Adam se mira los pies mientras camina ensimismado. Justo delante del Two Boots Pizza, se choca con otro peatón.

—¡Mira por dónde andas, hombre!

La voz, grave, alta y conocida, se ríe a carcajadas. Es su padrino, Jack. Es un hombre de hombros anchos y corpulento, y hoy lleva una camisa vaquera y se ha dejado perilla. Al lado de Jack está su otro padrino, Víctor, que le sonríe mientras se recoloca la coleta negra y gris que estalla en un manojo de rizos.

—Ven aquí —le dice Jack, abriendo de par en par unos brazos musculosos—. Dame un abrazo.

Víctor también lo abraza y luego estira la mano para recolocarle el cuello de la camisa.

—Así está mejor. Lo llevabas torcido. ¿A dónde vas, cariño?

—A ningún sitio.

—¿A ningún sitio? —repite Víctor. Luego le lanza una mirada cargada de escepticismo—. Ay, cielo, se te ve en la cara. ¿Cómo se llama? ¡Y no me lo niegues!

—¡Víctor! —salta Jack.

—¿Qué pasa? —Víctor levanta las manos en señal de rendición—. Yo solo pregunto.

—No le hagas ni caso —le dice Jack a Adam.

—¿Y vosotros qué? ¿A dónde vais? —pregunta Adam, que está desesperado por cambiar de tema.

—Estamos haciendo la ronda. Acabamos de bajar de ver a Albert —responde mientras señala al otro lado de la calle, hacia el hospital St. Vincent, un inmenso edificio de ladrillo rojo que lleva ahí toda la vida. Adam lo conoce muy bien. Nació allí. Le escayolaron allí la pierna cuando se la rompió en quinto. A su padre le sacaron la vesícula allí.

—¿Te puedes creer que el segurata nos ha chistado porque fuimos por las escaleras de atrás? —le dice Víctor—. ¿Te lo imaginas? ¡Nos ha chistado! ¡Como a un gato callejero! Como si no nos conociéramos hasta el último centímetro cuadrado del hospital mejor que él. Me habría encantado empujarlo por las escaleras.

—Menos mal que no lo has hecho, porque no tenemos dinero ni tiempo para pagar la fianza para sacarte de la cárcel. Aún tenemos que ir al hospital a ver a Joe-Joe, que está en Mount Sinai.

—¡Y no te olvides de Ron! —le dice Víctor.

—Creía que le habían dado el alta.

—Sí, está en casa. Tenemos que hacerle la compra y recogerle las recetas de la farmacia de la Octava Avenida. Ay, ¿y Timo qué?

—Creía que Timo nos había retirado la palabra. ¿No nos dio plantón la semana pasada cuando quedamos para ir de copas?

—No, Jack. No nos dio plantón. Lo han vuelto a ingresar.

—Estás de coña. ¿Cuándo?

—Unos días después de la fiesta de Jay.

Jack respira hondo.

—Parecía que estaba bien aquella noche. ¿Qué tiene? ¿Veinticuatro años? Es demasiado joven para pasar por todo esto. ¿Dónde está?

—Tiene veintitrés. En el Eastview.

—Hoy no nos va a dar tiempo —dice Jack, mirando el reloj—. Iremos mañana por la tarde. —Después se gira hacia Adam y se encoge de hombros—. Pues eso, la ronda. No termina nunca. Pero hay que estar ahí para la familia, ¿verdad?

Adam asiente como si lo entendiera, aunque no lo entiende. Todavía no.

—Tú estás bien, ¿no? Pareces cansado.

—Ay, déjalo en paz —responde Víctor—. Seguramente se habrá pasado la noche despierto. ¿No te acuerdas de cuando tenías dieciocho años? Yo me pasé un año entero sin dormir. Adam, cariño, sal por ahí y menea el culo todo lo que quieras. Ya dormirás cuando seas viejo, como nosotros.

Jack y Víctor se despiden y cruzan la calle; llegan a la otra acera justo antes de que un taxi meta la rueda en un bache del cruce, lo que hace que salte uno de los tapacubos y que salga rodando hacia Adam. Sube el bordillo de un bote y Adam, al apartarse, casi pierde el equilibrio y cae al suelo. El taxi se aleja de allí a toda leche.

Albert. Joe-Joe. Ron. Timo. Albert. Joe-Joe. Ron. Timo.

Adam siente cómo empieza a formarse el siguiente nombre en su cabeza. Lo pronuncia en alto:

—Callum.

BEN

Ben tiene cuidado.

Se ha apoyado contra los andamios que rodean el edificio de Gil. Detrás de él hay montones de pósteres de los últimos discos de Concrete Blonde y de Kylie Minogue. La semana pasada, en esta misma pared provisional había carteles de Sonic Youth y Tony! Toni! Toné! La anterior estaban Heavy D, Curious (Yellow) y The Church.

Ben se pregunta cuántas capas de pósteres puede soportar un trozo de madera contrachapada antes de que los pósteres pesen más que la pared y nadie recuerde lo que había detrás en un principio. ¿Diez capas? ¿Cien? ¿Mil? Puede que eso sea lo que Gil quiere que haga. Que se rodee de andamios para protegerse y que pegue encima un montón de capas, una tras otra, hasta que el núcleo quede oculto por completo. Hasta que desaparezca.

Ha conseguido evitar a Gil durante casi toda la semana. Pero no puede dejar de pensar en lo que le dijo su hermano, en lo que quería decir. «Es solo que no quiero tener que verte nunca en el hospital. No sé qué haría». Se parece mucho a lo que dice su madre. Se parece mucho a «No estoy preparada».

Ben sabe que tiene que tener cuidado. No está ciego. ¿Te acuerdas de Marco? Lo encerraron en un armario. ¿Te acuerdas de aquel chico de Maine de hace unos años? ¿Charlie Howard? Lo arrojaron a un río. Ben siempre ha sido consciente de los peligros. Por eso tiene cuidado con cómo anda, cómo habla, cómo se ríe y sonríe. Siempre se ha esforzado por no llamar la atención.

Pero esto es Nueva York, Ben tiene dieciocho años y las cosas deberían ser distintas.

Al otro lado de la calle, en la radio de un coche suena una canción del último disco de Depeche Mode. Una batería intensa y violenta retumba mientras la voz le avisa sobre la política de la verdad. Tendrá que esconder lo que sea necesario, tal y como le indica la canción.

ADAM

Adam tiene cuidado de no pasar bajo la escalera de mano que está apoyada contra el St. Vincent. Las escaleras dan mala suerte. Aunque piensa con sarcasmo que, si el tipo que está ahí arriba arreglando la ventana del segundo piso tirase una herramienta y le cayera a Adam encima, al menos ya estaría en el hospital. Atraviesa la puerta.

La mujer que está en el mostrador de información lleva un jersey blanco con un estampado de flores de melocotonero. Las gafas cuadradas que lleva puestas son enormes y le tapan media cara.

—¿Puede decirme dónde está la habitación de Callum Kean? —pregunta sin vacilar.

La mujer mira el portapapeles.

—¿En qué planta está?

—No lo sé.

—¿Cuándo lo ingresaron?

—No estoy seguro.

—¿Qué enfermedad padece? —pregunta con un tono monótono, como si estuviera leyendo un guion.

—No lo sé.

La mujer deja el bolígrafo y alza la mirada.

—¿Qué relación tienes con el paciente?

—Es mi… amigo.

—Amigo —repite ella.

—Sí.

—Entiendo… —Se recoloca las gafas y deja el portafolios a un lado—. Lo siento, no puedo ayudarte. Son las normas del hospital. Pero seguro que tu amigo está bien.

Adam asiente. Quiere creerla. Se queda allí de pie durante un instante y luego le dice:

—Gracias.

Sale del edificio y se queda en la acera de enfrente. Mira hacia un lado de la calle, hacia el Empire State, y luego hacia el otro, hacia el World Trade Center. Disfruta de la sensación de equilibrio que provocan esos dos puntos de referencia, como si mantuvieran a Manhattan en su sitio e impidieran que zozobrase. Piensa que, si uno de los dos desapareciera, toda la isla se inclinaría hacia el puerto.

Sube por la calle Catorce, que está llena de bazares, tiendas de pornografía y tiendas con ventiladores y paraguas en el escaparate pero con pipas de marihuana en la trastienda. Camina hacia Union Square, donde se reúnen los *skaters* para practicar sus trucos sobre los escalones de hormigón y donde los artistas ponen mesas para venderles ilustraciones de la silueta de los edificios de la ciudad a los turistas. Encuentra un puesto en el que sirven desayunos durante todo el día.

—Un bocadillo de huevo y queso, por favor —pide.

El cocinero rompe el huevo sobre la plancha caliente y aplasta la yema con la esquina de la espátula. Parte un panecillo por la mitad y lo pone a tostar junto al huevo. Cuando empieza a dorarse, le pone el huevo frito encima, añade una loncha de queso y luego le pone el pan de arriba. Lo envuelve bien apretado en papel de aluminio y papel vegetal, todo sin dejar de bailar al son de la música de Taylor Dayne que tiene puesta en la radio.

—Gracias —le dice Adam al entregarle un billete de un dólar y una moneda de veinticinco centavos.

—*Tell it to my heart!* —responde el hombre con una sonrisa.

Adam sigue andando mientras come, reprendiéndose a sí mismo. *Deja de ser tan estúpido*, piensa. *Callum no está en el hospital. Te dijo que estaba sano. Solo crees que está enfermo porque no quieres creerte la verdad: que no quiere volver a verte, y ya está. La has cagado. Al final resulta que no quiere estar contigo. Solo está haciendo lo que cree que debería haber hecho desde el primer momento. Se está alejando. Te lo está poniendo fácil. Te dijo que a todo el mundo le han dejado alguna vez. ¿Te acuerdas? La gente sigue adelante. Ahora te toca a ti. Sigue adelante. Tu película ya no está en la sección de películas románticas.*

BEN

Ben está flipando con el restaurante. Hay gente guapa por todas partes, y la luz que tiñe la ajetreada sala de color ámbar no hace más que resaltar la belleza de todo el mundo. Los camareros llevan delantales alrededor de la cintura y se mueven rápido entre las mesas cubiertas con manteles blancos de estilo bistró. Se oyen carcajadas por todos lados, atenuadas por el sonido de la cubertería y de las copas de vino. Las conversaciones atraviesan el aire como si fueran ráfagas. De fondo se oye *Me, Myself and I* de De La Soul.

Nunca ha estado en un sitio como este. No tiene nada que ver con el TGI Fridays ni con los demás restaurantes de comida rápida de Gideon. Los ojos de Ben van de un lado a otro por toda la sala, fijándose en todas las marcas. Ve un *body* elástico de Donna Karan, negro, por supuesto. Ve una gabardina brillante con cinturón de Marc Jacobs para Perry Ellis, la que Naomi llevó en el desfile. Ve una americana deconstruida de Martin Margiela, un brazalete de Elsa Peretti, al menos tres pares diferentes de zapatos de Manolo Blahnik, una chaqueta *bomber* de Versace, un vestido de rejilla de Todd Oldham y una falda de tubo de Christian Lacroix con flecos negros tan largos que rozan el suelo.

Cuando el camarero va a ofrecerles las cartas, Rebecca levanta la mano. Pide tres platos de filetes con patatas, poco hechos, y un martini para ella. Ben pide una copa de vino tinto y Gil le dice al camarero que mejor traiga una botella.

—Recuerdo la primera vez que vine al Odeon —dice Rebecca—. Creo que fue en 1986. Me senté en la barra con mi compañera de piso, Antonia, durante unas tres horas, dándole sorbitos a la misma copa todo el tiempo porque era lo único que nos podíamos permitir. ¿Ves esos espejos sobre la barra? Los puedes usar para espiar a la gente y no se darán ni cuenta de que los estás mirando. Brooke Shields estuvo aquí una noche con Nicolas Cage. Y Grace Jones estaba en una mesa de un rincón con unas gafas de sol. Os juro que también vi a Talisa Soto y a Jessica Lange esa noche, pero Antonia no me creyó.

—No me puedo creer que este sitio esté a tres manzanas de mi casa —dice Gil—. Resulta que podría haber estado yendo a cenar con Nicolas Cage todo este tiempo.

Rebecca saluda a un hombre que lleva una americana azul marino sobre una camiseta blanca de cuello de pico.

—Ese es Ross Bleckner. Le hice un retrato hace poco y me pagó con un cuadro. Ya os lo enseñaré. Es un poco psicodélico, como un batiburrillo de manchas de formas extrañas en un lienzo gris que parecen moverse cuando pasas por delante. Me dijo que estaba inspirado en las lesiones del sarcoma de Kaposi.

Ben finge no darse cuenta de que Gil lo mira cuando Rebecca menciona el sarcoma de Kaposi. Mantiene la vista en la mujer con pantalones *palazzo* de Chloé que pasa junto a su mesa. Le gustaría hacerle un cambio de estilo; le cambiaría la blusa por una camiseta de tirantes ajustada. Quedaría más proporcionado.

Llegan las bebidas. Ben siente la intensidad del vino en la lengua, y le gusta la sensación.

—¿Cómo os conocisteis? —pregunta.

—En el hospital —contesta Rebecca.

—¿Eras una de sus pacientes?

—No salgo con pacientes —interviene Gil—. No sería ético.

—Fui a visitar a mi amigo Sean, que estaba en la UCI —dice Rebecca—. No me dejaron entrar porque no estaba en la lista y no era de la familia. El doctor Gil me oyó mientras intentaba sobornar al celador con cigarrillos. Me reconoció porque era el tercer día consecutivo que aparecía por allí.

—Era la única que visitaba a Sean —dice Gil.

—Su familia lo repudió cuando se enteraron de que era gay. Y Sean no le dijo a casi nadie que estaba enfermo. Decía que no quería molestar a sus amigos porque todos tenían ya bastante gente de la que preocuparse. Se sentía culpable. Pero Gil vio que Sean necesitaba alguien que le sostuviera la mano, así que se saltó las normas y dejó que me colara.

—No dejé que te colaras —puntualiza Gil—. Evalué la situación y, a mi juicio como profesional de la medicina, opiné que tu visita sería positiva como parte del tratamiento paliativo de Sean. Me pareció que necesitaba un rostro conocido, agradable. Tu rostro me pareció bastante agradable de mirar. Así que le receté una dosis de Rebecca.

Rebecca le sujeta la barbilla con la mano y le besa la mejilla.

—Ay, lo que te gusta a ti recetar cosas.

—¿Y ya está bien? —pregunta Ben—. Tu amigo.

—Tenía sida, Ben —dice Gil, con una pizca de desdén en la voz.

—Ah —dice Ben, y se vuelve hacia Rebecca—. Lo siento.

—Sean era genial. Era uno de los mejores estilistas de la ciudad. ¿Recuerdas aquel reportaje del *Vogue* británico del invierno pasado en el que todas las modelos iban desnudas, y solo llevaban unos abrigos de Burberry y esas botas de Vivienne Westwood tan increíbles?

Ben asiente. Por supuesto que lo recuerda. Fue increíble.

—Fue obra de Sean. Se podría decir que de estilismo había más bien poquito, porque apenas llevaban nada. Pero era su visión, e iba mucho más allá de la moda. Era arte. Sean era un artista. Y era el mejor. —Le da un sorbo largo y solemne al martini—. Veinticinco años tenía. Y no había hecho nada malo. Pero ya no está con nosotros.

Gil mira a Ben.

—¿Ves a lo que me refiero?

Ben pega los brazos al cuerpo, tratando de encogerse.

—¿De qué estás hablando? —le pregunta Rebecca.

Gil toma un trago de vino.

—Es que no quiero ver a Ben en el hospital. Eso es todo.

—¿Por qué iba a ir Ben al hospital? ¿Por qué dices eso?

Gil no responde.

Rebecca posa la mano en la rodilla de Ben por debajo de la mesa.

—¿Gil?

—Solo digo que tiene que saber dónde se está metiendo —contesta al fin Gil—. Si va a ser gay, tiene que conocer los riesgos. Solo digo eso.

Levanta las manos cuando lo dice, como si tan solo estuviera constatando un hecho que solo él es lo bastante valiente como para decir en voz alta. Como si dijera «no me culpéis por recordaros lo que es obvio».

—¿«Si va a ser gay»? Pero ¿qué barbaridades estás diciendo, Gil? —Se aclara la garganta e imita la voz de Gil—. Soy un profesional de la medicina y mi opinión como médico es que, si decide vivir su vida a su manera, solo podrá culparse a sí mismo cuando le ocurran cosas terribles, incluso si se muere. Mi recomendación como médico es que deje de ser gay.

—Eso no es lo que quiero decir.

—Ah, ¿no? —Rebecca se termina el martini—. Has dicho «sí». Has implicado que es una decisión. Como si Ben pudiera *decidir* ser otra persona, esconderse, negar quién es en realidad, vivir la vida a medias, tener miedo. Estar solo.

—Mira —contesta Gil—, yo no tengo ningún problema con los gais. Yo no he creado el mundo en el que vivimos.

—¿Eso crees? —le responde con un tono gélido y punzante.

Ben aparta la rodilla de la mano de Rebecca.

Gil respira muy hondo y apoya las manos en la mesa.

—Es mi hermano, Bec —dice despacio—. Solo intento protegerlo. Lo único que quiero es que esté a salvo.

La mirada que le dedica Rebecca es tan fría como su voz.

—Para ser tan listo, sabes mucho menos de lo que crees. —Un camarero se acerca para llevarse la copa del martini—. Ponme otra —le dice, dándole unos golpecitos al borde de la copa.

El camarero asiente y se marcha.

—¿Me estás diciendo que no debería cuidar de mi hermano?

—Joder, Gil…

Ben tiene la mirada fija en el plato vacío. Hablan de él como si no estuviera presente, así que a lo mejor no debería estarlo. Se levanta de la silla, se le cae la servilleta al suelo y serpentea entre toda esa gente tan guapa hasta que llega al fondo del restaurante, hasta la puerta en la que pone «Caballeros». La puerta se cierra cuando entra y amortigua el bullicio del restaurante. No tiene ganas de hacer pis. Se queda delante del espejo, pero no se mira en él. Se lava las manos, se las aclara y luego se las vuelve a lavar. No tiene prisa.

Después de un rato, vuelve a la mesa. Gil y Rebecca están callados. En su sitio tiene un filete cortado en tiras rosas y cubierto de perejil picado. Al lado, hay un buen montón de patatas fritas brillantes y grasientas. En el centro de la mesa hay unos cuenquitos llenos de mayonesa y kétchup. Cuando se sienta, Rebecca empieza a comer.

El filete de Ben está increíble, tierno y carnoso; está algo chamuscado por fuera y tiene un ligero regusto a sangre. Come unas cuantas patatas saladas y luego otro trozo de carne. No mira a Gil ni a Rebecca, y ellos no hablan, ni entre ellos ni con Ben. Se come otro trozo de carne, y luego otro.

Fuera, la niebla ha cubierto la ciudad y refleja las luces de color ámbar del restaurante en las ventanas con un resplandor dorado. La mesa de Ross Bleckner se queda vacía y se vuelve a llenar enseguida con un grupo de hombres de negocios jóvenes. Una mujer que lleva una camisa blanca resplandeciente se mancha el pecho de vino, pero no se da cuenta. Hay un par de hombres muy guapos con camisetas barrocas de Gaultier en unos taburetes del rincón del bar. Una mujer alta y guapa se acomoda en un banco en la parte de atrás. ¿Será Anh Duong, la de los desfiles de Lacroix? A un ayudante de camarero se le cae un plato al suelo cerca de la cocina. Nadie se gira para mirar.

Cuando se comen las últimas patatas fritas, Rebecca se enciende un cigarrillo y dice:

—Ben, ¿tienes libre mañana? Tengo que hacer fotos para un reportaje sobre vaqueros para *Mademoiselle*. Vamos a hacer las fotos en una azotea del distrito financiero. No sé muy bien por qué. Supongo que querrán que salga el World Trade Center de fondo o algo por el estilo. Van a venir Derek y Charles, y Jorge también. ¿Te acuerdas de ellos?

—Sí.

—Te puedo pagar cien pavos. Vales mucho más, pero es lo que me permite el presupuesto.

—Allí estaré —responde.

—Estupendo. ¿Por qué no te quedas a dormir esta noche en mi piso? Vivo en el Lower East Side y me podrías ayudar a llevarlo todo por la mañana. Podríamos repasar esta noche la lista de las fotos que necesitamos y esbozar algunos conceptos. ¿Te apuntas? Tengo un cepillo de dientes de sobra en casa.

—¡Claro!

Ben no mira a Gil. No mirará a Gil durante el resto de la noche.

ADAM

La ciudad está cubierta de niebla esta noche. En las noticias la han llamado «niebla de irradiación». Se produce a causa de una inversión térmica. Es como si una nube se hubiera caído del cielo y envolviera la ciudad. Los edificios emergen del suave resplandor esponjoso y van cobrando forma a medida que Adam camina por la ciudad. El Flatiron. El Empire State. El Pan Am. Los ignora. No albergan las respuestas que necesita.

Adam entra en la estación Grand Central. El vestíbulo principal es amplio y espacioso; es un millón de veces más grande de lo que parece desde fuera. No hay mucha gente a estas horas, solo unos pocos que han salido de copas después de trabajar y que toman el tren de vuelta a Westchester, y algunos juerguistas que viven en las afueras y que llegan para salir de fiesta. Adam rodea la enorme sala, sube las escaleras por un extremo y las baja por el otro. Se acerca al reloj del centro. Su padre dice que es el único reloj de Nueva York que siempre da la hora correcta. Ahora mismo da las diez y media.

El panel gigante situado encima de las taquillas va mostrando la lista de destinos, horas de salida y números de vía. White Plains, 10:40, vía 9. Albany, 10:55, vía 6. Poughkeepsie, 11:10, vía 4. Más o menos cada minuto el panel se actualiza. Clic... clic... clic, clic, clic. Percusión. Síncopa. Música.

Mira al techo, de color verde pálido con constelaciones de estrellas doradas. Orión, la Osa Mayor, la Osa Menor. Adam levanta la mano para trazarlas, como si fueran las pecas de un amante.

Se imagina esta escena en su película; imagina que colocaría una cámara en el techo para captar toda la inmensidad del vestíbulo, el eco de los pasos apresurados mientras él permanece inmóvil junto al reloj, su soledad. Se imagina un plano más cerrado: solo sus zapatillas, en el lado izquierdo del encuadre. Se imagina un par de zapatos Oxford acercándose y deteniéndose justo delante de sus zapatillas, con las puntas de los pies casi rozándose. «Aquí estás —dirá el chico de los Oxford—. Te he buscado por todas partes». La cámara sube hasta sus brazos y el chico agarra a Adam del codo. «No pasa nada».

Adam se sienta en el suelo y se abraza las rodillas, tratando de encogerse. Piensa quedarse ahí un rato. Nadie le mirará raro. Es un chico más con el pelo revuelto y sin ningún sitio especial al que ir. Hay miles de chicos así en Nueva York. No le importan a nadie.

Cuéntame cómo lo *soportaste*.

Sé que ya soy demasiado mayor, pero *Sapo y Sepo son amigos*, de Arnold Lobel, sigue siendo mi libro preferido. De pequeño dormía agarrado a ese libro como si fuera un osito de peluche. Siempre he querido una amistad como la que tienen Sapo y Sepo.

Una vez, cuando tenía seis o siete años, estaba en mi cuarto a oscuras, con el libro, y hacía una hora que me había ido a la cama, pero aún no me había dormido. Mi padre entró en el cuarto, lo cual me resultó bastante extraño porque hacía varios días que no lo veía. Se había ido de casa.

«¿Por qué no te levantas? —me dijo—. Quiero que te vengas de viaje conmigo. Vamos a ver el campo donde tocaron Jimi Hendrix, Janis Joplin y Creedence. Quiero llevarme un trozo de hierba de ese campo. ¿No quieres uno para ti?».

No tenía ni idea de qué estaba hablando, pero era bastante evidente que no debía hacer preguntas; tenía que salir de la cama e ir con él. Me llevé el libro, aunque mi padre sacudió la cabeza al verlo. Me monté en el asiento trasero de su viejo sedán, de esos que tenían los asientos corridos. Ese era siempre mi sitio, para no taparle el retrovisor. Empecé a ponerme nervioso, así que me senté sobre las manos. Era lo que hacía siempre que estaba inquieto.

Cuando llegamos a la autopista, mi padre me dijo: «No vamos a Woodstock, sino a Bethel». Seguía sin tener ni idea de qué me estaba hablando.

Pasamos un rato largo en la autopista. En la radio sonaban canciones sobre hoteles en California y una sensación de paz y tranquilidad, y mi padre no dejó de cantar a pleno pulmón. Yo me limité a mirar por la ventanilla los destellos de los faros de los coches que venían en dirección contraria. Mi padre repetía una y otra vez: «¡Qué guay, eh! ¡Padre e hijo de excursión!», pero yo no le respondía. Permanecí en silencio todo el tiempo. Los destellos de los faros me daban sueño.

Después de un rato, me tumbé en el asiento y me hice un ovillo. Notaba los muelles bajo la tapicería. Apoyé la cabeza en Sapo y Sepo. Sentía la cubierta muy fresquita en la cara. Me dormí.

Cuando desperté, volvíamos a estar aparcados frente a la casa y mi padre no dejaba de negar con la cabeza. «Te lo has perdido —me dijo—. Te lo has perdido todo». Sabía que estaba enfadado, pero me daba igual. Entré en casa, me metí en la cama con Sapo y Sepo y confié en que mi padre no volviera a entrar.

BEN

El piso de Rebecca tiene tres metros de ancho y un millón de largo; es como si hubieran metido un vagón de tren en un edificio de cuatro pisos. Las paredes blancas miden más de tres metros y medio y están prácticamente cubiertas de páginas arrancadas de revistas, bocetos de decorados en papel cuadriculado, un sinfín de fotografías de primeros planos y fotos de prueba de modelos, estrellas de cine, artistas e iconos de la música; rostros que Ben reconoce. A ambos lados de la estancia hay archivadores largos y planos y cajas de luz, que van desde una cocinita y una especie de dormitorio que están cerca de la entrada hasta unos ventanales que hay al otro extremo y que dan a las luces neblinosas de Delancey Street.

Una hilera de mesas de trabajo recorre la habitación de un extremo a otro, justo por el centro. Hay cientos de pilas de revistas de papel brillante encima de las mesas. *Grazia. Femina. So-En. Flare. Fame. Aperture. Artforum. Bomb.* Hay revistas de moda, de arte, de diseño; revistas llenas de ideas. Todo huele a papel y a tinta. Ben recorre la fila de mesas y toca todas las revistas. Podría pasarse un año entero ahí, leyendo, asimilando, imaginando, creyendo. Se sienta en un banco que hay junto a los ventanales.

—Tiene que estar por aquí —dice Rebecca mientras repasa un cajón lleno de vinilos bajo un flexo sujetado con una pinza que hay al lado de la cocina—. Tengo que ponerme a ordenar los vinilos un día de estos. Me los dio un amigo el año pasado con la condición de que pusiera una canción todos los días en su honor. Pero nunca vuelvo a ponerlos en orden. ¡Ay! Aquí está. Chaka Khan. Seguro que conoces esta canción, pero esto es un remix. Es una versión nueva de Frankie Knuckles.

Unas notas de sintetizador imprecisas y libres inundan el apartamento desde los altavoces que hay bajo las mesas de trabajo. El volumen aumenta de forma constante y suave, dando la bienvenida a un ritmo *house* tranquilo que llega poco a poco, sin prisa pero insistente. Cada nota se convierte en un eco de muchas capas que dura varios minutos. Cuando por fin llega la voz de Chaka, es como si surgiera de la niebla de la calle y flotara por encima, por debajo y entre la música.

Sí, Ben conoce la canción. Todo el mundo conoce *Ain't Nobody*.

—Nadie canta como Chaka —dice Rebecca.

—Me encanta el ritmo —responde Ben—. Nunca había escuchado este remix.

—Frankie es un genio.

—¿Lo conoces? O sea, ¿lo has visto en persona?

—Un par de veces —dice Rebecca.

Llena dos vasos de agua del fregadero y le lleva uno a Ben.

—Tu cocina es enana —le dice Ben—. ¿Tienes fogones siquiera?

—En realidad esto no es un apartamento. El edificio no está dividido oficialmente en apartamentos residenciales. A la gente le digo que me estoy quedando aquí mientras busco otro sitio donde vivir, pero ya llevo dos años. A nadie del edificio le importa. En el piso de abajo hay una alfarera que se llama Alex y duerme en un colchón hinchable entre sus tornos. Nos cuidamos la una a la otra. Somos forajidas.

Ben sonríe.

—A mí me encanta.

—Puedes venir siempre que quieras.

—¿Quieres que repasemos la lista de fotos para mañana?

—La verdad es que no. —Rebecca se sienta delante de él—. Ben, me recuerdas mucho a Sean, ¿sabes? Ya sabes, el chico al que he mencionado durante la cena.

—¿En serio?

—Sí. Me di cuenta cuando estábamos en el estudio con los abrigos. Podríamos haber hecho una sesión normalita, sin darle demasiadas vueltas, y la clienta se habría quedado contenta. Pero tú conseguiste que fuera algo distinto. La forma en que hablaste sobre cómo tenían que moverse los abrigos, todos los colores que viste en la parka morada... Pensaste en cómo sonarían esos abrigos si pudieran hablar; en que cobrarían vida si bailaran. Sean tenía ideas muy parecidas. Creo que es cosa de artistas.

Ben niega con la cabeza. No se cree lo que le dice Rebecca. Saca una revista de una pila que tiene delante de él; es un número de *Vogue Italia* en el que aparece Linda Evangelista en la portada. Es un primer plano en blanco y negro. Está despeinada y el pelo se le enreda en los pendientes de aro que lleva, y tiene el cuello extendido en una pose de estrella de cine retro.

—Sale increíble —dice Ben.

—La foto es de Steven Michael —responde Rebecca—. Mataría por trabajar alguna vez con Linda.

—Sería un sueño hecho realidad.

—Si alguna vez lo consigo, serás el primero al que llame.

—Trato hecho. Ese día trabajaré gratis.

—¿Qué te dije sobre el dinero?

Rebecca elige otra revista de la pila, *World of Interior,* y empieza a hojear las lujosas cocinas, los jardines verdes y los salones llenos de tapices. Se detiene al llegar a la fotografía de un cuarto de baño con las paredes de color escarlata y una bañera con patas.

—Gil se ha portado como un imbécil esta noche —dice Rebecca sin apartar la mirada de la revista—. ¿No te parece?

—Yo fui un poco imbécil con él el otro día.

—Bueno, pues él es aún más imbécil. No te ofendas.

—Creía que te gustaba.

—Normalmente, sí. Pero esta noche, no.

—A él le gustas.

—¿Te lo ha dicho él? —Pasa la página—. Ya podría decírmelo. A veces no sé qué es lo piensa. A veces ni siquiera me gusta lo que piensa. Esta noche, por ejemplo. El tipo va y suelta lo que piensa sin tener en cuenta cómo van a afectar sus palabras a los demás. Si hiere a alguien, no es culpa suya, es culpa de los *demás,* que deberían comprender que su punto de vista es el correcto y el más importante. Además, deberían darle las gracias por el tremendo esfuerzo que supone ser un sabelotodo las veinticuatro horas del día. Un típico controlador obsesivo... Pero, en realidad, lo que pasa es que tiene miedo.

—¿Miedo? ¿De qué?

—De todo lo que no puede controlar. El mundo gira a su antojo y no le importa una mierda Gil, y tu hermano odia esa sensación. Le molesta todo y todos los que no lo necesiten. Pero, ya sabes, *necesitar* es una palabra muy fuerte. —Se bebe el resto del agua—. Y, aun así, estoy enamorada de él.

Ben oye esas palabras y se pregunta qué se sentirá al estar enamorado de veras, aun cuando la persona a la que quieres te saca de tus casillas.

—Uf, esta conversación me ha dejado tensa —dice Rebecca—. Necesito un cambio de música. Creo que Roxy Music.

Va a cambiar el disco y empiezan a sonar las primeras notas suaves de *Avalon.* Al instante, la voz melancólica y cautivadora de Bryan Ferry empieza a cantar. *Now the party's over...*

—Esta canción... —dice Ben, a medida que le van llegando los recuerdos.

—¿Te gusta?

—Gil se dejó en casa un disco de Roxy Music una vez que vino de visita. Yo debía de tener unos once años.

—No sabía que le gustaba Roxy Music.

—Puede que no. Puede que por eso se lo dejara en casa. Pero entonces me dio por oírlos durante una temporada. Siempre me daba por cualquiera de las cosas que se hubiera dejado en casa. Libros, música... Hasta intenté que me gustara *El club de los chalados* después de que me dijera que era su película favorita. Pasé mucho tiempo intentando ser como él.

Rebecca apaga la luz que hay junto al reproductor de música, se acerca a los ventanales y se queda allí de pie mirando hacia Delancey Street. Las luces parpadeantes del tráfico palpitan entre la niebla como luciérnagas.

—Ven aquí —le dice.

Ben obedece y se pone a su lado.

—¿Ves ese edificio? —le pregunta Rebecca, señalando a través de la niebla hacia una construcción esbelta de la esquina de Eldridge Street—. Si no estuviera ahí, tendría unas vistas perfectas del puente de Williamsburg.

—A lo mejor deberíamos prenderle fuego.

—Me caes bien, Ben —dice Rebecca.

Después de un momento, Ben dice:

—Cree que voy a morirme, ¿sabes? Cree que voy a morirme porque soy gay.

—¿Espera? ¿Qué? ¿Eres gay? —dice mientras le da un codazo.

—Sí. Soy gay.

Soy gay. Nunca lo ha dicho tan claro. Sin ambigüedades, sin sentir que debe una disculpa, con seguridad, con confianza. En alto. Sin miedo. *Soy gay.*

Rebecca le da la mano.

—Todo va a ir bien —le dice, y se quedan de pie delante del ventanal, observando la niebla, hasta mucho después de que la canción termine. En mitad del silencio, Ben oye el crepitar del cigarrillo de Rebecca.

ADAM

Adam está delante del hospital Eastview, entrecerrando los ojos para ver a la gente que entra y sale por la puerta principal. Tendría que haberse traído las gafas de sol; las nubes de anoche se han despejado y ahora la luz de las primeras horas de la tarde es inclemente.

¿Será este el lugar? Aquí es donde Jack y Víctor dijeron que iban a visitar a Timo, ¿no? La falta de sueño empieza a pasarle factura y ya no está seguro de nada. La mente de Adam es un conjunto de engranajes con dientes defectuosos que no encajan entre sí. La memoria y la lógica se deslizan sin llegar a unirse, confundidas. Si pudiera pensar con claridad, se preguntaría qué hace ahí, buscando a alguien que no quiere que le encuentren.

Hay una cabina de teléfono en la esquina. Puede que intente llamar a Callum de nuevo. Puede que esta vez le responda.

No, seguro que no responde. Sigue sintiendo la lógica resbaladiza.

Ve a Jack y a Víctor acercándose antes de que ellos lo vean a él. Jack lleva unos pantalones cargo; Víctor, una camiseta de cuello de pico azul pálido con un colgante de un sol en el centro. No parecen muy animados, hasta que Jack alza la vista y ve a Adam, y se le ilumina el rostro.

—Pero ¿esto qué es? —chilla Jack—. ¡Dos veces en una semana! Menuda suerte la nuestra, ¿no?

Víctor sonríe.

—Pero ¿qué haces aquí, cariño?

—Ey —los saluda Adam, pero le sale un gallo, así que se aclara la garganta y lo intenta de nuevo—. Hola. —Todavía suena un poco ronco. Prueba una vez más—: Buenas.

Jack y Víctor se miran y luego vuelven a mirar a Adam.

—¿Estás bien, peque? ¿Te duele la garganta o algo? —le pregunta Jack.

Adam se frota los ojos.

—No, es solo que estoy cansado. No he dormido mucho.

Víctor le aparta el pelo de los ojos.

—Claro que está bien, Jack. Seguro que se ha pasado la noche de fiesta, como solíamos hacer nosotros. ¿Te acuerdas? ¿Aquellas noches en el Saint? Madre mía, cómo echo de menos esa época. Pero, en fin, ¿qué haces por aquí, cariño?

—Estoy buscando a alguien —responde Adam—. No sé... Es que no estoy seguro de que...

—Estás preocupado por alguien —lo interrumpe Jack.

—Sí.

—Y crees que podría estar en el hospital.

Cuando Jack lo dice en alto, Adam se da cuenta de lo ridículo que suena.

—Supongo que estoy siendo un poco paranoico.

—¿Quién es?

Adam vuelve a carraspear.

—Un conocido. No sé, seguro que ni siquiera está aquí. Y seguro que no me lo dirían aunque estuviera, por no ser un familiar. Creo que tienen esas reglas.

—Odio esa regla —dice Víctor—. La mitad de los pacientes que conocemos acaban completamente aislados porque sus familiares legales, entre comillas, no se molestan en visitarlos y no dejan pasar a sus amigos.

—No todas las familias legales, entre comillas, son tan malas —replica Jack—. Y la privacidad del paciente es importante. Sobre todo en casos de sida.

—La odio de todos modos. Hace aguas por todas partes, y la cambian de un día para otro. Todo depende de con quién te toque hablar en el mostrador de información. Es una ridiculez.

—Bueno —dice Jack, dirigiéndole una sonrisa a Adam—. Espero que hayas disfrutado del episodio de hoy de *Las quejas de Vic*.

—¿Y vosotros? ¿Vais a ver a vuestro amigo Timo? —les pregunta Adam.

—Sí. Le hemos traído mudas de ropa interior y el nuevo número de *People*.

—Y *brownies* de marihuana —susurra Víctor mientras le da golpecitos a la bolsa de tela—. Para las náuseas. El AZT es una mierda.

—¿Podéis buscar a Callum cuando subáis?

—¿Callum?

—Sí. Callum Keane. Es superalto, con pecas por todas partes.

Jack estudia la cara de Adam. Mira a Víctor, que asiente con la cabeza. Vuelve a mirar a Adam.

—Se me ocurre una idea mejor. ¿Por qué no subes con nosotros?

—Es que no quiero meterme en problemas.

—Si no puedes conseguir lo que necesitas siguiendo las reglas —dice Víctor—, tienes que encontrar el modo de sortearlas. Eso no te lo enseñan en la escuela. Lo aprendimos cuando nuestro amigo Anton nos dejó antes de que pudiéramos verlo siquiera.

—Vamos a intentarlo —propone Jack. Señala la entrada y los tres entran.

El vestíbulo está lleno de gente. Personal médico con batas pálidas, familiares cargados con flores, una pareja mayor de pie junto a la ventana, abrazados. Unos cuantos niños juegan al pillapilla bajo el cartel de «Urgencias», riendo y chillando como si estuvieran en el parque. Llaman a un médico por megafonía para que acuda a quirófano.

—¿Seguro que no me voy a meter en líos? —pregunta Adam.

—Lo peor que puede pasar es que te echen —responde Víctor—. ¿Has visto alguna vez *Cómo eliminar a su jefe*?

—Me flipa esa película.

—Vale, pues finge que eres Lily Tomlin con una bata de laboratorio falsa y una placa con tu nombre. Como si estuvieras en tu casa.

Se acercan al mostrador de información.

—Venimos a ver a Timo Luz, en la sexta planta —anuncia Jack.

El recepcionista, que está distraído y ocupado con una llamada telefónica, señala una hoja del libro de registro en el mostrador. Jack garabatea algo ilegible, toma tres pegatinas de «Visitante» y los conduce a los ascensores.

—Política estricta —dice mientras se pega la pegatina sobre la camiseta de la marcha por las víctimas del sida del 88.

En el ascensor, Víctor se dirige a Adam.

—No esperes que la sexta planta sea como un paritorio. En el pabellón del sida no te vas a encontrar a la gente chocando los cinco ni intercambiando puros. Está mejor que hace unos años, cuando encerraban a la gente en las habitaciones y metían comida por debajo de la puerta, pero globitos tampoco vas a ver.

—Que Adam no es tonto —dice Jack—. Ya sabe que esto no es Disneyland.

Las puertas del ascensor se abren a un pasillo tranquilo. Suelos de linóleo, paredes color pastel, luces fluorescentes. Un hombre calvo con un estetoscopio alrededor del cuello pasa por su lado en dirección al ascensor, sin levantar la vista.

—Por aquí —dice Jack, señalando hacia otro pasillo, justo detrás del mostrador de enfermería—. No creo que nadie te diga nada si quieres echar un vistazo. Nosotros vamos a estar ahí dentro, con Timo. No te vayas muy lejos.

Desaparecen en la habitación 602, que tiene dos cartelitos en la puerta. En uno se lee «Luz», el apellido de Timo. En el otro dice «Johnson». No pone Keane.

Adam avanza por el pasillo. Lee los carteles de la habitación 604. «Velez». «Sweet». Habitación 606. «Pantaeva». «Mori». 608. «Jones». «Carter». Se pregunta con qué frecuencia cambiarán los carteles. Cuántas veces los quitarán porque un paciente se encuentra lo bastante bien como para volver a casa. Cuántas veces los quitarán porque no se ha recuperado.

La puerta de la habitación 610 está entreabierta, de modo que Adam echa un vistazo, con una sonrisa en la cara. Ve a un hombre en una postura algo extraña, como retorcido; una pierna delgada sobresale de la sábana y tiene una manta subida hasta la barbilla. Está durmiendo. No es Callum.

En la habitación de al lado hay un hombre de bíceps abultados y venosos, de pie junto a un portasueros, mirando por la ventana. Otro hombre, muy delgado y con el pelo largo recogido en una coleta un poco suelta, está sentado en la cama escuchando música con un *walkman*.

Se marcha antes de que el hombre lo vea. Se le hace raro echarles un vistazo a las habitaciones. Siente que está invadiendo la intimidad de los pacientes. Decide limitarse a leer los nombres en las puertas. Si Callum está allí, tiene que haber un cartel con su nombre. Continúa por el pasillo. «Donahue». «Kaya». «Mariani». «Kelso». «Moskowitz».

«Smith». «Torres». Llega hasta el final del ala y vuelve. No ve ningún Keane.

Llama al ascensor para volver a bajar. No se lo dice a Jack ni a Víctor.

Fuera, la luz cálida del sol contrasta con los fluorescentes fríos del hospital. El ambiente cargado se transforma en aire fresco. *Se está mejor aquí abajo*, piensa, *donde se puede fingir que la sexta planta del Eastview ni siquiera existe*. Cierra los ojos y escucha los reconfortantes sonidos de la ciudad.

Al cabo de un rato, siente un golpecito en el hombro.

—Aquí estás, pequeño. ¿Ha habido suerte?

¿Suerte? ¿Sería tener suerte haber encontrado a Callum allí?

Adam niega con la cabeza.

—Bueno —responde Víctor—, yo he de decir que me estoy muriendo de hambre.

—Yo también —añade Jack—. Vamos a por unas hamburguesas con queso. Adam, vente tú también. Te invitamos a una hamburguesa y luego tiras para casa para echar un sueñecito reparador.

Adam los sigue hasta la esquina, sobre todo porque no sabe qué otra cosa hacer. Llaman a un taxi y se apiñan en el asiento trasero, con Víctor en el medio.

De camino a dondequiera que vayan, Adam mira la acera llena de gente. Llevarán todo el día fuera, trabajando, comprando, riendo, discutiendo, existiendo. ¿Acaso les importan los pacientes de la sexta planta? ¿Acaso te importaban a ti, Adam, antes del día de hoy? Apoya la cabeza en la ventanilla y ve la ciudad pasar como un borrón. Está tan cansado…

BEN

Ben carga con el equipo: filtros de gel, trípodes, estabilizadores, *flashes*. Apenas puede mantenerlo todo en equilibrio y casi se le cae cuando Rebecca lo llama a gritos.

—¡Ben! Sube también los reflectores de luz. Los voy a necesitar para la foto de grupo.

—No puedo cargar con nada más —dice.

—Apáñatelas como puedas, Ben, ¿vale? —Rebecca suena enfadada, pero Ben sabe que solo está concentrada, encorvada sobre una mesa en el estudio del último piso estudiando el *brief* de la sesión—. En cinco minutos subiré con tres modelos y no quiero tener que esperar. Ya vamos muy retrasados. Así que encárgate de que esté todo listo. ¿Me oyes?

Se mete los reflectores bajo el brazo y sube las escaleras hasta la azotea. Es un edificio de once plantas con una vista perfecta de las Torres Gemelas y el puerto. Espera que no sople mucho viento, porque los reflectores de luz —unos aros grandes con nailon estirado para ayudar a reflejar o suavizar la luz del sol— son como cometas sin cuerdas en los días de viento. Si no los agarras bien, se acaban volando. O te llevan al cielo.

Las esponjosas nubes de la tarde lo sobrevuelan despacio y tapan el sol cada uno o dos minutos. A Ben le habría gustado que las modelos hubieran llegado a tiempo para poder hacer las fotos antes, cuando la luz era más uniforme. Aunque esta vez no es culpa de ellas. Organiza todo el equipo en un rincón donde da la sombra, al lado de la sección de la azotea que Rebecca ha precintado para la sesión, y espera.

Poco después Rebecca irrumpe en la azotea seguida de tres modelos. Veronica, con una maxifalda negra y una chaqueta vaquera blanca y ajustada; Beverly, con una camisa de chambray desteñida atada a la cintura sobre unos pantalones cortos vaqueros negros; e Irina, con un chaleco vaquero sin mangas y unos pantalones vaqueros rotos. Las tres son esbeltas y serias y deslumbrantes y más altas que Ben.

—¿Dónde está Derek? —grita Rebecca—. ¿Charles?

—¡Aquí! —responde Derek.

—Bien. No os vayáis muy lejos. Cuidado con el viento. Si el pelo les tapa la cara, la foto no vale de nada. Quiero que lleven un peinado rollo informal. Despeinado a propósito, pero que tampoco parezca un nido de pájaros. ¿Vale?

En ese momento, un joven sonriente con un cigarrillo apagado detrás de la oreja aparece por la puerta. Lleva el pelo decolorado muy corto y una cadena a modo de gargantilla alrededor del cuello.

—Hola —dice.

—¿Y tú quién eres? —le pregunta Rebecca.

—El ayudante de Jorge. Hicimos una sesión juntos la semana pasada, ¿te acuerdas? —Le extiende la mano—. Me llamo Justin.

—¿Dónde está Jorge? —Rebecca frunce el ceño mientras le estrecha la mano.

—Le sonó el busca. Creo que era una emergencia. Tuvo que irse. Pero bueno, ya estoy yo aquí.

—Ya, pero es que yo no te he contratado a ti, sino a Jorge. ¿Sabes si va a volver?

—No, pero me pidió que le cubriera.

—Joder —se queja Rebecca—. ¿Se te da bien esto?

Justin sonríe.

—Supongo que ahora lo veremos.

—Supongo —contesta Rebecca, irritada—. ¿Por qué no empiezas por cambiarle la falda a Veronica? Con este viento va a ser imposible hacerle las fotos. Ponle el pantalón pirata blanco. Ah, por cierto, este es mi ayudante, Ben.

—Hola —dice Ben.

Justin le ofrece una sonrisa cómplice de ayudante a ayudante que dice «Uf, qué mandonas son las fotógrafas, ¿eh?». Lleva una camiseta de tirantes ajustada que le marca el torso delgado. Ben se imagina cómo estará sin ella.

Justin toma a Veronica del codo.

—Vamos, cari. Esta falda es un poco exagerada. Vamos a ponerte algo más elegante, más chic, más místico.

Desaparecen escaleras abajo.

—Sinceramente, lo que me apetece es echarle y ponerte a ti de estilista —dice Rebecca—. Pero te necesito aquí arriba para las fotos de prueba con la Polaroid. Ve a colocar a Beverly y a Irina por allí, por el borde, y mídeme la luz.

Ben ayuda a las modelos a encontrar sus marcas y luego se saca un fotómetro de la cintura y lo coloca entre ellas.

—¡F4! —grita.

—Más alto —responde Rebecca—. Necesito sus caras.

—Lo mismo. F4.

Ben se aleja y Rebecca levanta la Polaroid y dispara. La cámara vibra y zumba y escupe una foto sin revelar. Se la pasa a Ben, que se la coloca bajo el brazo mientras mete un carrete en la Nikon de Rebecca, la cámara que utilizará cuando haga las fotos finales.

—Necesito que alguien se quede en el sitio de Veronica hasta que vuelva. Ben, ponte ahí, a la derecha de Beverly.

—¿Yo?

—Ahora mismo.

Ben se coloca junto a las modelos, aunque se siente desaliñado y le parece que está haciendo el tonto al lado de tanta belleza. Rebecca hace dos fotos de prueba más antes de que Justin vuelva con Veronica, que ahora lleva unos vaqueros a media pierna.

—Perfecto —dice Rebecca—. Estás genial. Bueno, vamos al lío. Veronica, ponte al lado de Beverly. Ben, te necesito a un metro por delante de Irina, con el reflector en la cintura y la luz hacia arriba. Unos cuarenta y cinco grados; necesito que esos cuellos estén bien iluminados.

Ben se agacha e inclina el disco de nailon lo suficiente para proyectar una luz suave sobre las modelos.

—Perfecto —sentencia Rebecca—. Que nadie se mueva. ¿Qué tal lo veis?

—Se acerca una nube —dice Ben—. Deberías hacer las fotos ya.

—¡Allá vamos! —grita Rebecca—. ¡A sonreír! ¡Que se os vea felices! ¡A ver esos cuellos!

Las modelos le ofrecen unas sonrisas deslumbrantes a Rebecca, que empieza a hacer una foto tras otra, y Ben comienza a contar. Cuando llega a treinta y seis, le quita la cámara a Rebecca y sustituye a toda prisa el carrete por uno nuevo. Se la devuelve y regresa a su posición.

—¡Estáis preciosas! —grita Rebecca—. ¡Sois unos ángeles! ¡Irina, relaja los hombros! ¡Beverly, sonríe más! ¡Quiero ver más cuello! Veronica, ¿dónde está ese cuello?

Gasta un segundo carrete de treinta y seis, le pasa la cámara a Ben para que se lo cambie y coloca a las modelos en posiciones diferentes. Derek y Charles se arremolinan a su alrededor con peines y lápices de labios, Justin se lanza a alisar las arrugas y a enderezar los cuellos, y todos vuelven a estar en su sitio en menos de un minuto. Vuelta a empezar.

—¡Genial! ¡Eso es! ¡Con la luz del sol! ¡Sonreíd! ¡Enseñadme esos dientes!

Cuando tiene que cambiar el carrete por tercera vez, a Ben se le cae el reflector de luz que tenía agarrado con las piernas.

—¿Quieres que te lo sostenga? —le pregunta Justin, señalando el reflector.

—Gracias —responde Ben, nervioso.

—No es nada.

Justin se ocupa del reflector y le sonríe con unos ojos somnolientos. Después de gastar dos carretes más, Rebecca anuncia:

—¡La primera ronda ya está! Toca cambio de ropa, unos retoques mínimos y a por la segunda. Y tenemos que darnos prisa, que nos estamos quedando sin luz.

Justin se lleva a las modelos abajo de nuevo para que se cambien, y Derek y Charles van detrás para maquillarlas y peinarlas. Rebecca gasta varios carretes más. Después de otros dos cambios de ropa, acaba la sesión. Todos ayudan a bajar el equipo.

—¿Qué tal me has visto? —pregunta Justin mientras Rebecca mete los carretes en la bolsa.

—Nada mal —contesta Rebecca—. No eres Jorge, pero nada mal.

—Me vale.

Rebecca se vuelve hacia Ben.

—Tengo que salir corriendo si quiero llegar a B&H para que me revelen los carretes antes de que cierren. Recógelo todo y deja mis cosas en el vestíbulo. Ya mandaré a alguien para que las venga a buscar más tarde. Déjalo todo bien etiquetado, ¿vale? —Le da un beso en cada mejilla—. ¿Todo bien?

—Todo bien —responde Ben.

—Eres el mejor.

Rebecca se va. Las modelos terminan de cambiarse y, una vez que se han vuelto a poner las camisetas de tirantes y los vaqueros *bootcut*, se marchan. Derek y Charles las siguen cargando con las bolsas y se despiden de Ben con la mano al salir.

Ben organiza meticulosamente los objetivos y los filtros de Rebecca y lo mete todo en los estuches acolchados. Guarda los reflectores de luz en una bolsa y reúne las pinzas en un saquito con cordón. Apila todo con cuidado junto al mostrador del encargado de seguridad y etiqueta cada una de las bolsas con la dirección de Rebecca. Vuelve a subir para asegurarse de que no se ha dejado nada.

Allí solo queda Justin, que sigue organizando las bolsas de ropa.

—La peor parte de cada sesión —le dice Justin, peleándose con la cremallera de una bolsa que parece que va a reventar.

Ben se queda mirando la vena abultada que recorre su bíceps. ¿Cómo será tocarla?

—¿Te ayudo? —le pregunta Ben.

—No te preocupes —contesta Justin. Se muerde el labio inferior y sonríe, y Ben se derrite—. Ya casi estoy. ¿Vas hacia el metro?

—No. Voy andando.

—Te acompaño —dice Justin. No es una pregunta; es una afirmación. Ben siente un cosquilleo en el estómago.

—Vale —responde con la mayor naturalidad posible.

ADAM

—Bienvenidos a Julius', el bar más cutre del Village —dice Jack cuando bajan del taxi—. Si quieres algo más ostentoso, tienes que ir a Uncle Charlie's, en Greenwich Avenue.

—¿No es en Uncle Charlie's donde...? —pregunta Adam.

—¿Donde pusieron una bomba casera el mes pasado? —interrumpe Víctor—. Sí. Justo. Una bomba en un bar gay. Y la policía asegura que no es un delito de odio. Menudos imbéciles. Gracias a Dios que no mataron a nadie.

—Razón de más para seguir saliendo —opina Jack—. Para demostrarles que no tenemos miedo.

—Como si este necesitara más razones para salir —murmura Víctor.

—¿Seguro que puedo entrar? —dice Adam—. Hay que tener veintiún años para beber.

Víctor lo empuja hacia el interior del local.

—Ay, por favor. Que esto es Nueva York.

Dentro, la luz del sol se cuela por las ventanas polvorientas y arroja una luz moteada en la estancia. Tres hombres de mediana edad, dos con gorras de béisbol y uno con un traje marrón claro, charlan sentados en los taburetes. Hay otro hombre, más joven, sentado unos cuantos taburetes más allá hojeando una revista. En una gramola suena muy bajito una canción antigua de Cyndi Lauper.

Un tipo con una camiseta blanca de SILENCIO = MUERTE y un chaleco de cuero negro los saluda desde detrás de la barra.

—Hola, guapos —les dice—. No os veo desde el Love Ball de Roseland.

—Uy, cari. Todavía nos estamos recuperando de esa noche —contesta Jack.

—Vosotros dos os lo pasasteis mejor que nadie.

—Lo niego todo —dice Víctor.

—Hoy hemos visto a Timo —le cuenta Jack.

—¿Cómo está?

—Ha tenido días mejores. Toxoplasmosis.

—Toxoplasmosis… —repite el camarero—. Debe de estar jodido.

«Toxoplasmosis». Adam sabe de lo que hablan; recuerda que Callum lo mencionó.

—Podría ser peor —dice Víctor.

—Tú siempre tan optimista, Victoria. —El camarero señala a Adam con la cabeza—. ¿Quién es vuestro amigo?

—Este es Adam —responde Jack—. Es de la familia.

—Yo soy Angus —se presenta el camarero, y le estrecha la mano—. ¿Vais a comer? ¿O solo a beber?

—Sí —responde Jack—. Las dos cosas.

Angus les señala una mesa al otro lado de la sala.

—¿Tres hamburguesas con queso? ¿Y tres cervezas?

—Por mí, perfecto. ¿Te parece bien, Adam?

—¿Qué más tenéis?

—Solo tenemos hamburguesas con queso. Es el menú más sencillo de la ciudad.

Angus le guiña un ojo a Adam.

—Vale, pero prefiero una Coca-Cola en vez de cerveza.

—Marchando.

Jack los lleva a una mesita junto a una ventana. Saca tres servilletas del servilletero y las coloca por la mesa.

—Bueno —le dice a Adam—. ¿Te apetece hablar del tema?

Adam respira hondo. Es hora de contarles lo que está pasando.

—No sé muy bien por dónde empezar.

—Puedes contarnos primero quién es Callum.

—Es mi… La verdad es que no lo sé. Creía que éramos novios.

—¿Qué quieres decir?

—Pues… Nos conocimos en enero. Nos vemos todos los sábados. Y ahora no sé dónde está. No puedo ponerme en contacto con él. No contesta. Es como si hubiera desaparecido.

Víctor pone los ojos en blanco.

—Hombres…

—¿Por qué crees que puede estar en el hospital? —le pregunta Jack.

—Es que… —Adam hace una pausa—. Es que uno oye cosas y, bueno, ya sabéis.

Jack y Víctor se inclinan hacia adelante con expresión inquisitiva. Adam recuerda de repente la promesa que le hizo a Callum. No se lo puede contar. Ni siquiera a ellos.

—Tengo que hacer pis —dice Adam, en busca de una escapatoria.

—El servicio está por allí. —Jack señala hacia el pasillo del fondo del bar.

De camino al baño, Adam ve a un hombre con el pelo blanco de pie frente a la gramola, pulsando los botones a golpes, como un loco.

—¡Sister Sledge! —le grita a la máquina, tirándose del pañuelo de algodón que lleva al cuello. Mira a Adam con ojos brillantes y llorosos—. ¿Qué ha pasado con Sister Sledge?

Adam se encoge de hombros.

El hombre entorna los ojos mientras mira a Adam.

—Qué joven eres —le dice—. Qué joven. Qué envidia.

Adam entra en el baño. Cuando sale, el anciano se ha marchado.

De vuelta a la mesa, Adam pregunta:

—¿Cuántos de vuestros amigos han muerto de sida?

—Menudo cambio de tema —responde Jack.

—La mitad —dice Víctor.

Jack se encoge de hombros y asiente.

La mitad. Adam piensa en sus propios amigos de clase. En Lily, por supuesto. Pero también en Cara, Tyson, Hyun, Andrej y Roberta. ¿Y si la mitad de ellos cayeran enfermos? ¿Y si la mitad de ellos murieran? ¿Y si muriera solo uno de ellos? ¿Y si muriera Lily? Siente que se le cae el mundo encima solo de pensarlo.

—¿Cómo puede uno hacerle frente a algo así? —pregunta Adam—. Yo me pasaría los días triste perdido.

—Es curioso —dice Víctor—. Después de siete u ocho años, es como que te acostumbras.

—¿Cómo se puede acostumbrar alguien a eso?

—Víctor no se refiere a que se vuelva más fácil —dice Jack—. Sino a que empieza a ser algo que te esperas. Cuando se inició todo esto, estábamos aterrorizados. De repente empezó a ocurrir en todas partes. Levantábamos la vista y de un momento a otro había cinco o diez conocidos que habían caído enfermos y no podían salir de sus casas. Nadie sabía por qué. Nadie sabía nada. Fue terrorífico.

—¿Te acuerdas de lo enfadado que estaba todo el mundo con nosotros? —le pregunta Víctor—. ¿Con todos los gais? Como si antes no nos odiasen ya lo suficiente, ahora encima éramos infecciosos. Pensaban que nosotros éramos el problema. No la enfermedad, no el virus. La gente. Y no sé por qué estoy hablando en pasado. La gente sigue pensando lo mismo hoy en día.

—No todos —interviene Jack—. Están empezando a cambiar las cosas. Odio admitirlo, pero, cuando mueren personas como Rock Hudson e Ian Charleson, la gente empieza a sentir algo de compasión.

—No sé yo qué decirte… —contesta Víctor—. No podemos olvidar todos los chistes homófobos sobre el sida. Ni que a los pacientes que lo han contraído por transfusiones de sangre los consideran «víctimas inocentes», como si todos los demás que lo tienen se lo mereciesen. Y tampoco podemos olvidar que a ti y a mí nos han escupido y no nos han permitido entrar en restaurantes de nuestro propio barrio porque teníamos pinta de gais. «Ponéis nerviosos a los demás clientes», decían.

—Víctor —lo detiene Jack en un tono tenso, de advertencia.

Víctor se vuelve hacia Adam.

—Te lo digo yo, peque. Al mundo heterosexual no le importaría una mierda que todos nosotros desapareciéramos. Tú, yo, Jack, Angus, todos nosotros. Para ellos no somos más que un inconveniente. Por eso nunca habrá ninguna cura. No hay suficiente gente a la que le parezca importante ayudarnos, y hay demasiada gente que piensa que hemos recibido lo que nos merecemos.

—No piensas eso de verdad —replica Jack.

—Ah, ¿no? —Víctor eleva el tono—. La gente no quiere que la asocien con desviados. Se quieren creer que son moralmente superiores. Piénsalo. Rechazarnos les hace sentirse mejor con ellos mismos. «Bueno, pues que no practiquen un sexo tan raro», dicen, como si los heteros no tuvieran sexo raro todos los días. Adam necesita ir aprendiendo sobre la intolerancia.

—¿De verdad crees que Adam no sabe nada sobre la intolerancia?

Víctor clava los ojos en Jack. Se sostienen la mirada, muy serios. Es la primera vez que Adam los ve discutir así, y es por algo relacionado con él. Baja la vista hacia la mesa.

Jack rompe el silencio primero.

—Lo siento, cariño —dice con un suspiro.

—Yo también —dice Víctor—, amor —añade en español.

Jack se vuelve hacia Adam.

—Es cierto. Intolerancia hay en todos lados, incluso en Nueva York, incluso en el Village. Pero hay más de un millón de gais en esta ciudad. Las cosas tienen que mejorar.

—Pero no van a mejorar por sí solas —continúa Víctor—. Si no nos ponemos manos a la obra nosotros, nadie más va a solucionar todo esto. Podemos intentar obligar a los heteros a que hagan lo correcto a base de avergonzarlos, pero seguirán sin hacerlo. Y por eso protestamos y gritamos, nos manifestamos en Wall Street, nos tumbamos en el suelo de la catedral de San Patricio durante la misa, hacemos peticiones a la FDA, denunciamos a las compañías farmacéuticas y presentamos demandas contra las leyes discriminatorias. Tenemos que luchar en cien frentes diferentes si queremos que cambie algo. No podemos confiar en nadie más que en nosotros mismos.

—En nosotros mismos, y en Elizabeth Taylor —dice Jack—. Ay, gracias a Dios por Elizabeth Taylor.

—Sí, y en Liza. No nos podemos olvidar de Liza. Y Joan Rivers. Y Lady Di. Y Dionne Warwick. Y gracias a Dios por Madonna también. Nuestras divas son las excepciones. Consiguen que la gente preste atención. Ponen de relieve los problemas a los que nos enfrentamos.

—¿Recuerdas cuando Liz testificó ante el Congreso? Esa audiencia fue increíble. Es una luchadora.

—Pero nuestros amigos siguen muriendo —dice Víctor.

—Sí —responde Jack en voz baja. Las lágrimas comienzan a anegarle los ojos. Aprieta la mano de Víctor—. Siguen muriendo. Año tras año tras año.

—Pero seguimos luchando —susurra Víctor.

—Sí, seguimos luchando… —Se le derrama una lágrima por la mejilla—. Joder, a veces se hace muy cuesta arriba.

Víctor le sujeta la barbilla.

—Mi amor —le dice.

Ver llorar a un hombre hecho y derecho hace que Adam quiera apartar la vista. Le resulta difícil presenciar tanto dolor. Los dos tienen que soportar tanto… Adam lo sabe desde hace mucho tiempo, pero nunca lo ha visto delante de sus narices. No de esa manera.

Jack le da un beso a Víctor en la mano y se vuelve hacia Adam.

—Siento que nos tengas que ver llorar, peque. Parece que acabo de ganar Miss América. El caso es que no te acostumbras. Pero sí vas aprendiendo algunas cosas. Aprendes a hacerle compañía a alguien cuando está asustado. Averiguas lo que le hace falta en la nevera a alguien que se está recuperando de una neumonía. Aprendes sobre las aftas, la meningitis y la toxoplasmosis.

—Toxoplasmosis… —repite Adam.

—Sí. Es bastante jodida. Puede provocar infecciones cerebrales.

—¿Sabías que te la puedes contagiar por la mierda de gato? —dice Víctor—. O sea, sus excrementos. Qué malhablado soy.

Adam piensa en Clarence.

—¿En serio?

—No te preocupes —dice Jack—. Con un sistema inmunitario sano como el tuyo, no pasaría nada. Pero, si tienes los linfocitos T bajos, se puede convertir en un problema chungo.

—Sabéis un montón de cosas.

—Créeme, preferiríamos no saber tanto. Preferiríamos tener la cabeza ocupada con planes de vacaciones y predicciones sobre quién va a ganar algún Oscar, o sencillamente los cotilleos de toda la vida sobre quién se está tirando a quién.

—Tampoco le mientas al chico —dice Víctor—. Que para un buen cotilleo siempre hay tiempo.

—También es verdad —afirma Jack—. Podemos caminar y mascar chicle al mismo tiempo. Además, un cotilleo bien calentito es tan reconstituyente como un cuenco de sopa de pollo. Eso es un hecho científico.

Víctor sonríe.

—La parte que más odio es que, cuando tienes que cuidar de algún amigo, nunca sabes si le estás ayudando a recuperarse o sencillamente a morir de una forma un poco menos triste. Suele ser lo segundo. Siempre sabes que, hagas lo que hagas, nunca será suficiente.

—¡Tres hamburguesas con queso para tres guapetones! —grita Angus.

Víctor se levanta de un salto.

—Ya las traigo yo. Voy a lavarme las manos primero —dice antes de desaparecer por el pasillo.

Jack apoya una mano en el hombro de Adam.

—¿Te hemos agobiado?

Adam se encoge de hombros y se mira las manos.

—Le quiero.

—¿A Víctor?

—A Callum.

Jack se inclina hacia delante.

—¿Y él también te quiere?

Adam siente que la pregunta se aferra a su cuello.

—No lo sé. Yo creía que sí. Pero puede que me equivocara.

—Es difícil estar seguro de algo así.

—¿Está Víctor enamorado de ti?

—Yo creo que sí. No porque me lo diga, que me lo dice todos los días, sino porque a estas alturas lo conozco muy bien. Llevamos doce años juntos y cada vez nos queremos más.

—¿Cómo os conocisteis?

—Pues surgió de la nada, como dicen en esa vieja canción de Sister Sledge sobre el mejor bailarín de la discoteca. Solo que no estábamos en las afueras de San Francisco, sino en Paradise Garage, aquí en Nueva York. No creo que ninguno de los dos estuviera buscando nada. Tal vez por eso salió bien. No íbamos con ninguna idea preconcebida. Tan solo nos vimos, nos agarramos y nunca nos soltamos.

Nunca nos soltamos, piensa Adam. Mira hacia detrás de Jack, hacia la barra. Los dos hombres con gorras de los Yankees y el tipo del traje marrón claro se abrazan y se ríen como locos.

—Adam, ¿por qué crees que Callum podría estar en el hospital?

Adam sacude la cabeza.

—No puedo… —dice, decidido a mantener su promesa—. No puedo contároslo.

—Entiendo —responde Jack. Es evidente que lo comprende. Se le ensombrece el rostro—. ¿Habéis tomado precauciones?

—Hemos seguido las reglas —contesta Adam, pero, incluso mientras lo dice, duda. ¿Habrán seguido todas las reglas? ¿Alguien sabe cuáles son siquiera? No paran de cambiar. Se muerde el carrillo.

—Vale, bien —dice Jack—. ¿Lo saben tus padres?

—No. ¿Por qué?

—Supongo que lo sospechan.

—No quiero hablar con ellos de eso. No sé por qué.

Ya no se oyen risas en la barra, pero los tres hombres siguen apoyados el uno en el otro. Adam reconoce el agotamiento, acompañado de una sensación de debilidad y satisfacción, que viene después de un ataque de risa tan tremendo. Ha sentido todo eso con Lily. Pero hace ya mucho tiempo.

—¿Sabes? —le dice Jack—. Me cuesta imaginarme tener unos padres como los tuyos. Los míos llevan veinte años sin dirigirme la palabra. Tus padres no tienen nada que ver. Pero comprendo que es complicado. Los hijos gais siempre son un misterio para sus familias. Siempre.

—¿A qué te refieres?

—A que no podemos contárselo todo.

—No lo entiendo.

—Adam, ¿alguna vez te han insultado en el colegio o en el instituto? ¿Te han llamado «marica», «maricón» o algo por el estilo?

—Sí —responde Adam en voz baja; le avergüenza reconocerlo, pero eso ya no le sorprende.

—¿Se lo has dicho a tus padres?

—Ni de coña. Me moriría de vergüenza.

—¿Por qué? No has hecho nada malo.

—No sé. Sencillamente no lo entenderían.

—Justo. No lo entenderían. Te dirían que te defendieras y fueras valiente, o puede que incluso llamaran al instituto y se quejaran, pero no lo entenderían. No del todo. No es culpa de ellos. Nunca se han tenido que poner en tu lugar, y tampoco podrían. Pero sabes que te quieren hasta el infinito.

Adam agacha la cabeza.

—Es todo tan confuso…

—No puedes enfrentarte a esto solo, Adam.

—¿A qué?

—A la vida.

—Os tengo a ti y a Víctor.

—Eso es cierto. Nos tienes a nosotros. Y siempre nos tendrás.

Adam asiente con rigidez, pero se pregunta: *¿Seguro?*

Los tres hombres de la barra vuelven a reírse. Víctor reaparece con tres hamburguesas con queso, y Angus le sigue con tres cervezas.

—Hasta el fondo —dice.

Adam quería una Coca-Cola. Pero no dice nada. Se tomará la cerveza y ya está. Puede que dos.

Cuéntame por qué te sentiste tan pequeño.

Tenía como doce años y estaba escuchando la radio mientras lavaba los platos, y pusieron a Cyndi Lauper. ¿Conoces la canción She Bop? Estaba cantando a pleno pulmón y moviendo el culo de aquí para allá por toda la cocina. Ni siquiera oí a mi padre entrar hasta que empezó a vitorear y aplaudir a mi espalda. Me dijo: «¡Sube el volumen!», pero apagué la radio. Espera, que esa ni siquiera es la parte vergonzosa.

Me preguntó quién era la cantante y le respondí que Cyndi Lauper, y me dijo que era un temazo. Me sorprendió mucho, porque él siempre había sido más de Paul Simon o Fleetwood Mac.

A la semana siguiente era su cumpleaños, así que fui a la tienda de discos y me gasté ocho dólares y cincuenta y seis centavos, casi la paga del mes, en el nuevo disco de Cyndi Lauper y se lo envolví con las páginas de tiras cómicas del periódico. Era la primera vez que tenía claro qué regalarle por su cumpleaños. Estaba segurísimo. Ya sabía que le gustaba.

Mi madre había tenido que irse de viaje, de modo que, cuando llegó el momento de celebrar su cumpleaños, mi padre me dijo: «¡Noche de chicos!». Alquilamos una peli de Indiana Jones y nos hicimos unos bocadillos. Mi madre me había dejado dinero para que le comprara una tarta en el súper, así que le compré una tarta congelada de Sara Lee, un helado de vainilla y un bote de sirope de Hershey's, su favorito.

Estaba emocionadísimo cuando le di el regalo, porque sabía que le iba a encantar. Pero, cuando lo desenvolvió y vio el disco, le cambió la cara, como si no quisiera estar allí. Le dio la vuelta al disco, miró a Cyndi Lauper con ese peinado alocado que llevaba y dijo: «Una elección un poco extraña para la noche de chicos, ¿no te parece?».

Le dije que creía que le gustaba y me dijo: «Bueno, pues entonces supongo que me gusta. Gracias, chico».

«Chico». Lo dijo de un modo extraño. Nunca me había llamado así. Ni una sola vez. Era como si hubiera leído la palabra en un guion que alguien le había entregado. Como si le acabaran de contar que los padres llaman así a sus hijos. Los padres de verdad. A los hijos de verdad. Parecía avergonzado, como si, al no estar al tanto de ese código hasta ahora, nos hubiera fallado a los dos. Como si yo no fuera su hijo, sino su culpa.

Me preguntó si quería que pusiera el disco y le dije que no, que mejor viéramos la película. Más tarde, cuando cortó la tarta, me serví un trozo, pero no me apetecía. Lo tiré a la basura cuando mi padre fue al baño. Lo único que quería era olvidar todo ese día.

BEN

Ben planea despedirse de Justin en Canal Street y volver a casa de Gil, pero, cuando llegan al cruce, Justin no ha terminado la historia que le está contando, así que Ben sigue caminando con él.

—Solo me quedaban cinco dólares después de pagar la entrada —dice Justin—, así que me ligué a un chico que me compró un vodka con tónica, pero resultó que estaba allí con su novio, así que lo mandé a paseo. En fin, que Candis Cayne y Girlina actuaron. Y Mona Foot. Fue una pasada. Se supone que Connie Girl también estaba por allí, pero yo no la vi. No llegué a casa hasta las cinco y, por supuesto, tenía una sesión a las nueve. Me quería morir. Pero valió la pena, con tal de ver un espectáculo de *drag queens* en el Boy Bar, ya me entiendes.

—No he ido nunca.

—¿De verdad? —Justin parece sorprendido—. ¿Cuántos años tienes?

—Dieciocho.

—¿En serio? Pensaba que tenías mi edad. Yo tengo veintiuno. Pero a veces me siento como si tuviera treinta.

—¿Y eso?

—Pues es que siento que ya lo he hecho todo. He estado saliendo noche sí y noche también desde que tengo como quince años. Desde la época del Private Eyes y Danceteria. Y ahora me cansa un poco, ¿sabes? Pero luego pienso que soy joven. ¡Que se supone que tengo que salir! Y entonces empiezo a salir de nuevo.

—Te entiendo —miente Ben. No tiene ni la más remota idea de lo que siente Justin.

Caminan hacia el oeste, hasta el muelle de Christopher Street. Se detienen y miran al otro lado del río, hacia Jersey City, que brilla bajo los últimos rayos de sol. Hay un grupo de chicos al final del muelle, bailando vogue al ritmo de una música que Ben no oye desde allí.

Justin se apoya en una barrera de hormigón.

—¿Nos fumamos un porro? Tengo uno en la cartera. Pero no te quites la mochila por si tenemos que salir corriendo.

Justin enciende el porro, inhala y se lo entrega a Ben. Ben da una calada y siente un cosquilleo en los pies. Se le sube a la cabeza. Le resulta agradable la cálida brisa que llega del río.

—¿De dónde eres? —le pregunta Justin.

—Vivo en Tribeca —responde Ben.

—¿Estás de coña? Nadie vive en Tribeca.

—Pues yo sí. Pero quiero mudarme al East Village.

Le da otra calada y tiene que reprimir una tos al exhalar.

—Yo vivo en el cruce entre la Avenida C y la calle Dos. Justo al lado del World. ¿Conoces ese club? Tienes que ir algún día.

Ben le devuelve el porro a Justin.

—La verdad es que nunca he salido por ahí de fiesta.

— ¿Por qué no?

—No sé.

—Esto es Nueva York —dice Justin—. Si quieres hacer algo, lo haces y punto.

Ben no está seguro de lo que quiere decir Justin, pero le gusta cómo suena. Le gusta estar allí con Justin.

—Mierda —se queja Justin al mirar el reloj—. Me tengo que ir corriendo. Nos vemos pronto en otra sesión, ¿vale?

—Vale —responde Ben mientras le dedica una sonrisa tontorrona a Justin.

—Eres muy mono —le dice Justin, y es como si una ráfaga de viento cálido recorriera el cuerpo de Ben.

Abre la boca para responder, pero ¿qué puede decir?

Es igual. Justin ya se ha marchado.

«Eres muy mono». Las palabras resuenan en los oídos de Ben. En ese instante, casi se lo cree. Qué bien sienta.

ADAM

Después de las cervezas —Adam se ha tomado tres—, Jack y Víctor lo invitan a una sesión de karaoke en Marie's Crisis, el bar musical de Grove Street, pero Adam les da las gracias y rechaza la invitación. Va un pelín pedo por las cervezas, está un poco mareado y prefiere ir a sentarse junto al río. Es su lugar favorito durante las tardes de verano.

Se tambalea por Christopher Street y pasa por la hilera de bares gais que la bordean. La música le sigue. Primero Jody Watley, cuya voz sale del Boots & Saddle; luego Alannah Myles, que canta sobre terciopelo negro en el Ty's. Y Lisa Lisa se está pensando si llevarte a casa desde el Two Potato mientras Madonna está ocupada expresándose en el Dugout. Adam va cantando todas las canciones.

Cruza la autopista Joe DiMaggio y pasa por encima de una barrera. Atraviesa un tramo de asfalto lleno de baches hasta el extremo del muelle de Christopher Street. Está repleto de gente, como siempre que hace una noche cálida, y todos están charlando, bailando o dando una vuelta. De un par de radios suenan La India y Ten City.

Adam se alegra de estar al aire libre, pero le gustaría más estar solo. Camina hasta el muelle de Jane Street, al que nunca va nadie porque no está pavimentado. Se cuela por una abertura en la valla que han colocado para impedir el paso —le da igual porque, en realidad, le da igual a todo el mundo— y se adentra entre las ruinas, una estructura formada por unos cuantos tablones de madera podridos y hormigón repleto de agujeros que da directamente al agua. Camina con cuidado para no caerse, pero también para no aplastar los hierbajos que crecen entre los tablones. Debe de resultarles duro sobrevivir aquí. A la luz del atardecer, a Adam le parecen casi bonitos.

Se ríe de sus propias ideas. No es de extrañar que Callum se haya esfumado. ¿Quién querría salir con un chico que se preocupa por unos cuantos hierbajos? Patético.

Llega al final del muelle justo cuando la última franja de luz naranja se desvanece en el horizonte. Se sienta en el borde, con la ciudad a sus espaldas. Fija la mirada en la corriente del río y observa cómo fluye, pesado y todopoderoso, río abajo hasta el puerto y el océano. Adam intenta imaginar un poder lo bastante potente como para detenerlo. ¿Qué haría falta para invertir el curso del río Hudson? ¿Qué haría falta para detenerlo? ¿Qué haría falta para cambiarlo todo?

Siente como si, en lugar de pensamientos, tuviera bolas de *pinball* en la cabeza, rebotando y chocándose contra el cráneo. *Estoy enamorado de él. Me odia. Le quiero. Me ha abandonado.* Los pensamientos se multiplican, se hinchan, hacen tanta presión contra su cerebro que le empieza a doler la cabeza. Desearía poder abrirse el cráneo. Le bastaría con una raja pequeñita, solo lo bastante grande como para aliviar la presión. Crear una salida. Obligar a los pensamientos a escapar de su cabeza.

El sonido le sorprende. Al principio llega despacio, como nubes que se le acumulan en el pecho, pero, cuando le alcanza la garganta, explota como un trueno.

—¡AAAAAAHHHHHH!

Le sienta bien gritar, vaciar los pulmones. Así que lo hace de nuevo.

—¡AAAAAHHHHH!

Y otra vez, y otra, liberando un pensamiento con cada grito, una imagen, una fantasía estúpida, un deseo inútil, un arrepentimiento humillante. Uno a uno, grito a grito, los expulsa y los aleja. ¡No más Callum! ¡Grita! ¡No más amor! ¡Grita! ¡No más sexo! ¡Grita! ¡No más nada! ¡Quédate vacío! ¡Grita!

—¡¡AAAAAHHHHH!!

BEN

Ben observa al chico que grita al final del muelle. No son gritos amenazantes ni de alguien que está asustado. Son gritos lúgubres, de tristeza. Alaridos salvajes sobre los tejados del mundo, por citar a Walt Whitman, con quien Ben estuvo obsesionado durante un tiempo, cuando se estrenó *El club de los poetas muertos* el año pasado —echando la vista atrás, fue más bien que se quedó prendado de Ethan Hawke—. Ben sigue escuchando hasta que los gritos cesan y el chico vuelve a quedarse callado. Ben recuerda, a través de la neblina mental que le ha dejado el porro de Justin, la última línea del poema de Whitman: «Me detengo en algún lugar, esperándote».

Me detengo en algún lugar, esperándote.

Cada vez está más oscuro y resulta más difícil divisar al chico. ¿Se está asomando sobre el agua? ¿Se está inclinando demasiado? Ben camina despacio hacia él, con cuidado de pisar bien sobre los tablones desiguales y astillados.

No es buena idea, piensa. *Lo que le pase a ese chico no es de tu incumbencia. Date la vuelta.*

Pero Ben ignora sus propios pensamientos. Suenan demasiado como Gil.

Poco después está lo bastante cerca como para ver los hombros del chico moverse hacia arriba y hacia abajo. ¿Estará llorando? Ben se detiene a unos metros y espera un momento. Mira a su alrededor. No hay nadie más allí. Nadie más ha oído al chico gritar. Nadie más le está prestando atención. Debería irse. Debería dejarlo en paz. Pero no. Espera. Nota algo familiar. Vuelve a mirar a su alrededor. No hay nadie cerca.

Mira otra vez al chico y se sobresalta al ver que lo está mirando fijamente, con expresión de enfado. Ben parpadea al reconocerlo. Reconoce esos ojos. Son los del chico de la camiseta del monte Rushmore. Ha visto a ese chico antes. Lo conoce.

—¿Y tú quién eres? —pregunta el chico sin rodeos—. ¿Qué quieres?

Ben se señala a sí mismo.

—¿Yo? Nadie. No soy nadie.

El chico se vuelve hacia el río.

—Lo mismo digo.

Ben da otro paso vacilante hacia él.

—Me ha parecido oírte gritar.

No responde.

Deberías ir con cuidado, se dice Ben. *No conoces a este chico. No conoces este muelle.* Está oscuro. Se imagina a Gil, sacudiendo la cabeza, decepcionado. Decide quedarse. Pero míralo. Lo está pasando fatal. Incluso a oscuras, es evidente. Lo está pasando mal y está solo. Puede que necesite algo. Puede que necesite algo con lo que tú lo puedas ayudar.

—Puedes sentarte si quieres —le ofrece el chico.

Ben se sienta.

ADAM

El muchacho de la gorra negra de béisbol sigue sentado junto a Adam. No sabe por qué, pero no pregunta. Mantiene la mirada fija en el río y observa cómo se oscurece el agua; primero es de un verde intenso, luego pasa a color carbón y después se vuelve negra. Los remolinos reflejan los destellos de luz de la ciudad que tienen detrás.

Adam piensa que la presencia del chico debería resultarle molesta, pero no es así. Lo siente como si hubiera sido algo natural, como si el hecho de que haya llegado hasta él fuera algo lógico, planeado, programado. Como si se hubiera topado con él por alguna razón.

—Me llamo Ben —le dice el chico después de un rato.

Pero ¿cuál es esa razón?

—Yo, Adam. ¿Qué estás haciendo aquí?

—Nada.

El chico, Ben, se quita las gafas. Adam lo mira y ve un destello de luz en sus ojos, como uno de los reflejos del río.

—¿Qué estás escuchando? —le pregunta Adam mientras señala los cascos que lleva Ben al cuello.

—The Cure.

—¿Qué canción?

—*Lovesong* —responde Ben, y le pasa los cascos a Adam—. Toma.

Adam se coloca las almohadillas desgastadas de los cascos en los oídos y Ben pulsa *play*. La guitarra, los teclados y la batería comienzan a la vez, un ritmo decidido bajo una melodía en una tonalidad menor. Y luego llega la voz de Robert Smith, cargada de tristeza, o de locura, cantando sobre el amor que sobrevive a la distancia y al tiempo y a las dificultades. Adam se recuesta sobre el hormigón. Cierra los ojos y deja que se apodere de él.

La música llena los espacios que había vaciado con sus gritos. Crea formas, colores, una visión, Callum. Ahora está tras los ojos de Adam, escuchando la música con él. Adam lo observa balancearse hacia delante y hacia atrás, y hacia delante de nuevo, acompasado, al ritmo de la música. Adam se acerca a él, y Callum lo acaricia, le alisa el pelo, lo cuida.

Su tacto es cálido. Adam cierra los ojos con más fuerza y se aferra al hombro, al cuello y al rostro precioso de Callum. *Ven*, piensa, acunando la cabeza de Callum con la mano, acercándolo más aún. *Ven. Quédate conmigo.* Se inclina hacia él, más cerca, más cerca, más cerca.

Bésalo, Adam. Siente sus labios en los tuyos. Con más fuerza. Más. Otra vez.

Silencio. La canción ha terminado. Adam abre los ojos. Ve su propia mano alrededor del cuello del chico, siente que tiene la cabeza en el regazo del chico y que de repente vuelve a tener la cabeza despejada, y vuelve a verlo todo abrasadora y desesperadamente claro. Este no es Callum.

No. ¡No!

Adam se quita los cascos y se pone en pie de un salto.

—Esto no acaba de pasar. No. No ha pasado.

—¿Estás bien? —susurra el chico.

—¡No! —Adam le aparta la mano de un golpe.

—Lo siento —le dice el chico.

Adam se da la vuelta y empieza a correr, rápido, más rápido de lo que ha corrido nunca. Tropieza con una viga partida, pierde el equilibrio, rueda sobre unas hierbas y las aplasta. *Levántate*, piensa. *Muévete.* Recorre el muelle de nuevo, atraviesa la valla, pasa por encima de las barreras y llega hasta el borde de la autopista, que a esas horas está muy concurrida. No te detengas. ¡Más rápido! Se lanza a la carretera. Un coche frena con un chirrido y otro lo esquiva, pero Adam no para. Sigue avanzando, corre a través del tráfico y termina de cruzar la calle hacia la ciudad. Sigue corriendo. Sigue corriendo. No importa hacia dónde corras. No importa a dónde vayas.

BEN

Ben solo lo sigue unos pasos antes de que Adam desaparezca por Jane Street y se adentre en las sombras de la ciudad. En cuestión de segundos, se ha esfumado. Así de fácil. Ben vuelve a estar solo.

Recoge la mochila y se limpia las gafas en el dobladillo de la camisa. Se pone los cascos y vuelve hacia la ciudad, pisando con cuidado para no tropezar con la superficie irregular. Lo último que necesita es otro rasguño y que Gil se preocupe por él.

Sube el volumen de la música, por lo que no los oye venir. No los ve venir. Ni siquiera sabe qué es lo que está pasando cuando ya está cayendo, girando en el aire, con las manos extendidas. Le rebota la frente en la barrera de hormigón y se retuerce antes de aterrizar de golpe en el suelo. El dolor es tan intenso y agudo que lo deja desorientado, sin respiración. El pánico se apodera de él. ¿Qué está pasando?

Se hace un ovillo por puro instinto y esconde la cabeza entre los brazos. Los hombres que están por encima de él —¿dos? No, tres— le dan pataditas.

—¿Está vivo?

Se ríen. Ben se encoge aún más.

—No sé, me da a mí que has matado a un marica.

Se ríen más alto. Vuelven a darle pataditas.

—¡Hombre, que lo has matado!

Se ríen.

—¡No ha sido culpa mía! Es que estaba en medio, estorbando.

Se siguen riendo.

Y entonces se dan la vuelta y se marchan, se olvidan de él, lo dejan atrás como si fuera basura. Como si no fuera nada.

Ben no se mueve. Se pregunta a qué distancia estará Adam. Seguro que solo a un par de manzanas. Espera que esté más lejos. Espera que no haya visto lo que acaba de pasar. Espera que no los haya oído reír.

En un minuto o dos, Ben se sentirá la frente mojada. Sangre, por supuesto, que le cae por el puente de la nariz y el rabillo del ojo. Probará la sangre cuando le llegue al labio y pensará que no sabe demasiado mal. No se levantará. Se acercará un poco más a la barrera. Se apoyará en ella y se sentará un rato. Estará bien ahí, a la sombra. No estorbará a nadie.

Cuatro

Mayo y junio de 1990

«What I feel has got to be real».
Jomanda, *Don't You Want My Love.*

ADAM

Adam comprueba el pósit que tiene en la mano una vez más. Pone: «Callum, habitación 707, hospital St. Hugh», garabateado con su letra nerviosa. Le temblaban las manos mientras escribía cuando Callum le ha llamado esta mañana.

No le cuesta encontrar la habitación 707. Está justo ahí, es la cuarta habitación a la derecha, nada más salir del ascensor; y dentro está Callum. Su precioso Callum, incorporado sobre una cama demasiado pequeña, como ve Adam al instante. Tiene ojeras y los rizos enmarañados hacia un lado. Lleva una vía en el brazo y pulseras del hospital en ambas muñecas. Tiene la bata hecha un gurruño a un lado, como si se le hubiera girado mientras dormía y no se hubiera molestado en recolocarla. Ni siquiera parece darse cuenta. Tiene una expresión de concentración absoluta mientras escribe en una libreta, como si no estuviera en un hospital, sino en una clase.

¿Estará escribiendo palabras o música? Adam oye el sonido que hace el lápiz al arrastrarse sobre el papel, un sonido que rebota en los suelos y en las paredes. Qué curioso que unos sonidos tan suaves —como los pasos amortiguados de un celador o el timbre lejano de un interfono— suenen mucho más altos en un lugar como este.

Callum alza la mirada y se le ilumina el rostro.

—Adam —dice con voz cansada—. Me has traído mis flores.

—Te lo prometí —dice Adam, y deja el ramo sobre el regazo de Callum.

Quiere chillar, quiere gritarle que Callum también le hizo una promesa. Que le había prometido que no iba a tener más secretos. Pero está en la cama de un hospital. ¿Cómo puede gritarle a alguien que está en la cama de un hospital?

Adam agarra la barandilla de aluminio que impide que Callum se caiga de la cama y tira de ella hacia arriba y hacia fuera, para poder bajarla. Luego se inclina y apoya la cabeza en el pecho de Callum. Trata de escuchar su corazón.

—Creí que no querías volver a verme.

Callum apoya la mano en la cabeza de Adam.

—Lo siento —le susurra.

—Me prometiste que no habría más secretos.

—Lo sé.

—Cuéntame lo que ha pasado—le pide Adam.

—Shh... —responde Callum.

—¿Por qué susurras?

Callum señala la cortina echada que cuelga de un riel en el techo y que divide la habitación en dos. Hay otro paciente al otro lado.

—La historia de siempre —dice Callum—. Neumonía por *Pneumocystis*.

—Pero ha sido todo muy repentino.

—Puede que llevara un tiempo incubándola y que no le estuviera prestando atención. Esa mañana me dolía la cabeza, pero no empecé a encontrarme mal de verdad hasta que llegué al trabajo. Me tomé una aspirina y terminé mi turno, pero, cuando volví a casa, me di cuenta de que me pasaba algo.

—¿Por qué no me llamaste? Podría haberte traído al hospital.

—Era muy tarde. No quería despertarte. Pensé que me recetarían cualquier cosa y que me mandarían a casa, o que, como mucho, me harían pasar la noche aquí. Pero en Urgencias me dio una reacción alérgica al antibiótico que me habían dado. Me subió la fiebre y me costaba respirar. Entonces me trasladaron a la UCI. Desde entonces, me he pasado la mayor parte del tiempo durmiendo.

Adam cae en algo de repente.

—¿Te la pasé yo?

Callum sonríe.

—No, cielo. No me la pasaste tú. Es un hongo que hay en el aire. Dicho de otro modo, *there is a fungus among us* —canta Callum.

—Te odio.

—No es verdad. Por cierto, tú no tienes que preocuparte. Tú tienes el sistema inmunitario fuerte; puede acabar con él sin que te des cuenta siquiera.

—¿Cuándo saldrás de aquí?

—No creo que tarde mucho. Mi médica me ha hecho unas pruebas antes. Tengo que esperar a que me dé los resultados.

—¿Qué clase de pruebas?

—Lo típico. Quiere saber si estoy embarazado.

Adam se levanta y le da un puñetazo flojito en el hombro.

—Lo digo en serio. ¿Qué te han hecho?

—De todo. Análisis de sangre, radiografías… Ni me acuerdo. He intentado decirle a la médica que estoy bien, pero no me hace caso. Quiere hacerme más pruebas.

—Estoy de acuerdo con ella —responde Adam. Retira el envoltorio de las flores y las deja en una jarra de plástico que hay en el alféizar de la ventana—. Me quedo contigo hasta que salgas. Puedo dormir aquí.

Se deja caer en una butaca al lado de la cama de Callum y aterriza sobre la tapicería de vinilo amarillo con el sonido del aire escapando. Se sienta sobre sus propias piernas, echa la cabeza hacia atrás y finge que ronca.

—Te va a dar tortícolis —le dice Callum.

—Me da igual.

Adam toma a Callum de la mano y hablan entre susurros de todo y de nada durante una, dos, tres horas. Alguien trae una bandeja con ensalada de pasta, compota de manzana y un trozo de tarta de queso. Cuando Callum se lleva el portasueros al baño para hacer pis, Adam le arregla la cama.

—Te he remetido las sábanas como lo hacen siempre en los hospitales —le dice Adam, y ambos se ríen en voz baja para no molestar al paciente que está detrás de la cortina.

Callum se duerme y Adam se sienta y lo observa. *Todo irá bien,* se dice a sí mismo. *Callum no estará aquí mucho tiempo. Ya ha pasado por esto. El sábado estará mejor. Se habrá recuperado lo bastante como para ir al cine. Quizás incluso a Central Park.*

Más tarde, le traen la cena a Callum: puré de patatas y pollo con nata. Callum pone mala cara al ver el pollo, pero Adam le obliga a comérselo.

—Echo de menos mi música —le dice Callum cuando termina de cenar.

—Te la traeré. Voy ahora mismo. Voy a traértela toda.

—No. Puedes traerla mañana si quieres, pero solo un par de casetes. Y, cuando vengas, no te puedes quedar mucho tiempo, ¿vale? No quiero que tengas que tragarte todo esto.

—¿Qué es todo esto?

—Esto. —Callum señala la vía—. Y esto. —Señala su historial médico—. Y esto. —Señala el orinal que cuelga de un gancho. Señala la cortina que divide la habitación. Señala la puerta del pasillo y el hombre que camina descalzo mientras arrastra un portasueros—. Todo esto.

—No me importa —responde Adam.

—A mí, sí, y soy mayor que tú, así que tienes que hacer lo que te digo. Y digo que es hora de que te vayas a casa a descansar y me dejes dormir un rato.

—Uy, qué miedo te tengo, Hulk —responde Adam—. Por cierto, ¿cuál es mi número de teléfono?

Callum lo recita de maravilla.

—Llámame si te cambian de habitación o si pasa cualquier cosa. Sin excusas.

—Sí, señor.

—Vuelvo mañana por la mañana.

—Tengo una llave del piso en la mochila. Está ahí.

—Repíteme mi número de teléfono.

Callum lo dice al revés.

—Mira que eres sabelotodo.

—Te acordarás de la música, ¿verdad?

Adam agarra los dedos de Callum y se los coloca en la parte interna del codo, la zona de Callum.

—Me acordaré de todo.

Le da un beso a Callum en la mejilla, en la frente y en la nariz. Desde la puerta, le sonríe y se despide con la mano. En el ascensor, sonríe y le da las gracias a las enfermeras y los enfermeros que bajan con él. En el piso de abajo, le da las gracias al empleado del mostrador de información. Pero una vez que sale a la calle comienza a temblar y a sacudirse, y tiene que agacharse y apoyarse en una señal de «Prohibido aparcar» para no caerse.

BEN

Los movimientos de Gil son precisos y seguros. Está sentado delante de Ben, en el baño, y le está poniendo puntos en la frente, justo encima de la ceja. Le ha untado un analgésico para calmar el dolor, pero a Ben le parece que cada punto es como una mordedura de serpiente. Aprieta los puños con todas sus fuerzas y se clava las uñas en las palmas de las manos para no pensar en el dolor de la cara. No se queja. Mejor no quejarse con el cabreo que lleva Gil.

—Para empezar, ¿qué estabas haciendo por allí? —le pregunta Gil con una voz firme y severa.

—Pasear —responde Ben.

—Pasear… —repite Gil.

—Sí. Pasear. Después de la sesión de fotos de Rebecca.

—La sesión fue en el distrito financiero. Eso queda bastante lejos de los muelles.

Ben no responde. Le echa un vistazo al espejo para mirarse la herida, pero, sin las gafas, no ve nada.

—No muevas la cabeza —le ordena Gil.

Ben no puede explicar todo lo que pasó anoche porque hasta él sigue intentando comprenderlo. Cuando llegó a casa y se limpió, se sentó en el suelo a ver *Headbangers Ball* con la tele en silencio mientras se secaba la frente una y otra vez con servilletas de papel, confiando en que la herida se cerrara sola.

—Si no hubieras ido a los muelles, no te habría pasado nada —le dice Gil—. Siempre hay gente buscando bronca por allí.

—Le podría haber pasado a cualquiera —contesta Ben.

—No sé yo —responde Gil, y suena como una acusación. Luego corta el último hilo—. Trece puntos. El número de la mala suerte, pero sin embargo has tenido suerte de que no haya sido nada más grave. Al menos no tienes una conmoción cerebral.

Ben se lleva los dedos a los puntos y tantea la herida. Hace un gesto de dolor.

—No te los toques —le reprende Gil. Le coloca una gasa limpia sobre la herida—. Cámbiatela dentro de doce horas. Confío en que puedas hacer eso al menos. Tienes práctica.

—Sí —responde Ben, avergonzado. Le palpita la cabeza.

—Tómate un paracetamol si te duele. Intenta dormir, y no te mojes la herida. Me tengo que ir a trabajar.

Gil cierra la cremallera del pequeño botiquín casero, se lava las manos, recoge su bandolera y se va al trabajo sin añadir ni una sola palabra.

Ben no saldrá hoy. Ni tampoco mañana ni al día siguiente. Se quedará en su cuarto viendo la tele a oscuras. Se quedará dormido leyendo revistas. Se preguntará dónde va a estar dentro de diez años. Pensará en Adam. Pensará mucho en Adam.

ADAM

Adam observa su reflejo en los espejos que recubren las paredes del ascensor del St. Hugh. Lleva una camiseta negra de ACT UP con un triángulo rosa en la pechera; debajo pone Silencio = Muerte. Jack y Víctor se la regalaron cuando les dijo que había encontrado a Callum. «Póntela y te sentirás más valiente», le dijeron.

Nunca sabe qué se va a encontrar cada día que va al hospital. A veces Callum está mejor; otras, peor.

—¿Cómo estás? —le pregunta.

—Para ser lunes, ni tan mal.

—Estamos a martes —responde Adam, intentando sonar alegre. No es fácil con lo apagado que está hoy Callum, como si no le quedara ni una gota de sangre en el cuerpo.

—¿Y qué ha pasado con el lunes?

—Te lo pasaste durmiendo.

—¿Viniste?

Sí, fue. Por supuesto que fue. Va a ver a Callum todos los días. A eso se refería cuando le dijo que quería quedarse con él. Entonces no lo sabía, pero quedarse con él significa intentar cortarle el pelo a Callum con un par de tijeras que ha pedido prestadas en el mostrador de enfermería. Significa comprarle un sándwich de beicon, lechuga y tomate los días en los que en la cafetería le sirven pollo con nata. Significa tomarles mucho cariño a los personajes de *Days of Our Lives* y preguntarse si Bo y Hope sobrevivirán al naufragio del *Loretta*; y luego, cuando sobreviven, preguntarse si lograrán escapar de las garras del malvado Ernesto Toscano.

Llaman a la puerta y una mujer con bata blanca entra en la habitación. Tiene el pelo rizado, lleva un estetoscopio alrededor del cuello y las uñas cortas pintadas de un morado intenso. Saluda a Adam con la cabeza y él se aparta.

—Buenas tardes, Callum. —Aparta la cortina del medio de la habitación y revela una cama vacía—. ¿Qué tal la habitación individual? No está mal tener un poco de espacio de más, ¿verdad?

—Hola, doctora Nieves —responde Callum—. Está muy bien. ¿Me puedo ir ya a casa?

La doctora Nieves sujeta la muñeca de Callum y le apoya la mano en la frente. Luego le cambia la bolsa de la vía por una nueva.

—No hay nada ahí a lo que sea alérgico, ¿no? —se asegura Adam.

La doctora Nieves no le responde, sino que se centra en Callum.

—¿Es amigo tuyo?

—Es más que un amigo —responde Callum.

—Podemos hablar tranquilamente delante de él, ¿no?

Callum asiente.

—No te preocupes —responde, un poquito más alto que antes—. Todas tus alergias están en esta pulsera tan glamurosa que llevas. Solo te estoy poniendo un sedante ligerito para que puedas descansar. Quiero acabar con ese hongo de una vez por todas, y la mejor manera de hacerlo es descansando. —Le palpa por debajo de la barbilla. Callum hace un gesto de dolor—. ¿Te molesta?

Callum asiente.

—Mira que dan la lata —le dice. Luego le cubre los pies descalzos con la manta—. ¿No tienes calcetines?

—Sí —responde Adam desde detrás—. Le he comprado tres pares nuevos en la calle Catorce.

—Pues parece que ya está todo bien —le dice Callum a la médica—. ¿Cuándo podré irme a casa?

—Vamos a ver cómo salen mañana los resultados de las pruebas. Ay, espera, mañana no te veo. Es mi día libre y me voy con mi novia a la costa, que le encanta.

—Suena bien.

—Para mí, aún no hace tiempo de ir a la playa. Seguro que me paso el día tiritando con un chándal.

—No se pesque una hipotermia —le dice Callum.

—Se intentará. —Se gira hacia Adam y finalmente lo mira a los ojos—. Soy la doctora Nieves. ¿Cómo te llamas?

—Adam.

La doctora Nieves clica el bolígrafo y le señala la puerta.

—¿Podemos hablar un momento en el pasillo, Adam?

Adam la sigue; se siente como si acabaran de pedirle que se quedara después de las clases.

—Has hecho bien al preguntar por el antibiótico —le dice—. A los pacientes siempre les va mejor cuando tienen a alguien que se preocupa por ellos. Sigue así.

—Me contó lo que pasó la otra vez. Me dijo que se puso muy enfermo.

—¿Sí?

—¿Qué fue lo que pasó?

—No puedo revelar ningún detalle de mis pacientes —responde la doctora Nieves.

—Pero si acaba de hacerlo ahí dentro.

—No, yo solo he hablado con él, y solo después de asegurarme de que le parecía bien que estuvieras delante. ¿Recuerdas?

—Ah.

—Él te puede contar todo lo que quiera, pero yo no. Tengo mis límites. Si tienes preguntas sobre el tratamiento o sobre cualquier cosa que tenga que ver con su estado de salud, lo mejor que puedes hacer es preguntarle a él. ¿Lo entiendes?

—Sí.

—Muy chula la camiseta, por cierto. Yo tengo una igual. ¿Sabes cuál es la historia del triángulo rosa?

—No sabía que tuviera ninguna historia —responde Adam.

—Deberías investigarla.

La doctora Nieves asiente, se coloca el boli detrás de la oreja, mira su portapapeles y entra en la siguiente habitación.

—Señor Jacobi, ¿cómo se encuentra? Qué diadema tan chula.

Adam vuelve a la cama de Callum.

—¿De qué pruebas estaba hablando? —le pregunta Adam.

—¿Sabes que eres el chico más mono del universo entero?

Adam no puede evitar sonreír como un tonto. Ya insistirá luego con el tema de las pruebas; ahora mismo le basta con darle un beso a Callum en la frente.

—¿Por qué no duermes un rato?

—No creo que tenga alternativa después de lo que me ha metido la doctora Nieves en el cuerpo.

Adam le pone los calcetines nuevos a Callum, se sienta en la butaca y le sostiene la mano. Se acarician los pulgares hasta que a Callum se le cierran los ojos. Un minuto después, se estremece y abre los ojos de golpe, sobresaltado. Se queda mirando a Adam durante un instante y luego levanta la vista hacia el techo.

—Esta mañana, cuando me he despertado, ya no estaba —dice Callum.

—¿De quién hablas?

Callum señala la cama vacía.

—Se lo llevaron en mitad de la noche. No sé a dónde. Se lo han llevado y ya está.

—Shh… —lo tranquiliza Adam, inclinándose hacia delante para apoyar la barbilla en la barandilla—. No te van a llevar a ninguna parte en mitad de la noche. Si lo intentan, les daré una paliza.

Callum tiene una lágrima resplandeciente sobre el párpado inferior.

—Deberías irte —le dice Callum.

Vuelve a cerrar los ojos. La lágrima se le derrama por la mejilla.

—Aún no —susurra Adam, y recoge la lágrima de Callum con el dedo para guardársela.

Cuéntame si le has roto el corazón a alguien.

Tenía unos doce años cuando llevé a Monica a Skate City. La verdad es que, técnicamente, fue ella la que me llevó a mí. Yo no quería ir, pero era el Día de Sadie Hawkins o como se llame, y nadie quería ser el único que no tuviera una cita ese día. Nadie quería llamar la atención de esa manera.

Yo sabía patinar bastante bien porque tenía unos patines de segunda mano de color azul chillón con ruedas naranjas y un taco para frenar en la punta del pie. ¿Te acuerdas? Aprendí a patinar solo en la cochera de casa. Sabía girar, cruzar las piernas…, de todo. Entonces, un día, unos chicos que eran dos cursos mayores que yo llegaron con sus BMX y empezaron a reírse de mí. Me dijeron que, si me gustaba patinar, significaba que era una chica, porque los chicos solo patinaban si creían que así iban a conseguir ligarse a alguna chica. Uno de ellos empezó a imitar a Eddie Murphy en ese sketch en el que decía que tenía pesadillas con los gais. Sabes cuál te digo, ¿no? En el que imita a Mr. T. «Oye, tipo bueno, te sientan de muerte esos vaqueros». Me reí porque quería que creyeran que a mí también me gustaba Eddie Murphy, pero se fueron riéndose y gritándome: «Maricón».

Bueno, el caso es que le dije que sí a Monica y fuimos a Skate City. No me llevé mis patines. Alquilé esos tan malos que tienen allí y fingí que no sabía patinar. Después de dar un par de vueltas, la máquina de humo empezó a funcionar para la sesión de patinaje en parejas. Monica me dijo que se suponía que teníamos que darnos la mano. Hubo un par de veces que se puso a patinar de espaldas, mirándome, y me colocó los brazos alrededor del cuello, como si fuéramos a besarnos.

Así que la besé y se le dibujó una sonrisa enorme de emoción en la cara. Entré en pánico, la solté y le dije que eso no significaba que estuviéramos saliendo ni nada por el estilo. Quizá me porté mal con ella, pero no quería que se pensara algo que no era. Salió de la pista y fue a llamar a su padre. Me sentí fatal durante todo el fin de semana, pero, cuando fui a pedirle perdón el lunes, me dijo que le daba igual. Pero esa fue la última vez que hablamos.

Puede que, después de todo, no le haya roto el corazón.

BEN

Ben está en la entrada de Charivari, en la calle Cincuenta y Siete. Ha ido hasta allí para solicitar un trabajo en la famosa tienda de ropa de lujo porque sabe que nunca se librará de Gil hasta que consiga un trabajo fijo. Las sesiones de Rebecca no bastan, y, cuando esta mañana ha visto la oferta en la sección de anuncios del *Village Voice*, ha decidido ir y probar suerte. A lo mejor no les importa que lleve un trozo de gasa en la frente y le dan una oportunidad. Se ha puesto una camisa negra con botones y lleva la raya del pelo a un lado.

La fachada de la tienda es un escaparate inmenso. Antes de entrar, Ben se dedica a estudiar las prendas expuestas. Ve una gabardina de Versace de color verde ácido, un traje a rayas amarillas y negras de Issey Miyake, un corpiño de encaje de Moschino, un par de chaquetas deportivas de Gaultier con chebrones gigantes. Se pasa un buen rato estudiando un traje de neopreno negro de angulos rectos de Helmut Lang. Lo ha visto en el número de este mes de *L'Uomo Vogue*. Le encantaría probárselo.

Pero luego ve su reflejo en el cristal. La gasa que lleva en la frente ha adquirido un tono como de sangre seca. No puede entrar así en Charivari. Podría nombrar todas las marcas de todas las prendas que hay en la tienda, pero daría igual. Parece un adolescente flacucho y drogadicto que no tiene ni idea de nada. Saca la gorra de la mochila y se la cala con un gesto de dolor cuando le aprieta los puntos. Vuelve hacia el metro.

En la esquina, Ben ve a dos hombres. Uno lleva vaqueros y una camiseta sin mangas; el otro, un traje azul pálido. Se están besando. Justo ahí, en mitad de una acera concurrida. Y no solo un besito en la mejilla; es un beso de verdad, un beso romántico, el tipo de beso que indica que han pasado muchas cosas hasta llegar a ese momento y que luego pasarán aún más. Se han tomado de las manos, con los dedos entrelazados. El hombre del traje está de puntillas para alcanzar al de los vaqueros, que es más alto. Se les ve tan cómodos mientras se besan, tan seguros, tan poco preocupados por los peatones de la acera que tienen que esquivarlos.

Tras un instante, se separan y el hombre de los vaqueros sale corriendo a toda prisa. Ben se queda allí y espera. Un hombre acaba de besar a otro hombre en público. Seguro que alguien le dice algo. Seguro que alguien le grita. En cualquier momento, un grupo de matones doblará la esquina y lo tirará al suelo mientras todos gritan y chillan y ríen, y lo dejarán sangrando en la acera. ¿No es eso lo que suele pasar? Encoge los hombros y tensa el cuerpo, para prepararse.

Pero nadie grita. Nadie viene corriendo. Nadie parece fijarse. El hombre del traje se mete en el metro y Nueva York sigue como si nada, brillante, ajetreada, llena de esperanza y vida.

ADAM

Ayer le llegó una postal a Adam:

Grecia es preciosa. Me estoy hinchando a comer. He conocido a un chico de Creta. Tiene las pestañas más largas que he visto nunca y una moto. Aquí no tienes que ponerte casco. Deberías estar aquí. A los griegos se les da mejor lo que tú sabes. Bueno, espero que no te lo estés pasando demasiado bien sin mí. Es broma.

Te quiere,
Tu mejor amiga

PD: Cerebro, belleza, dinero. Sigo queriéndote.

La imagen de la postal es un atardecer de un naranja intenso sobre un mar de jade. «Naxos», pone. Adam busca el nombre en su atlas y pone el dedo sobre la isla. Piensa que ahí las cosas van bien. Justo ahí, ¿lo ves? No como en Nueva York. No como en el St. Hugh. Han vuelto a ingresar a Callum en la UCI.

¿Qué le diría Lily si estuviera con él? Sus vidas le parecen tan diferentes ahora mismo. Adam se pasa todos los días en el hospital, mordiéndose el carrillo. Y mientras, Lily en la playa.

Adam clava la postal con una chincheta en el corcho junto a una foto de Lily de cuando estaba en octavo, con un bombín a lo Boy George y una camiseta en la que se lee I'LL TUMBLE 4 YA.

Yo también sigo queriéndote, Lily, piensa Adam.

Es tarde, pero no puede dormir. Abre un número del *New York Mainstay* que tiene sobre el escritorio. Un chico los estaba repartiendo esa tarde en una esquina, y Adam nunca rechaza nada que le den gratis en la calle. Quién sabe; podría ser algo útil. Y, aunque no lo sea, al menos has mirado a la cara a otra persona y le has dado las gracias, y solo eso ya merece la pena.

El *Mainstay* es uno de los periódicos gais más serios de la ciudad. Adam suele verlo en el trabajo, donde tienen una pila de ejemplares junto a la puerta, con los folletos y los catálogos de Learning Annex. Pero esta noche le cuesta concentrarse en el periódico. Es un batiburrillo de palabras. «Discriminación en el acceso a la vivienda». «La industria farmacéutica no avanza». «Acuerdo sobre viáticos». «La organización Queer Nation». «Iniciativas para las parejas de hecho». «Institutos Nacionales de Salud». «Intercambio de agujas». «Derechos de los pacientes». «*Clostridium difficile*». «Infecciones oportunistas». «Meningitis criptocócica». «Síndrome de emaciación». «Citomegalovirus». «Comorbilidades». «Poder notarial». «Mathilde Krim». «Maria Maggenti». «Joseph Sonnabend». «Douglas Crimp». «Linfocitos T». «Sida». «Sida». «Sida». «Sida». Las palabras le marean, pero piensa aprendérselas todas. En cuanto pueda concentrarse. En cuanto Callum se ponga mejor.

En la última página del *Mainstay*, Adam encuentra una página entera de anuncios que prometen tratamientos milagrosos. Hay un herbolario en la calle Catorce que vende tés para fortalecer el sistema inmunitario. Un acupunturista del centro de Manhattan que asegura que el recuento de linfocitos T aumenta con solo tres sesiones. Un especialista de la calle Veintisiete Este que anuncia una terapia medieval que consiste en beber orina. Un hipnotizador en la Segunda Avenida. Un fisioterapeuta en Hell's Kitchen. Un «librepensador prosexo entusiasta de la virología» en Turtle Bay. Adam sabe que no debería confiar en ninguno de ellos, que los milagros no existen.

Pero ¿y ese anuncio de ahí? Dice que algunas vitaminas pueden ayudar a fortalecer el sistema inmunitario. El zinc extrapotente, una dosis doble de magnesio o la vitamina B6 «pura». Si las combinas de forma adecuada, puedes cambiar tu pronóstico. Consulta privada: cien dólares.

Adam piensa que las vitaminas no son algo tan extraño. A lo mejor ayudan a que Callum se mejore. Cuenta el dinero que guarda en el primer cajón, pero solo tiene sesenta y cuatro dólares. Ahorrará.

BEN

Al final del estudio hay dos modelos que Ben no reconoce sentadas frente a unos tocadores, en pleno proceso de peluquería y maquillaje con Derek y Charles. A un lado hay una chica joven organizando varios collares sobre una mesa y otra preparando un fondo negro.

Rebecca lo ve y corre hacia él. Lleva una camisa holgada del Day Without Art que celebra todos los años Visual Aids.

—Menos mal que estás aquí, joder. El estilista está metido en un atasco en Hampton Jitney. Los vestidos ya han llegado, pero tienen un aspecto horrible y están arrugados. Necesito zapatos para todos los vestidos, pero no te preocupes por las joyas. Ya hay una chica que se encarga de los accesorios; está ahí detrás. Pero, te lo suplico, dime cuál de estos bolsos Speedy es de la nueva colección de Louis Vuitton. Nadie es capaz de distinguirlos y no podemos cagarla con este encargo. Es para el número de diciembre y no hay tiempo para organizar otra sesión. Nos quedan justo setenta y cinco minutos antes de que nos echen del estudio, así que tenemos que meterle caña. —Sujeta a Ben por la barbilla y le gira la cara hacia un lado—. ¿Cómo vas? Gil me contó lo de los puntos.

—Estoy bien —responde Ben, retorciéndose para soltarse—. El número de diciembre de qué.

—De *Vogue*, cielo, del puto *Vogue*.

Ben se queda boquiabierto. Es dificilísimo empezar a trabajar para *Vogue*, y todo el mundo sabe que sus editoras son muy exigentes y quisquillosas. Pero todo el mundo lee el *Vogue*. Todo el mundo ve las fotografías del *Vogue*. Todo el mundo. Esta es una oportunidad de oro para Rebecca. Ben se quita la mochila y se frota las manos.

—Mira —dice Rebecca bajando la voz—, solo quieren una foto de relleno para un resumen de tendencias que ponen en esas páginas que van antes del artículo principal. El tema es vestidos con la espalda al aire. No es nada del otro mundo, pero, si lo hacemos bien, a lo mejor nos encargan otro trabajo más importante.

—El de la izquierda es del año pasado, de 1989 —dice Ben, muy seguro de sí mismo, señalando los bolsos—. El de la derecha es de la nueva colección. Se ve en los ribetes de la base del asa, y en la costura. ¿Lo ves? Personalmente, creo que el del ochenta y nueve es más elegante.

—Estupendo —dice Rebecca, apartando el bolso de 1989—. Ahora ve a vaporizar los vestidos. No puedo hacerles fotos a modelos desnudas.

Ben empieza a dirigirse hacia los vestidos.

—¡Espera! —le grita Rebecca.

Ben se da la vuelta.

—¿Los ribetes? ¿En serio?

—Sí. Los ribetes.

—Qué suerte he tenido contigo, Ben. Hoy te pago el doble.

Ben enchufa el vaporizador y empieza a preparar los vestidos. Uno de ellos es un vestido de tubo de satén muy elegante con drapeado en la espalda. Es gris pálido, de un color muy parecido al peltre. El otro es un vestido corto de chifón de color verde oscuro con un lazo en la espalda. A Ben le parece un poco ligero para el número de diciembre, pero para algo están los abrigos de alta costura. Menos mal que ninguno tiene pliegues ni dobleces hechos a propósito, o tardaría mucho más. Pasa el vaporizador con cuidado sobre la tela desde dentro y las arrugas se desvanecen al instante.

Ben ayuda a las modelos, Danica y Miwa, a ponerse los vestidos. Les escoge los zapatos. Un tacón de aguja plateado para el gris y unos *mules* rojos para el vestido corto. Cree que el rojo resaltará el bolso de mano de Louis Vuitton, y los tonos rubíes son perfectos para el número de invierno.

La encargada de los accesorios, Brett, se presenta y empieza a colgar collares del cuello de las modelos; las llena de cadenas, perlas y colgantes de un modo que resultaría imposible en la vida real. Es un *look* de fantasía, de revista, como lo suelen llamar, y enfatiza la forma en que caen los vestidos.

—Me encanta este *look* —dice Ben.

—Gracias —responde Brett—. A mí no me termina de convencer. Pero, cuantos más ponga, más visibilidad tienen los anunciantes en la revista. El equipo de ventas se pone hecho un basilisco cuando los productos de sus clientes no aparecen en las fotos.

Ben acompaña a las modelos hasta el decorado, donde Rebecca las ubica para hacer unas cuantas fotos de prueba con la Polaroid.

—Dadme la espalda, chicas, pero miraos entre vosotras para que pueda capturar esos perfiles tan preciosos que tenéis. Ah, Danica, sujeta el bolso de modo que pueda verlo —dice Rebecca—. Perfecto. Ben, ¿puedes recolocarle a Miwa la correa en el hombro? Se le ha torcido.

Rebecca agota el primer carrete en un pispás, recoloca a las modelos y empieza con un segundo carrete. Brett pide una toma más con menos accesorios. Al poco tiempo, Rebecca anuncia:

—¡Listo! Lo habéis hecho de maravilla.

—¿Ya está? —pregunta Charles.

—Es la más rápida de toda la ciudad —responde Derek.

—Como sea así de rápida para todo… —bromea Charles.

Danica y Miwa vuelven a ponerse ropa de calle y se despiden tras dejarles sus tarjetas personales a Rebecca y a Brett. Charles y Derek lo guardan todo y salen tras ellas. Al final, ya solo quedan Ben y Rebecca en el estudio.

—Aún no —dice Rebecca cuando Ben empieza a meter la cámara en la funda.

—¿Qué?

—Quiero probar una cosa. ¿Ves esa luz que entra por la ventana? Parece un rayo de sol, pero en realidad es un reflejo del edificio del otro lado de la calle. Quiero ver cómo queda en las fotos. Ponte debajo de él.

—¿Yo?

—Sí. Justo ahí. No, un poquito más a la izquierda.

Ben encuentra el sitio exacto. Rebecca levanta la cámara. Ben gira la cara, avergonzado.

—Venga ya. Mírame. Abre bien los ojos. No hace falta que sonrías —hace un par de fotos, ajusta la configuración de la cámara y luego dispara otra vez—. Vale. Gracias. Eres libre.

Ben suelta el aire que estaba conteniendo y siguen guardando todo el material.

—Bueno, ¿vas a decirme qué es lo que te ha pasado en la cara? Gil me lo ha contado por encima, pero no quiso entrar en detalles.

Le aliviaría contárselo a Rebecca. No conoce a nadie más que pueda estar dispuesto a escucharle. De modo que, mientras guardan las cámaras y los objetivos en los estuches acolchados y en las fundas, le cuenta todo lo que pasó esa noche: el paseo de vuelta a casa con

Justin, el chico extraño que no dejaba de gritar, el largo camino de vuelta a Tribeca sujetándose un montón de pañuelos de papel en la cabeza durante todo el viaje en metro para no ponerlo todo perdido de sangre. Aun así, manchó el suelo del metro. Todavía le sabe mal. Rebecca no le interrumpe en ningún momento.

—No debería haber hablado con ese chico —dice Ben—. No habría pasado nada si no me hubiera sentado al lado de un completo desconocido.

—Qué gilipollez. Viste a alguien que lo estaba pasando mal y te sentaste a su lado para ayudarlo. Quiero pensar que yo habría hecho lo mismo. Y, si fuera mono, yo también lo habría besado. ¿Era mono?

Ben se encoge de hombros.

—No fue culpa tuya. Lo sabes, ¿verdad?

Ben no responde.

—¿Verdad?

Ben empieza a reírse.

—Lo siento —dice Ben, tapándose la boca.

—¿Qué pasa?

—Es que... —se ríe de nuevo—. No me puedo creer...

—¿El qué? No te puede dar un ataque de risa y no contarme el motivo. ¿Qué pasa?

—Fue mi primer beso.

—¿Estás de coña?

—¡El primero de toda mi vida!

Rebecca se echa hacia atrás y mira hacia el techo.

—Disculpa mis modales, pero ¡menuda puta mierda! —Pasa un brazo alrededor de Ben y grita—: ¡Menuda! ¡Puta! ¡Mieeeeeeeeerda!

Ambos se echan a reír a carcajadas mientras se limpian las lágrimas.

Cuando recuperan el aliento, Ben le dice:

—Pero da igual. No creo que vuelva a verlo.

—¿Te gustaría?

Sí, piensa Ben. *Muchísimo.*

ADAM

—Ay, menos mal que eres tú —dice Víctor cuando Adam llama—. Necesito que me ayudes. Estoy tirado en el suelo y vienen unos amigos a tomar unas copas dentro de un par de horas. Jack se ha ido a Jefferson Market, no tengo ni idea de para qué, y claro, en cuanto ha salido por la puerta, se me ha enganchado la espalda mientras fregaba los platos y ahora no me puedo mover. ¡Mientras fregaba los platos! ¡Habrase visto! ¿Cómo estás tú? ¿Todo bien?

—Voy para allá —responde Adam, aprovechando la oportunidad de entretenerse durante una tarde de sábado en la que no tenía ningún plan.

—Gracias, peque.

Víctor no exageraba. Cuando Adam llega a su piso, está en el suelo junto a una mesita de café de cristal, con la cabeza al lado de un sillón con un estampado de vaca descolorido y patas cromadas rayadas.

—Odio el gotelé del techo —dice Víctor—. Desde aquí, parece como si estuviéramos en el departamento de reclamaciones de una compañía de seguros de tres al cuarto. En serio, ¿a quién se le ocurrió inventar esto? Hola, cielo.

—¿Estás bien? —le pregunta Adam.

—Mejor que nunca. Mira, cariño, necesito que termines de fregar los platos y que los guardes, que bajes la basura y que vayas a buscar unas sillas plegables que tengo en el cuartillo del sótano. Las llaves están en la encimera. Ay, espera, primero ven a darle un beso de buenos días a tu tía Mame.

Son más de las cuatro de la tarde, pero Adam le da los buenos días y le da un beso en la mejilla.

—Eres un cielo —le dice Víctor—. Ahora, a por los platos.

Y señala hacia la cocina, que está separada del salón por una isla limpia pero desgastada y llena de platos, un teléfono de disco y una pila de periódicos: el *Times*, el *Post*, el *Daily News*, el *Native*, el *Voice* y el *Mainstay*.

Adam se pone manos a la obra con los platos, los friega y los seca; luego hace lo mismo con las cacerolas, las sartenes y las tazas de café, y lo guarda todo. Vuelve a llenar el fregadero de agua limpia y jabón para fregar los vasos y que no acaben llenos de grasa. Luego cierra la bolsa de basura y pone una nueva en la papelera. La baja al contenedor que hay en frente de la calle y saca cuatro sillas plegables del cuartillo del sótano.

Jack llega poco después de que Adam haya terminado con sus tareas, con seis bolsas de la compra colgando de las muñecas.

—¡Adam! —grita, con esa voz profunda, intensa y vibrante suya que recorre todo el piso. Adam se acuerda de que, cuando era pequeño, Jack siempre estaba cantándole cada vez que él y Víctor tenían que cuidarlo. Su padrino siempre había querido ser una gran estrella de los musicales, pero al final, tras muchos *castings* sin éxito, se decantó por trabajar en la administración de un colegio público—. Me alegro de verte, cielo.

—Hola —le dice Adam, saludándolo desde la isla de la cocina con la mano, donde trata de alinear los periódicos.

—¿Seis bolsas? —le pregunta Víctor desde el suelo—. Pero ¿no íbamos a tomarnos solo unas copas?

—Se me ha ocurrido que podía preparar las chuletas de cerdo en salsa de mi abuela —responde Jack—. Le encantan a todo el mundo. ¿Qué haces en el suelo?

—No preguntes. Pero lo de las chuletas… me da a mí que no. La mitad de las reinonas que van a venir están a dieta para poder quitarse las camisetas en el Orgullo el mes que viene. Solo comen bocaditos por aquí y por allá.

—¡Espera! ¿Entonces tú también estás a dieta? ¡No me lo habías dicho!

—¿Me estás llamando «gordo»? —Víctor rueda en el suelo, se apoya en las manos y en las rodillas y se sube a un lado del sofá—. Tengo que darme una ducha. Os veo dentro de un ratito, cuando esté deslumbrante.

Jack observa a Víctor mientras se va hacia el cuarto de baño y luego se gira hacia Adam.

—Vale. Los invitados llegarán a las seis. Si no podemos comer chuletas de cerdo, al menos serviremos albóndigas, algo de queso y galletitas saladas. Ah, y tengo una tarta de melocotón en el congelador. La prepararemos. ¿Puedes encender el horno? Ponlo a ciento ochenta. Me alegro de verte. ¿Va todo bien?

—Sí —responde Adam, sin mirarle a los ojos.

Jack se detiene durante medio segundo para examinar la expresión de Adam.

—Mmm… —masculla mientras le pasa un cartón de huevos a su ahijado—. A la nevera, porfa.

—¿Quién viene esta noche?

—Ya sabes, la familia.

—¿Vuestra familia? Pero creía que…

—No. Me refiero a nuestra familia de verdad —lo interrumpe Jack—. Te quedas, ¿no?

—No, no pasa nada. Tenéis planes con vuestros amigos. O sea, con vuestra familia.

—Te quedas —declara Jack—. Vamos a empezar con las albóndigas. ¿Puedes pasarme el bol que está en la alacena de ahí abajo? Echa la carne picada de cerdo y la de ternera. Ay, y necesito dos huevos y parmesano.

Jack va dándole instrucciones a Adam por la cocina durante los siguientes cuarenta y cinco minutos, y Adam disfruta de que le guíen. Si tiene la mente y las manos ocupadas, no se preocupa tanto por Callum. Pero, aun así, sigue preocupadísimo.

Cuando las albóndigas se están terminando de hacer en el horno, Víctor sale del dormitorio, recién duchado y solo con unos vaqueros. Les enseña dos camisas.

—¿La azul o la amarilla?

—Azul —responde Jack sin levantar la mirada—. ¿Qué tal si ponemos algo de música, maestro?

—A las órdenes, mi capitán —responde Víctor.

Se abotona la camisa azul y mete un CD de Sade en el reproductor.

—Ay, Víctor —dice Jack al oír las primeras notas de *Smooth Operator*—. Ya sabes que me encanta Sade, pero, como bien dijo Dorothy Zbornack: «Maestro, toque algo en mi honor que tenga muchos octanos». Es una fiesta. Pon algo de Janet, Whitney o Madonna.

—Vale —responde Víctor, y al momento Madonna empieza a cantar sobre aceras que hablan y que será mejor que tengas cuidado con lo que dices. Jack mueve la cabeza y las caderas al ritmo de la música.

—Adam, ¿ves esa mesita que está al lado de la estantería? Hazme un favor y quita las fotografías que hay encima. De momento puedes ponerlas en la estantería. Necesitamos la mesita para las copas.

Adam empieza a recoger las fotos enmarcadas y se da cuenta de que todas son de chicos jóvenes sonrientes. Salen bailando en fiestas, jugando a las palas en la playa, soplando velas. Hay una decena de fotos, puede que incluso más.

—¿Va a venir alguno de estos chicos hoy?

—Este es nuestro rincón de los recuerdos —responde Víctor mientras toma una de las fotografías—. Este es Héctor. Era un amigo de la infancia. Siempre se ponía guirnaldas de flores cuando salía de fiesta. Y este es Levi, que siempre estaba de un humor de perros cuando empezaba la noche pero al acabar siempre era el que estaba más contento. Este es Martin, con su jersey de cuello alto. Le encantaba toquetear a todo el mundo. ¿Te acuerdas, Jack?

—Parecía un pulpo.

Adam se estremece cuando se percata de que todos los hombres de las fotos están muertos.

—Este es Kevin —continua Víctor—. Era tan adorable, con sus dos perros salchicha y su novio Joaquín, el de la tela a rayas. Joaquín trabajaba en Wall Street. Tendrías que haberlo visto de Celia Cruz cuando hacía *drag*. Y mira a Tony. El bueno de Tony, que no había forma de que le saliera bigote. Se sabía de memoria todo *The Broadway Album* de Barbra Streisand. No solo la letra, sino también la modulación y los cambios de tono.

—Parece muy feliz.

—Solo nos guardamos las fotos de recuerdos felices —comenta Víctor—. Yo siempre digo que los ángeles sonríen.

Jack señala otra fotografía.

—¿Ves a Michael? ¿El que lleva un sombrero de globos? Se dedicaba a hacer animales con globos en fiestas de cumpleaños, y le iba de maravilla. Le encantaban los niños. Pero, cuando dio positivo, lo dejó. A partir de ese momento, le empezó a dar miedo estar con niños, aunque según la ciencia era seguro. Todo el mundo se puso sombreros de globos el día de su funeral.

—Eso no fue un funeral —replica Víctor—. Fue una celebración de su vida. No nos invitaron al funeral de verdad, ¿te acuerdas? A ninguno de nosotros.

—Bueno, fue una fiestaza. Adam, lléname este cubo con hielo del congelador y pon estas servilletas de cóctel junto al queso, en la mesita de café. Llegarán en cualquier momento.

—Nuestros amigos son demasiado puntuales —explica Víctor—. Me sacan de quicio.

Justo en ese instante, suena el timbre. El primero en llegar es un hombre esbelto con un jersey de punto y una larga bufanda blanca; a Adam le sorprende, ya que hace bastante calor. Luego llegan dos chicos musculosos con vaqueros cortos ajustados. Un chico joven con gafas de pasta entra agarrado del brazo de un hombre con el pelo rizado y canoso. Todos se abrazan, se dan besos en las mejillas y se preguntan qué tal como si les importara de verdad.

—La familia —le susurra Jack a Adam al oído—. Ya te lo he dicho.

El hombre de la bufanda blanca toma a Víctor de los hombros.

—Vickie Sue, sé un cielo y tráeme otro jersey, anda. O mejor una rebeca para que me la ponga por encima de los hombros, que me quede elegante.

—Enseguida, majestad. Os traeré el chal de armiño del armario de las pieles. Mientras, saluda a mi querido Adam. Tiene dieciocho años, así que compórtate.

—Buenas, me llamo Joe-Joe —le dice el hombre mientras le sonríe tras unas gafas de culo de vaso.

Adam reconoce el nombre. Hace nada estaba en la lista de Jack y Víctor de gente a la que tenían que ir a visitar al hospital. Le estrecha la mano, y le asombra lo fría que está.

—Encantado de conocerte —le dice Adam.

—Te aseguro que el sentimiento es mutuo —responde Joe-Joe con una sonrisa coqueta. Después se gira hacia Jack y le dice—: ¡Qué modales! ¿Dónde los ha aprendido? Seguro que de ti no.

—Ay, Adam —le dice Jack—. No seas demasiado educado con esta. Joe-Joe es una bicha y no se lo merece.

Luego estrecha los hombros huesudos de Joe-Joe entre sus brazos y aprieta tan fuerte que Adam teme que se los vaya a romper.

Víctor vuelve con un jersey para Joe-Joe y le presenta a Dennis, el de los rizos. Los chicos musculosos —Carlos y Alexey— lo saludan y sonríen.

Robert, el joven de las gafas de pasta, le dedica una sonrisa bobalicona y le dice:

—¿Qué tal, chico? —Luego le da un folleto—. Estamos organizando una mani frente al ayuntamiento dentro de unas semanas. Díselo a tus amigos. Cuantos más, mejor.

—¿Una mani?

Adam lee el folleto. «Exigimos acceso justo a la vivienda. ¡ACT UP! ¡Hay que pelear! 13 de junio».

—Sí, una manifestación —responde Robert—. Ah, y si alguno de tus amigos es poli, no le digas nada.

El timbre vuelve a sonar y Víctor les da la bienvenida a tres mujeres. Diane, con el pelo muy corto y seis pendientes en cada oreja; Lalita, que lleva puesto el pintalabios rojo más intenso que Adam haya visto jamás; y Caryn, que lleva las trenzas recogidas con una cinta de cuero negro.

—¿Llegamos tarde? —pregunta Diane—. Estábamos haciendo de hadas madrinas.

—Llegáis justo a tiempo —responde Jack—. ¿Hadas madrinas? Conociéndoos, seguro que es algo guarro.

—Estábamos de voluntariado —explica Lalita—. Vamos al centro de servicios comunitarios todas las semanas y preparamos paquetitos con artículos para practicar sexo seguro, para que los repartan en los clubes, en los bares y demás. Son unas bolsitas con condones, barreras bucales, instrucciones y unos sobrecitos de lubricante.

—Reinonas, ¿queda algo de vino o ya os lo habéis bebido todo? —pregunta Caryn—. Sois unas borrachas.

—Vaya, ¿ya empezamos a leernos la cartilla? —pregunta Víctor—. Jack, tráele una copa de vino a este bellezón.

—Llevamos ya un buen rato leyéndonos la cartilla. ¡La biblioteca está abierta!

—Ay, cielo, se te ha pasado el plazo de devolución de los libros —bromea Víctor.

Caryn echa los brazos al cuello de Víctor.

—Eres el mejor, ¿lo sabes?

Joe-Joe se sienta en el sofá al lado de Carlos y Alexey.

—¿Salisteis anoche? ¿O pasasteis la noche en el gimnasio? ¡Menudos pectorales!

—Ay, calla —bromea Carlos, mientras flexiona los músculos—. Fuimos al Sound Factory y nos quedamos hasta las siete o las siete y media.

—Cari, no llegamos a casa hasta las nueve —responde Alexey.

—Ay, el Factory —dice Joe-Joe con un suspiro de melancolía—. Si llegas antes de las dos, es demasiado pronto. Y, si te vas antes de que amanezca, te pierdes la mejor parte.

—Creía que las discotecas tenían que cerrar a las cuatro —comenta Diane.

—Solo si sirven alcohol —explica Alexey—. En Factory solo se puede tomar agua, así que pueden abrir hasta la hora que les dé la gana. Pero nosotros nunca pedimos agua. Cuesta como cuatro pavos la botella. Bebemos de la fuente y ya.

—¿Visteis por allí a Madonna? —pregunta Víctor.

—No, sigue de gira —responde Carlos—. Blond Ambition. Gaultier, Gaultier, Gaultier.

—Me han dicho que está preparando un documental de la gira —comenta Caryn—. Me fliparía verlo.

—No he visto a Madonna en Factory desde esa noche que Junior la dejó subir a la cabina del DJ y se pasó toda la noche iluminando con el foco a los que hacían vogue en la pista de baile. ¿Te acuerdas, Alexey? José y Luis lo dieron *todo* aquella noche.

—Ay, Junior —dice Dennis—. Quiero que me caiga bien, pero se cree Larry Levan en Paradise Garden.

—Paradise Garage era territorio sagrado —dice Jack—. Bueno, subsuelo sagrado. Pero eso es historia. Larry está en otra liga, pero creo que se ha ido a Japón o a no sé dónde, así que ahora tenemos a Junior Vasquez.

—Y a Frankie Knuckles, Tony Humphries, François K… —añade Dennis.

—Y son buenos —dice Joe-Joe—. Pero tienes que reconocer que ahora mismo no hay ningún otro sitio como Factory. ¿Has estado allí, Adam, pequeño?

Todo el mundo se gira hacia Adam. Tanta atención hace que le dé vergüenza. Niega con la cabeza.

—La verdad es que no he salido de fiesta aún —admite.

—Ahí es donde entro yo —dice Joe-Joe—. ¿Vamos a Factory?

—Ya empezamos otra vez —dice Lalita mientras se rellena la copa con una sonrisa.

—Se avecina uno de los espectáculos de Joe-Joe —le susurra Jack a Adam—. Tú síguele el rollo.

—Ya apago yo las luces —dice Víctor—. Cerrad los ojos.

Adam obedece y Joe-Joe comienza a hablar.

—Es sábado por la noche. La una o las dos de la madrugada. Ya os habéis despedido de los amigos con los que habíais quedado y se han ido a casa a dormir. Pero vosotros aún tenéis ganas de fiesta. ¿Por qué dormir cuando puedes bailar?

—*For inspiration* —bromea Robert, cantando Madonna, y los demás se ríen—. *Get into the groove.*

Joe-Joe sigue hablando:

—Vais corriendo a casa para cambiaros de modelito y os dirigís hacia ese barrio sin nombre que está por encima de Chelsea. Veis una puerta con una pequeña multitud. Hay chicos del bajo Manhattan con camisetas holgadas, hombres con bigote y camisetas de camuflaje, *club kids* con trajes que parecen sacados de dibujos animados, chicos rollo disco con pantalones cortos. Nada de clones, nada de musculocas fiesteras, nada de tipos que van a hacer *cruising*.

»Camináis por un pasillo mal iluminado hasta llegar a la taquilla. Sentís unos golpes muy intensos en el suelo, *pum, pum, pum.* Aún no lo oís; lo notáis bajo los pies, en las piernas, trepando por la columna. Pagáis catorce dólares en la taquilla. Si lleváis una chaqueta, la dejáis en el guardarropa por dos dólares más. Cruzáis una segunda puerta y bajáis por una rampa; tenéis que confiar en vuestro instinto, porque está tan oscuro que casi no se ve nada. La música suena cada vez más fuerte, más cerca, más intensa. Atravesáis una salita en la que casi no podéis ver a los grupitos de chicos y chicas (de dos, de tres o de cuatro personas) que están sentados y mueven la cabeza apretujados.

»Seguís adelante, torcéis otra esquina y *PUM*, la música explota a vuestro alrededor; unos ritmos intensos de *house* industrial que sentís en los huesos, en la sangre y hasta en las células. *PUM, PUM, PUM, PUM.* Tan fuertes que casi os tiran de espaldas. Se os empiezan a acostumbrar los ojos a la oscuridad y veis que estáis en una sala inmensa, llena de una multitud efervescente. Hay personas por todas partes, de todos los colores, jóvenes y mayores, de todas las zonas de la ciudad, y todos están saltando al ritmo de la música. Os abrís paso entre ellos mientras os movéis, os contorsionáis y bailáis. Os hacen sitio, porque siempre hay sitio para alguien más.

»Las luces del techo parpadean y los tambores os arrastran hacia las profundidades. Sentís manos, cuerpos, alientos, sudor, gente rara y preciosa por todas partes, gente tan rara como vosotros, y todos bailan, posan, se liberan y sienten que encajan. La canción empieza a ir *in crescendo* y los *flashes* parpadean, y Junior hace sonar una sirena y todo el mundo levanta las manos hacia el cielo en señal de desafío o de determinación o de gratitud o de deseo o de alegría, y enton- ces… otro *crescendo,* y otro, y bailáis, y las emociones brotan como si fueran sudor porque sabéis que estáis aquí todos juntos, los vivos y los muertos, apretados, unidos, porque, si bailamos juntos, sentimos juntos, nos enfadamos juntos y nos liberamos juntos, quizás este si- tio, este sitio oscuro tan hermoso se pueda convertir en lo único que existe en el mundo. Quizá, *quizá,* podamos sobrevivir juntos, sin que nos importe lo que nos quieran hacer cuando salgamos ahí fuera. No saben que su mundo es falso y que el nuestro es real. No existe nada que no sea este sitio, nada que no sea este instante, nada que no sea- mos nosotros, nada que no sea la música…

La voz de Joe-Joe se va apagando.

—Nada que no sea la música —dice Dennis.

—¡Nada que no sea la música! —grita Caryn.

—¡La música!

Y todos alzan las copas.

Tras un minuto, Víctor enciende una luz. Adam mira a su alrede- dor. Joe-Joe se ha quitado el jersey y se está secando la frente con el borde de la bufanda. Jack y Lalita se abrazan. Dennis se está enjugan- do las lágrimas.

—No has perdido tu magia, Joey Joe-Joe —le dice Diane.

—Ay, cómo echo de menos el Factory —responde—. Y el Garage. Y el Saint. Los echo a todos de menos. Hasta el Roxy, y eso que tengo demasiado pelo en comparación con los clientes habituales del Roxy.

—¿Por qué no te vienes con nosotros el sábado que viene? —sugiere Alexey.

—No, mi época del Factory ya ha pasado. ¿Te imaginas volver a casa de madrugada con estas piernas que tengo?

—La verdad es que nos hemos dado un buen paseo para volver a casa por la Novena Avenida esta mañana —comenta Carlos—. Había un desfile enorme de gente que iba a la iglesia con vestidos de verano de color pastel. Cómo nos han mirado, cielo. ¡Cómo nos han mirado!

—En su defensa, menudas pintas llevábamos —dice Alexey—. Solo nos han llamado «muerdealmohadas». Y, la verdad, no me puedo ofender cuando me dicen eso. Me parece tan tonto...

—A mí ya me dan igual los insultos —dice Dennis—. En plan, ¿de verdad crees que no los hemos oído ya todos? A los fachas les hace falta innovar un poquito. Pero para eso necesitarían creatividad, y a ellos no es que les sobre. Si tuvieran, se dejarían de tanto «fachatismo». ¡Mira! ¿Ves? Acabo de inventarme una palabra nueva. A eso lo llamo yo creatividad.

—¿Volviste a perder la camisa en el Factory? —pregunta Robert.

—¿Cómo lo sabes? Buzz me la arrancó cuando pusieron esa canción de Adeva.

—Ay, me encantaban las miradas de desprecio de los domingos por la mañana —dice Joe-Joe—. Era como si te pusieran una medalla de honor.

—Espero que nunca perdamos esta sensación de ser distintos —dice Dennis—. Sé que todos queremos que el mundo progrese y que el colectivo tenga más derechos, pero quiero seguir manteniendo esa sensación. Es revitalizante, ¿no?

—Es un arma de doble filo —responde Jack—. Es complicado.

Víctor pone otro CD —esta vez, uno de Luther Vandross— y todos siguen charlando. Pero Adam aún sigue en el Factory. Se pregunta si Callum habrá ido alguna vez. A lo mejor podrían ir juntos cuando se ponga mejor.

—Por cierto, ¿dónde está Tim Ado? —pregunta Caryn—. Debería estar aquí.

—¿No te has enterado? —responde Robert—. Se ha vuelto a Detroit para quedarse en casa de su hermana.

La habitación se sume en el silencio durante un instante.

—No lo sabía —dice Joe-Joe con voz solemne.

—Estoy tan cansado de que hagan lo mismo —dice Víctor—, de todo ese rollo de «A lo mejor se lo pongo más fácil a mis amigos si desaparezco sin llamar la atención para que no tengan que verme morir», del «Quiero que me recuerden como cuando era mono».

—No sabemos si ese es el motivo por el que Tim se ha ido a Detroit —dice Jack—. A lo mejor está más cómodo allí. Existen muchos motivos por los que volver a casa, ¿sabes?

—Bueno, si es lo que Tim necesita, no pasa nada. Pero odio que la gente desaparezca. Yo *quiero* estar con ellos. Quiero ayudar.

—También es mejor eso que todo el rollo de «Voy a dejar a mi novio porque me siento culpable por ser una carga para él» —dice Robert—. Eso es lo que hizo el novio de Tim antes de morir, ¿os acordáis?

—Lo único que voy a hacer yo es quemar la tarjeta antes de irme —dice Joe-Joe—. ¿Veis esta bufanda? Es de Barneys, de cachemira. Y no es de las que están de rebajas, ¿eh? Pagué el precio original.

—Yo voy a dejar a todo el mundo a cuadros —dice Dennis—. Me voy a hacer ese tatuaje que William F. Buckley dice que deberían ponernos por ley a todos los que tenemos VIH.

—Eso sí que es ser facha —dice Diane—. Vamos juntos, yo también quiero hacerme uno.

Todos se ríen, menos Adam. La cabeza no deja de darle vueltas. Intenta darle un trago al *ginger ale*, pero le tiembla la mano y derrama un poco sobre los pantalones de Joe-Joe.

—Lo siento —se disculpa.

—No te preocupes, cielo —responde Joe-Joe—. ¿Me puedes pasar una servilleta?

—Toma —dice Jack.

Adam intenta ayudar a Joe-Joe a secarse, pero, cuando se gira, tira el vaso y el resto de la bebida cae sobre la alfombra.

—Ay —dice, con el corazón a mil—. Lo siento.

—No pasa nada —responde Jack—. No es lo peor que le ha caído a esta alfombra.

Adam recoge su vaso y lo deja en la encimera de la cocina. Está avergonzado y ruborizado. Todo el mundo le está mirando.

—Me voy a ir yendo —balbucea.

—¿Seguro? —le pregunta Joe-Joe.

—Sí, mmm… Tengo cosas que hacer —miente.

Caryn cruza la habitación para darle dos besos a Adam.

—Espero verte pronto —le dice.

—Encantado de conoceros a todos —dice Adam.

—¡Vente al Factory con nosotros alguna noche! —le dice Carlos.

Adam asiente, nervioso. Se despide con un gesto rápido y se dirige hacia la puerta.

—Te acompaño —le dice Jack.

Sonríe a los demás y acompaña a Adam hasta la puerta.

—¿Estás bien, peque?

Adam no sabe muy bien qué responder. No sabe cómo está ni qué siente. Todo es un borrón. ¿Va a terminar Tim Ado en un marco de fotos en la estantería? ¿Y Joe-Joe? ¿Y Dennis, Robert, Carlos, Alexey, Jack y Víctor? ¿Es eso lo que le va a pasar a Callum? ¿Es eso lo que le va a pasar también a él mismo? Aprieta los puños y baja la mirada hacia el suelo.

—Me parece que no se está recuperando y no sé qué… —dice Adam. No piensa levantar la mirada; no quiere llorar. Entonces susurra—: No sé qué hacer. No tengo ni idea.

Jack abraza a Adam, le apoya la cabeza en el hombro y lo envuelve en su calidez. Se balancea con los pies y mece a Adam mientras llora.

—Ya lo sé, Adam. Ya lo sé. No pasa nada. No pasa nada.

Cuéntame un secreto que no le hayas contado nunca a nadie.

En sexto, el almuerzo era a las once y diez de la mañana, y teníamos veinticuatro minutos para comer. Yo me sabía el nombre de todos los miembros del personal de la cafetería. La señorita Slovinsky, la señorita Benedetto, el señor Cordon. Los otros niños no les saludaban, pero yo sí, siempre. «Por ahí viene mi cliente favorito —decía la señorita Benedetto cuando me veía con la bandeja en la fila—. Te he guardado este trozo de tarta porque es el más grande».

Mi favorita era la señorita Johnson porque a veces, los días que comíamos pizza, fingía que me sellaba la tarjeta que me permitía comer gratis en el colegio. «Por si quieres repetir —me decía, y luego me pellizcaba el codo—. Qué brazos tan delgaduchos».

Una vez la señorita Johnson me trajo una bolsa de papel llena de brownies caseros. «Les he puesto pepitas de chocolate para que estén riquísimos», me dijo.

Pero me dejé la bolsa con los brownies en el autobús. Me supo fatal porque los había preparado a propósito para mí. Me preocupaba que el conductor se lo dijera, aunque seguro que ni se conocían.

Aun así, le escribí a la señorita Johnson una nota de agradecimiento con un rotulador azul en un papel a rayas. «Gracias por esos brownies tan ricos. Han sido los mejores que he probado en toda mi vida». Era mentira, porque no había llegado a comerme ni uno. Creo que nunca se enteró. Espero que no lo haya descubierto.

Al año siguiente empecé el instituto y me cambié de centro. La primera vez que me puse en la cola del comedor, descubrí que mi madre no me había inscrito en el programa de comidas gratuitas. Me quitaron la bandeja, y todas las chicas de la fila se rieron de mí.

Ya no volví al comedor. Me iba a la biblioteca a esperar hasta la siguiente clase. No creo que nadie se diera cuenta. Los profesores no dijeron nada. Cuando llegaba a casa, estaba muerto de hambre, así que le echaba queso a una tortilla de maíz y la metía en el microondas. Le echaba sal y especias y la doblaba para comérmela mientras veía Hospital general en la tele. Estaba obsesionado con Frisco y Felicia.

Nunca le dije a mi madre que se le había olvidado apuntarme al programa del comedor. Se habría puesto hecha una furia.

BEN

Ben se pone unos vaqueros negros y una camiseta roja con una imagen de David Bowie —con su maquillaje de Ziggy Stardust y la peluca con el pelo de punta— serigrafiada en la parte de delante. Engancha la cartera a la cadena que se ha comprado en St. Mark's Place y se la mete en el bolsillo, dejando la cadena suelta a un lado. Se hace la raya, agarra la mochila y la gorra de béisbol y sale de casa. Se dirige hacia el St. Hugh, donde Gil por fin le va a quitar los puntos. Pero primero tiene que hacer una paradita en Tower Records para comprarse el nuevo CD de Cocteau Twins.

Examina los escaparates de las tiendas del SoHo mientras se dirige hacia el norte de la ciudad. Mira los vestidos *bandage* de Alaïa, las capas con estampado de cuadros negros y blancos de Comme des Garçons y las cazadoras de Agnès B. Algún día tendrá dinero para comprar en esas tiendas. Algún día. Al llegar a Prince Street, gira hacia el este.

Las aceras se vuelven más concurridas a medida que se acerca a Broadway: hay una mezcla de chicas jóvenes muy arregladas, vestidas con jerséis de cuello alto sin mangas; repartidores desaliñados en bicicleta con cadenas enormes alrededor de los hombros; vendedores callejeros con mesas en las que exponen gafas de sol, sábanas, calcetines, incienso, etc. También hay unos repartidores abriendo la parte trasera de un camión para descargar la mercancía, y dejan caer la rampa con un estruendo metálico contra el asfalto tan fuerte que hace que Ben pegue un bote.

Un taxi se detiene justo delante de él en una esquina y le corta el paso. Ben retrocede para apartarse. La puerta se abre y, ¡madre mía!, ¿es Cindy Crawford la que se está bajando del taxi?

Sí que lo es. Ben se queda mirándola, boquiabierto. Viste una camisa Oxford blanca deslumbrante con el cuello levantado, que le roza la mandíbula afilada. Lleva el pelo recogido en un moño descuidado y unas gafas de sol en la cabeza. Va con unos vaqueros desgastados e, incluso desde donde se encuentra Ben, a varios pasos, en pleno Broadway, con todo su ajetreo, huele el perfume de jazmín que lleva. Cuando se fija en que Ben no deja de mirarla, le sonríe.

—A mí también me encanta Bowie —le dice, haciéndole un gesto con la cabeza hacia la camiseta.

Antes de que a Ben le dé tiempo a responder, la modelo cruza la calle y se mete en Dean & DeLuca.

Jo-der. Ben acaba de ver a Cindy Crawford. La modelo más famosa del mundo. Justo aquí. En persona. El semáforo se pone dos veces en verde antes de que pueda volver a moverse, pero esta vez lo hace con una actitud distinta. Hoy es un buen día. Está tan distraído que se olvida de parar en Tower Records.

Sigue hacia el alto Manhattan, sin apresurarse. ¿Y si ahora se cruza con Linda Evangelista o con Karen Alexander? La gente dice que las cosas buenas vienen de tres en tres, ¿no? No quiere que se le pasen por alto.

Cuando está a una manzana del St. Hugh, empieza a oír gritos. Provienen de un grupo de gente que se ha reunido ante las puertas del hospital. Ben cuenta unas diez o doce personas. Llevan pancartas de colores y gritan algo que no llega a escuchar. ¿Es una huelga de trabajadores? Ya ha visto alguna que otra.

A medida que se acerca, ve lo que pone en las pancartas: «¡La homosexualidad es pecado!». «¡Levítico 18:22!». «¡Un hombre no debe yacer con otro hombre!». «¡El sida es la misericordia de Dios!».

Cada vez gritan más alto:

—¡Pervertidos! ¡Pervertidos! ¡Pervertidos!

Bloquean la entrada del hospital. Qué fastidio. Ben se pregunta si habrá otra puerta por la que entrar, pero decide que lo mejor es abrirse paso a través de los manifestantes, de modo que no se detiene, endereza los hombros y camina entre ellos con su camiseta de David Bowie y la raya en los ojos.

—¡Pervertidos! ¡Pervertidos!

Están protestando contra él, contra Ben.

Una mujer, una rubia de bote que debe de tener la edad de su madre, le señala con el dedo y grita: «¡Pervertidos! ¡Pervertidos!». Tiene una expresión de asco puro, y grita tan alto que hasta escupe. Un chorro asqueroso de saliva aterriza en la mejilla de Ben. Él se lo limpia y luego le hace un gesto obsceno. La rodea, aparta con un codazo la pancarta en la que pone «¡Abominación!» y entra por la puerta principal.

Ve a Gil delante de la ventana, observando a los manifestantes desde el interior del edificio.

—Hola —lo saluda.

—Acabo de ver a Cindy Crawford en el centro —le dice Ben—. Estaba espectacular.

—¿A quién? —pregunta Gil mientras sigue mirando a los manifestantes, que no dejan de gritar.

—¡Cindy Crawford! ¡La supermodelo!

—Ah —responde Gil—, qué guay.

—¿Sabes quién es siquiera?

Gil rodea a Ben con el brazo y lo aparta de la ventana. Luego le da un billete de diez dólares.

—¿Por qué no compras un par de sándwiches en la cafetería? Te veo en mi consulta. Sabes dónde está, ¿no? Consigue primero una pegatina de visitante.

Gil le hace un gesto al recepcionista, señala a Ben y levanta el pulgar para que sepa que va con él.

Ben lleva dos sándwiches de ensalada de huevo a la consulta de Gil y se los comen en silencio mientras su hermano hojea una revista de medicina. Cuando terminan, Gil se lleva a Ben a una sala de curaciones. Gil saca una sábana de papel nueva del rollo que hay encima de la camilla. Cruje cuando Ben se sube.

—He estado dándole muchas vueltas... —dice Gil mientras se pone un par de guantes de látex.

—¿Eh? —responde Ben, cauteloso, preparándose para que su hermano le diga que tiene que irse del loft.

—Quiero contarte una historia, una historia de la que no estoy nada orgulloso.

—Vale… —Ben no baja la guardia.

Gil le retira la gasa de la frente y le pone un poco de gel analgésico.

—Cuando tenía quince años me expulsaron del instituto por meterme en una pelea.

—¿Tú? ¿En una pelea?

Ben está sorprendido. Gil siempre le ha parecido fuerte e intimidante, pero nunca le ha parecido de los que se meten en peleas.

—A lo mejor *pelea* no es la palabra más apropiada. Fue más bien una emboscada. Dos tipos y yo arrinconamos a un chico en el gimnasio del instituto. Se llamaba Gordon. Le dimos una buena paliza.

Gil toma unas tijeras de acero, le corta los puntos con mucho cuidado y se los quita con un tironcito.

Ben se queda mirando la nariz de su hermano, a escasos milímetros de sus ojos.

—No tenía ni idea…

—Le dimos una paliza a Gordon porque pensábamos que era diferente. Creíamos que era gay.

Ben frunce el ceño.

—¿Qué?

Gil corta otro punto.

—Ya te he dicho que no me enorgullezco de lo que hice. Fue horrible. Nos expulsaron durante una semana. Pero, entonces, papá se enteró de que nos habían expulsado y armó una buena. Se juntó con un montón de padres y firmaron una petición para que nos levantaran el castigo. Les dijo a los de secretaría que el auténtico peligro no éramos mis amigos y yo, que el problema eran los chicos como Gordon; que era una mala influencia, y que nuestra reacción había sido la más normal. El instituto estuvo de acuerdo. Volvimos a clase sin una sola mancha en el expediente académico. La gente nos chocaba los cinco en los pasillos.

—¿Estás de coña?

Otro corte.

—No. ¿Y sabes qué? Si no hubieran anulado la expulsión, si aquel incidente se hubiera quedado en el expediente, jamás me habrían dado las becas que me permitieron ir a la universidad y estudiar Medicina. Seguramente no habría llegado a ser médico.

—No te creo.

—Te estoy diciendo la verdad. Ya sabes que las becas eran la única manera que teníamos de pagar la universidad. Me merecía aquel castigo. No es nada justo que esté ahora aquí sentado y que pueda tratarte a ti o a cualquiera. —Corte. Cada vez que Gil le quita uno de los puntos, tira de la piel de Ben. No le duele, pero le inquieta, como si Gil pudiera ver en su interior—. Aquel día Gordon era consciente de lo que estaba pasando y sabía que iba a tener que soportarlo. Sabía que no podía hacer nada por evitarlo. No porque lo superáramos en número o porque fuéramos más grandes que él, sino porque nos daba igual. Se le veía en la cara que sabía que íbamos a reventarlo y que encima nos daba igual.

A Ben le cuesta no mover la cabeza. Gil corta otro punto.

—¿Te puedo preguntar una cosa? —dice Ben.

—Claro.

—¿Te reíste mientras le pegabas?

Gil deja caer las manos en el regazo y agacha la cabeza.

—No pasa nada —dice Ben—. Da igual.

—Hay muchas cosas por las que debería disculparme —dice Gil—. Pero quiero que sepas que creo en ti. Aunque no lo entienda siempre todo y tengamos nuestras diferencias, y aunque a veces me comporte como un capullo y no sea capaz de admitirlo. Creo en ti.

—Yo también puedo llegar a ser un capullo de vez en cuando —dice Ben en voz baja.

—Mírame. Siempre que yo tenga un hogar, tú también lo tienes. ¿Vale? Te quiero, Ben.

«Te quiero». Hacía muchísimo que Ben no escuchaba esas palabras, y es como si hubieran abierto un grifo en su interior. Ni siquiera se percata de que empieza a llorar hasta que las lágrimas le surcan las mejillas y le caen por la barbilla. Llegan antes de que pueda contenerlas. *Para*, piensa, escondiendo la cara para que no lo vea Gil. *Deja de llorar. Aquí, no. Delante de Gil, no. Nunca.*

Gil deja las tijeras en el suelo y abraza a Ben.

—Oye —le dice—. Eh, no pasa nada, hermanito. No pasa nada.

Cuando Ben se tranquiliza, levanta la mirada y ve que Gil también tiene los ojos llorosos.

—Creo que nunca he admirado a nadie tanto como te he admirado hoy a ti, Ben.

—¿A mí?

—Y encima estoy seguro de que ni siquiera sabes por qué te admiro, y eso solo hace que te admire más aún.

—¿De qué hablas?

—Me refiero a cómo te has abierto paso entre todos esos gilipollas que estaban delante de la puerta. He visto cómo te gritaba esa mujer; he visto hasta la saliva. Y has seguido adelante con paso firme, como si nada. Has entrado en el hospital y te has puesto a hablar de Cathy Crawford.

—Cindy.

—¿Qué?

—Da igual.

—Y encima lo has rematado haciéndole ese gesto. ¿Sabes lo guay que ha sido?

Ben se encoge de hombros.

—Tenía que entrar…

Gil saca otras tijeras del esterilizador y corta el último punto. Le unta un poquito más de gel y luego le pone una gasa nueva sobre la cicatriz.

—Te la cambiaré esta noche cuando llegue a casa. No te la quites, ¿vale? Mañana, fuera vendas. Estarás como nuevo.

Después Gil vuelve al trabajo y Ben se levanta la venda en el lavabo de hombres para mirar la herida. Ve la cicatriz encima del ojo. Con el tiempo irá disminuyendo, pero nunca desaparecerá del todo. Nunca quedará como nuevo. A lo mejor no pasa nada. A lo mejor estar como nuevo está sobrevalorado.

ADAM

—Buenos días, cariño —le dice su madre cuando Adam sale de su cuarto arrastrando los pies algo más tarde de las diez—. Si quieres café, casi mejor que prepares una cafetera nueva. Esa lleva ahí desde las seis y media.

—Vale.

Adam llena la jarra de Mr. Coffee con agua y la vierte en la máquina.

—Últimamente casi no te vemos el pelo —le dice su madre.

—Estamos a finales de curso y es el último año. Seguro que te acuerdas de cómo es.

—Eso es lo que me preocupa —responde—. Ah, oye, tu padre y yo nos vamos al norte del estado esta tarde.

—¿Cuánto tiempo vais a estar fuera?

—Unos días. A tu padre se le ha metido entre ceja y ceja que aprovechemos el viejo campamento que mis padres tienen cerca de Margaretville. Que, por cierto, tu padre insiste en llamarlo Margaritaville, porque se cree Jimmy Buffett. Ya le he dicho que, si me fuera a casar con una estrella de *rock*, no sería con Jimmy Buffett. Sería con Jon Bon Jovi y viviríamos a base de rezar.

Adam cierra los ojos con fuerza para ahuyentar la imagen de su madre vestida de novia besando a Jon Bon Jovi.

—¿Margaretville es el sitio ese de los mosquitos?

—Justo. Tu padre quiere pasar más tiempo allí este verano, así que me da a mí que vamos a estar mucho tiempo fuera durante los próximos meses. Está atravesando una especie de fase de amante de la naturaleza. Senderismo, pesca y todo ese rollo. Un chico de ciudad más que ha leído *La llamada de la selva* demasiadas veces. En fin, espero que se le pase pronto. Te quedas cuidando del fuerte mientras no estamos, ¿no?

—Claro.

—¡Frankie! —grita el padre de Adam desde el salón—. ¡Estoy a punto de darle al *play*!

Su madre pone los ojos en blanco.

—También le ha dado por la moda esta de los vídeos para hacer ejercicio en casa. Supongo que querrá ponerse en forma para enfrentarse a los peligros de la naturaleza.

—¿Jane Fonda?

—No, es un vídeo para ponerte el culo bien firme. Reza por mí. —Le da un beso en la frente—. Ah, ha llamado tu amigo Callum. Ha dicho algo sobre que volvía a casa hoy... No me ha quedado muy claro a qué se refería.

Su madre desaparece por el salón.

Adam no tarda ni veinte minutos en llegar al St. Hugh. Se abre paso entre una multitud de personas que corean que el sida es un castigo de Dios contra los pervertidos o algo por el estilo, pero ni siquiera se molesta en mirar las pancartas que llevan. El empleado de la recepción encuentra el nombre de Adam en la lista y le entrega una pegatina de visitante. Se la pone y corre hacia los ascensores. Sube al séptimo piso y dobla la esquina hacia la habitación de Callum, sin aliento.

Pero Callum no está. Allí solo hay un hombre en una silla de ruedas, junto a la cama de Callum. Es un hombre calvo, con una barba negra como el carbón. Adam se queda mirándolo, confundido.

—¿Quién es usted? —El hombre le devuelve la mirada a Adam, pero no dice nada—. ¿Dónde está Callum? ¿Sabe dónde se ha metido?

El hombre gira la cara.

Adam vuelve a salir al pasillo a toda prisa. Mira en la habitación de al lado y en la de enfrente. Ni rastro de Callum. Corre hacia la zona de la enfermería, aliviado al ver a un enfermero que reconoce. Lleva dos pendientes pequeñitos en una oreja, con perlas de color rojo sangre. Siempre se saludan.

—Hola —le dice Adam—. ¿Se ha marchado Callum?

—¿Cómo? —le pregunta el enfermero.

—Callum Keane. No está en su habitación.

—No puedo revelar información de los pacientes.

—No pasa nada; estoy en su lista.

—No tengo ninguna lista de un paciente con ese nombre.

—¿Le han dado el alta? —Todo le empieza a dar vueltas; la ansiedad ha vuelto. No puede perder a Callum de nuevo. Ya lo pasó fatal la última vez que desapareció. No. Otra vez, no—. ¿Se ha marchado del hospital?

—No puedo revelar esa información.

—Pero si me conoces —dice Adam, forzando una sonrisa—. ¿No me recuerdas? Vengo cada dos por tres.

El enfermero sacude la cabeza y baja la vista.

—Son las normas.

—¡No tiene dinero para pedir un taxi! —dice Adam levantando la voz—. ¿Le habéis dejado que se fuera a casa andando?

El enfermero sigue sin levantar la vista.

Adam empieza a entrar en pánico. ¿Por qué no le mira? ¿Le habrá pasado algo malo a Callum? ¿Habrá vuelto a la UCI? Mira hacia un lado y otro del pasillo. Se da la vuelta.

—¡Doctora Nieves! —grita hacia el pasillo. Varias personas miran a su alrededor, pero al momento vuelven a centrarse en lo que estaban haciendo. Adam grita de nuevo—: ¡Doctora Nieves!

—Ahora mismo la doctora Nieves ni siquiera está en esta planta —dice el enfermero con una calma que vuelve loco a Adam—. Si vuelves a gritar, voy a tener que llamar a seguridad.

Adam baja la voz.

—Por favor —le ruega—. Callum cuenta conmigo. Soy yo quien tiene que llevarlo a casa y el que sabe lo que tiene que comer. Tengo que conseguir que engorde. ¿Dónde está? ¡Doctora Nieves!

El enfermero toma el teléfono.

—¡Soy yo quien tiene que cuidar de él! —grita Adam.

—Entonces, ¿por qué no te ha esperado? —le pregunta el enfermero en voz baja para que lo oiga solo Adam.

Adam se queda atónito ante la pregunta. La siente como una puñalada. La rabia y el pánico se revuelven en su interior. Se da la vuelta y atraviesa a toda velocidad la primera salida que encuentra, que da a unas escaleras. No tiene ni idea de a dónde conducen, pero baja los escalones de dos en dos tan rápido como puede. En el segundo rellano, casi choca con alguien que sube.

—¡Eh! —le dice el chico—. ¡Cuidado! —Adam levanta la vista, con los ojos llenos de lágrimas—. ¿Adam?

De repente lo recuerda: es el chico de los muelles, de aquella extraña pesadilla junto al río. ¿Te acuerdas? Los gritos, The Cure, el beso. Se llamaba Ben, y ahora se ha interpuesto en el camino de Adam.

—¿Estás bien? —le pregunta Ben.

No, piensa Adam. *No. No te detengas. Este chico no importa. Lo único que importa es Callum.* Aparta a Ben de un codazo y baja de un salto el siguiente tramo de escaleras. Oye a Ben gritar tras él, pero no se detiene. No puede detenerse. Tiene que bajar las escaleras. Tiene que llegar hasta Callum.

BEN

—¡Espera! —grita Ben.

—¡No!

Ben no puede creerse que haya vuelto a ver al mismo chico. Y ahí, en una escalera de mantenimiento del St. Hugh, donde ninguno de los dos debería estar.

Adam baja de un salto un tramo de escaleras, y luego otro. En la planta baja, empuja la puerta de salida y se cierra tras él con un ruido sordo.

Ben vacila. Mira hacia un lado de las escaleras y luego hacia el otro. No hay nadie. Si fuera cualquier otra persona, Ben no le daría más vueltas al asunto. Se giraría y seguiría con su vida. Pero la voz de Adam —aunque solo haya sido esa única sílaba, ese «¡No!»— le resulta tan familiar… Es como si fuera alguien a quien conociera de toda la vida. Le obliga a seguirlo.

Ben atraviesa la misma puerta pesada y sale a una pequeña zona vallada en el exterior del edificio. Está llena de cubos de basura. Dos son de metal, y están cerrados con candados y marcados como «Tóxicos». El resto son cubos grandes de plástico azul. Todos están llenos, y desprenden un hedor a basura que tira para atrás.

—¡No dejes que se cierre! —le grita Adam desde detrás de la puerta.

Ben se estira para alcanzar la manilla, pero tarda demasiado. La puerta vuelve a cerrarse de golpe. Ben oye cómo se echa el pestillo. Se han quedado encerrados fuera del edificio.

—Estupendo —se queja Adam antes de aporrear la puerta—. ¡Abrid!

Ben se aparta.

—¿Estás bien?

—Déjame en paz —le dice Adam mientras sigue golpeando la puerta.

Tiene el pelo despeinado, con mechones rebeldes, y los ojos inyectados en sangre. Se los frota con movimientos bruscos, desesperados.

Ben retrocede hasta la puerta de la valla que da a la calle. También está cerrada a cal y canto. Mira hacia arriba, pero la alambrada se alza hacia el cielo. No hay forma de salir. No sin la llave. Están atrapados.

—¡Abrid la puerta! —Adam sigue aporreando la puerta—. ¡¿Hola?!

Se abalanza contra la puerta y la patea. Recorre el lugar con la mirada.

—¿Estás bien? —vuelve a preguntarle Ben.

Adam mira a Ben durante un momento y luego se desploma en el suelo, con la espalda apoyada en la puerta. Se cubre la cara con las manos.

—¡No! No estoy bien. Estoy encerrado en este basurero. Contigo.

Le duele la forma en que escupe la palabra *contigo*, cargada de desdén.

—Seguro que viene alguien de un momento a otro —dice Ben en voz baja, con la esperanza de que así Adam baje la voz también—. Siempre tiran la basura aquí.

—¿Cómo lo sabes? ¿Qué haces tú aquí?

—Mi hermano trabaja aquí. Es médico.

—Me alegro por él.

Adam se levanta de un brinco y vuelve a aporrear la puerta.

—No te preocupes —le dice Ben. Le parece que las palabras suenan reconfortantes, así que las repite—. No te preocupes.

Adam se gira hacia Ben y entorna los ojos, como si estuviera buscando algo. Ben le devuelve la mirada, sin parpadear.

—No te preocupes —repite una última vez.

—¿Qué te ha pasado en la cara? —le pregunta Adam.

Ben se toca la venda.

—Nada —contesta, pero es mentira.

Sí le ha pasado algo. Algo que conecta a Adam con Ben. La cicatriz siempre le recordará a esa noche. La cicatriz siempre pertenecerá, en parte, a Adam. Pero eso no puede decírselo a Adam. Y menos ahora.

El rostro de Adam pasa de la furia a algo más parecido a la desolación, a la desesperanza. Se deja caer de nuevo en el suelo.

—No sé dónde está Callum —susurra.

—¿Callum?

Adam mira a Ben con ojos suplicantes.

—Tengo que encontrarlo. Ha desaparecido.

—Seguro que no se ha ido muy lejos —dice Ben.

—No lo entiendes. Le quiero.

—Ah —responde Ben, y las cosas empiezan a encajar.

El abrazo en la esquina de la calle. Los gritos en el muelle. La huida después del beso. El aporreo de la puerta cargado de pánico. La desesperación, la urgencia. Ben está en medio de la historia de amor de otros dos chicos.

En ese momento se abre la puerta y sale un hombre con un mono verde.

—Pero, bueno, ¿y vosotros quiénes sois? No deberíais estar aquí.

—Nos hemos perdido —contesta Ben.

—Pues ya os podéis estar perdiendo de nuevo —dice el hombre, señalando las escaleras—. Venga, ahora mismo, gamberros.

Con una velocidad asombrosa, Adam corre hacia la puerta, deja atrás al hombre, entra en las escaleras y desaparece. Ben lo observa mientras se marcha y se pregunta qué se sentirá al estar tan enamorado.

ADAM

Adam atraviesa la puerta sin aliento y se topa con Callum sentado al piano con la bata del hospital y unos vaqueros.

—¡Estás aquí! ¿Cómo…? ¿Cuándo…?

Callum toca un par de acordes mayores.

—He venido andando.

—¿Andando? ¿Todo el camino? ¿Con una bata de hospital?

—Nadie me ha mirado raro. Me encanta eso de Nueva York. Puedes ser el más rarito de toda la calle y a nadie le importa.

—¿Por qué no me has esperado?

Callum toca un acorde menor.

—Lo siento. Quería salir de allí antes de que cambiaran de opinión. ¿Estabas preocupado?

Por dentro, Adam grita: *¿Que si estaba preocupado? ¡Me he peleado con un enfermero! ¡Me he quedado encerrado con los cubos de basura! ¡Casi le doy un puñetazo a un chico que no se lo merecía!*

Pero, en lugar de eso, dice:

—Me alegro de que estés aquí. ¿Tienes hambre?

—Muchísima.

—¡Genial! Voy a Rocco's a por tarta.

—No —lo detiene Callum—. ¿Por qué no pedimos comida del Grand Sichuan mejor? Quiero los tallarines más picantes del menú. Dos platos. Y sopa con *dumplings*. Me flipa. Y arroz frito. ¿Podemos pedir también arroz frito?

—¡Para el carro! Más despacio.

Adam llama al Grand Sichuan. Pide también un bote grande de sopa de huevo, para dejárselo en la nevera a Callum para otro día. Pide extra de salsa de soja, de mostaza picante y de servilletas y palillos. Después de colgar, grita hacia el techo:

—¡Callum ha vuelto a casa!

—Shhh —le pide Callum—. Tengo el cerebro hinchado.

—Ya te han dicho en el hospital que no es verdad.

—Ah, ya. Lo había olvidado. —Toca otro acorde—. Te he echado de menos.

—Yo también —contesta Adam.

—Se lo decía a Clara.

Adam se sienta a su lado en la banqueta y le da un golpecito en el brazo.

—Idiota.

Callum ha vuelto. Callum, tan perfecto y juguetón como siempre, ha vuelto, y Adam está contentísimo. Observa las manos de Callum mientras comienzan a tocar una nueva melodía.

—¿Bach? —le pregunta Adam.

—Muy bien.

Adam apoya la cabeza en el hombro de Callum. Siente su cuerpo diferente. Más delgado, más huesudo. Muy delicado. Pero Adam piensa darle de comer y se le volverán a poner los hombros anchos y fuertes, y se le volverá a dibujar una gran sonrisa en la cara, y Callum volverá a ser el grande y Adam el pequeño, y todo volverá a ser como antes.

Cuando llega la comida, se sientan frente al piano y se comen los tallarines directamente del táper. Callum se inventa canciones tontas entre bocado y bocado, mientras toca las teclas para crear melodías.

—Los tallarines están deliciosos. / Y yo estoy muy mimoso. / Dame un besito, precioso. / Mua.

Adam se ríe mientras Callum canta. Está tan contento de volver a estar ahí, en esta habitación, junto a Callum… *Te quiero*, piensa. Pero no lo dice en voz alta. Siente que todo es demasiado frágil. ¿Qué pasa si Callum no le responde? Incluso ahora, incluso después de todo lo que ha ocurrido, a Adam le da miedo jugársela.

Abre una galleta de la suerte y la lee.

—«Tu corazón es amable; tu mente, clara; y tu alma, pura».

—Guau —dice Callum—. Qué profundo.

—¿Qué dice la tuya?

Callum abre su galleta.

—«Acepta los cambios».

—¿Solo eso?

—Solo eso. —Toca otro acorde—. ¡Acepta los cambios! / ¡Son necesarios!

—Me apetece echar una siesta —le dice Adam—. ¿Quieres?

—No. A mí me apetece tocar.

Y Callum toca el piano toda la tarde. Primero solo escalas y acordes, y luego, cuando se suelta, Mozart y Bach. Toca con todo el cuerpo; se inclina para las notas más suaves, se estira hacia atrás para las más fuertes y sonríe cuando clava una secuencia complicada. Adam lo observa desde la cama. Podría pasarse la vida entera mirándolo.

Más tarde, después de comerse las sobras, Callum toca *Claro de luna*, aunque se reprende a sí mismo por haber cometido dos errores.

—A Debussy le daría algo si me oyera —se queja Callum—. Supongo que estoy cansado.

—Es tarde —dice Adam.

—Son las diez; no es tan tarde. A esta hora solo llevaría la mitad de mi turno.

—Deberías meterte en la cama, vejestorio.

—Vale. —Callum se cepilla los dientes y se mete bajo las sábanas—. Qué bien estar aquí otra vez.

—En una cama en la que cabes y todo.

—Ay, me tengo que tomar las pastillas. ¿Te vas a quedar a dormir?

—¿Dónde están? Si quieres, me quedo.

Todo el tiempo que quieras.

—En la encimera. Sí que quiero.

Adam encuentra las recetas.

—Aquí dice que tienes que tomarlo cada ocho horas. Y esta es dos veces al día.

—Sí. Esa es para la *Clostridium difficile*.

—¿La qué?

—La *Clostridium difficile*. Es un tipo de bacteria. Mejor cambiamos de tema, que es bastante asqueroso. Pero ya casi he terminado el tratamiento con los antibióticos y estoy casi curado.

—Voy a poner la alarma —dice Adam.

Buscará *Clostridium difficile* en la enciclopedia mañana cuando vaya a casa a cambiarse de ropa.

—No hace falta. Seguro que me despierto a tiempo.

—La pongo de todos modos —repite Adam, y la pone.

—Pon esto —le dice Callum mientras le entrega a Adam un casete de la *Sexta sinfonía* de Beethoven.

Se tumban de lado, uno frente al otro, con las narices casi tocándose, mientras Callum narra toda la sinfonía mientras suena; explica cada movimiento, desde el despertar de los sentimientos felices hasta la canción de los pastores. Adam lo escucha con atención y le mira la boca mientras habla. Está hambriento; hambriento de Callum. Una vez más, piensa: *Te quiero.* Una vez más, decide no correr el riesgo de decírselo. Sobre todo en ese momento tan perfecto.

—Te ha quedado como una película —le dice Adam cuando termina la música—. Qué intenso.

—Como si no te gustara —dice Callum con una sonrisa.

Adam pone los ojos en blanco. Luego besa a Callum en la mejilla, y luego en los labios, y luego, sin miedo, en todas partes.

BEN

—Ha llegado *Vogue España* —dice Ali, señalando un expositor.

Ben va a buscar un ejemplar. En la portada aparece Madonna con una gabardina de Alaïa nacarada, abierta casi hasta el ombligo y sin nada debajo, salvo un gigantesco collar de diamantes de Harry Winston. Esboza una sonrisa algo forzada, como si la sesión de fotos se estuviera alargando demasiado, como si no quisiera estar allí. Parece cansada. Ben no la culpa. Imagínate ser Madonna todo el tiempo; tiene que ser agotador. Y ahí está de nuevo, en la portada de *Bazaar.* Y en la de *Interview.* Y en *Premiere,* y en la edición francesa de *Glamour,* y en *Cosmopolitan.* Este verano está en todas partes.

La puerta de la tienda se abre, y una pareja de ancianos entra arrastrando los pies. La mujer lleva una capucha de plástico para la lluvia, aunque no llueve.

—Hola, Doris —dice Ali—. Hola, Francis.

—¿Dónde está el *Times* del domingo pasado? —pregunta Doris—. Francis no se puede creer que hayan publicado una crítica positiva del restaurante italiano ese de la calle Trece. ¿Has estado? Es espantoso.

—Espantoso —repite Francis. Lleva unas gafas de ver con los cristales tintados de azul.

—Los del reciclaje se han llevado todos los ejemplares del domingo que me sobraron —responde Ali—. Lo siento.

—Reciclaje... Pfff —se burla Doris—. Menudas tonterías se hacen hoy en día.

Francis se encoge de hombros y sonríe.

—Es el futuro —dice—. Yo llevo tres meses reciclando los periódicos que compramos.

Doris lo mira, horrorizada. Sacude la cabeza.

—Cuarenta y cuatro años. Cuarenta y cuatro años y todavía me sorprendes.

—Tengo que mantenerte siempre en vilo, para que no te canses de mí —responde Francis.

Doris le acaricia la mejilla con ternura y le endereza el cuello de la camisa.

—¿Qué voy a hacer contigo?

Salen de la tienda. Ben le da las buenas noches a Ali, agarra un ejemplar de *GXE* y los sigue.

En Hudson Street, Ben observa a Doris y a Francis caminar despacio por la acera; sus pasos coinciden a la perfección. *Cuarenta y cuatro años*, piensa Ben. *Cuarenta y cuatro. ¿Cómo es posible? ¿Cómo se conocieron? ¿Cómo supieron lo que sentían el uno por el otro? ¿Qué se siente al estar cuarenta y cuatro años compartiendo una vida?*

La portada de *GXE* es una fotografía de un torso masculino sin cabeza, sobre las palabras «Hazlo». A Ben le recuerda a Justin. No el torso; las palabras. «Lo haces y punto». Abre la revista y encuentra un anuncio del Boy Bar, el sitio del que le habló Justin. Pero él le dijo que fuera el jueves, y hoy no es jueves.

El siguiente anuncio es del Crowbar. *La mejor música del East Village*, dice. *Los chicos más simpáticos.* Tal vez se acerque al East Village. Hace calor. Pronto se encuentra en la calle Diez, cerca de una multitud de chicos que se apiñan junto a la entrada del Crowbar. Por todos lados hay zapatillas Onitsuka Tiger, camisetas de camuflaje y muñequeras de cuero. Fuman, se ríen y se abrazan unos a otros.

Un chico mira a Ben y le susurra algo al oído a su amigo. Poco después se acerca otro chico, y otro. Ben se siente observado, aunque no parece que lo estén examinando con malicia; incluso le están dedicando sonrisas sinceras. Pero la ansiedad que siente en el pecho no le permite devolverles la sonrisa. Ben se siente poca cosa, torpe e infantil. Se baja la gorra de béisbol para ocultarse más el rostro y se da la vuelta para marcharse.

ADAM

Es la tercera mañana que Callum pasa en casa y está durmiendo. Pero respira de un modo extraño.

Lleva así desde que se despertó ayer para tomarse las pastillas de las seis. Adam quería llamar a la doctora Nieves, pero Callum le dijo que no, que estaba bien, que es algo que le pasa a veces. Le dijo a Adam que sería mejor que se marchara a casa y lo dejara dormir. Adam le dijo que no, que quería quedarse. Discutieron. Adam ganó y se quedaron escuchando música todo el día, y, cada vez que Adam se preocupaba porque parecía que Callum se ahogaba, cada vez que parecía que se quedaba sin aire, acababa volviendo a respirar con normalidad. Se pasó un buen rato en el baño, pero no tenía fiebre. Y durmió durante casi toda la noche. Adam lo sabe porque se pasó la noche observándolo.

Le toca el pecho a Callum. Esta mañana está mucho más caliente. Deberían ir a ver a la doctora Nieves. Adam sabe que tendrían que ir. Pero no quiere volver a pelear.

Callum parpadea y le aparta la mano a Adam.

—Tengo que ir al baño —le dice.

Se sienta en el borde de la cama y carraspea. Se levanta y da dos pasos tambaleantes, pero al tercer paso tropieza y se apoya en Clara.

Adam se levanta y contiene la respiración mientras Callum camina hacia el baño. Es entonces cuando ve la mancha que recorre el pantalón de chándal que lleva Callum. Las sábanas también se han manchado.

Cuando Callum cierra la puerta del baño tras él, Adam retira rápido las sábanas. Las enrolla en una bola y las deja en un rincón. Luego las llevará a la lavandería. Se queda quieto, intenta escuchar, pero no oye nada.

—¿Puedo entrar? A lo mejor te puedo ayudar.

—No. No necesito tu ayuda.

—Pero podría…

—¡He dicho que no necesito tu ayuda!

Adam mira la puerta del baño. ¿Qué está pasando? ¿Tendrá una nueva infección? ¿Habrá vuelto la *Clostridium difficile*? ¿Qué comió anoche? *Piensa, Adam. Piensa.*

Justo entonces escucha un golpe fuerte en el baño.

—¿Callum? —pregunta, pegando el oído contra la puerta—. ¿Estás bien?

No obtiene respuesta.

El miedo se apodera de Adam. Mira a su alrededor, como si pudiera hallar alguna respuesta en alguna parte del diminuto estudio. *Madura*, se dice a sí mismo. *Te necesita.*

—Voy a entrar.

Abre la puerta y ve a Callum sentado en el suelo junto al váter, apoyado en la puerta de plástico de la ducha. Tiene la cabeza gacha, colgando, como si hubiera perdido la fuerza para sostenerla.

—Déjame en paz —dice Callum en voz baja, arrastrando las palabras—. Estoy bien.

Pero, para Adam, es evidente que no está bien. No está nada bien. Tiene que levantarlo del suelo. Se agacha, pero se queda paralizado antes de tocar a Callum. Una voz lejana le advierte. ¿Estás seguro de que no hay peligro? ¿Es seguro tocar esta mezcla de sudor, saliva, flema y diarrea? *Piensa, Adam. ¿Qué decían los folletos más recientes? ¿Qué aprendiste del *Mainstay*?*

No, piensa. *No importa*. No va a dejar a Callum ahí en el suelo; le da igual correr el riesgo. Ahora Callum es responsabilidad de Adam. Es él quien va a ayudarlo. ¿No es eso lo que le gritó al enfermero el otro día? ¿No es eso lo que prometió después de aquella tarde en los escalones de la biblioteca?

Se pone en marcha con firmeza, resuelto. Planta los pies y aferra a Callum del brazo, pero se le resbala la mano y Callum se desploma contra la pared. No. Demasiado resbaladizo. *Piensa, Adam*.

Le quita el pantalón de chándal a Callum y lo arroja sobre la bola de sábanas. Humedece una toalla y le limpia todas las partes del cuerpo que puede. Lo seca con otra toalla.

—Tengo frío —dice Callum.

—Ya —responde Adam—. Vamos a intentarlo otra vez.

Lo agarra por debajo de los brazos y, con todas sus fuerzas, lo pone en pie. Lo lleva despacio hasta la banqueta del piano. Callum irradia calor. Le ha vuelto a subir la fiebre de golpe.

—Siéntate aquí.

Encuentra otro par de pantalones de chándal en el fondo de una pila de ropa y le pide a Callum que levante un pie y luego el otro para ponérselos. Le pone también una camiseta y luego una sudadera con capucha.

—Voy a llevarte al St. Hugh ahora mismo —le dice Adam mientras le sube los calcetines.

—No. Solo necesito dormir. —Callum habla despacio y le tiembla la voz—. No quiero volver al hospital.

Adam busca un vaso de agua y lo acerca a los labios de Callum.

—¿Puedes beber un sorbito? —Callum lo intenta, pero se le derrama casi todo en la sudadera. Adam se arrodilla frente a él—. Escucha. Sé que no quieres ir al hospital, y no te culpo. Pero vamos a acercarnos un momento. Así te echarán un vistazo y verán que estás bien, y se reirán de mí por preocuparme tanto y ya está. Y tú te puedes burlar también de mí durante todo el camino de vuelta a casa. Tengo dinero para que vayamos y volvamos en taxi.

Callum mira la cama, sin sábanas, porque Adam las ha retirado todas, y luego observa el montón de sábanas en el rincón. Suspira.

—Bueno…

Adam lo ayuda a atarse las zapatillas, luego se viste en un santiamén y juntos se las apañan para bajar a la calle. Bajan las escaleras despacio, pero, con una mano en la barandilla y el otro brazo alrededor de Adam, Callum consigue llegar a la calle sano y salvo.

—Espérame aquí —le dice Adam mientras lo ayuda a sentarse en los escalones de la entrada—. Voy a ver si consigo parar un taxi.

Corre hacia la esquina de Greenwich. Por suerte, hay un taxi libre una manzana más allá. Adam levanta la mano y se sube. Señala hacia la acera, hacia Callum.

—Primero tenemos que recoger a ese chico, y luego al hospital St. Hugh.

El taxista se gira para mirar a Adam.

—¿Está enfermo o algo?

—Sí, tiene que verlo un médico. Por favor, tenemos prisa.

—¿Es tu novio?

—¿Y eso qué importa?

El taxista apaga el taxímetro.

—Sal de mi coche. Eso aquí no entra. —Adam lo mira por el retrovisor—. Que te pires.

Adam quiere gritar, pelear, pero no tiene tiempo que perder. Sale de un salto y cierra la puerta tan fuerte como puede.

—Gilipollas —dice mientras el taxi se aleja a toda velocidad.

Busca otro taxi, pero la calle está desierta. *Date prisa, Adam.* Callum está apoyado en la barandilla en un ángulo extraño y vuelve a tener la cabeza colgando.

Hay una cabina de teléfono en la esquina. Antes de que le dé tiempo a echarse atrás, Adam marca el 911 y le da la dirección al operador.

—Por favor, vengan enseguida. No, no está drogado. Por favor, dense prisa. Por favor.

Vuelve corriendo hacia Callum y le sujeta la cabeza justo antes de que se dé un golpe contra la barandilla.

—No te preocupes —le susurra Adam—. No te preocupes, ¿vale? Ya vienen a por nosotros.

Después de un buen rato, mucho más largo de lo que Adam esperaba, una ambulancia dobla la esquina y se detiene. Sin sirena, sin luces. No parece tener ninguna prisa.

—No —grita Callum—. Eso sí que no.

—Lo siento —le susurra Adam—. Era la única manera.

Tres técnicos de emergencias salen de la ambulancia. Dos de ellos se agachan junto a Callum. La tercera le pregunta a Adam qué ha pasado.

—No lo sé. Está mareado. Casi no puede andar.

—¿Estaba ya malo de antes o ha empezado esta mañana?

—Tiene VIH —responde Adam—. Tiene sida.

La mujer mira a sus compañeros de trabajo. Todos asienten y se ajustan los guantes.

Callum hace una mueca de dolor cuando lo suben a la camilla. Adam se da cuenta de que Callum también ha manchado ese pantalón de chándal, pero ya es demasiado tarde para cambiárselo. Cargan la camilla en la parte trasera de la ambulancia. Adam hace amago de subir también, pero uno de los técnicos le corta el paso.

—No pueden subir acompañantes.

—¡Pero va a estar solo!

—Es el protocolo —responde.

—¿A dónde lo llevan?

—Adonde nos manden.

—Su médica está en el St. Hugh. Es la doctora Nieves.

—Bueno es saberlo.

—Por favor, tengan cuidado.

—Siempre tenemos cuidado —le responde el hombre, con una voz cortante y despectiva.

Da un portazo y la ambulancia se aleja.

BEN

Si quieres hacer algo, lo haces y punto.

Ben no deja de repetirse las palabras de Justin mientras llega a la puerta del Boy Bar el jueves por la noche, esta vez decidido. Esta noche va a entrar en el primer bar gay de su vida. Ha elegido la ropa con esmero: una camiseta del concierto de Book of Love, unos vaqueros oscuros, unas Converse negras y la gorra de béisbol. Ha escogido esa camiseta porque le queda muy ajustada y parece que tiene los pectorales más musculosos.

Le entrega al hombre de la entrada un billete de cinco dólares y entra. El local es amplio y, aunque aún no hay demasiada gente, suena mucho eco. Ben ve una barra larga al fondo y un pequeño escenario en un extremo. Unos cuantos chicos bailan en grupos de dos o tres al ritmo de un tema de Cathy Dennis, y una bola de discoteca perezosa gira despacio sobre ellos. Es temprano aún; no es ni medianoche. El espectáculo de las *drag queens* que se hacen llamar Las Más Guapas del Boy Bar —en el que, según *GXE*, esta noche participan Perfidia y Codie Ravioli—, no empezará hasta la una como mínimo.

Ben se acerca a la barra. El camarero se parece a los gogós de la revista. Hombros anchos, tableta de chocolate y dientes perfectos. Ben, nervioso perdido, pide una Coca-Cola.

—¿Solo Coca-Cola? —le pregunta el camarero—. ¿Sin ron?

Ben niega con la cabeza.

—Vale, guapetón. Toma. A esta te invito yo.

Le guiña un ojo y se da la vuelta para atender a otro cliente.

Ben deja dos dólares sobre la barra de todos modos, se ajusta la gorra de béisbol y busca un rincón oscuro al final de la barra, de espaldas a la pared. Durante las siguientes canciones —de Lil Louis, 49ers, Jomanda y un remix Hi-NRG de *I Should Be So Lucky* de Kylie Minogue—, la sala se llena, y no tarda en abarrotarse de gente que ríe y baila sin parar. Se agolpan en la barra, tratando de llamar la atención del camarero. Nadie se fija en Ben.

A partir de la una, la música se vuelve más lenta y las luces de la discoteca se apagan. Un único foco ilumina el centro del telón del escenario. Unos cuantos gritos aislados atraviesan el aire y una máquina empieza a expulsar niebla por el suelo. Desde la cabina del DJ una voz anuncia «¡Codie Ravioli!», justo cuando el telón se abre y revela a la glamurosa *drag queen* con un vestido de corte sirena de tirantes y una gargantilla de satén, con una melena roja que primero se eleva y luego le cae en cascada por la espalda. Le dirige una mirada de diva al público y luego se pasea despacio al ritmo de *I Am Woman*, de Helen Reddy, y un coro de silbidos del público. Un giro, una pose, una insinuación. «¡Venga, Codie! ¡Dalo todo!».

Codie sale del escenario y aparece Connie Girl, que mueve las caderas seduciendo al público mientras camina. Luego actúan Candis Cayne, Girlina, Princess Diandra, Miss Guy y Perfidia. Una tras otra, con vestidos y corsés y trajes de noche elegantes, bailan y caminan y lo dan todo en el escenario. Ben se queda cautivado por tanto glamur. Son supermodelos.

Al cabo de un rato, el espectáculo de las chicas termina y la gente vuelve a bailar. Al lado de Ben hay un chico con una camiseta de Stacey Q del revés y botas militares que no para de dar botes, absorto en una danza febril. Ben evita mirarlo a la cara —establecer contacto visual con un desconocido sobrepasa el límite que tiene pensado para esta noche—, pero se da cuenta de que lleva una figura de un perrito que brilla en la oscuridad colgado de un cordón en el cuello y le rebota contra el pecho. El chico se deja llevar por la música sin prestarle atención a nada más, y se va acercando a Ben mientras da saltos. Pierde el equilibrio durante el principio de una canción y cae sobre Ben, que casi acaba en el suelo.

—¡Lo siento! —le grita el chico.

—No pasa nada —murmura Ben, aunque sabe que no le oye.

De todos modos, ya es hora de irse. Deja el vaso de Coca-Cola vacío en la barra y empieza a marcharse hacia la puerta.

—¡Oye! —le grita el chico—. Espera, ¿eres tú? ¡Eres tú! ¡Ben!

Es Justin, el de la sesión de fotos. Ben sonríe.

—Hola —dice, con el rostro medio oculto tras la visera de la gorra.

—¿A dónde vas?

—¡Me estaba yendo ya! —dice Ben, señalando la salida.

—¡No, hombre, no, que esto acaba de empezar! —Justin deja su bebida sobre la barra y agarra a Ben de las muñecas—. ¡Vamos!

Tira de Ben hacia el centro de la sala, bailando y dando vueltas delante de él. Ben va dando pasos de un lado a otro, demasiado cohibido para bailar pero demasiado cohibido para quedarse quieto. La música cambia a un ritmo que Ben conoce. Las luces parpadean en lo alto y una voz comienza a sonar sobre la línea de bajo. Es *Into the Groove.*

Justin levanta las manos, extasiado.

—¡Hace siglos que no escucho esta canción! —grita—. ¡Madoooon- nnnna!

La música no para. Ben mira a su alrededor. Nadie los está mirando. Todo el mundo está bailando. Empieza a girar las caderas, a menear la cabeza, a mover los hombros y a dar pasos adelante y atrás. Se da golpecitos en el vientre con los pulgares para seguir el ritmo.

Justin se inclina hacia Ben y le dice al oído:

—Qué sexi cómo te tocas el cuerpo como si fuera un tambor.

Ben siente su aliento cálido en el cuello. Justin se muerde el labio inferior, rodea a Ben por la cintura y se lo acerca.

Ben mantiene el rostro inexpresivo, a pesar de la excitación que le provoca el tacto de Justin.

Se acerca a Justin mientras bailan. Hace calor, y el ambiente del local está cargado de humo y sudor. Sudor del bueno, del que brota al bailar. Ben pronuncia la letra de la canción, *Now I know you're mine,* y se da golpecitos en el estómago.

Justin se aleja girando y vuelve. Se acerca, sujeta la cara de Ben entre las manos y se inclina para besarlo. No lo suelta durante buena parte de la canción; le acaricia la mandíbula con los pulgares y le abre más la boca. Ben cierra los ojos, se acompasa al ritmo de Justin y se mueve con él. No dejan de besarse. Justin sabe a humo, a alcohol, a sexo. Ben quiere más. Le pone una mano en la cadera. Después se mecen muy juntos, se sientan, se rozan. El cuerpo de Justin, los labios de Justin, la cintura de Justin. *Sí*, piensa. *Quiero más.*

Ben se inclina para darle otro beso, pero Justin se limita a sonreír y a gritar:

—¡Qué mono eres!

Madonna da paso a *Let There Be House*, de Deskee. Ben vuelve a cerrar los ojos para absorber el ritmo de la canción. Cuando los abre, Justin ya no está.

Ben recorre la multitud con la mirada durante un instante, y luego regresa a su sitio, al final de la barra. Desde allí ve a Justin, a pocos metros, besándose con otro chico. Un beso apasionado, vigoroso. Ben los observa. Una parte de él sabe que debería estar molesto. Que debería sentirse desilusionado, incluso herido.

Pero no siente nada de eso. Sigue sintiendo la misma electricidad que hace unos instantes, cuando Justin lo acariciaba. Observa a Justin pasar de chico en chico, girando, bailando, besándose, coqueteando. Justin va de un lado a otro sonriendo, y Ben sonríe también al verle tan libre. Se pregunta qué se sentirá al ser tan libre.

Tras unas cuantas canciones más, decide que es hora de irse. Sale del local y va flotando durante todo el camino de vuelta a Tribeca, con el sabor de Justin aún en la lengua.

Dime a dónde te gustaría ir.

Me encantaría ir a París, a Tokio, a Australia o a Marruecos, pero adonde más ganas tengo de ir es al Ártico. No sé dónde exactamente. Puede que a Groenlandia. Lo más al norte posible. Cada vez que veo una fotografía del Ártico, o veo un documental en la tele o algo por el estilo, me quedo hipnotizado. No sé por qué. Ni siquiera me gusta mucho el frío.

Pero hay algo especial en todo ese espacio, en toda esa tranquilidad. Seguro que, si estás en el Ártico, puedes mirar a tu alrededor y solo ver kilómetros y kilómetros de gris, blanco, puede que un poco de azul en el cielo y quizás algo de negro, si el océano no está congelado. Te parece que no hay colores, que no hay vida.

Pero es una ilusión, porque si esperas, si te quedas quieto, si observas y escuchas, entonces empiezas a ver todas las capas y texturas y movimientos y mensajes. Ves que empiezan a emerger montones de colores de todo ese gris. Intensos, vivos, esperando a que alguien los vea. Me encanta esa idea de cosas que se ocultan a plena vista, ¿sabes? Como si, al mirar de cerca y esperar con paciencia, empezaras a percatarte de que nada está nunca vacío del todo. Las cosas siempre son más complicadas de lo que uno cree al principio. Bueno, tal vez no siempre, pero, por lo general, sí.

No sé. Tal vez el Ártico no sea nada de eso. Lo más al norte que he estado ha sido en Albany. Pero así es como me lo imagino.

ADAM

Adam se sienta en la butaca de vinilo amarilla junto a la cama de Callum y lo observa dormir. Lo que sea que haya en la bolsa del suero que cuelga sobre él lo ha dejado fuera de combate, pero Adam nota que está intranquilo. Tiene las manos sobre el pecho, inquietas, y las agita con cada respiración. ¿Por qué respira a un ritmo tan irregular?

—Aquí estás —dice el enfermero cuando entra en la habitación. Es el hombre de los pendientes rojo sangre al que Adam le gritó.

Adam se levanta.

—Siento lo del otro día. Me asusté y…

—Shh… —le dice el enfermero—. Me alegra verte por aquí.

Le toca el hombro a Adam y se va.

Adam se inclina más hacia Callum.

—Respira —le pide—. Como un músico. Uno, dos. Uno, dos. Uno, dos.

Toma un sorbo de Snapple. Hace un rato, junto a la máquina expendedora, Adam ha escuchado a dos enfermeras hablar del paciente joven y alto al que hoy le han hecho una punción lumbar y un TAC. «Qué joven es —ha dicho una de las enfermeras—. Jovencísimo». ¿Cómo puede estar pasando todo esto? Ayer todo iba de maravilla, y el día anterior y el anterior. ¿Qué ha cambiado?

Toma a Callum de la mano y se lleva los nudillos a los labios. Tiene los dedos fríos, afilados. Como ramitas. Como astillas. Adam siente los huesos en la palma, los tendones inflamados, las venas y los nervios bajo la piel. Le abruma la complejidad de esa mano, su rigidez, su *anatomía*; de repente siente una oleada de náuseas. ¿De quién es esta mano? ¿Dónde están las manos preciosas y musicales de Callum? Una sensación de rechazo se apodera de él durante un instante y la deja caer de nuevo sobre el pecho de Callum. Quiere salir corriendo de ahí, atravesar la puerta, bajar las escaleras y marcharse lejos, lejos, muy lejos.

Se vuelve hacia la ventana, avergonzado, odiándose a sí mismo por su egoísmo. Mira hacia el techo para disimular las lágrimas de remordimiento y culpa. *Te has comprometido a esto*, piensa. *Madura.*

Se vuelve hacia Callum, que ahora tiene los ojos abiertos.

—Estás aquí —le dice Callum en voz baja, algo ronco.

—Sí —contesta Adam mientras trata de forzar una ligera sonrisa—. Estoy aquí.

—Tengo que hacer pis —dice Callum. Trata de apartar la manta, pero con el movimiento tira del tubo de suero que tiene en el brazo y hace una mueca de dolor—. Ay.

—No. No te muevas —le ordena Adam—. Puedes hacerlo aquí.

—Puedo andar —insiste Callum.

—Ya, pero siempre he querido probar esto. ¿Me dejas? Hazme el favor. Ponte de lado.

Adam saca el orinal de plástico de un gancho junto a la cama. Ayuda a Callum a abrirse la bragueta de la ropa interior y a dirigir el pene hacia el orinal.

—Madre mía. ¿Tienes licencia para llevar eso ahí? —bromea Adam, desesperado por darle un toque de humor a la situación. Pero no funciona.

Cuando Callum termina, se vuelve a recostar. Adam vacía el orinal en el baño. Lo lava y lo seca con toallas de papel. Callum se vuelve a quedar dormido en cuestión de minutos.

Pasa una hora, y otra. Adam cuenta las motas de polvo bajo la cama de Callum. Al menos una docena. ¿Por qué hay tanto polvo? ¿No se supone que los hospitales están limpios? Agita el pie hacia ellas para crear algo de corriente y moverlas. Tiene que acordarse de traer productos de limpieza. Piensa darle un buen repaso a la habitación, al igual que hizo con el apartamento de Callum. Estaba mucho más desordenado de lo que pensaba. Sacude la cabeza para deshacerse de la imagen. No funciona.

Al caer la noche, entra la doctora Nieves.

—Callum está durmiendo —le informa Adam.

—Eso está bien. Dormir siempre es bueno.

Adam la observa trabajar. Le palpa el cuello a Callum, y hace lo mismo por debajo de los brazos. Lo ausculta, le toca la frente y le inspecciona la bolsa de suero. Toma notas en su historial. Se mueve de manera metódica; no fría, sino clínica.

—¿Para qué sirven las punciones lumbares? —le pregunta Adam.

—Para muchas cosas.

—Pero ¿y en el caso de Callum? —insiste Adam—. ¿Para qué le han hecho una hoy?

—Sabes que no voy a responder a eso, Adam —contesta con una sonrisa—. Puedes preguntarle a él. A mí, no. ¿Vale?

La médica se da la vuelta para marcharse. Adam salta de la butaca y la sigue al pasillo.

—Pero necesito saberlo —dice Adam, alterado.

—Adam, entiendo que todo esto te debe resultar muy frustrante.

—No creo que lo entienda —contesta con brusquedad.

—Adam…

—¡No se está recuperando! —le grita Adam—. ¡Este sitio está lleno de médicos y enfermeros y equipos y medicamentos, y Callum no hace más que empeorar!

—Baja la voz ahora mismo, Adam.

—¿Por qué no puede curarlo? —Adam ahoga un sollozo—. ¿Qué clase de médica es usted?

La doctora Nieves da un paso atrás, endereza los hombros y tensa el rostro.

—No me hables así —dice con una voz grave y severa—. Nunca. ¿Me oyes?

Adam frunce el ceño con la cabeza gacha y los puños cerrados. *No llores*, piensa.

No llores.

—¿Me estás oyendo? —repite la médica.

Adam entorna los ojos y asiente.

—Sí.

—Voy a decirte tres cosas. La primera es que Callum tiene mucha suerte. Tiene suerte de estar en este hospital. Tiene suerte de que se lo cubra el seguro. Tiene suerte de que no estemos en 1983. Tiene muchísima suerte de ser blanco. Y tú también. Ambos tenéis mucha suerte. Eso para empezar.

Adam comienza a recuperar el aliento.

—Lo...

—Segundo: el sida es una de las enfermedades más complejas y confusas que hemos visto nunca. Ningún médico del mundo sabe cómo curarlo. Ningún científico. Ni uno solo. Así que no puedes echarme toda la culpa a mí.

—Lo siento —susurra Adam—. De verdad que lo siento mucho, doctora Nieves...

—Y tercero. Mírame. Eres un pilar fundamental para Callum. Me doy cuenta yo y nos damos cuenta todos. Es maravilloso que te tenga. Todo sería muy diferente sin ti. No te haces una idea de lo importante que es que estés aquí.

Adam se apoya en la pared y se deja caer hasta el suelo.

—Debería haberlo visto en su apartamento —dice Adam. La doctora Nieves se agacha junto a él para escucharlo—. Era todo genial. Tocaba el piano y contaba chistes tontos y nos reíamos todo el día y nos poníamos las botas, como le decía usted que hiciera. Y, de repente, no sé qué pasó. Era alguien diferente. Decía cosas sin sentido. No me dejaba ayudarlo. No sabía cómo ayudarlo. No sabía... —Se detiene para tomar aire—. No sabía qué hacer.

La médica le pone una mano en el hombro.

—No, Adam. Sí que sabías qué hacer. Lo has traído aquí. Y yo te lo agradezco.

Adam hunde la cara entre las manos.

—Doctora Nieves, siento mucho haberle dicho todo eso.

—Disculpas aceptadas. Pero quiero que reflexiones sobre lo que te he dicho.

—Lo haré, se lo prometo.

El buscapersonas de la doctora Nieves emite un pitido. Le echa un vistazo y suspira.

—Mira, Adam, te diría que te fueses a casa y durmieras un poco, pero sé que no me vas a escuchar.

Adam niega con la cabeza.

La doctora Nieves se levanta y le tiende la mano a Adam para ayudarlo a ponerse de pie.

—Tienes mucho que aprender, Adam —le dice—. Pero, para empezar, eres un buen hombre. Recuérdalo. Un buen hombre.

Se da la vuelta y se va.

Un buen hombre.

Adam vuelve a entrar en la habitación de Callum y cierra la puerta. Se quita los zapatos y baja la barandilla de la cama. Con cuidado, atento al tubo del suero y a los demás dispositivos, se sienta un momento en el borde de la cama; luego se gira y se tumba despacio, acercándose a Callum, acurrucándose alrededor de él como una cuchara. Cierra los ojos e intenta recordar la primera noche que pasaron juntos. Lo unidos que estaban. Lo estrecha que era esa unión. Esa calidez, esa seguridad. Estaban juntos. Como ahora. Así para siempre. *Soy tuyo.*

Callum se estremece y Adam se acerca más aún.

—Duerme —le susurra el buen hombre—. Estoy aquí.

BEN

Por fin empieza a refrescar después de un día sofocante. Ben se ha pasado casi todo el día en casa, viendo la tele por cable: el *Club MTV* —que no se parece en nada al Boy Bar—, un reportaje de la CNN sobre la reunificación de Alemania Oriental y Alemania Occidental, y esa nueva telenovela de la NBC, *Generations*. Nada especial. Pero no le estaba prestando atención a nada. Solo era capaz de concentrarse en la noche de ayer. ¡Al fin ha estado en un bar gay! ¡Ha bailado! ¡Y se ha liado con un chico guapo! No se lo puede ni creer. Está deseando repetir.

Ahora que el sol se ha puesto, vuelve a salir a la ciudad, caminando con los Pet Shop Boys y Dusty Springfield en los oídos, cantando sobre lo que han hecho para merecer esto. Cuando ve el Waverly Diner, se da cuenta de repente del hambre que tiene. Lo único que ha comido en todo el día es un paquete de Nerds. Busca en el bolsillo trasero el billete de diez dólares que ha metido antes. No le diría que no a un sándwich.

Se asoma a la ventana. Son más de las nueve, y el restaurante no está demasiado lleno. Solo hay una camarera que atraviesa las puertas batientes de la cocina, un par de mujeres que beben café y hojean un periódico en un extremo de la barra y un chico en una mesa junto a la ventana. Está sentado solo, con la cabeza gacha, mirando un vaso de agua. Parece...

No, piensa Ben. *No puede ser él. Debe ser un espejismo.* No durmió mucho anoche; su mente le estará jugando una mala pasada. Pero entonces el chico alza la vista.

Sí que es él. Adam.

Se miran durante un instante y Ben se gira de golpe. *Sigue caminando*, piensa. *Las dos últimas veces que has visto a este chico no han ido bien. No busques más líos. Vete y ya está. Tal vez no te haya reconocido.*

Recorre la acera a toda prisa, pero no llega muy lejos antes de oír:

—¡Eh! ¡Ben!

Se da la vuelta y ve a Adam, de pie bajo la luz tenue de neón del letrero de «Abierto» del restaurante. Tiene las manos hundidas en los bolsillos y está tan encorvado que casi le llegan los hombros a las orejas, como un chico tímido en una fiesta en la que no conoce a nadie. No tiene nada que ver con el chico asustado del muelle, ni con el chico enfadado del hospital… Ahora tiene una mirada de cansancio, no de enfado. De soledad. Una mirada tierna.

Ben se baja los cascos y se los deja alrededor del cuello. *Ve a saludar*, piensa. *Saluda y ya está, luego ya te puedes ir. Dile que llegas tarde a algo.*

Vuelve hacia Adam.

—¿Tienes hambre? —le pregunta Adam.

—No —empieza a decir Ben—. No te preocupes.

—Siéntate a comer conmigo —le pide Adam—. No voy a hacer nada raro, te lo prometo.

Ha conseguido desarmar a Ben.

—Supongo que no me vendría mal comer algo.

Sigue a Adam al interior del restaurante y se sienta frente a él. Una camarera con un delantal en la cintura y una camiseta de Broadway Cares les ofrece dos menús gigantes de plástico de varias páginas.

—¿Queréis café, chicos?

—Sí, por favor —dice Ben.

—Con leche, por favor.

—Ahora mismo os lo traigo —dice la camarera mientras garabatea en la libreta—. ¿Sabéis qué queréis comer?

Ben se ajusta las gafas. El menú tiene varias páginas. Le abruma un poco. Se encoge de hombros y mira a Adam.

—Dos sándwiches de queso fundido —dice Adam—. Con el menú especial. ¿Y puedes ponernos las patatas fritas extracrujientes?

Lo apunta todo, se mete el bolígrafo en el bolsillo del delantal y se coloca los menús bajo el brazo.

—Me encanta Crowded House —dice la chica, señalando la camiseta de Ben. Empieza a cantar—: *Hey now, hey now…*

Su voz se va desvaneciendo conforme se aleja hacia la cocina.

—Hay música en todas partes… —dice Adam.

—¿Qué?

—Nada.

—Ah.

Ben siente la mirada de Adam clavada en él. Quiere hacerle cien mil preguntas. Sobre el muelle, sobre el hospital. En especial, sobre el beso. Pero no se las va a hacer.

—¿Te gustan? —le pregunta Adam—. Crowded House.

—Solo me sé esa canción —responde Ben—. La camiseta es de mi hermano.

La camarera vuelve con dos tazas de café con sendas cucharas y una jarrita de aluminio con leche. Todavía está cantando.

—Aquí te dan un concierto gratis con cada comida —dice Adam cuando se aleja la camarera.

—Así que a eso te referías cuando has pedido el menú especial.

Adam se ríe. Ben también. Nunca se habían reído juntos. Es agradable.

—¿Qué tipo de música te gusta? —le pregunta Adam.

—Muchos. Va cambiando.

—¿Qué tienes en el *discman* ahora mismo?

—Los Pet Shop Boys —contesta Ben.

—¿Qué disco?

—*Actually.*

—¿Ese es el de *It's a Sin*?

—Sí.

Llegan los sándwiches. Ben agarra corriendo el salero.

—Hay que echarles la sal enseguida —dice duchando las patatas con sal—. Si esperas demasiado, no se les queda pegada. Toma.

Le da el salero a Adam, pero ya tiene las dos manos ocupadas con uno de los triángulos del sándwich. Adam asiente, y Ben les echa sal a las patatas de Adam también.

Se sirve un poquito de kétchup en el plato y moja la esquina de su sándwich.

Adam deja de masticar.

—¿Te comes el sándwich de queso con kétchup? —le pregunta haciéndose el indignado—. Estás como una cabra.

—A mí me encanta —responde Ben—. Tienes que probarlo.

—Me da miedo.

—Venga, atrévete.

Ben empuja el plato hacia Adam, que moja la esquina de su sándwich en el kétchup.

—No está mal —admite Adam.

Vuelve a mojarlo y luego se vierte un poco de kétchup en su propio plato.

—¿Cuántos años tienes? —le pregunta Ben.

—Dieciocho. Acabo de terminar el insti.

—Yo igual. ¿Qué vas a hacer el año que viene?

—Voy a ir a NYU a estudiar cine.

—Deben gustarte mucho las películas.

—Sí, supongo que sí. Trabajo en un videoclub solo para poder alquilar pelis gratis.

—¿Cuál es tu favorita?

Adam recuerda lo preocupado que estaba la última vez que alguien le hizo esa pregunta. Ahora no piensa entrar en pánico. Se limitará a no contestar.

—Tengo demasiadas. ¿Y la tuya?

—No sé —responde Ben—. No veo mucho cine. El otro día echaron *Buscando a Susan desesperadamente* y la vi en casa de mi hermano. Está mejor de lo que recordaba.

—Susan Seidelman es muy buena directora —dice Adam—. ¿Has visto *La chica de Nueva York*?

—No.

—Tiene un rollo muy del East Village.

—Me encanta el East Village.

Adam arrastra una patata frita por el kétchup; escribe «EV» en el charquito rojo y dibuja un corazón alrededor de las letras.

—Qué mono —dice Ben.

Adam atraviesa el dibujo con la patata frita y se la come.

—¿Y tú qué? ¿Qué tienes pensado para el futuro?

—No lo sé. He pedido plaza en el Instituto Tecnológico de la Moda, pero se me pasó el plazo para empezar en otoño. A ver si me aceptan para enero.

—¿Quieres ser diseñador o algo de eso?

—No lo tengo claro. A lo mejor estilista. O puede que fotógrafo.

—Como Laura Mars —dice Adam.

—¿Quién?

—Es de una peli de los setenta, *Los ojos de Laura Mars*. Va de una fotógrafa de moda que se ve envuelta en los crímenes de un asesino en serie. Una locura tremenda, pero es una pasada. Tienes que alquilarla algún día.

Fuera empieza a llover. Unas gotas gruesas y pesadas repiquetean contra el cristal y explotan como globitos de agua.

—No sabía que venía tormenta —comenta Ben.

—Janice Huff, la del Canal 4, ha dicho que no duraría mucho. Que sería violenta pero corta.

—¿Violenta?

—Pero corta. No te preocupes; el metro está ahí al lado. —Adam señala el otro lado de la calle, hacia la estación de la calle Cuatro Oeste. Agarra una patata frita y la vuelve a dejar—. Te debo una disculpa por lo del otro día. En las escaleras. Donde los contenedores.

Ben deja caer las manos sobre el regazo. No esperaba que Adam mencionara ese día.

—¿Lo llegaste a encontrar?

Adam aparta el plato y se reclina.

—Va a ponerse bien —contesta—. Se recuperará.

Ben no logra discernir si Adam quiere hablar del tema o no. Prefiere no arriesgarse. No quiere volver a alejar a Adam. Las dos últimas veces que se han encontrado, Adam ha salido corriendo. Vuelve a mirar por la ventana.

—Pues sí que está cayendo una buena.

—¿Te duele? —le pregunta Adam mientras le señala la frente.

Ben se aprieta la cicatriz roja, que ya casi ha desaparecido, con el dedo índice.

—No, ya no.

—Pero ¿cómo te lo hiciste?

Ben tensa la mandíbula. ¿Y qué responde ahora? ¿Debería decirle la verdad? ¿Quiere que lo sepa? Sería muy fácil decir que se tropezó y se cayó. Podrían volver a hablar de películas o del tiempo o de su futuro o de la camarera cantarina. Pero Adam estaba allí esa noche. Forma parte de la historia. A lo mejor debería saberlo.

—Me lo hicieron en el muelle —responde—. La noche que... Ya sabes.

Adam vuelve a centrarse en la cicatriz. Ben ve cómo le cambia la expresión conforme se va dando cuenta de lo que significa eso.

—Me estás queriendo decir que...

—Ni siquiera los vi venir —lo interrumpe Ben—. Te estaba mirando mientras te ibas.

Adam baja la vista. Ben se arrepiente de habérselo dicho; debería habérselo guardado. ¿Qué habría cambiado?

—No pasa nada —continúa Ben—. Tampoco fue para tanto.

—Fue culpa mía —dice Adam, mirando de nuevo por la ventana.

—No.

—Sí.

—No quiero que... —Ben se detiene—. No fue culpa tuya. Fue mía.

La camarera se acerca con la jarra de café mientras tararea *Don't Dream It's Over*.

—Más café por aquí. ¿Os relleno las tazas?

—No, gracias —le responde Adam—. Creo que ya hemos terminado.

—Vale. Voy a por la cuenta.

Cuando se marcha, Ben dice:

—Lo siento.

—¿Por qué? Si no has hecho nada.

—Ni tú —dice Ben—. Es agua pasada.

No dicen nada más hasta que la camarera trae la cuenta. Calculan cómo dividirla. Deciden dejar propina de más por el concierto. Salen del restaurante y se adentran en la lluvia. No para, y cae con bastante fuerza, pero tampoco podría decirse que es una tormenta violenta.

—Nos vemos —dice Adam.

—Sí —responde Ben.

—Vale —añade Adam.

Adam gira hacia el norte y camina encorvado bajo la lluvia. No lleva paraguas. Ben ve cómo se le queda el pelo pegado a la cabeza. Quiere correr tras él, disculparse por haber sacado el tema de aquella noche, pedirle que se sienten a tomar más café juntos, que sean amigos. Pero sabe que Adam ya ha desaparecido.

ADAM

Callum tiene la tele puesta en la habitación del hospital, y sale Nelson Mandela. Está de visita en Ámsterdam, en plena gira mundial tras haber salido de la cárcel hace unos meses. La semana que viene vendrá a Nueva York, y se está organizando un gran desfile en su honor en Wall Street. Se espera que acuda un millón de personas.

—Deberíamos ir —dice Adam—. Me encantaría verlo.

A Callum se le cae la cuchara al suelo con un ruido seco. Últimamente siente molestias en las manos y le cuesta comer. La doctora Nieves le dijo que sospecha que tiene artritis reactiva, pero Callum respondió que no era posible. Dijo que no se puede tener artritis reactiva y ser director de orquesta. No deja que Adam lo ayude.

—Joder —se queja Callum.

Adam recoge la cuchara y se la lleva al baño para lavarla con agua y jabón. Se toma su tiempo. Llena un vaso de agua y se enjuaga la boca. Se mira en el espejo. Está muy muy cansado. *No te pares,* piensa. *Agarra la cuchara. Sonríele a Callum. Prepárate para lo que esté por venir.*

Cuando le devuelve la cuchara, Callum la aparta con la mano y vuelca el vaso de agua. Adam lo recoge, va a buscar un montón de toallitas de papel del dispensador del cuarto de baño y empieza a limpiar con delicadeza el regazo de Callum.

—Ya va siendo hora de que te vayas —le dice Callum—. Esto es humillante.

—No pasa nada. No me importa quedarme —contesta Adam.

Te prometí que me quedaría contigo.

—¿Cuándo vas a dejar de fingir? —le pregunta Callum. Le da un golpe a Adam en la mano y hace que se le caigan todas las toallitas de papel—. Vete.

Por favor, duérmete de nuevo, piensa Adam. Todo es mejor cuando Callum duerme.

Se acuerda de cuando su abuela estaba enferma. Su madre le enseñó a Adam que tenía que lograr que su abuela se sintiera necesitada. «Dile que necesitas que te aconseje sobre algo —le dijo—. O que no te acuerdas de la batallita esa que solía contar, y que te gustaría mucho que te la recordara».

—¿Te acuerdas de cuando escuchamos la *Sexta sinfonía* de Beethoven? —le pregunta Adam a Callum—. No recuerdo qué va primero, si la parte del arroyo o la tormenta.

Callum pulsa el botón para volver a poner la cama en posición horizontal, se gira y le da la espalda a Adam. Se cubre la cara con el brazo y deja la espalda al descubierto.

—No sé.

Adam quiere gritar. Quiere lanzar la jarra, en la que hoy ha puesto flores nuevas, por los aires. Quiere romper una ventana. Se siente un cobarde y un inútil; se siente débil. Odia todo esto. Lo odia todo.

Pero, en lugar de volverse loco, se queda mirando la columna vertebral de Callum, la cordillera puntiaguda de vértebras que se mueve y se retuerce contra la piel con cada respiración superficial. Parece como si estuvieran desconectadas entre sí, desconectadas de todo lo demás, reorganizándose en su interior, deslizándose unas sobre otras como piedras. Observa cómo se le alargan y se le distorsionan las pecas al estirarse sobre los huesos. ¿Le dolerá algo? ¿Lo diría si le doliera?

—Te quiero —susurra Adam.

Sabe que lo ha dicho lo bastante alto como para que Callum lo oiga, pero no responde. El silencio envuelve a Adam.

Se agacha para recoger las toallitas de papel esparcidas por el suelo. Las amontona y las tira en la papelera que hay junto a la puerta del baño. Vuelve a llenar el vaso de agua que tiene Callum al lado de la cama y tira de la manta para taparle la espalda.

—Yo también te quiero, Adam —susurra Callum.

Adam casi pierde el equilibrio de lo mucho que le impactan las palabras. Las inhala, las retiene en los pulmones. Se queda allí un buen rato, atento. Cuando el silencio lo envuelve de nuevo, se pregunta si se las ha imaginado. No. Las ha dicho de verdad.

Se lleva la bandeja de Callum para dejarla al otro lado de la puerta. Cuando sale al pasillo, ve a la doctora Nieves bajo la luz fría de los fluorescentes del pasillo.

La médica clica el bolígrafo y le sonríe.

—¿Estás bien? Parece como si hubieras corrido una maratón. —Adam se mira los zapatos—. ¿Qué pasa?

—Me ha dicho… —*No llores, Adam*—. Me ha dicho que quiere que me vaya. Creo que ya no me quiere aquí.

La doctora Nieves se coloca las gafas en lo alto de la cabeza y exhala.

—Ah.

—¿Por qué me dice eso? —le pregunta Adam.

—Mira, nadie puede saber lo que se le pasa por la cabeza a Callum, salvo el propio Callum. Pero he visto a muchos pacientes tratar de alejar a quienes quieren. Es una reacción instintiva, para protegerlos.

Quieren proteger a sus seres queridos, para que no tengan que pasar por esto. Quieren liberarlos de esa carga.

—Pero le dije que no me importaba —dice Adam. Se le forma un nudo en la garganta y habla con una voz más aguda—. Le dije que pasaríamos por todo esto juntos. Y estuvo de acuerdo. Me lo prometió.

—Shhh... —le susurra la doctora Nieves—. Ten paciencia, Adam.

—¡Joder! —suelta Adam, y se sorprende a sí mismo. La mira con los ojos abiertos de par en par—. Lo siento.

La médica le sonríe y susurra:

—Joder, joder, joder. A veces sienta bien decirlo, ¿sabes?

Adam se lleva los pulgares a los ojos y se muerde el carrillo con violencia.

Ya va siendo hora de hacerle la pregunta. Es hora de saberlo. Necesita preguntárselo, rápido, antes de que pierda los nervios. Apoya las manos en las caderas.

—¿Se va a morir?

La doctora Nieves respira hondo.

—Adam. Sabes que no puedo...

—Por favor —la interrumpe Adam—. Doctora Nieves, por favor, dígamelo. ¿Cuánto le queda?

La doctora Nieves se queda completamente inmóvil; Adam nunca la ha visto así. Le cambia la postura y la expresión, incluso las manos, que deja caídas a los costados, sin vida. Adam se pregunta con cuánta gente enfadada y aterrorizada como él tendrá que tratar cada día. A cuántas personas tendrá que ayudar a pasar por este mal trago. Con la esperanza de cuánta gente tendrá que acabar, cuántas normas tendrá que seguir, cuánta empatía tendrá que despertar cuando lo único que quieren de ella es algo que no existe: una cura. Ella también está cansada; Adam lo nota. Muy cansada.

—No lo sé —dice—. Y te lo digo de verdad. No estoy esquivando tu pregunta. Sencillamente no sé la respuesta. Lo siento, Adam.

La respuesta lo marea y lo deja intranquilo, porque sabe que es la única que le puede dar.

—Hay tanto sobre él que aún no conozco —dice Adam.

—Lo sé —responde la doctora Nieves.

Toma a Adam de la mano y se quedan en silencio un momento. Un celador con una rebeca verde pasa junto a ellos empujando una silla de ruedas que va hasta arriba de ropa de cama arrugada. Saluda a la doctora Nieves con la cabeza y ella le devuelve el saludo.

—¿Qué es lo último que te ha dicho? —le pregunta—. Justo antes de que salieras al pasillo. Lo último.

—Me ha dicho… —Se detiene para tomar aire—. Ha dicho «Yo también te quiero». Y mi nombre. Adam.

La doctora Nieves le aprieta la mano.

—¿Le crees? ¿Crees que te quiere?

Adam tarda en responder.

—Sí —contesta al fin.

—Entonces, esa es la parte que quiero que recuerdes, ¿vale? Eso es lo importante.

Adam la mira con los ojos muy abiertos y ella le sostiene la mirada. Se estudian mutuamente durante un minuto, y luego Adam retira la mano.

—Tengo que volver a entrar. No quiero dejarlo solo.

—¿Por qué no dejas que duerma un poco? —dice la doctora Nieves—. Sabe que estás aquí. Ve a dar un paseo. Hace una noche preciosa.

Le cuesta un esfuerzo monumental responder.

—Vale —acepta Adam.

—Muy bien —responde.

Siente que su cuerpo se aleja de la doctora Nieves por sí solo y camina, a un paso constante, casi mecánico, hacia los ascensores. Baja hasta la primera planta, atraviesa el vestíbulo y sale por las puertas principales a la acera. Cruza la calle y comienza a pasear hacia el norte de la ciudad. No sabe a dónde va. Se esfuerza por recordar lo importante, como le ha dicho la doctora Nieves. Intenta aferrarse a ese pensamiento, envolverlo en los puños, apretárselo contra la carne. Pero es muy resbaladizo. Apenas puede sujetarlo.

BEN

Ben vuelve a estar en el sofá de Gil, pensando en un chico, en Justin. Justin, con su camiseta del revés en la pista de baile del Boy Bar; los hombros de Justin serpenteando hacia delante y hacia atrás al ritmo de la música; el torso de Justin girando en círculos sensuales; Justin, tan seguro de sí mismo, acercándose cada vez más a Ben, tentándolo. Los ojos de Justin, su pecho, su cintura, sus manos, sus labios. Justin agarrando a Ben de las caderas, sujetándolo, acercándolo hacia él. La espalda de Justin apoyada contra Ben. Justin agarrándole las manos para que le toque todo el cuerpo, desafiándolo a pegarse más aún. Ben tiene la imagen tan clara que la siente físicamente, la siente en los huesos y en la carne. Cierra los ojos para verla mejor, para sentir su insistencia y su peligro. Al momento se queda sin aliento, cubierto de sudor. Mantiene los ojos cerrados mientras se esfuerza por que el corazón vuelva a latirle a un ritmo más lento y constante. La imagen de Justin se desvanece de su mente. La sustituye la de Adam.

ADAM

Adam le acaricia la muñeca a Callum con delicadeza mientras le mira las pecas, las estrellas. Ver a Callum durmiendo, incluso ahí, incluso en esa cama de mierda con esas sábanas que pican, incluso atrapado por todos esos tubos y cubierto de sensores, le da a Adam una sensación de paz. *Callum está tranquilo. Yo estoy a su lado. Estamos aquí. Estamos a salvo.*

Ya es de madrugada. El pecho de Callum sube, baja, se detiene y vuelve a subir. Adam cuenta. Dos respiraciones. Tres. Cuatro. Cien.

Toma el *walkman* de Callum.

—¿Quieres escuchar algo de música? —le susurra.

Intenta colocarle los cascos en las orejas, pero Callum está inclinado en un ángulo raro y Adam no quiere moverlo por si se despierta. Le cubre los pies con la manta.

Gira el asiento para mirar hacia la ventana. Se pone los auriculares y pulsa *play*. Es Bach, por supuesto. El cuentacuentos.

Adam ve en el reflejo de la ventana los pequeños destellos amarillos y verdes del monitor que hay junto a la cama, compitiendo con las luces de la ciudad. *Bip, bip, bip.* Siguen el ritmo de la música, se alternan con el parpadeo de los semáforos. *Bip, bip, bip.* Adam siente el cuerpo pesado. Hasta los párpados le pesan. Busca la sudadera que hay en el alféizar de la ventana, se tapa con ella y se la sube hasta la barbilla. Se sienta sobre sus propias piernas y apoya la cabeza en el respaldo.

Bach narra su historia. Oye cada parte, cada matiz y cada emoción tal y como Callum le dijo. Belleza, conflicto, alegría, discordancia... ¿Cuál era la última? No se acuerda. Sube el volumen para intentar averiguarlo. Cierra los ojos.

Los párpados se le llenan de unas delicadas nubes doradas, moradas y grises. Fluyen alrededor de su cuerpo y atraviesan la habitación; luego salen por la ventana y se dirigen hacia la ciudad. Adam se hunde más en la butaca. Se sumerge en la música. Se olvida de dónde está. Se queda dormido.

Más tarde, esa misma noche, cuando la respiración de Callum vuelva a perder el ritmo habitual, Adam no se dará cuenta. Cuando los parpadeos de las máquinas comiencen a disminuir, Adam no lo verá. No será consciente de nada. Solo dormirá, en calma, hasta que el cielo se le venga encima y la enfermera llegue corriendo.

Conclusión.

Cinco

Junio, julio y agosto de 1990

«Come and pour your heart out to me».
Erasure, *Weight of the World.*

BEN

Es el último domingo de junio y la mente y el cuerpo de Ben son una explosión de impaciencia y emoción. Ya ha visto el desfile del Orgullo en la televisión, pero Rebecca dice que es imposible que un reportaje de la tele le haga justicia. «Es mil veces más impactante de lo que te imaginas —le dijo—. Y mil veces más divertido».

¿Qué debería ponerse? Va a hacer calor, pero ni muerto se pone unos pantalones cortos. Tiene las piernas demasiado enclenques; le parecen patéticas. Los vaqueros gris pizarra le valdrán, y una camiseta negra con una vidriera impresa en la parte de delante, con paneles naranjas, rojos, amarillos y verdes descoloridos. La consiguió en el contenedor de camisetas de «3 por $10» que hay en Cheap Jack's, en Broadway, y le gusta cómo queda el dibujo ahora que está comenzando a desprenderse, como si la vidriera se estuviera resquebrajando. Se mira en el espejo y se plantea cortarle las mangas para darle un toque más punk. Ojalá se le marcaran los bíceps. Puede que el año que viene.

El desfile sale desde Central Park, baja por la Quinta Avenida hasta el Village, luego va hacia la zona oeste de Manhattan y termina en el cruce de Christopher Street y Hudson Street. Ben lo verá desde el cruce de la calle Quince con la Quinta Avenida, delante de Paul Smith, porque Rebecca dice que es el mejor sitio. «Nos vemos a las 12:30 para que nos dé tiempo a ver a las Dykes on Bikes —le ha dicho—. Siempre encabezan el desfile».

Ben se pone su gorra de béisbol, se lleva unas Ray-Ban de Gil y sale de casa. Camina por West Broadway, cruza Washington Square y llega a la Quinta Avenida. A medida que avanza, cada vez hay más gente en la calle. Se reúnen en grupos de dos, tres o incluso diez personas, se dan la mano, se abrazan, se ríen, posan para las fotos que se hacen con cámaras desechables. Unas nubes regordetas flotan por delante del sol. Hace un día precioso de verano en Nueva York.

¡Y hay moda por todas partes! Camisetas de tirantes de toda clase de colores, riñoneras de color neón, tops de franela. Chalecos de cuero, gorras de policía de cuero, pantalones de cuero, brazaletes de cuero. Pelucas con purpurina, bikinis, vaqueros cortos, camisetas de jugador de bolos, Speedos, camisetas ajustadas de las que marcan músculos, tutús con miriñaques. Una mujer con dos aros en la nariz le da la mano a un par de ancianos con pantalones de golf que hacen ondear una bandera con la cara de Judy Garland. Un chico joven con un arnés de cuero y completamente maquillado con al menos tres capas de pestañas postizas pasea un hurón con una correa. También ve a un grupo de seis chicas con camisetas a juego en las que pone No soy LESBIANA, PERO MIS AMIGAS SÍ.

Ben encuentra la tienda de Paul Smith. En el escaparate hay una hilera de trajes de hombre elegantes y ajustados y camisas de colores. Captan su atención, pero hoy no tiene tiempo para eso. Además, el cartel de la tienda pone CERRADO POR VACACIONES. Está en el sitio correcto.

Los radiocasetes parecen competir entre sí y lanzan su música hacia todas partes. En su acera suena En Vogue; en la de enfrente, Black Bow. Al otro lado de la manzana, Dead or Alive.

—¡Ben!

Rebecca casi lo tira al suelo cuando lo agarra desde atrás y le rodea la cintura con el brazo. Lleva gafas de sol de aviador y una camiseta sin mangas con estampado de leopardo con la inscripción ESTA GATITA MUERDE.

—¿Te gusta el pintalabios que me he puesto? —le pregunta, poniendo morritos para enseñárselo—. Tres capas.

Ben se baja las gafas de sol.

—Estás espectacular.

—Me lo he puesto por ti —responde Rebecca, le da un beso en el cuello y le deja la marca del pintalabios—. Toma. Un beso para mi chico favorito del mundo. ¿Tienes ganas de ver el desfile?

—¡No me creo que haya tanta gente! —le dice Ben.

Un hombre que está a su lado señala hacia la Quinta Avenida y grita:

—¡Por ahí vienen!

Ben estira el cuello y ve a más de veinte mujeres con vaqueros rotos y chalecos de cuero en unas motos enormes; van de tres en tres, en formación, con banderas arcoíris y de triángulos rosas que ondean desde los manillares.

—¡Menudas diosas! —grita Rebecca.

Detrás de ellas, la Quinta Avenida está llena de gente hasta donde le alcanza la vista a Ben. Los grupos de manifestantes empiezan a desfilar; saludan y llevan pancartas de la asociación de jóvenes LGTB Brooklyn Gay Youth; el grupo Bronx Political Action Group; el club deportivo Front Runners New York; y el grupo de *drag queens* Drag Drill Team.

Suenan tambores y silbatos, y la gente grita y aplaude. Esto acaba de empezar.

Llega una carroza del Roxy, una plataforma que han decorado como si fuera una discoteca, con unos altavoces enormes desde los que suena Ultra Naté para que bailen y canten un montón de gogós con pantalones cortos y botas de combate. Detrás llega un grupo de hombres con chaquetas de cuero encima de una camioneta que agitan banderas del Spike. «¡Vamos, papi!», grita un grupo de chicos reunidos junto a la verja que ha colocado la policía. Luego llega la Imperial Court de Nueva York, con Camille Beauchamps, la Emperatriz Prohibida, en un trono. Saluda a la multitud como si fuera la reina de un concurso de belleza, primero dos veces a la gente que tiene más cerca, luego dos veces a los que están más lejos, y luego se lleva la mano al collar de perlas. Detrás llega la carroza de House of Africa, y sus sonidos intensos hacen vibrar las ventanas de los edificios. Ben levanta los brazos y chilla.

Sigue llegando un grupo tras otro, cada uno con su propia banda sonora, cada uno provocando una nueva ovación del público. «¡Vamoooooooos!», grita la multitud cuando aparecen un par de *drag queens* en patines; una va disfrazada de la Estatua de la Libertad y la otra de Barbara Bush, y ambas llevan fajas en las que pone ME ENCANTAN LAS LESBIANAS. Luego llega la Asociación de Profesores LGTB, cuyos miembros lanzan cuentas de plástico y lápices del número dos al público. Luego llegan Padres y Amigos de Lesbianas y Gais —un grupo más grande de lo que Ben se habría imaginado— y enarbolan pancartas que dicen QUIERO A MI HIJO HOMOSEXUAL. Ben se ríe al imaginarse a su madre desfilando con ellos.

Luego llega una banda de música, tocando las trompetas hacia el cielo y haciendo temblar el suelo con los instrumentos de percusión. Seis hombres flanquean a los músicos; hacen malabares con bastones y se detienen cada pocos pasos para dar una patada en el aire o una voltereta. Un equipo de doble comba formado por chicos gais salta mientras Lisa Stansfield canta sobre el momento adecuado para creer en el amor. Es un no parar. Un hombre con dos caniches teñidos de rosa para que vayan a juego con su peluca. Dos mujeres tomadas de la mano con sus hijos a los hombros. Dos columnas de personas en sillas de ruedas con diademas, que se van pasando una pelota de baloncesto. Otra camioneta llena de hombres con sombreros vaqueros y hebillas de rodeo que se dan la mano y se besan. Todo el mundo sonríe. Todo el mundo es feliz. Ben nunca había visto tantos colores, tanta música y tanta energía en un mismo lugar; ni siquiera se había imaginado nunca algo así.

Rebecca se acerca y le dice al oído:

—Todo esto es para ti, Ben. Todas estas personas están aquí por ti. Feliz Orgullo, cielo.

Ben se limita a sonreír; el espectáculo lo tiene demasiado embelesado como para hablar siquiera.

—¡Madre mía! —exclama Rebecca. Lo agarra de la muñeca y lo arrastra a través de la multitud hasta llegar a dos mujeres que llevan unos monos idénticos, unas zapatillas K-Swiss idénticas y unos cortes de pelo asimétricos idénticos pero opuestos—. ¡Tania! ¡Gabby! —chilla Rebecca.

Las abraza a ambas al mismo tiempo y luego les da un buen beso con lengua en la boca.

—Ñam —dice Rebecca después del beso de Gabby—. Ben, estas son las «larto».

—¡Holiiiii! —saludan las chicas al unísono; le pellizcan las mejillas y luego se van.

—¿Las «larto? —pregunta Ben.

—Sí. Porque llevan el pelo largo por un lado y corto por el otro. Las «larto». Las adoro.

—Ya he visto, ya —responde Ben, arqueando una ceja.

Rebecca se encoge de hombros.

—Tenemos que hablar de muchas cosas, pero otro día.

Ben vuelve a centrar la atención en el desfile. Un grupo de hombres y mujeres con canotiers marchan despacio junto a un autobús de dos plantas con una pancarta de SAGE, una asociación dedicada a las personas mayores del colectivo. Varios hombres y mujeres de pelo cano saludan a la multitud desde las ventanas. Un hombre con barba de Papá Noel y tirantes de arcoíris mira a Ben a los ojos desde el interior del autobús. Parpadea despacio, como si estuviera aturdido, pero su sonrisa es enorme. Ben se pregunta cuántos años tendrá, cuánto habrá visto.

Ben nota un brazo que le agarra el pecho desde atrás y que lo sujeta. Se da la vuelta y se encuentra a Gil; lleva una camiseta blanca con una pegatina de dos marineros besándose en la que pone LÉEME LOS LABIOS.

Ben le da un puñetazo flojito.

—¡No sabía que ibas a venir! —le grita.

—¿Estás de coña? ¡No me lo perdería por nada del mundo! ¡Hay que salir a la calle y mostrar apoyo!

Luego Gil se inclina hacia su hermano y le susurra algo.

—¿Qué? —le grita Ben.

Gil se pone las manos alrededor de la boca para gritar más fuerte:

—Que estoy muy orgulloso de ti.

La sonrisa de Ben es tan inmensa que hasta le duele la cara. Nadie le ha dicho nunca que está orgulloso de él. Jamás. Intenta pensar qué responderle, pero es demasiado tarde; de repente llega otra carroza con Janet Jackson a tope y Gil se pone a cantar:

—*We are a part of a rhythm nation!*

De pronto suena un silbato, y luego otro y otro a lo lejos, al otro extremo de la Quinta Avenida. El volumen de la música baja y luego se detiene. La multitud se queda en silencio. No se oye ni un alma. Ben mira a su alrededor.

—¿Qué pasa? —susurra.

—Son las dos —responde Rebecca—. Un momento de silencio por todos los que ya no están con nosotros.

Rebecca le toma de las manos y agacha la cabeza. Ben sigue mirando a ambos lados de la avenida. Hay miles de personas en ambas direcciones, cientos de miles —quizá hasta millones, si los reportajes de las noticias posteriores son creíbles—, pero hay un silencio sepulcral. Oye a dos pájaros discutiendo en la calle. ¿Cómo es posible que haya tanto silencio en una ciudad tan bulliciosa y tan llena de vida como esta? Es como si todo el mundo se hubiera encerrado en sí mismo para buscar un recuerdo, para aferrarse a un pesar, para honrar su duelo. Ahí, todos juntos. La magnitud y el peso de este duelo multitudinario es tan impactante que deja a Ben asombrado. Suena mil veces más fuerte que toda la música que han puesto todo el día.

Tras dos minutos exactos, suena un silbato lejano desde el sur y la avenida vuelve a gritos como si la cubriera una ola. El silencio da paso a unos gritos de euforia; todo el mundo empieza a aplaudir, a gritar y a chillar hacia el cielo, dejando atrás ese momento de silencio.

—¡Recordad a los muertos! ¡Recordad a los vivos! ¡Recordad a los muertos! ¡Recordad a los vivos!

—¡No los olvidéis nunca! ¡No los olvidéis nunca!

Ben grita con todo el mundo, una y otra vez:

—¡No los olvidéis nunca! ¡No los olvidéis nunca!

La música no tarda en volver y el desfile continúa su curso. Llegan más grupos: el coro de góspel Lavender Light; el AIDS Bereavement Support Group, un grupo de apoyo para quienes han perdido a sus seres queridos a causa del sida; y la ONG Gay Men's Health Crisis. El alcalde, David Dinkins. Y más, y más, y más.

Entonces llega ACT UP, el grupo que más jaleo monta de todos. Cientos de personas que marchan tras una pancarta enorme en la que pone Cada diez minutos, alguien muere de sida. Los manifestantes llevan pancartas más pequeñas de ¿Dónde está vuestra rabia? y Silencio = Muerte. Cantan al unísono.

—¿Cuántos más? ¿Cuántos más? ¿Cuántos más?

Cuando la poli detiene el desfile para que pasen los coches, los manifestantes de ACT UP empiezan a tumbarse en la calle sin dejar de gritar: «¿Cuántos más? ¿Cuántos más?».

—¿Qué están haciendo?

—Se tumban para representar a los muertos —dice Rebecca—. Aunque harían falta varios miles de personas más para ser exactos.

Los gritos cambian a «¡ACT UP! ¡Hay que pelear y acabar con el sida! ¡ACT UP! ¡Hay que pelear y acabar con el sida!». Ben grita con ellos, alzando el puño al aire. Rebecca y Gil también gritan; todo el mundo a su alrededor grita. A Ben se le quiebra la voz cuando grita, cada vez más alto:

—¡HAY QUE PELEAR Y ACABAR CON EL SIDA!

Cuando los manifestantes vuelven a ponerse en pie para seguir andando, Gil le da un toquecito en el hombro a Ben.

—Nos vamos al Two Boots a por un trozo de pizza. ¿Te vienes?

Rebecca está detrás de Gil, negando con la cabeza y diciéndole con los labios: «No. Quédate».

—Creo que me quedo —responde Ben.

—Buena idea —dice Rebecca.

Gil y Rebecca se dirigen hacia el oeste, tomados de la mano.

Llega la siguiente carroza. Debe de haber unas sesenta personas encima bailando, posando, haciendo vogue, desfilando, saludando. Se para justo delante de la tienda de Paul Smith, justo delante de Ben, en el instante en que la voz de Madonna sale de los altavoces. *Tiene toda la razón del mundo*, piensa Ben. *La vida es un misterio.*

Ben mira a su alrededor con expectación. Todo el mundo está escuchando, esperando a que empiece la canción.

Y entonces… *pam, pam, pam, pam,* la música empieza de golpe y *Like a Prayer* llena las calles; expulsa cualquier otro pensamiento de la cabeza de Ben, cualquier otro sentimiento de su cuerpo, y lo llena de música. Todo el mundo se sabe la letra. Todo el mundo la canta. Todo el mundo baila. Todo el mundo salta y gira y da empujones y vueltas y suda y brinca y sonríe y grita… Ben es el que grita más fuerte. Está en una nube.

ADAM

Adam se ha olvidado de que hoy se celebra el Orgullo. Se ha olvidado hasta de qué día es. Se ha olvidado de la diferencia entre el día y la noche, la diferencia entre las horas y los minutos, entre estar juntos y separados, entre arriba y abajo, entre estar a salvo y estar desprotegido, entre estar vivo y estar muerto. Sus padres llevan un par de semanas de viaje. Se alegra de que no estén en casa. Puede pasearse por su habitación con la mirada perdida en los libros y en la mochila de Callum.

Todo es tan confuso… ¿De quién es la ropa que hay en el suelo? ¿Quiénes son las personas de las fotos que cuelgan en su corcho? ¿Qué es la comida que hay en la nevera? Hasta el gigantesco calendario de su madre le parece un galimatías. ¿Qué significan todas esas indicaciones?

Si al menos pudiera dormir... Pero hay alguien en la calle a la que da la ventana de su cuarto que ha puesto *So Many Men, So Little Time* a todo volumen, y ni siquiera tiene que descorrer la cortina para saber que el desfile ha salido de Cristopher Street y ha invadido Hudson Street, como pasa todos los años. La música sonará durante horas y horas, y habrá risas y gente borracha de fiesta al otro lado de su ventana durante lo que queda de la noche y del día. Hoy va a haber muchísimo ruido en la calle. Va a ser imposible dormir.

A lo mejor se pasa para ver el ambiente.

BEN

El final del recorrido del desfile es en la intersección de Christopher Street y Hudson Street, y los manifestantes y los fiesteros se dispersan por el barrio como un delta al final de un río caudaloso. Hay miles de personas con el subidón del desfile por todas partes; hablan, ríen, beben, ligan y gritan con una alegría incontenible cuando ven a sus amigos en la multitud. Ben camina entre toda esa gente, sonriéndoles con cara de bobo. Todo el mundo le devuelve la sonrisa.

Le compra una Coca-Cola por un dólar a un tipo que va arrastrando una nevera y luego encuentra un tramo de la acera libre bajo un nogal de Japón. Se sienta a la sombra durante un rato para descansar los pies y mirar a la gente.

Está limpiándose las gafas de sol con el dobladillo de la camiseta cuando el chico —al que no ve venir— se tropieza con el bordillo a un par de metros. Justo cuando Ben se percata de su presencia, el chico rebota contra el hombro de Ben y cae al suelo, a su lado.

—¡Cuidado! —dice el chico desde el suelo, como si acabara de recordar lo que debería haber dicho antes de caerse.

Ben se aparta.

Adam parpadea desde la acera con los ojos vidriosos. Mueve la boca, pero no la abre; parece como si se estuviera mordiendo los carrillos.

Lleva una camiseta blanca rota y manchada. Poco a poco, sin ocultar el esfuerzo que le supone, enfoca la mirada y se centra en Ben y, al reconocerlo, abre los ojos de par en par.

—¡Ben! —grita con voz ronca—. ¡Benjamin! ¡Benny! ¡Benito! ¡Peróxido de benzolio! Feliz peróxido, Ben. O sea, ¡feliz Orgullo!

Rueda hacia los pies de Ben con una risita.

Ben se levanta y le tiende la mano para ayudarlo a levantarse. Adam la aparta.

—¡Qué día tan bonito! —grita Adam, y se levanta, apoyándose en el tronco del árbol—. ¡Menudo sol para celebrar el Orgullo!

Ben se fija en que Adam se acaba de hacer un raspón en la rodilla. La tiene roja y en carne viva; se le han clavado algunas piedrecitas y empieza a sangrar. Adam ni siquiera parece haberse dado cuenta.

Ben mira a su alrededor. ¿Habrá venido con alguien?

Adam vuelve a caerse, se agarra a la camiseta de Ben por el camino y lo tira al suelo. Empieza a reírse otra vez.

—Vamos a por unas cervezas —le dice Adam—. Necesitamos más cervezas. ¿Quieres que nos tomemos unas cervezas? ¡Cervezas!

Ben se levanta y vuelve a mirar a su alrededor. ¿De dónde ha salido Adam? ¿Con quién ha venido? ¿Qué debería hacer?

Adam se sienta de repente y se pone serio.

—Vaya, mira —dice mientras se señala la rodilla—. Qué herida tan fea. Parece mortal. Me voy a morir. A lo mejor me muero aquí mismo.

—Dame la mano —le dice Ben.

Adam lo agarra pero se le resbala la mano y vuelve a caerse.

—¡Uy! —se ríe—. ¡Tienes que usar las dos manos, Benedict!

En vez de intentarlo de nuevo, Ben se sienta al lado de Adam y examina a la multitud. Ojalá supiera dónde vive Adam. Podría acompañarlo a casa. ¿Debería llevárselo a Tribeca? Ben pasa de la preocupación al pánico, y Adam no deja de reírse.

De repente oye una voz:

—¡Adam!

Proviene de un hombre corpulento con una camiseta de béisbol que se separa de la multitud. Se acerca con otro hombre que se ajusta la coleta negra y rizada mientras camina. Ambos se agachan, agarran a Adam de los brazos y lo ponen en pie.

—¿Estás bien, peque?

Adam responde arrastrando las palabras

—¡Hola, chicos! ¡Feliz Orgullo!

Se apoya en el hombre de la camiseta de béisbol.

El de la coleta se gira hacia Ben.

—¿Estás bien?

Ben asiente.

—¡Este es Benjamin Franklin! —grita Adam—. Nos conocemos del hospital. ¿Verdad, bendito Ben? Oye, Ben, ¿quién era el que trabajaba en ese hospital? ¿Tu padre?

—Mi hermano es médico en el St. Hugh —les explica Ben a los dos hombres.

Adam no deja de hablar.

—Casi hago que maten a Ben. ¿Te acuerdas, Ben? ¿Te acuerdas de cuando casi te mueres?

—No —responde Ben—. No fue así.

Adam le da unas palmaditas en el pecho al hombre de la camiseta de béisbol.

—Se portó muy bien conmigo. ¿Por qué te portaste tan bien conmigo?

Porque lo estabas pasando mal, piensa Ben. *Porque me importas. Porque...*

—Deberíamos llevarte a casa —dice el de la camiseta de béisbol.

—Esperad —dice Ben, que no sabe quiénes son esos dos hombres ni si debería permitir que Adam se marchase con ellos—. ¿De qué conocéis a Adam?

—Ay, es verdad, qué maleducados —responde el de la coleta mientras le tiende la mano a Ben—. Yo soy Víctor, y este es Jack. Conocemos a Adam desde que iba en pañales.

—Son mis padrinos gais. ¡Son mis gaydrinos! —grita Adam.

Entierra la cara en el hombro de Jack. Varias personas miran a su alrededor para ver quién está gritando, pero al momento siguen como si nada.

—Padrinos a secas —dice Jack, con una sonrisa tranquilizadora—. No llevamos encima el carné de padrinos, pero, si quieres, puedes venir con nosotros para asegurarte de que lo dejemos en casa sano y salvo. Vive al final de la calle.

—¡En Bank Street! —grita Adam. Luego toma a Víctor de la mano—. Os quiero mucho.

—Ese raspón tiene mala pinta —dice Ben mientras señala la rodilla de Adam.

—Se lo curaremos—dice Víctor.

—¿Seguro que estás bien? —le pregunta Ben a Adam una última vez.

Adam le acaricia la mejilla a Ben.

—¿Veis lo que os digo? Se porta muy bien conmigo. ¿Por qué la gente me trata bien? No me lo merezco. No soy buena persona. ¡No seas tan bueno conmigo, Ben!

Jack aferra a Adam por los hombros.

—Será mejor que nos vayamos…

Víctor se gira hacia Ben.

—¿Estás bien? Parecía que te habían tirado al suelo…

—Sí, sí —responde Ben, quitándose el polvo de los vaqueros—. Solo estoy preocupado por Adam.

—Estará bien —asegura Jack—. Está pasando por una época complicada. Hace poco que perdió a su novio.

Ben traga saliva.

—¿Te refieres a Callum?

—Sí. ¿Lo conocías?

—No —responde Ben—. Pero Adam lo mencionó en alguna ocasión. Creo que lo quería mucho.

—Sí, yo también lo creo —responde Víctor. Luego le sonríe—. Pásalo bien.

Los dos hombres le dan la vuelta a Adam y se lo llevan de allí. Adam apoya la cabeza en el hombro de Jack mientras camina.

—¡Feliz Orgullo! —grita Adam mientras se marcha—. ¡Estad orgullosos!

Cuando desaparecen por la calle, Ben tira la lata vacía de Coca-Cola y observa la multitud. Desde alguna parte del desfile, Soul II Soul le dice que siga adelante. Ben inspira hondo, se zambulle de nuevo en el mar de desconocidos sonrientes y nada hacia la música.

ADAM

Adam se revuelve en la oscuridad. Siente esa desorientación que solo sientes tras un sueño reparador; está desubicado, suspendido entre los dos estados: despierto y dormido. Su abuela le describió la sensación una vez que tuvo una pesadilla, cuando era pequeño. «Has estado en el mundo de los sueños, pero aún no has averiguado cómo volver. No tengas miedo. Puedes llamarte a ti mismo para devolverte al mundo real. Di tu nombre».

Vuelve, dice en silencio. *Adam. Vuelve.*

Poco a poco va recobrando los sentidos. Oye la lluvia cayendo al otro lado de la ventana. Ve el vaso de agua que tiene encima del escritorio. Siente los pies dentro de los zapatos. No recuerda haber vuelto a casa.

Siente que carga con un dolor físico del que no se puede desprender. Un dolor presente en todo su ser, un dolor que se aferra a todos y cada uno de sus huesos. Le duele todo.

Su radiodespertador dice que son las cuatro y cuarto. Tiene el estómago revuelto. Se levanta, tembloroso, y va al baño a vomitar. No sale nada.

Cuando vuelve a la cama, Clarence le acaricia el brazo con el hocico. ¿Cuándo fue la última vez que le dio de comer? No consigue acordarse. Empuja al gato para que vuelva al suelo, pero Clarence se sube de nuevo a la cama de un salto. Adam decide ignorarlo. Si tuviera hambre, maullaría. Que el muy tonto se acurruque con él si es lo que quiere.

Poco a poco, vuelven los recuerdos de ayer. Recuerda haber salido del apartamento y haberse topado con la multitud en Hudson Street. Recuerda la energía desconcertante, el ruido, los colores vivos por todas partes. Recuerda las sonrisas y las carcajadas. Recuerda la sensación de caminar entre la gente como si caminara por un bosque de dibujos animados. No parecía real.

Recuerda a un hombre que no conocía pasándole una lata de cerveza metida en una bolsita de papel. Recuerda habérsela bebido corriendo y haberse marchado de allí. Recuerda que el sol le quemaba la nuca. Recuerda haberle perdido otra cerveza a otro hombre, y luego otra vez. No dejó de pedir cerveza. No tenía dinero, pero fue fácil. Sonreír, pedirla con educación, aceptar la cerveza, buscar a otro hombre. Y así sucesivamente.

Recuerda haber bajado por la calle Ocho y haber subido por la Catorce. Recuerda a un grupo de jóvenes delgados que le llenaron la camiseta de pegatinas de triángulos rosas y que le manosearon todo el cuerpo. Recuerda a un hombre con una camiseta de tirantes de color verde fosforito quitándole las pegatinas y poniéndoselas en su camiseta; él también le manoseó todo el cuerpo. Recuerda a una mujer con pantalones de cuero que le agarró el culo y gritó «¡Qué culo tan prieto!». Recuerda haber bebido más cerveza. Recuerda haberse desorientado en medio de la aglomeración. Recuerda haberse abierto paso a empujones para salir de entre la gente. Y luego ya no recuerda nada más.

Adam se pone de lado y se queda mirando la nada. No debería haber salido. Solo salió para que el día pasara más rápido. Es lo único que quiere; que los días pasen más rápido. Quiere que pasen, que pasen, que pasen… Quiere que no quede ni rastro de ellos, ningún recuerdo, nada.

Pero su deseo no se cumple y, cuando cierra los ojos, aparece un recuerdo diferente.

La enfermera le despertó aquella noche. «Vienen de camino», le dijo, y Adam comprendió lo que quería decirle. Se levantó de la butaca de vinilo amarillo y recogió las cosas de Callum con cuidado. El *walkman*, las libretas, la sudadera, el protector labial, las gafas de sol que se ponía cuando los fluorescentes le daban dolor de cabeza. Lo metió todo en la mochila como si le perteneciera. Se la colgó del hombro y, con calma, le dio las gracias a la enfermera; hasta le tendió la mano para que se la estrechara. No miró a Callum. Ni siquiera se le pasó por la cabeza.

Se movía como si fuera un robot controlado por un mando. No pensaba. No sentía nada. Completamente vacío, bajó por las escaleras y salió a una ciudad que no le resultaba familiar ni extraña, una cuadrícula neutral de aceras y calles que no llevaban a ninguna parte. Caminó sin ver ni oír nada, ni el tráfico, ni las voces, ni las luces... Ni un solo estímulo. No oía música. No esperó a que los semáforos le dejaran pasar. Ignoró las normas, a la gente, los coches y las convenciones. Caminó. Se hizo de día, y luego de noche, y luego de día otra vez. Y Adam siguió caminando.

Acabó en Grand Central poco antes del segundo amanecer. La estación estaba tranquila; solo se oía el eco de unos pocos viajeros madrugadores por el vestíbulo. Se tumbó en el suelo, justo al lado del reloj, y se puso a mirar las estrellas del techo. Las señaló, a un millón de kilómetros de altura, y fue trazando una línea con el dedo de una estrella a otra. De una peca a otra. Nadie lo molestó. Lo esquivaron mientras iban hacia otra parte. Se quedó allí un buen rato. No sabe cuánto. Nunca lo sabrá.

Adam se levanta y va al baño. Esta vez vomita, pero solo echa líquido y bilis. No está lo bastante vacío. Vuelve a la cama.

A su lado está la mochila de Callum, bien cerrada. Adam no la ha abierto ni una sola vez. Se la pega al pecho y aspira el aroma cálido de la lona, impregnada del olor de un café derramado y del sudor de

Callum. No va a mirar lo que hay dentro; puede que no lo haga nunca. Callum está dentro de la mochila, a salvo, calentito, justo ahí, entre sus brazos.

Adam se pasa un dedo por el interior del codo. La zona de Callum. Lo tranquiliza. Decide volver a dormir.

Dime algo en lo que pienses todo el tiempo.

Durante muchísimo tiempo casi nunca veía videoclips porque no teníamos televisión por cable. Solo podía verlos en las tiendas de electrónica porque en la zona de los televisores siempre estaba puesta la MTV. Me quedaba horas allí plantado.

Entonces me gustaban los que parecían peliculitas, como Take on Me de a-ha. ¿Te acuerdas? De vez en cuando aún sueño con ese videoclip. A veces son pesadillas en las que me quedo atrapado en un mundo al que no pertenezco.

Al final me compré el disco de a-ha y lo escuché muchísimas veces. Hay una canción que se llama The Blue Sky y uno de los versos dice: I used to be confused but now I just don't know.

Pienso muchísimo en ese verso. Solía estar confundido, pero ahora ya no lo sé… En plan, ¿quiere decir que la vida se vuelve cada vez más confusa? ¿Que acabas tan confundido que ni siquiera estás seguro de cuando estás confundido? Porque yo siempre pensaba que la vida sería cada vez menos confusa. Siempre creía que en algún momento todo encajaría. Pero quizá no sea así. Quizá todo el mundo esté fingiendo que sabe lo que hace cuando, en realidad, el planeta gira y la gente envejece y algunos tienen suerte y otros no. Es algo a lo que le doy muchas vueltas.

BEN

—¿Has pensado en llamar a mamá? —pregunta Gil, sirviéndose otra cucharada de cereales Life del bol. Es la marca favorita de Gil. Le gustan los normales, sin canela. A Ben también le gustan, pero solo los trocitos que se quedan al fondo, donde se acumula el azúcar. Los favoritos de Ben son los Frosties. Piensa que ese es el tipo de cosas que, como hermanos, deberían saber el uno del otro. ¿Por qué no pueden hablar sobre cereales en vez de sobre su madre?

Ben se cruza de brazos.

—¿Por qué?

—Porque sí —responde Gil con la boca llena—. Es tu madre.

—Pues no actúa como tal.

—No voy a negarlo.

—Entonces, ¿por qué tendría que llamarla?

—Porque al menos se merece eso. Ella tampoco lo ha tenido fácil, ¿sabes?

—Ni yo.

—No, tú tampoco. Pero ahora tu vida es diferente. Eres adulto. No vas a volver allí. Estás a salvo. ¿Por qué no dejas de rebajarte a su nivel y la llamas?

Ben suspira.

—No tengo nada de qué hablar con ella. Además, si quisiera hablar conmigo, me llamaría.

—Mira —le dice Gil—, los dos sabemos que no se me da demasiado bien hablar de sentimientos. Pero sé que, si no dejas lo malo en el pasado, nunca desaparece. Si la llamaras, no lo estarías haciendo por ella, sino por ti, por tu propio bien.

Ben reflexiona durante un instante antes de responder.

—Nunca me entenderá…

—¿Y qué más da? ¿De verdad te hace falta que te entienda, si tú mismo sabes quién eres?

Ben se encoge de hombros.

Gil se come otra cucharada.

—No depende de mí. Haz lo que quieras, pero creo que deberías darle un par de vueltas.

ADAM

Lily está de pie delante del espejo del dormitorio de Adam atusándose el pelo.

—¿Qué te parece? Me lo he cortado a capas. Se supone que así tiene más volumen. Como si no me pasara ya todo el día chillando, ¿verdad?

Adam está tumbado en la cama.

—Tienes la cara distinta —le dice.

—Es por el *eyeliner*. ¿Te gusta? Dime que te encanta. He perfeccionado la técnica en Grecia. Es con un *eyeliner* que solo se puede comprar en Europa. Queda muy exagerado, ¿no? Es como si Maria Callas y Debi Mazar tuvieran una hija, con un toque de Endora de *Embrujada*. Es un *look* completamente distinto. —Da una vuelta para enseñarle el vestido de verano negro y vaporoso—. De chica mediterránea a la moda. Me estoy planteando mudarme allí. ¿Qué piensas?

A Adam le cuesta seguirle el hilo.

—Vale… —responde.

—Aunque las sandalias de gladiador son mortales. ¿Quién las inventó? Además, que alguien me explique por qué he decidido romper mi regla de no llevar sandalias en Nueva York. ¿A quién se le ocurre ponerse un zapato abierto en esta ciudad? Qué asco. Pero son monas, ¿no? —le dice a Adam señalándose el dedo gordo del pie.

—¿Cuándo has vuelto?

—Anteanoche. Te he llamado como unas setenta y cinco veces. ¿Has mirado el contestador siquiera? En serio, menos mal que me diste una llave de tu casa, o tendría que haber llamado a tu ventanuco como cuando estábamos en sexto.

Adam se frota los ojos.

—¿Qué hora es?

—¿Y qué día es? —responde Lily, completando la frase de *Tía y mamá*, la peli que más les gusta ver juntos. La mayor ambición de Lily es convertirse en la tía Mame y cambiarse de modelito varias veces al día y fumar con una boquilla de treinta centímetros.

Adam tose.

—Tengo sed.

Lily le pasa una taza, una de las antiguas de su madre de la revista *Mad* con la cara graciosa de Alfred E. Neuman a un lado.

—Me lo imaginaba. Te he traído Pepsi. ¿O prefieres un café negro y un cóctel?

Más citas de tía Mame.

Adam bebe con avidez y deja la taza vacía en el suelo. Clarence la olisquea con desdén.

—Llevas el pelo hecho un desastre —le dice Lily.

—Perdona.

Adam se lo peina con las manos.

—¿Tienes hambre? Tengo anacardos. ¿Quieres? Por cierto, ese sería un nombre buenísimo para una *drag queen*. ¡Señoras y señores, con ustedes, Ana Cardo!

—No —responde Adam, tragándose la náusea que le ha entrado al oír hablar de comida—. ¿Qué tal el viaje?

Lily se sienta en la cama, a su lado.

—Ya hablaremos de mi viaje sin olvidarnos ni un solo detalle durante las próximas semanas, y te aseguro que no me voy a dejar nada en el tintero. Pero ahora vamos a hablar de ti.

—¿Qué pasa conmigo?

—Déjate de rollos, amiga. Me crucé con Víctor el otro día en la tintorería y me contó lo de Callum… Ya sabes. No me lo contó todo, pero me contó lo importante.

—Ah.

Lily tira de él para que apoye la cabeza en su regazo.

—He venido directa.

—Siento que nos peleáramos.

—Calla —le responde—. ¿Quieres hablar de Callum?

—Me dijo que no me preocupara —dice, con la voz rasposa, despacio—. Me dijo que se pondría mejor. Y me lo creí. De verdad que me lo creí. Soy tan idiota…

—Yo no creo que seas idiota. Lo que creo es que estabas enamorado.

—No he podido hacer nada —dice—. Nadie pudo hacer nada.

Lily le acaricia el pelo y se lo aparta de la frente.

Adam se queda mirando el techo.

—¿Cómo es posible que haya ocurrido todo tan rápido?

—Cuéntamelo todo —le dice.

Adam contiene la respiración durante un instante que parece eterno, y luego se cubre la cara con las manos.

—Le dije que sí —responde, y rompe a llorar.

Llora durante un buen rato. Es un torrente lento, silencioso y pausado de dolor. Se toma su tiempo mientras cubre el vestido de Lily de lágrimas. Cuando el llanto remite, Lily se tumba a su lado y lo abraza.

—Cielo… —le dice con dulzura—. Ay, cariño…

Adam se lo cuenta todo, de principio a fin. No se apresura, y Lily escucha con atención. Cuando empieza a apagarse y a sumirse en algo parecido al sueño, lo abraza aún más fuerte. No lo suelta. Se quedan así todo el día y toda la noche en la habitación de Adam.

Poco después de que amanezca, Lily se levanta para irse. Dice que volverá dentro de un rato, que le traerá algo de comer. Adam le dice que no quiere nada. Lily dice que se lo traerá igual. Que no se mueva. Adam le responde que vale.

Cuando Lily cierra la puerta tras de sí, Adam se echa a llorar otra vez. No es un llanto tranquilo, como el de antes, sino violento, incontrolable; es un lamento tan desesperado e inmenso que teme —no, que *sabe*— que no terminará nunca.

BEN

Rebecca tira de Ben y se adentra en la multitud que se ha reunido en East River Park. Unas doscientas o trescientas personas de todos los colores, de todos los tamaños, de todas las edades, formas y estilos. Punks y *hipsters*, lesbianas muy femeninas, *B-boys*, musculocas, *hippies*, ancianas con el pelo teñido de azul… Todos reunidos alrededor de una plataforma destartalada bajo un par de sicomoros. Rebecca los acerca al escenario y se ponen al lado de un chico que lleva una camiseta de Queer Nation y un par de mujeres con pendientes de aro que se están abrazando. *This House* de Tracie Spencer suena tras la estática de unos altavoces.

Ben se alegra de haberse puesto gafas de sol. Rebecca lo ha despertado demasiado pronto. Sí, eran las once cuando lo ha despertado, pero anoche se volvió a quedar despierto hasta las tantas bailando.

—Ahora va Eric —le dice Rebecca—. Es un viejo amigo de cuando trabajaba en CBGB. Quiero que lo oigas.

Justo en ese instante, un joven con vaqueros desteñidos y una bandana azul alrededor del cuello sube al escenario blandiendo un megáfono. Unos cuantos gritos aislados le dan la bienvenida antes de llevarse el aparato a los labios.

—Me llamo Eric Flores. —Se oyen unos cuantos gritos más. Eric sonríe y saluda al público—. Me llamo Eric Flores y llevo un cabreo de la hostia.

Algunas personas aplauden.

—¿Me oís los del fondo? —pregunta. Toma aire de forma dramática y grita—. ¡HE DICHO QUE LLEVO UN CABREO DE LA HOSTIA!

La multitud responde con chillidos tan altos que Ben tiene que taparse las orejas con las manos. Rebecca se las baja.

—Tienes que oírlo.

Eric Flores sigue hablando.

—Ay, qué bien sienta gritar. Qué bien sienta soltarlo. Pero hoy no estoy aquí solo para gritar. Hoy no estoy aquí solo para enfadarme. Hoy estoy aquí para hablar de amor.

Se oyen murmullos entre la multitud.

—Os escucho quejaros —dice Eric—. Sé que no veníais buscando estas mierdas ñoñas, pero dejadme que os cuente una historia. El año pasado, estaba abrazado a un chico guapísimo frente a un hospital del alto Manhattan. Acababa de perder a un ser querido. Me dijo: «Eric, no puedo seguir siendo tu amigo. Todos mis amigos desaparecen, se marchitan, se desvanecen. Tengo el corazón hecho pedazos. No puedo tener amigos». Intentó marcharse, pero lo agarré con más fuerza. «No. No te vayas. Quédate, por favor», le dije. Se lo supliqué. Se lo exigí. Lo amenacé, y se quedó. Lo llevé a casa y lo abracé toda la noche.

—¡No lo sueltes, Eric! ¡No lo dejes solo!

—No lo dejé solo, pero no conseguí que cambiara de opinión. Dejó de llamarme. Dejó de atender el teléfono cuando lo llamaba yo. Me tiré meses sin verlo. Pero, entonces, me llamó un día porque le había tocado a él; estaba ingresado en el hospital. Meningitis, sarcoma de Kaposi, síndrome de emaciación… Todo lo imaginable, el pack completo. No podía salir de la cama. No podía comer. Apenas podía hablar. Pero, cuando me habló, me dijo las palabras más bonitas del mundo entero.

La multitud guarda silencio.

—«Te quiero, Eric». Y luego volvió a decirlo. «Te quiero». Lo repitió una y otra vez. «Te quiero, te quiero», y, cada vez que lo decía, se le fortalecía la voz, se le oía más valiente, como si obtuviera fuerza de las palabras. Empezó a decir más cosas. «Te aprecio», me dijo. «Eres importante para mí. Te doy las gracias. Te respeto. Creo en ti. Eres un buen amigo». Eso fue lo que me dijo. «Eres un buen amigo». Y entonces fui yo el que empezó a llorar en sus brazos, y tuvo que consolarme él. Imagináoslo. Mi precioso amigo era el que me estaba consolando a mí en su lecho de muerte.

—¡Te queremos, Eric!

—No hace falta que os cuente cómo termina esta historia. Ya lo sabéis. Pero, AMIGOS MÍOS, estoy aquí para deciros que os quiero. A todos y cada uno de vosotros, cabrones. Os quiero. El amor que siento por vosotros alimenta mi determinación, mi compromiso, hasta mi rabia. Mi amor es mi lucha. Sí, necesitamos que nos hagan caso. Sí, necesitamos dinero. Sí, necesitamos a alguien que nos guíe. Necesitamos leyes que nos protejan. Necesitamos ir a por quienes ostentan el poder y adueñarnos de él, joder. Tenemos que salir a las calles y gritar hasta que nos quedemos sin aliento y luego seguir gritando.

—¡Sigue gritando, Eric!

—Pero, sobre todo, necesitamos amor, porque es lo único lo bastante fuerte como para mantenernos unidos. La rabia no sirve. El odio tampoco. Ni el dinero. Tan solo el amor. Solo con amor podremos seguir adelante. —Baja la voz, y el público guarda silencio. Luego susurra al megáfono—: Solo con amor.

Eric se aparta a un lado del escenario y suelta el megáfono. Coloca las manos en la cintura y se inclina hacia delante, como si estuviera rezando. Entonces, de repente, alguien del público grita: «¡Solo con amor!», y luego otra persona lo repite: «¡Solo con amor!», y luego otra, y otra, y en tan solo unos instantes toda la multitud empieza a gritar. «¡Solo con amor! ¡Solo con amor! ¡Solo con amor!».

Al cabo de un rato, el público va perdiendo fuelle y los cánticos se van apagando, acompañados de unos últimos gritos y silbidos antes de que suba otra persona al escenario. Rebecca se seca los ojos.

—Ay, qué mal —dice, riéndose para contener las lágrimas—. Me pasa cada vez que lo veo hablar. Vamos detrás del escenario a saludarle.

Pero Ben niega con la cabeza. El día se ha vuelto sofocante y tiene demasiado calor allí, en medio de tanta gente. Se despide de Rebecca y serpentea entre la multitud hasta que llega a una sección del parque que está más despejada. Encuentra un trozo de hierba vacío lo bastante grande como para tumbarse con los brazos estirados. Siente el latido del corazón en las orejas. Piensa en la amistad. Piensa en el amor.

ADAM

Ahora los sábados son los peores días. Los más vacíos. Adam intenta pasarlos durmiendo, pero, cuando no lo consigue, sale a pasear sin rumbo.

Hoy ha llegado hasta la sala de espera del St. Hugh. Escoge con cuidado dónde sentarse; es la única silla que no tiene el tapizado rajado, la única a la que no se le está escapando el relleno. Se sienta y espera a que pase algo. Hoy el hospital no está muy ajetreado; hay algunas personas sentadas y otras que caminan en círculos, preocupadas. Sube los pies al asiento y apoya la cabeza en el reposabrazos. Cierra los ojos.

—¿Adam?

La voz lo sobresalta y lo despierta. Es la doctora Nieves, que está de pie delante de él, clicando el bolígrafo.

Adam se aprieta los ojos con las palmas de las manos e intenta recordar dónde está. ¿Cuánto tiempo lleva dormido? Estira las piernas y se endereza.

—¿Adam? ¿Va todo bien?

—¿Qué han hecho con él? —pregunta en voz baja.

La doctora lo examina durante un instante, en silencio.

—¿Dónde está? —pregunta Adam en voz baja.

—Iba a salir a por un café —le dice—. ¿Me acompañas?

Se da la vuelta y se dirige hacia la puerta principal. Adam se levanta y va tras ella. Al salir del vestíbulo, se cruzan con el enfermero de los pendientes rojos. Saluda con la cabeza a Adam y le dice:

—Lo siento.

Al otro lado de la calle, dentro de la cafetería Gotham's Apple, la doctora Nieves pide dos cafés con leche con dos sobres de azúcar.

—Lo de siempre, pero hoy ponme dos.

El hombre que está detrás de la barra asiente.

—No se lo han llevado a Hart Island, ¿verdad? —Adam ha estado leyendo sobre los cementerios de la ciudad, adonde llevan los cadáveres que no reclama nadie.

La doctora Nieves se gira hacia Adam.

—No —responde—. Sus hermanas vinieron a recogerlo.

Sus hermanas… Adam se alegra. Es mejor que si no hubiera ido nadie a por él.

—¿A dónde se lo llevaron?

—No lo sé.

—¿Celebraron un funeral?

—No lo sé. Ni que me fueran a invitar a mí.

El hombre les entrega dos cafés desde el otro lado de la barra, recibe el billete y les da el cambio.

—¿Cuánto hacía que conocías a Callum? —pregunta la doctora Nieves.

«Conocías». En pasado.

—Desde enero —responde.

Ella asiente y le da un sorbo al café; luego le pide al hombre más sobres de azúcar.

—Está cargado hoy —comenta.

El dependiente se encoge de hombros.

—¿Ha tenido otros pacientes como él? —pregunta Adam.

—¿A qué te refieres? —Echa más azúcar en el café, lo remueve y vuelve a probarlo—. Ay, mucho mejor.

—A si ha tenido pacientes tan jóvenes como él.

—He tratado a toda clase de personas —responde—. De todas las edades. En general son mayores. Pero algunos son más jóvenes. Callum era de los más jóvenes.

«Era». En pasado.

La doctora Nieves sale del local y le sujeta la puerta a Adam. La calle está llena de taxis amarillos y autobuses urbanos y repartidores en bicicleta que avanzan en zigzag entre ellos. Calle arriba aúlla la sirena de una ambulancia para apartar el tráfico que le impide llegar a la entrada de Urgencias del St. Hugh. Adam se pregunta si alguna vez se hace el silencio en la ciudad.

—Adam, ¿puedo darte un consejo?

—No hace falta —responde—. Me haré la prueba.

—Bien, pero no es eso lo que quería decirte. Quería hablarte de tu corazón.

—¿Mi corazón?

—Ahora lo tienes roto. Es más que evidente. Está hecho añicos, reducido a polvo.

—Ah —responde.

—Pero es pasajero, ¿sabes? Los buenos corazones se reconstruyen solos. Pero solo si se lo permites. Tienes que permitírselo.

—No lo entiendo.

—Algún día te despertarás y el mundo no será tan oscuro.

—Pero me gusta la oscuridad —responde Adam.

—Ya. Lo entiendo. Yo me sentí igual cuando... —Se detiene a mitad de la frase—. Mira. Nunca vas a olvidar a Callum, eso está claro. Da igual qué ocurra en tu vida, da igual lo que hagas o a dónde vayas; siempre estará contigo. Pero, un día, el aire cambiará, y volverás a sentir el sol en la cara, y será una sensación agradable y, cuando eso ocurra, quiero que te lo permitas. No será una traición. No querrá decir que ha dejado de importarte. Te prometo que nunca dejará de importarte. Te lo prometo. Nunca lo olvidarás.

Adam baja la mirada. ¿Cómo ha sabido que lo que más miedo le da es olvidarlo? ¿Cómo ha sabido que, cada vez que se da cuenta de que está pensando en otra cosa, como en lavarse los dientes o ver una peli, quiere castigarse? ¿Cómo ha sabido que tiene miedo de quedarse dormido por si sueña con algo que no sea Callum? ¿Que hace unos días fue al piso de Callum para recoger sus cosas y guardárselas para siempre, y que descubrió que habían cambiado la cerradura? ¿Que el motivo por el que ha venido hoy al hospital es porque se siente culpable por no estar más cerca de Callum, más cerca del lugar en el que lo vio por última vez, donde lo vio respirar por última vez, donde lo oyó pronunciar su nombre por última vez? ¿Cómo lo sabe?

Nunca lo olvidarás.

—A usted tampoco la olvidaré —le dice a la doctora Nieves—. Jamás.

Ella deja el café en la acera y abre los brazos a modo de invitación. Se abrazan, y Adam siente su calidez. Apoya la cabeza en su hombro. Se deja abrazar.

—Escúchame —le dice—. La última vez que te dije que necesitabas dormir me ignoraste. Esta vez te lo ordeno como médica, ¿queda claro?

—Vale —responde Adam, y luego, despacio, en voz muy baja y cargada de intención, añade—: Gracias, doctora Nieves.

Mientras vuelve hacia el bajo Manhattan, cruza por el paso de peatones justo cuando un repartidor en bicicleta pasa a su lado, demasiado cerca, a toda velocidad, y le grita: «¡Cuidado, idiota!». A Adam se le cae el café y le mancha las zapatillas. Deja el vaso donde ha caído. Cruza la calle y se mete en una cabina de teléfono. Se deja caer hasta el suelo y apoya la cabeza en las rodillas. No va a llorar. Ahora no. Está cansado de llorar. Solo quiere estar a salvo dentro de esa cabina durante unos minutos hasta que pueda volver a caminar.

BEN

Un joven se separa de la multitud en el East River Park y se acerca al trozo de césped en el que está Ben. Es más alto que él, con la piel oscura y unos vaqueros que le sientan de maravilla. Tiene una de las palas torcidas; Ben se da cuenta al instante porque el chico le sonríe. *Devuélvele la sonrisa*, se dice a sí mismo, pero el chico es muy muy guapo, parece un modelo, y su belleza le pone nervioso. La sonrisa del chico se ensancha aún más. *¡Devuélvele la sonrisa!* Ben consigue tranquilizarse y le sonríe.

El joven está de pie delante de él y le dice:

—Hola, mmm… Mi amigo me ha retado a que venga a decirte que me pareces mono —dice mientras señala a un grupo de personas bajo un árbol, no demasiado lejos. Todos están mirándolos fijamente—. Así que he aceptado el reto y aquí estoy. Me pareces mono.

A Ben se le encienden las mejillas. Sabe que se está poniendo rojo. No sabe qué decir. ¿Qué se contesta cuando alguien tan guapo te dice algo así?

—Te he visto antes y luego te he vuelto a ver y… Bueno, me llamo Elián.

—Hola —dice Ben—. Me llamo Ben.

—No me suenas de las reuniones de ACT UP, ¿verdad?

—No —responde Ben.

—Deberías venir a alguna. Nos reunimos los lunes por la noche.

Le entrega un folleto.

Ben se traga la decepción. No está ligando con él; lo está reclutando.

—Gracias —le dice.

Elián se da la vuelta para irse, pero entonces se detiene.

—Aunque no vengas, me gustaría volver a verte. ¿Te puedo dar mi número?

—Vale —logra decir Ben. Le devuelve el folleto a Elián, que escribe su número en el margen con un boli y luego vuelve con sus amigos.

Ben mira el número. Está incompleto. Elián solo ha apuntado seis dígitos. Durante un instante, se plantea ir tras él, pero no se levanta. Ahora mismo está muy cómodo tumbado en el césped. En los altavoces del escenario suena *Roam*, de The B-52's.

ADAM

Es una mañana preciosa. Está despejado, no hace un calor húmedo y corre una ligera brisa. Unas nubes perezosas que parecen de algodón flotan en el cielo y se mueven despacio, ocultando de forma intermitente el sol de principios de agosto. La dueña del Bus Stop está paseando a su nuevo cachorrito, un chucho desgarbado de orejas caídas. Sonríe y saluda a Adam. Un taxi sube tranquilo por la Octava Avenida; tiene puesta esa nueva canción sentimental de Wilson Phillips sobre aguantar un día más. Es una estampa perfecta, ideal. Adam lo odia.

Se tropieza mientras camina por la acera porque está distraído. Solía conocerse cada bache, cada inclinación y cada grieta del Village. Tiene los pies acostumbrados a ellos, porque ahí fue donde aprendió a caminar. Pero ahora con cada paso se lleva una sorpresa. Como si fuera un extraño.

Un titular de *The New York Times* dice: «El sida acecha a los adolescentes homosexuales».

Nelson Mandela aparece en la portada del *Time*. «Un héroe en América». Adam recuerda que quería ir a verlo cuando visitara Nueva York. ¿Fue hace una semana? ¿Un mes? ¿Toda una vida?

Encima de la foto de Mandela ve una foto más pequeña de unos manifestantes de ACT UP sobre un titular que reza: «El sida: la batalla perdida».

Se queda mirando las palabras. *La batalla perdida.*

Perdida.

Cierra los ojos.

—¿Adam?

La voz que proviene de su espalda le resulta familiar. Se gira despacio y parpadea dos veces. Es Ben. No lo ha visto desde que se tomaron los sándwiches de queso en el Waverly Diner, ¿verdad? Ese día se lo pasó bien con él.

Ben tiene las manos en los bolsillos. Cuando Adam lo mira a los ojos, Ben desvía la mirada. Adam ve los ojos de Ben revolotear por las revistas como un saltamontes; aterrizan en todas partes menos en Adam. Le gustaría que se quedaran quietos durante un momento para poder estudiar mejor sus colores.

Al cabo de un rato, Ben habla al fin.

—Qué raro que nos encontremos cada dos por tres.

Adam asiente, pero sabe que así es Nueva York. Siempre te encuentras con conocidos; normalmente cuando no quieres, y casi nunca cuando quieres.

—Me tenías preocupado —dice Ben—. Después de lo del Orgullo.

Adam agacha la cabeza. Supone que se vieron ese día, pero no lo recuerda.

—Fue un día extraño… —contesta.

—Ya… —dice Ben. Habla con una voz casi melancólica. A Adam le parece que va a juego con su aspecto. Taciturno y complicado.

—Ya se te ha curado la cara —dice Adam.

—Casi. Aunque es probable que me quede una cicatriz para siempre.

—Siempre he querido tener una.

—No te lo recomiendo.

Adam se reprende a sí mismo. *¿Por qué no estás pensando en Callum?*

Están uno al lado del otro, mirando las portadas de las revistas. Los rostros de los famosos les devuelven la mirada. Gloria Estefan en *People*. Madonna en *Cosmopolitan*. Julia Roberts en *Rolling Stone*. Denzel Washington, Johnny Depp, Whitney Houston, Winona Ryder,

Demi Moore. A Adam le gusta la sensación que le transmite la presencia de Ben. Lo tranquiliza.

—Bueno, voy a comerme un trozo de pizza en Ray's —dice Ben—. Nos vemos.

A Adam se le forma un nudo en la garganta. No quiere que Ben se vaya. ¿A qué viene de repente esta sensación de pánico? No quiere estar solo. Es la primera vez, desde hace semanas, que no quiere estar solo.

—Las de Joe's son mejores.

Ben arquea las cejas.

—¿Seguro? Mira que soy muy exigente con la pizza.

—Confía en mí. Llevo toda mi vida en este barrio y... —Se corta a sí mismo. Recuerda haberle dicho esas palabras antes a otra persona, hace mucho tiempo. Pertenecen al pasado.

—¿Dónde queda Joe's?

—En Carmine Street.

—¿Tienes hambre?

Sí que tiene, y juntos, sin hablar, recorren las pocas manzanas que los separan del pequeño escaparate de la pizzería. A pesar de la gran variedad de opciones diferentes que hay tras el expositor —margarita, de salchicha, de peperoni, de champiñones, *deluxe*...—, Adam pide dos trozos de pizza margarita, uno para cada uno.

El pizzero coloca cuatro platos de papel sobre el mostrador, de esos endebles con muescas en el borde. Usa dos para cada trozo para que no se les llenen las manos de grasa. Sirve un buen triángulo de pizza en cada plato. Adam se mete las manos en los bolsillos en busca de dinero, pero Ben se le adelanta.

—Y dos Coca-Colas —dice Ben.

El pizzero desliza dos latas por encima del mostrador.

Adam riega su trozo con copos de chile y luego le pasa el bote a Ben. Ben se echa incluso más que Adam, y Adam sonríe al verlo.

Cruzan la calle hasta el parquecito de la Plaza del Padre Demo. Hay un banco frente a la iglesia de Nuestra Señora de Pompeya, así que se sientan. Un par de monjas pasan junto a ellos y les sonríen. Adam les devuelve la sonrisa.

—Qué buena pinta tiene esto —le dice Ben, y se lleva el trozo a la boca.

Antes de que le dé tiempo a darle un mordisco, la punta del triángulo se inclina y cae un poco de grasa al suelo.

—No —le dice Adam—. Mira. Primero tienes que secar un poco la pizza con una servilleta de papel para que absorba el exceso de grasa. ¿Ves? Luego la pliegas a lo largo para que no se te doble.

Le hace una demostración a Ben, y pliega su triángulo en forma de torpedo. Se lleva la punta a la boca y le da un buen mordisco.

Ben lo imita.

—No tenía ni idea —dice.

—Ahora ya eres todo un neoyorquino —añade Adam.

Cuando se terminan las pizzas, Ben dice:

—Conocí a tus amigos en el Orgullo. Jack y Víctor. Me contaron lo de Callum. Lo siento mucho.

Adam baja la mirada y ve que tiene una abeja en el zapato, husmeando. Adam la observa. ¿Qué estará buscando? Desde luego, ahí no va a encontrar néctar. ¿Se habrá perdido? ¿Habrá olvidado cuál es su sitio?

—Oye —dice Ben mientras agita la mano frente a la cara de Adam—. ¿Estás ahí?

Adam vuelve a mirar a Ben. Se escucha a sí mismo preguntar:

—¿Te has enamorado alguna vez?

—No —responde Ben.

Adam aplasta la lata de Coca-Cola vacía contra el banco.

—Es lo más inteligente que puedes hacer. El amor es una mierda.

Ben no responde.

Se quedan sentados en silencio durante unos minutos más. La abeja del pie de Adam sale volando.

¿Irá a casa? ¿Cómo sabe dónde está su casa?

Al cabo de un rato, Ben le dice:

—Bueno, debería ir yéndome.

No, piensa Adam. *Todavía no.* Abre la boca para decir algo: «Espera» o «Todavía no» o cualquier cosa. Pero no le sale nada. Observa impotente cómo Ben se levanta y da unos pasos hacia la Sexta Avenida. *¡No te vayas!*

De repente, como si Ben hubiera escuchado su súplica silenciosa, se vuelve hacia Adam.

—¿Te gustaría quedar alguna vez? —La pregunta sobresalta a Adam. Ladea la cabeza—. No en plan cita —aclara Ben, que por lo visto se ha percatado de la expresión de confusión de Adam—. Como amigos.

Amigos. La imagen del apartamento de Jack y Víctor lleno de amigos inunda la mente de Adam.

—Vale —responde.

Ben rebusca en su mochila y saca un bolígrafo y un trozo de papel. Adam escribe su número. Ben dobla el papel, se lo mete en el bolsillo trasero y luego le escribe su número a Adam.

—Nos vemos —dice Ben.

—Nos vemos.

Ben comienza a alejarse de nuevo. Adam vuelve a sentir un pánico que le oprime el pecho conforme se separan y suelta sin pensar:

—¿A dónde vas ahora?

Ben se encoge de hombros.

—A ningún sitio en concreto.

—¿Puedo ir contigo?

Háblame de alguna vez en que te sentiste incomprendido.

En octavo nos dieron a elegir entre varias asignaturas op-
tativas: herrería, economía doméstica o manualidades.
Yo elegí manualidades. Lo primero que dimos fue alfare-
ría; teníamos que crear un objeto con arcilla. Podía ser un
tarro de galletas, una taza, un cenicero o lo que quisiéra-
mos. El único requisito era que fuese «algo a lo que se le
pueda dar uso». En otras palabras, no solo decorativo.

Por entonces estaba obsesionado con la antigua
Roma, así que decidí hacer un lacrimatorio. ¿Sabes lo
que es? Es un recipiente pequeñito que, según dicen, ser-
vía para recoger las lágrimas vertidas durante los funera-
les, y luego lo cerraban y lo enterraban con los muertos.

No tengo ni idea de si la gente lo hacía de verdad o
si no es más que una leyenda, pero la idea me pareció
de lo más morbosa. Justo lo que me atraía en esa época.

Después de hornear nuestras creaciones, teníamos
que contarle al resto de la clase lo que habíamos hecho.
Cuando intenté explicar mi lacrimatorio, todos se quedaron mirándome con rostros inexpresivos. Ni siquiera se bur-
laron ni soltaron risitas, que era lo que yo esperaba. Se
quedaron mirándome y esperando a que terminara para
poder hablar de sus ceniceros y tazas.

Me lo llevé a casa y traté de llorar para ver si funcio-
naba, pero no conseguí que brotaran las lágrimas, por
más cosas tristes y espantosas que pensara. Supongo que
para octavo ya había dejado de llorar.

BEN

«Ningún sitio en concreto» resulta ser Union Square Park. Ben y Adam dejan atrás los carros de perritos calientes y a los artistas de las aceras para sentarse en los escalones de hormigón del extremo sur del parque, cerca de los bongós, las panderetas y un estuche abierto de una guitarra de un grupo de teatro. Están cantando *Aquarius*, de *Hair*, cuando un monopatín extraviado sin nadie encima baja a toda velocidad por los escalones y se estrella contra el pie de Adam.

Adam se agarra el pie.

—¡Ay!

Ben recoge el monopatín y se levanta.

—¡Oye!

—¡Es mío! —grita un chico con una camiseta de los Beastie Boys que se acerca corriendo. Le arrebata la tabla a Ben de las manos—. Dámelo.

—Deberías tener más cuidado —le dice Ben—. Podrías hacerle daño a alguien.

—Y a mí qué me importa —contesta el chico—. Si tienes algún problema, llévate a tu novio a otra parte.

Adam se levanta de golpe.

—Lárgate —le gruñe. El chico se queda mirando a Adam, incrédulo—. Que te pires —repite Adam.

El chico mira a sus amigos y luego de nuevo a Adam.

—Maricón —le espeta.

Adam da un paso adelante, se queda cara a cara con el chico y endereza los hombros.

—Repítelo.

El chico da medio paso atrás y abre los ojos de par en par.

—¿Qué? —le suelta Adam—. ¿No te ha dicho nunca nadie que los maricones también sabemos defendernos?

Ben ve a Adam cerrar los puños. *No*, piensa mientras recuerda esa noche en los muelles. *No le pegues.* Apoya la mano en el hombro de Adam.

Pero Adam se la aparta y da otro paso adelante.

—¿Tienes algo que decir?

El chico da dos pasos hacia atrás, luego tropieza con un escalón y cae de lado. El monopatín sale volando y el chico se raspa la cara con el hormigón. Un par de chicas con pantalones vaqueros holgados con la cintura doblada lo señalan y se ríen. Ben se acerca a Adam. Se colocan hombro con hombro por encima del chico, que sigue en el suelo, y sus sombras se proyectan sobre su cuerpo. Junto a Adam, Ben se siente como si midiera tres metros.

El chico se levanta como puede y vuelve con sus compañeros, que lo esperan mientras se burlan de él.

—¿Te dan miedo esos maricas?

Le dan un puñetazo en el brazo en señal de solidaridad y se alejan patinando.

Las chicas de los vaqueros holgados animan a Ben y a Adam mientras les hacen señas con el pulgar hacia arriba.

—¡Toma!

La cara de enfado de Adam da paso a una amplia sonrisa de triunfo y se le iluminan los ojos. Ben levanta la mano para chocar los cinco, pero, en lugar de eso, Adam frunce el ceño, baja la barbilla y se lanza hacia Ben; le rodea la cintura con las manos y apoya la cabeza contra su cuello. Ben nota cómo el cuerpo de Adam se relaja pegado al suyo, como el de un niño. Lo abraza, entrelaza las manos en la espalda de Adam y aprieta. ¿Los estará mirando todo el mundo? ¿Se estarán riendo o señalándolos o burlándose? Que hagan lo que quieran. Qué importa. No son reales.

—Ha sido una pasada —dice Ben, y aprieta más aún.

—La verdad es que sí —responde Adam, pero Ben lo siente temblar. ¿Será por miedo?

Suena una sirena, pero, como todo lo demás en ese momento, está a un millón de kilómetros de distancia.

ADAM

Adam inhala el calor de Ben mientras están ahí de pie, abrazados, en Union Square. No es la calidez madura que desprendía Callum, la calidez que despertó su deseo, su anhelo. Se trata de una calidez diferente, incipiente e incierta, un ligero resplandor de bondad. Adam la asimila, como un idioma que entiende. Se aleja un poco de Ben y le acaricia la mandíbula; ahí también siente ese calor.

—¿Vas a estar bien? —le pregunta Ben, acariciándole la mano a Adam.

—Sí —responde Adam, con tan solo una pizca de confianza.

Ben sonríe.

—Me voy a ir yendo —dice Adam.

—Vale —responde Ben.

—Nos vemos pronto —dice Adam—. De verdad —y lo dice en serio.

Se mira los zapatos, se mete las manos en los bolsillos y se adentra en la ciudad.

BEN

A Ben le resulta muy difícil no seguir a Adam, pero lo consigue. Se queda ahí parado hasta que la ciudad vuelve a absorber a Adam y lo ve desaparecer por Broadway.

«Nos vemos pronto», le ha dicho. «De verdad».

Pero ¿cuándo?

Ben busca el número de teléfono de Adam en el bolsillo trasero. Lo lee diez veces para intentar memorizarlo y luego se lo guarda en la mochila, donde estará más seguro. Tiene un bolsillo interior en donde guarda sus cosas más preciadas. Ben cierra la cremallera con fuerza.

ADAM

A través del tragaluz que hay sobre la puerta del baño de Adam, se puede escuchar la conversación de la cocina, si está entreabierto. Adam lo sabe desde siempre, pero durante la mayor parte de su vida lo ha ignorado, porque lo que ocurre en la cocina no suele ser demasiado interesante: su madre conversando con un cliente o su padre cantando canciones de *Godspell* mientras se prepara el almuerzo. Pero hoy tiene la oreja puesta.

—Estoy preocupada —susurra su madre—. Hoy ha vuelto a faltar al trabajo. Me he asomado a su cuarto y ahí estaba, acurrucado con el atlas como si tuviera once años. Apenas ha pronunciado palabra desde hace semanas.

—Solo necesita tiempo, Frankie —responde su padre. Adam se lo imagina abrazándola, apoyando la barbilla en su cabeza—. ¿Te acuerdas de lo que nos dijo Jack?

— Sí, que nunca entenderemos a nuestro propio hijo.

—No dijo eso. Dijo que lo más importante, y tal vez lo único que podemos hacer, es asegurarnos de que sepa que le queremos y le respetamos. Lo peor que podemos hacer es fingir que sabemos lo que siente u obligarle a explicar o justificar lo que siente. Por lo demás, el resto depende de él. Si quiere compartir algo con nosotros, ya lo hará. Si no, pues no. Pero no es decisión nuestra; es solo de él. Tiene que saber que nuestro amor es incondicional, no es ninguna transacción. Tiene que saber que no nos debe nada. Seguro que lo sabe. Te lo prometo. Es un buen chico. El luto no es nada fácil. Y cada uno lo lleva a su manera. Dale tiempo, ¿vale? Tiempo.

Adam se mira en el espejo. Parece muy cansado. No se ha cortado el pelo en todo el verano. Su padre le dice que parece un *hippie*.

—Pero ¿crees que habrá tenido cuidado? —le pregunta su madre a su padre—. ¿Habrá tomado precauciones?

—Él sabe tanto de todo ese asunto como nosotros. Quizá hasta más.

—Pero si es un niño.

—Ya no es un niño, Frankie. Tiene dieciocho años.

—Ay, madre. ¿Y eso en qué nos convierte a nosotros?

—En dinosaurios —responde su padre, y sus voces desaparecen por el salón.

¿Y si no tuvieron suficiente cuidado? ¿Y si no tomaron precauciones? ¿Y si él también cae enfermo? ¿Qué aspecto tendría si enfermara? ¿Qué aspecto *tendrá cuando* enferme? Se imagina lo difícil que será para sus padres. Lo decepcionados que estarán cuando muera tan joven. Imagina que se culparán a ellos mismos. Que lo culparán a él, aunque finjan no hacerlo.

Se pone delante de su escritorio y retira metódicamente todas y cada una de las fotografías del corcho. Hay capas y capas de fotos, y montones de chinchetas. Las quita con cuidado y amontona las fotos de Lily en una pila, las de su padre y su madre en otra, y todo lo demás en una tercera. Hay una foto del gato que adoptó del refugio cuando estaba en séptimo, un gato de color carbón al que llamó Dave. Dave desapareció al cabo de dos semanas y nunca volvió, aunque Adam empapeló todo el West Village con carteles que ofrecían una recompensa de diez dólares. Fue entonces cuando adoptaron a Clarence.

Un rato después, lo único que queda en el corcho es la mitad superior de la tira de fotos de Callum y Adam del día en que se conocieron. La cara de Callum aparece en primer plano, con una enorme sonrisa de felicidad. Adam aparece asomado por detrás de los hombros de Callum como un niño. Está sonriendo, pero Adam ve su propia ansiedad en los ojos.

Rompe la tira en dos. Junta los dos trozos uno encima del otro y los vuelve a romper. Y luego otra vez. Sigue rompiendo y rompiendo, con una actitud metódica y fría, hasta que el escritorio queda cubierto de cuadraditos de papel. Confeti. Basura. Lo tira todo a la papelera.

Adam no se dará cuenta hasta más tarde, mucho más tarde, de que ha roto las únicas fotografías que tenía de Callum. Se preguntará por qué lo hizo durante el resto de su vida.

BEN

Ben lleva el nuevo teléfono inalámbrico de Gil a su habitación y marca el número de su madre. Tarda un minuto en recordarlo a pesar de que ha sido su número durante casi toda su vida. ¿De verdad hace ya ocho meses que ha dejado de serlo?

—¿Sí? —La voz de su madre le eriza el vello de los brazos. Durante un instante, se plantea colgar—. ¿Hola?

—Soy Ben —responde—. Tu hijo.

—Ah —contesta su madre con desgana. Parece como si la hubieran interrumpido por algo que no tuviera importancia, como esa campanita que suena cuando termina el programa de la secadora—. ¿Qué hora es?

—Las cinco y media.

—¿De la tarde?

—Sí. ¿Te he despertado?

Su madre carraspea.

—No.

—Bueno, es que… —Se detiene y vuelve a empezar—. Solo quería que supieras que estoy bien.

—Vale —dice su madre. Suena muy pequeña, y le hace sentirse mal—. Todavía hay un par de tarjetas por aquí que te enviaron por tu cumpleaños. Una es de tus tíos de Worcester. Seguro que es un cheque. ¿No te enviaron veinte dólares el año pasado?

—No me acuerdo.

—Te lo guardaré.

—No hace falta.

—¿Vas a volver? —le pregunta su madre.

La línea permanece en silencio. Ben siente la distancia que los separa, los sesenta amplios kilómetros que los separan. Él mismo fue quien creó esa distancia, en su decimoctavo cumpleaños. Recuerda lo valiente que se sintió esa mañana. Lo mal que se portó con ella, y ella con él. Todo es tan complicado…

—Por ahora, no —responde, aunque sabe que lo que quiere decir es «nunca». Está seguro de que su madre también lo sabe.

—Vale —dice su madre.

—Lo siento. Por todo.

Ben espera una respuesta —una aceptación, un rechazo, una disculpa por su parte también—, pero no obtiene nada. Ni una palabra. Su madre sencillamente cuelga. *Clic.*

Ben clava la mirada en el suelo. Quizá debería volver a llamar. Quizá se haya cortado la llamada. Quizá su madre tenía algo más que decir. Quizá él tenga algo más que decir. Pero no llama de nuevo. Volverá a planteárselo, pero más adelante.

Mira el reloj. Debería empezar a hacer la cena por si ocurre algún milagro y el turno de Gil termina a su hora por una vez. Pone el nuevo CD de Adamski y suena *Killer*. Le encanta el cantante, Seal.

Poco después, Ben tiene la salsa de tomate de siempre a fuego lento y una olla de agua hirviendo preparada. Ha colocado el resto de los ingredientes en la encimera: los espaguetis, el parmesano rallado y los copos de chile. Incluso ha comprado albahaca fresca en Angelino's porque tenía buena pinta. La cortará muy fina y la echará por encima de la pasta. Gil se reirá y dirá que cuenta como ensalada.

Gil llama para decirle que no va a ir a casa, que esta noche va a salir con Rebecca. Le invita a salir con ellos, pero Ben le dice que no, gracias. Hierve los espaguetis y se los come mientras lee su nuevo número de *Vogue Paris*, el especial de alta costura con Christy Turlington en la portada, vestida de Dior.

ADAM

Cuando Víctor llama a Adam para invitarlo a un *brunch*, le aconseja comer algo primero.

—Cuando vas a un *brunch* gay, la gente se pasa todo el tiempo parloteando o emborrachándose y al final no comes hasta las cinco.

Adam le pregunta quién más va a ir y Víctor dice que solo va la familia, así que Adam espera ver a Joe-Joe, a Dennis, a Alexey, a Carlos, a Caryn y quizás a alguien más de los de la última vez.

Se pone la camiseta del monte Rushmore y oye un eco de la voz de Callum. «Mírate. Qué mono vas», le dice. Adam se pregunta si alguien volverá a decirle algo así alguna vez. Decide cambiarse.

—¿A dónde vas, peque? —le pregunta su padre mientras Adam se ata los cordones de las zapatillas.

—A casa de Jack y Víctor.

—¿Vuelves para cenar?

Adam nota que su padre se lo pregunta por curiosidad de verdad. Hace un año, el auténtico significado de esa pregunta habría sido «Espero que estés en casa para la hora de la cena», pero ahora sabe que es curiosidad real.

—No lo sé —responde.

—Bueno, lo que tú veas. Por cierto, voy a ir a la lavandería en un ratito. ¿Necesitas que te lave algo?

—No hace falta; ya hago yo mi colada mañana.

—Vale.

—Hasta luego.

—Espera —le pide su padre—. Dale un abrazo a tu padre, anda.

Adam obedece. Espera un abrazo normal, el abrazo rápido de siempre. Le da unas palmaditas en la espalda a su padre. Pero su padre se aferra a él durante mucho más tiempo de lo que esperaba.

—Estoy orgulloso de ti —le dice.

—Gracias, papá —responde Adam.

Cuando llega a casa de Jack y Víctor, ya hay bastante gente. Ve a Dennis, Alexey, Carlos, Caryn, Diane y Lalita. Pero no ve a Joe-Joe. Todos lo saludan con un abrazo y un beso en la mejilla. Parece que se alegran de verdad de verlo, y le resulta agradable. Tienen puesta la estación Z100, y Anita Baker canta sobre el éxtasis del amor.

Jack le pasa una copa de champán.

—No sé yo si debería beber —susurra Adam.

—¿Seguro? Hoy estamos de celebración.

—¿Qué celebramos?

Jack guiña un ojo.

—Bueno, te voy a llenar la copa con *ginger ale* para el brindis.

Víctor está colocando los platos en la isla de la cocina, como si fuera un bufé. Hay una lasaña inmensa que aún burbujea bajo una capa de mozzarella doradita. También hay una cesta de pollo frito resplandeciente. Jamón al horno, galletas, panecillos, pan de ajo, pan de harina de maíz y una tabla de quesos.

—Y también hay chuletas de cerdo asadas al estilo Oklahoma; es una receta de mi abuela —dice Jack, señalando una fuente de horno llena de chuletas doradas con una salsa espesa salpicada de pimienta.

—Señor, dame fuerzas —dice Alexey—. Nos han invitado a Fire Island este fin de semana. Tú me dirás cómo me voy a embutir en un Speedo después de este festín.

—Anda ya, musculitos —le dice Víctor mientras le aprieta el bíceps.

Jack endereza la columna y le da unos golpecitos a la copa de champán.

—¡Atención, todo el mundo! Víctor y yo tenemos algo que anunciar.

—¿Qué, os vais a casar? —pregunta Dennis entre risas.

—Ya, claro —dice Carlos—. Los gais pueden casarse y yo soy Lady Di.

—¡No, no es eso! —dice Jack, y toma a Víctor de la mano—. Ya es oficial. ¡Nos hemos jubilado!

—¡Por nosotros! —grita Víctor mientras alza la copa.

Pero nadie más la alza. Todos se quedan mirando a la pareja.

—Pero si... Espera, ¿cómo...? ¿Por qué? —pregunta Dennis—. ¿Habéis ganado la lotería?

—No, cari —responde Víctor—. Es que estamos cansados de todo. De tanto ajetreo. La vida es demasiado corta, y queremos hacer muchas cosas. Queremos ver mundo.

—Exacto —añade Jack—. El Machu Picchu, la Gran Barrera de Coral, la Torre Eiffel, Fiji. Tenemos una lista bien larga.

—No tenía ni idea de que fuerais ricos en secreto —dice Alexey—. ¿No serás en realidad Leona Helmsley, Jack?

—¿Ricos? Para nada —responde Jack—. Es solo que hemos rescatado nuestros planes de pensión, eso es todo.

—Pero ¿eso se puede hacer?

—¿No tienes que pagar una multa o algo así?

—Pero ¿qué pasa con...?

Jack interrumpe las preguntas.

—¡El futuro empieza hoy! Nos morimos de ganas. Venga, a beber.

Nadie bebe. El silencio se vuelve pesado mientras todos asimilan la verdad de lo que está ocurriendo. Adam empieza a entender el código. Cuando alguien rescata su plan de pensiones a la edad de Jack y Víctor, significa que no ve ninguna razón para seguir ahorrando. Significa que no quieren esperar para poder gastar ese dinero. Significa que... Le empiezan a temblar las rodillas. Va hacia la pared para apoyarse. A lo mejor se equivoca. A lo mejor lo ha entendido mal.

—Entonces... —dice Dennis, y el tono solemne de su voz contrasta con el optimismo de Jack y Víctor—. ¿A quién le ha tocado esta vez? ¿Solo a uno de vosotros? ¿A los dos?

—A Jack —responde Víctor.

—Ay, Jack… —dice Caryn—. ¿Cuándo ha sido?

—Oye, oye —interviene Jack—. Que hoy la cosa va de buenas noticias, ¿de acuerdo? Y creo recordar que he propuesto un brindis. ¿Podemos brindar ya por nosotros?

Todos miran a su alrededor, a los demás, a la nada. Al fin, Dennis levanta la copa.

—¡Por la parejita feliz! —grita—. ¡Y por el bufé gay hipercalórico!

Todos beben, salvo Adam. Está desorientado. ¿Acaso los demás no saben lo que significa eso?

Jack le pasa un plato a Carlos y otro a Alexey.

—Empezad a comer, reinonas. Os voy a obligar a todas a engordar conmigo.

—Mi sueño hecho realidad —dice Alexey. Besa a Jack en la mejilla—. Te quiero, papi.

—Todos te queremos —añade Carlos.

Poco después todos están sirviéndose comida y charlando sobre los planes de viaje de Jack y Víctor, animados. Todos menos Adam. Adam está pegado a la pared. Siente que le falta el aire. No entiende nada. ¿Cómo pueden estar todos tan alegres? ¿Cómo es posible que no estén todos destrozados? Deja el vaso en una consola que hay junto a la puerta y se marcha. Nadie se dará cuenta.

Cuéntame por qué no duermes.

No me despedí. Sabía lo que estaba pasando, pero no me despedí. Ni siquiera lo intenté.

BEN

Ben está inmerso en un nuevo número de *Face*, estudiando un reportaje de moda un poco caótico con *looks* bohemios y extravagantes: jerséis, pantalones cortos, sandalias... Han hecho las fotos en una playa con bruma. A Ben no le entusiasman las prendas —le parece que podrían ser de cualquier centro comercial—, pero la modelo es impresionante. Pecas, una sonrisa un poco bobalicona y unos ojos increíbles. No resulta deslumbrante como Linda o Naomi; es diferente, con un aspecto más relajado, más desenfadado. Encuentra su nombre en los créditos: Kate Moss. Tendrá que preguntarle a Rebecca si ha oído hablar de ella.

Suena el teléfono. Deja que salte el contestador automático.

—Hola. Quería dejar un mensaje para...

Esa voz. Es Adam. Ben responde el teléfono.

—¿Hola?

—¿Ben?

Ben lleva días dándole vueltas a la escena del *skater* en Union Square. No ha podido dejar de pensar en Adam. La fuerza con la que lo abrazó. La forma en que le dijo «Nos vemos pronto». Esa manera tan misteriosa en que se marchó.

—Hola —responde Ben.

—¿Qué estás haciendo?

—Nada.

—Ah.

—¿Y tú?

—Estaba pensando en ir al cine de Broadway para ver qué ponen.

Ben no sabe si es una afirmación o una invitación. ¿Le está pidiendo que vaya con él? No está seguro.

Adam vuelve a hablar.

—Es que hoy hace un calor sofocante y ese cine tiene el mejor aire acondicionado.

—Eso es verdad.

—Aunque no sé qué pelis pondrán…

Ben nota cierto temblor en la voz de Adam, como de tristeza o ansiedad o algo por el estilo. Suena pequeño, vacilante.

—¿A qué hora vas a ir? —le pregunta.

—Dentro de un ratito. A lo mejor ahora.

Ahora. ¡Ahora!

—Vale —responde Ben, tratando de mantener la calma—. Yo estoy en Tribeca. ¿Cuarenta y cinco minutos?

—Vale —dice Adam.

Ben corre a su cuarto para cambiarse. ¿Qué se pone? Se recuerda a sí mismo que no es una cita; solo un amigo que llama a otro amigo para ver si quiere ir al cine. Nada especial. Nada sorprendente. Nada raro. Una camiseta blanca y unos vaqueros grises. La gorra de béisbol. Sale volando hacia Broadway.

No pierde de vista el reloj durante todo el trayecto, pero, cuando se planta en el cine, se da cuenta de que ha llegado cinco minutos tarde. Mira a su alrededor en busca de Adam, pero no lo ve. ¿Habrá entrado ya? ¿Se habrá cansado de esperar y se habrá marchado?

Ben se acerca a la taquilla.

—¿Has visto a un chico de mi edad por aquí?

La encargada sacude la cabeza.

—Veo a mucha gente. ¿Quieres una entrada?

En diez minutos ponen *Dick Tracy*, con Madonna y Warren Beatty. Ben decide comprar dos entradas. Cada una cuesta cinco dólares. Entra para ver si Adam está en el vestíbulo. Vuelve a salir. Mira hacia un lado de la calle y hacia el otro. Ni rastro de Adam.

Espera cinco minutos más. La película está a punto de empezar. ¿Le habrá dejado plantado? Se tira de la camiseta, que se le pega con la humedad.

Diez minutos. Sigue sin haber ni rastro de Adam. *Se habrá retrasado el metro*, piensa Ben. *A lo mejor ha ido a otro cine. O lo ha atropellado un taxi. O lo han secuestrado.* Se plantea las posibilidades más disparatadas para evitar la más obvia: Adam ha cambiado de opinión. No va a venir.

Y entonces, antes de que le dé tiempo a aceptar una explicación tan deprimente, Adam dobla la esquina, con la sien perlada de sudor.

—Lo siento —dice jadeando—. A mitad de camino me he dado cuenta de que no llevaba dinero. He tenido que volver corriendo a casa para sacar diez dólares de donde guarda mi madre su dinero.

—Nos hemos perdido el principio —dice Ben, señalando el póster de *Dick Tracy*. No le dice a Adam que ha comprado entradas. Le da vergüenza—. ¿Quieres ver *Gremlins 2*? A lo mejor es una porquería, pero al menos estaremos fresquitos.

—¿Qué más ponen?

—*48 horas más, Las aventuras de Ford Fairlane* y *Aracnofobia*.

—Uf… Nada bueno —dice Adam.

—Lo siento —dice Ben, cabizbajo.

—Ha sido culpa mía. Siento mucho haber llegado tan tarde. ¿Puedo invitarte a un polo? —Señala un súper que hay al otro lado de la calle—. Es lo que más me gusta comer en verano.

—Vale.

Ben elige uno de cereza; Adam, de lima. Y juntos bajan hasta Washington Square. Adam se sienta en el borde de la fuente, se quita los zapatos y se remanga los vaqueros. Se da la vuelta para meter los pies en el agua.

—¿En serio? —pregunta Ben. No es que el agua se vea demasiado sucia pero le da cosa.

—Aquí lo hace todo el mundo. Es agradable. Pruébalo.

Ben se descalza y mete los pies en el agua. Está más fría de lo que esperaba. Cuando se estremece, se le caen unas gotitas del polo de cereza en la camiseta.

Adam señala la mancha.

—Un corazón sangrante —dice, y sonríe.

Ben le devuelve la sonrisa.

Hoy el parque está lleno de gente: parejas tiradas en la hierba, amigos jugando a las cartas, un grupo de estudiantes de teatro ensayando. Un adolescente empuja un carrito de bebé en el que lleva a un perro salchicha. Tres ancianos ríen a carcajadas en un banco. Un par de mujeres tocan *Dueling Banjos* con el ukelele.

—Este es mi segundo parque favorito —dice Adam—. Después del Central Park; ese es insuperable.

—He visto en las noticias que están pensando convertir los muelles en un parque, con césped y todo —dice Ben.

—Anda ya —responde Adam—. Seguro que no lo hacen nunca.

Un grupo de estudiantes universitarios se acerca a la fuente. Uno de ellos va tocando un tambor de mano y los demás corean: «¡Dale duro con sexo seguro! ¡Dale duro con sexo seguro!». Avanzan por el camino pavimentado y rodean la fuente mientras reparten condones a la gente con la que se cruzan. Una chica con unas trenzas que le llegan hasta la cintura y una falda vaporosa con flecos en la parte de abajo le tiende a Ben un puñado de preservativos.

—No, gracias —contesta Ben con tono educado.

—¡Son gratis! —insiste la chica—. ¡Dale duro con sexo seguro!

Adam agarra los condones. Los toquetea y los gira mientras los sostiene, como si fueran reliquias misteriosas.

—Cuesta creer que algo tan pequeño pueda…

Se interrumpe y deja los condones a un lado.

Ben baja la mirada hacia los pies, aún en el agua. Odia sus dedos. Intenta juntar los pies para esconderlos.

—¿Puedo hacerte una pregunta? —le dice a Adam.

—Dime.

—¿No te asusta a veces? El VIH, quiero decir.

—¿A ti, no?

—Sí, supongo que es una pregunta tonta. —Ben trata de taparse los dedos de los pies de nuevo—. A veces no sé si me da miedo pescarlo o si tan solo espero poder retrasarlo el mayor tiempo posible. ¿Me explico? Incluso tomando todas las precauciones y tal, parece que, no sé... Parece que está por todas partes. Como que no hay escapatoria. ¿Sabes?

—No hay escapatoria —dice Adam con una voz inexpresiva, algo encorvado.

—¿Te asusta hacerte la prueba? —pregunta Ben.

—¿Asustarme?

—Quiero decir, por lo que pasó...

—¿Por Callum?

—No sé. Es solo que imagino que quizá sea fácil cometer algún error, ¿sabes? Dejarse llevar y perder el control y hacer algo mal.

—¿Hacer algo mal? ¿Qué se supone que significa eso? —dice Adam, más erguido.

—No quería decir eso —se excusa Ben—. Solo quería decir que...

—¿Estás diciendo que la gente con VIH ha hecho algo para merecérselo?

—¡No! ¡Para nada! Solo digo que... —No le salen las palabras. Acaba de decir una estupidez tremenda. Menudo idiota. Menudo estúpido y menudo idiota. Abre la boca para disculparse, pero le da miedo meter la pata de nuevo. Se le aceleran los pensamientos. ¿Cómo va a retractarse ahora?—. Me he expresado mal.

—No tienes ni puta idea de lo que estás hablando.

—Lo siento —dice Ben—. De verdad que no quería...

Adam se levanta.

—Tengo que irme —dice.

—¡Espera! —le dice Ben, pero es como si se hubiera vuelto invisible.

Adam ni siquiera lo mira mientras saca los pies del agua y se aleja. Cruza el parque descalzo, con los zapatos colgando de los dedos. Ben se pregunta si volverá a verlo. Duda incluso de si se lo merece.

ADAM

Jack llama a Adam desde el otro extremo del restaurante. Es la una y media de la tarde y, como de costumbre, Eisenberg's Sandwich está repleto de clientes que comen sándwiches de ensalada de huevo y terminan los crucigramas de los ejemplares de *The New York Post* que han dejado quienes han desayunado allí. El hombre calvo de detrás de la caja registradora asiente en dirección a Adam. Tiene una cerilla en la boca mientras le cobra a una mujer que se ha dejado el matiz en el pelo gris durante demasiado tiempo y se le ha quedado un poco azul. Adam se abre paso entre los clientes hasta una mesa de aluminio y fórmica donde Jack y Víctor ya están tomando café.

—¡Estás vivo! —Víctor se levanta de un brinco para darle un abrazo a Adam.

—Siento haber desaparecido el otro día. Necesitaba tomar el aire.

—Te perdiste a Caryn cantando *She's Like the Wind*. Te habría encantado.

—¿Te apetece un sándwich? —pregunta Víctor.

—No tengo hambre.

—Bueno, pues que te vaya entrando, porque te he pedido uno de beicon, lechuga y tomate. *Deluxe*.

—Yo me he pedido un guiso de carne con patatas —dice Jack con una sonrisa.

—Yo, huevos escalfados con tostadas. Me encanta cuando sirven desayunos todo el día.

El camarero le trae una Coca-Cola a Adam y más café para Jack y Víctor. Cuando se marcha, Adam juguetea con el salero.

—Bueno, está claro que tenemos algo de lo que hablar —dice Jack.

Adam asiente con la cabeza.

—Supongo que te habrá impactado bastante —añade Jack—. A nosotros también. Pero los resultados de mi prueba son un recordatorio de que tenemos que agarrar la vida, aprovecharla y exprimir hasta la última gota, ¿sabes? Siento que te hayamos asustado. Supongo que deberíamos habértelo dicho de otra manera.

—No pasa nada. Es solo que no lo entiendo. ¿Cómo ha pasado...? O sea, ¿cómo te has...?

—Que como lo ha pescado, ¿no? —pregunta Víctor.

—Es que pensaba que, al ser monógamos..., en fin, ya me entendéis. Eso es lo que nos enseñan siempre.

—La vida es complicada —dice Jack.

—Ya —responde Adam.

Intenta tomar un sorbo de agua pero le tiembla la mano.

—Cuidado —le dice Víctor—. Que pareces Charlotte Vale en la primera escena de *La extraña pasajera*.

—Es que me has dejado muy preocupado —dice Adam, volviéndose hacia Jack—. ¿Te has encontrado mal estos días?

—No —responde Jack—. Estoy como un roble.

—¿Estás tomando algo? ¿AZT? ¿Vitaminas? ¿Cómo tienes los linfocitos T? ¿Y qué pasa con la profilaxis para la neumonía? —A Adam se le atraganta un sollozo—. No puedo perderte, Jack. No puedo perderte a ti también.

Jack se levanta y abraza a Adam desde atrás.

—Shh... Mi niño precioso. Eres lo más bonito que hay. ¿Sabes cuánto te queremos? ¿Cuánto te quiero? No te vas a librar de mí, ¿sabes?

—Pero si os vais.

—Sí —dice Jack—. Pero volveremos. Y quiero que te vengas de viaje con nosotros un día de estos. A lo mejor podemos ir todos juntos a hacer *puenting* a Nueva Zelanda. O a surfear a Costa Rica. Alguna locura, algo divertido.

Y cuando te marches para siempre, ¿qué?, piensa Adam. *¿Y si después le toca a Víctor?*

—Por favor, no te rindas —susurra, casi demasiado bajo como para que le oigan.

—Nunca.

Jack le ofrece una sonrisa tierna. Víctor también sonríe, pero Adam nota que no son sonrisas de satisfacción ni de emoción ni de alegría. Son unas sonrisas de acero que lo único que pretenden es consolar a Adam. Pero el acero, por muy sólido que sea, es frío. Adam no les devuelve la sonrisa.

—Contad conmigo —dice Adam—. Contad conmigo para lo que haga falta. Sea lo que fuere. No os defraudaré.

—Eso lo tengo claro, peque —responde Jack—. Somos familia.

—Tengo una idea —interviene Víctor—. Cambiemos de tema. ¿Quién era ese chico tan guapo con el que te vimos en el Orgullo? El de la gorra de béisbol negra.

—¿Te refieres a Ben?

—Eso, Ben. Parece majo.

—Apenas lo conozco —contesta Adam—. No creo que lo vuelva a ver. Estoy enfadado con él.

—¿Y eso?

—Me preguntó si había tomado precauciones con Callum.

—¿Y qué hay de malo en eso?

—Pues que no es asunto suyo.

—Eso es cierto, pero ese es el tipo de cosas que se preguntan a los amigos, ¿no? Yo te pregunté lo mismo una vez.

—Ha sido más la manera que la pregunta en sí —dice Adam—. Me preguntó si me había dejado llevar, o si había cometido algún error, o si había hecho algo mal. Era como si dijera que solo puedes contraer VIH si haces algo mal. Como si fuera culpa de quien lo contrae. Básicamente, me estaba preguntando si soy estúpido. O si lo es Callum. Y Callum no es estúpido.

—No *era* —aclara Víctor—. Callum no *era* estúpido.

—Víctor —dice Jack.

—¿Qué? Callum ya no está con nosotros. Tenemos que vivir con los pies en la Tierra, ¿no?

—Tiene razón —dice Adam—. Tengo que ir acostumbrándome.

—Bueno, yo no conozco a ese muchacho —dice Jack—, pero en el Orgullo me pareció que se preocupaba de verdad por ti. Casi no te deja venirte con nosotros.

—¿En serio?

—Sí. Quería asegurarse de que te conociéramos.

—Ah… —dice Adam, avergonzado por el lío que armó ese día.

—A lo mejor no escogió bien las palabras cuando hablasteis del tema —continúa Jack—, pero la verdad es que todos estamos aún intentando averiguar cómo hablar de estas cosas, ¿no? No tenemos por qué ser tan duros con los demás. Seguro que tú también has dicho alguna vez algo de un modo que no era el más adecuado, ¿no?

—Supongo…

—Yo también. Millones de veces. Y, ¡sorpresa! Eso te va a pasar siempre. En cuanto me descuido, descubro otra palabra que se ha quedado anticuada y que no debemos usar, o que hay una palabra nueva que *se supone* que es más adecuada. Por lo general, siempre hay razones de peso, pero la verdad es que mantenerse al día no es fácil. Por ejemplo, últimamente estoy intentando acostumbrarme a la forma en que la gente utiliza el término *queer*. Cada vez que lo oigo, me estremezco, porque es lo que me llamaban a mí de pequeño para insultarme. Pero ahora se usa de otro modo, y aún estoy tratando de acostumbrarme.

—Me cuesta imaginarte de niño —dice Adam.

—Ah, pues muchas gracias, oye —contesta Jack—. Ya te enseñaré fotos algún día. Sé que era la Edad de Piedra, pero por entonces ya teníamos cámaras, lo creas o no.

Adam suspira y luego murmura en voz muy baja:

—Callum no tuvo a nadie que le hiciera compañía.

—Te tuvo a ti —dice Víctor.

—No fue suficiente —dice Adam, y se muerde el carrillo.

—Sé cómo te sientes —le asegura Víctor, y Adam le cree.

—No vas a estar solo, Jack. Te lo prometo. Nunca.

—Lo sé —susurra Jack con una sonrisa. Esta vez es una sonrisa dulce, teñida de tristeza—. Lo sé.

—Hablando de no estar solo —dice Víctor, y le entrega un papel a Adam—. Números de teléfono. Cuando te fuiste del apartamento el otro día, estuvimos hablando de ti. Todo el mundo se puso de acuerdo para estar pendiente de ti mientras estamos de viaje. No te preocupes, no son espías. Solo son buenas personas que saben lo mucho que nos importas. Puedes llamar a cualquiera si necesitas a alguien con quien hablar o incluso si solo quieres pasar el rato, cuando quieras.

—No sé yo si es buena idea… —dice Jack—. Lo mismo alguno de ellos lo induce a pecar.

—Ya quisiera él —responde Víctor con una sonrisa.

Adam intenta reírse, pero le sale más bien una tos. Víctor le da unas palmaditas en la espalda.

—¿Estás bien?

—Sí —responde Adam—. ¿Es egoísta por mi parte que no quiera que os vayáis?

—Te prometo que siempre vas a saber dónde estamos —le asegura Jack.

—Eso —dice Víctor mientras abre la riñonera—. Y, si te sientes demasiado solo sin nosotros, te he hecho un juego de llaves de nuestra casa. Puedes ir a pasar el rato y rebuscar entre nuestras cosas, si te apetece. Pero mantén el piso limpito, ¿vale?

—¿En serio?

—Claro. Y, si no quieres ir, tampoco pasa nada. No tenemos plantas que regar. Odio las plantas de interior. Lo único que hacen es atraer bichos.

—Vaya —responde Adam—. Gracias. Os prometo que no husmearé entre vuestras cosas.

—Ah, y, por favor, que quede algo de alcohol en el mueble bar. Si no le preparo a Jack un martini a los cinco minutos de llegar del viaje, se estará quejando durante una semana.

—Te queremos, peque. Recuérdalo, ¿vale? Somos familia.

Adam siente la calidez de la mano de Jack sobre la suya, y después la de Víctor.

No os vayáis, quiere decir Adam, pero no dice nada. Al momento llegan los sándwiches. Jack pide más mayonesa y los tres empiezan a comer. Jack y Víctor le cuentan a Adam sus planes para el viaje a Italia. Víctor hasta se ha traído su ejemplar de *Fodor's Italy* para señalar todas las ciudades que planean visitar y todos los monumentos que piensan ver.

Cuando Adam vuelve a casa, abre la cremallera de la mochila de Callum y la vuelca sobre la cama. Encuentra su *walkman* y sus casetes. Adam cuenta seis cintas: Bach, Beethoven, Chopin, Debussy, Mozart y más Bach. También está su cuaderno, lleno de ideas y símbolos musicales. Un frasco medio vacío de aspirinas que debió de usar para bajar la fiebre. ¿Por eso llevaba una muda de camiseta? Ve un frasquito de bálsamo de tigre, para los dolores de las articulaciones. Ay, Callum. ¿Cuántos días estuviste enfermo y no dijiste nada? ¿De cuántas maneras sufriste?

Ahí están también los zapatos de Callum, esos Oxford tan bonitos, impecables, perfectos. Adam se los prueba, pero le quedan demasiado grandes. Se los queda de todos modos. Los guardará bajo la cama.

Se acuesta. Exhala y siente que la pena lo envuelve, que vuelve a él ahora que se ha quedado solo. Nota su presión en el pecho, robándole el oxígeno, y Adam se siente cada vez más pequeño. Lo aplasta por completo, hasta que se queda todo plano, en silencio, entumecido. Se tapa con las sábanas. Se queda ahí, sumido en esa oscuridad, durante mucho tiempo.

Y entonces da un salto de fe. Respira de nuevo.

Seis

Septiembre y octubre de 1990

«No choice your voice can take me there».
Madonna, *Like a Prayer.*

ADAM

¿Cómo es posible que sea septiembre? Mañana a las diez y media, Adam se va a vivir a la residencia de la universidad, pero acaba de empezar a meter la ropa en su bolsa de viaje. Su madre le pasa un paquete de calcetines.

—Llévatelos —le dice.

—No me caben.

—Pero si esa bolsa es enorme.

—Ya he metido ocho pares de calcetines.

—Pues ahora tienes doce.

—Mamá…

—Ni mamá ni mamó. Como te atropelle el camión de los helados, se te salgan las zapatillas por los aires y aparezca una foto tuya en el periódico tumbado en la camilla con los calcetines sucios, mis amigas me pondrán verde durante una semana entera.

—¿En serio? ¿Una semana?

—Sí, y, la verdad, ya tendré bastantes cosas de las que preocuparme, porque el heladero tendrá que tomarse un par de días libres y nos dejará sin helados. Tendré que quedarme mirándote los calcetines sucios en la foto del periódico y ni siquiera tendré un sándwich de nata para consolarme.

Adam agarra los calcetines.

—Tu imaginación da miedo…

Su madre apoya la mano en el pomo de la puerta del armario.

—¿Me voy a llevar un susto?

—Adelante… —responde Adam, que sabe que se va a llevar una grata sorpresa. Durante las últimas semanas ha limpiado el armario, ha llenado cajas de juguetes viejos, libros, sudaderas y chaquetas y se las ha llevado al apartamento de Jack y Víctor. Este mes sus padrinos están muy ocupados recorriéndose Canadá de punta a punta en tren y le han pedido a Adam que se encargase de organizar por ellos el rastro anual, al que bautizaron «Hay que pagar el alquiler» en honor a la canción de Gwen Guthrie. El mes que viene, Adam pegará los carteles, montará las mesas, pondrá a Gwen Guthrie y su *Ain't Nothing Going On but the Rent* en el radiocasete portátil y recaudará dinero para la organización benéfica God's Love We Deliver.

—¡Oh! —exclama su madre al ver lo ordenadas que están las chaquetas, las sudaderas y los zapatos—. Pero si este armario tiene suelo y todo. Menuda sorpresa. Ahora que te vas de casa, a lo mejor podría alquilarlo como habitación. ¿Pongo un anuncio en el periódico a ver qué pasa? Seguro que podríamos sacarnos unos doscientos pavos al mes. El inquilino tendría que dormir de pie, pero, bueno, estamos en Nueva York, ¿no?

Justo en ese instante, su padre grita desde la cocina:

—¡Frankie! Tenemos que darnos el piro.

La madre agarra a Adam por los hombros y le da un beso en la frente.

—Hemos quedado con Jasmine y Stan para comer en el Baby Buddha. ¿Quieres que te traiga algo?

—No.

—¡Quiere tallarines! —grita su padre—. Con extra de salsa picante. Que yo conozco bien a mi niño.

Adam y su madre ponen los ojos en blanco al mismo tiempo.

—Te los traeré para tenerlo contento.

Adam la sigue hasta la cocina.

—Me encanta esta canción —dice su madre, y se acerca al radiodespertador para subir el volumen—. ¿Sabes quién es esta chica? ¿Mariah Carey? Es genial.

—¡Vámonos, Frankie! Me muero de hambre.

—Como dice la canción, el amor lleva su tiempo, grandullón. —Le da un beso a Adam en la mejilla—. Adiós, cielo.

—Adiós.

Adam toma el teléfono y vuelve a su habitación. Quiere ver cómo le va a Lily con el equipaje.

Cuando responde, Lily tampoco puede creerse que ya sea septiembre.

—Ni siquiera he terminado de meter todos los artículos para el pelo en la maleta. Odio esto. ¿Podemos olvidarnos del equipaje e ir al Angelika a ver *Paris is Burning*? Solo la he visto dos veces.

—No hasta que termines de hacer la maleta.

—Qué suerte tienes. Tú puedes volver a casa de tus padres en cualquier momento si te olvidas de algo. Para mí es imposible hacer lo mismo desde Siberia, Groenlandia, el Polo Norte o dondequiera que vaya.

—Lily, Hunter College está en la calle Sesenta y Ocho.

—Exacto. Eso es casi Canadá. Llama a Bob y a Doug McKenzie y diles que voy para allá, ¿vale?

—Piensa en todo el glamur que vas a encontrarte en el norte de la ciudad.

—Bien pensado. A lo mejor debería apuntarme al Vertical Club. Dicen que Mick Jagger va allí a entrenar.

—Lo mismo acabas ligándote a la estrella del *rock* de tus sueños mientras estás en la cinta de correr.

—Me pasaría todo el tiempo acosándolo. Por cierto, hablando de acosadores, ¿qué pasó con ese chico tan mono, el tal Ben? ¿Sigue acosándote?

—Ben no es ningún acosador.

—Pero ¿es mono?

—Supongo. Pero Lily, ya te dije que no estoy para…

—Ay, Dios.

—¿Qué pasa?

—Acabas de admitir que es mono. Has vuelto a la vida. Voy a llamar a las revistas del corazón.

—Corta el rollo. Ya sabes que no me estoy fijando en nadie de esa manera. Y no creo que vuelva a hacerlo.

—Lo sé. Pero no pierdo la esperanza —dice Lily con un suspiro.

—Gracias.

—¿Y como amigos?

—Para eso estás tú —responde Adam.

—Te lo voy a decir sin rodeos, amiga. Porque soy mayor que tú.

—Solo por un mes.

—Lo dicho, soy mayor, así que tienes que hacerme caso.

—Bueno…

—Soy la mejor amiga que tendrás en toda tu vida. Y tú eres el mejor amigo que tendré en toda mi vida. Eso es indiscutible; es el undécimo mandamiento. No va a cambiar nunca. ¿Vale?

—Vale.

—Pero necesitas gais en tu vida.

—¿Gais? Hablas como si fuéramos mascotas.

—Te lo digo en serio. Yo llego hasta donde puedo. No puedo pasarme la vida explicándote por qué Olivia Newton-John lo hace mucho mejor en *Xanadú* que en *Grease*. O lo importante que es la era de *Swept Away* de Diana Ross. O la diferencia entre Kim Wilde y Samantha Fox…

—Espera, ¿cuál es la diferencia entre Kim Wilde y Samantha Fox? Se me ha olvidado.

—Te odio.

—No es verdad.

—Bueno. Pero sigo teniendo razón. Necesito ayuda.

—Pero…

—Ah, y por cierto, y sin cambiar del todo de tema, a partir de ahora tienes planes los lunes por la noche.

—¿Cómo que tengo planes los lunes?

—Sí. A partir de ahora vamos a ir a las reuniones de ACT UP todos los lunes, que es cuando las celebran.

—Lily, sabes que las reuniones son en el Village, ¿verdad? Vas a tener que tomar dos metros para venir.

—No me lo recuerdes, pero, bueno, me da igual. He escogido las asignaturas de manera que pueda dormir los martes por la mañana, porque los lunes, después de las reuniones, nos vamos a ir al Nell's.

—Me da miedo ir a una de las reuniones de ACT UP. Me da miedo que me dé un ataque de nervios y quede en ridículo delante de todo el mundo.

—Es posible. Pero yo estaré ahí para apoyarte. Vamos a ir.

Adam sabe que no hay forma de hacer cambiar de idea a Lily una vez que ha tomado una decisión.

—Bueno, vale. ¿Cuándo empezamos?

—El lunes, tontolaba. ¿Es que no me escuchas? Ponte ahora mismo a escoger un modelito bien mono.

—¿Acaso importa llevar un modelito cuco a las reuniones de ACT UP?

—¿Existe alguna ocasión en la que *no importe* llevar un modelito cuco?

—Tengo que comprobar el calend…

—Vas a ir, y no se hable más.

—A la orden, señora —responde, consciente de que Lily hace bien en insistir, consciente de que en realidad tiene ganas de ir.

—Cerebro, belleza, dinero —dice Lily.

—Cerebro, belleza, dinero. Te quiero, Lily.

—Lo sé.

Lily cuelga el teléfono. Adam se queda mirando el aparato durante un buen rato. ¿Por qué se siente tan solo? Lily le quiere. Sus padres le quieren. Jack y Víctor no están en la ciudad, pero sabe que le quieren. Sabe que tiene una lista entera de números de teléfono a los que puede llamar: Caryn, Dennis, Robert, Diane, Carlos, Alexey, Lalita y Joe-Joe. Le quiere un montón de gente, y aun así…

Se arma de valor, levanta el auricular y marca el número que tiene encima del escritorio desde hace semanas. La señal solo suena una vez antes de que una voz amigable responda:

—Línea de atención de servicios relacionados con el sida de Gay Men's Health Crisis. ¿Cómo puedo ayudarle?

BEN

Al Meatpacking District le viene el nombre que ni pintado. La zona —situada solo un barrio al norte del West Village— está compuesta en su mayoría por almacenes, distribuidoras de alimentos y, como bien indica su nombre, envasadoras de carne.

Apenas hay tráfico en las calles, salvo por los inmensos camiones que circulan a toda velocidad para repartir los pedidos de carne. De vez en cuando se ve alguno con las puertas traseras abiertas, dejando a la vista unas piezas enormes de ternera cruda rosada y llena de nervios y grasa. Hay charcos de sangre de animal entre los adoquines y lo mismo puedes pisar un cuello de pollo que han dejado tirado que un chicle o una colilla aplastada. Hay algunas tiendecitas en las esquinas, bajo las vías elevadas de tren abandonadas.

—Este barrio va a ser el próximo SoHo —le dice Rebecca—. Va a ser todo tiendas de alta costura y restaurantes pequeñitos. Ya verás. Acuérdate de lo que te digo.

Doblan la esquina de Gansevoort Street y entran en el Florent, un pequeño restaurante abierto las veinticuatro horas del día con ambientación de los años cincuenta sobre el que Ben ha oído hablar. Tiene fama porque acuden muchos artistas, músicos, actores, modelos, promotores de discotecas, activistas, *drag queens*, trabajadores con turnos intempestivos y toda clase de inadaptados del mundo del arte del bajo Manhattan. Rebecca señala dos asientos en la barra, donde un camarero con los ojos pintados con una raya exagerada y con una gorra de ciclismo del revés lleva unos vasos de agua con hielo. El camarero sonríe. Ben le ve los *piercings* de los pezones que se le marcan a través de la camiseta de tirantes.

Ben lee el menú que cuelga de la pared:

ENSALADA NIZARDA
VICHYSSOISE FRÍA

CROQUE MONSIEUR OU MADAME
LOS PANTALONES CARGO TE HARÁN FAMOSO
75 % DE HUMEDAD: AVISO DE TORMENTA DE SUDOR
VIAJE DE IDA Y VUELTA A TOLEDO (OHIO): $144
620—480—320—515

—Me encanta lo que hacen aquí con el menú —dice Rebecca—. Cada vez que vengo lo tienen distinto. Escriben cosas para hacer pensar o reír a la gente.

—¿Qué son los números de abajo? ¿Seiscientos veinte, cuatrocientos ochenta, trescientos veinte, quinientos quince?

—Son los recuentos de linfocitos T del propietario. Quinientos quince no está nada mal. Parece que le va bien…

—¿Y por qué los pone ahí? —susurra Ben—. ¿No se acojona la gente al verlo?

—Puede que sí, pero es una forma de reivindicar, ¿sabes? Hace unos años echaban a la gente de los restaurantes tan solo porque parecieran gais, porque la gente tenía miedo de que fueran contagiosos. Esos números son una peineta muy sutil a aquellos tiempos. A mí me encanta.

Rebecca pide un plato de patatas fritas y una tortilla francesa. Ben pide un cuenco de sopa.

—Bueno, cuéntame —le dice Rebecca—. ¿Qué te pasa? Te has tirado toda la sesión de hoy deprimido.

—Lo siento —responde Ben mientras sacude la cabeza.

—¿Es por Gil? ¿Se está portando otra vez como un imbécil?

—No, no es por Gil.

El camarero les pone un plato de patatas delante. Rebecca agarra un puñado de inmediato. Ben toma una, la prueba y luego cubre el plato con sal.

Rebecca se acerca.

—¿Es por un chico?

Sí. Es por un chico. Es por Adam. Ben no consigue dejar de pensar en él, ni siquiera saliendo por las noches, ni siquiera con la colección de números de teléfono que se ha hecho y que no deja de aumentar. Adam sigue rondándole la cabeza, invadiendo sus pensamientos e impidiéndole dormir, porque Ben siente que ha visto al auténtico Adam en varias ocasiones. Ha percibido su dolor, su miedo, sus inseguridades. Cada vez que se han visto, por muy extraño que haya sido el encuentro, Ben se ha quedado con ganas de saber más.

Mira hacia el fondo del restaurante, donde un chico guapísimo con la cabeza rapada y unos brazos muy largos está sentado solo mientras lee una revista. Parece un bailarín o un atleta. Otros dos chicos jóvenes se acercan a él. Uno saca una silla de otra mesa y el otro se sienta en su regazo. Se ríen y se encienden unos cigarrillos.

—Más o menos… —responde Ben al fin.

—Bueno, eso lo aclara todo.

—Lo siento.

—Todo el mundo sabe que los chicos son muy complicados —explica Rebecca—. Tú también.

—Es que creo que la he cagado. Dije una tontería y ahora no puedo arreglarlo.

—Ay, cariño —dice Rebecca mientras se estira para acariciarle la cicatriz con el pulgar—. ¿Puedo contarte un secreto? Tienes dieciocho años. Se supone que tienes que cagarla. Va con la edad, ¿sabes? Y, por cierto, como no empieces a comerte las patatas, me las voy a comer yo todas.

Dieciocho años. ¿Eso es todo? Ben se siente mucho mayor. Se siente como si hubiera vivido una vida entera ese último año. Todo se ha vuelto más complicado, incluso él mismo. Como si se hubiera perdido la época en la que las cosas pueden ser sencillas. Hasta Rebecca le ha dicho que es complicado. Pide una taza de café.

—Te aviso de antemano —le dice Rebecca, mirando a la nada—. Esa complicación no desaparece. Pero eso no es malo. Solo tienes que encontrar el modo de convertirla en algo bonito.

—Ojalá supiera cómo.

Rebecca saca un enorme sobre de manila de su bolso.

—He impreso algunas de las fotografías que hemos hecho juntos. Mi agente quiere conocerte, pero primero tienes que hacerte un porfolio de tus trabajos. Puedes empezar con estas.

—¿En serio? ¿Tu agente? ¿Para ayudarme a encontrar encargos de estilista?

—Sí. Soy consciente de que conmigo no tienes trabajo suficiente. Si vas a intentar meterte en el mundillo, necesitas que te contraten seis días a la semana durante los primeros años. Al final, la gente empezará a saber quién eres y verá de qué eres capaz; entonces podrás empezar a cobrar más para tener un horario mejor. Pero, ahora mismo, tienes que lanzarte al ruedo y aguantar lo que te echen, y no solo conmigo.

—Pero me gusta trabajar para ti.

—Ah, no vas a dejar de trabajar para mí. No te preocupes. —Se enciende un cigarrillo—. Abre el sobre.

Ben obedece. Dentro hay una pila de fotografías impresas en papel de veinte por veinticinco. Las dos primeras son de la primera sesión que hicieron, de esas parkas tan bonitas de colores que atraviesan las imágenes, resplandecientes y llenas de vida.

—A *Elle* le encantaron —le informa Rebecca—. Y todo gracias a ti.

Las dos siguientes son de la sesión de los vaqueros que hicieron en la azotea del bajo Manhattan, cuando conoció a Justin. En las fotografías, las modelos están de pie luchando contra el viento con los rascacielos de la ciudad de fondo.

—Mira. —Rebecca señala un reflejo que aparece en una de las torres. Ben entrecierra los ojos. Es la Estatua de la Libertad—. Pensabas que no iba a conseguir meterla en la foto, ¿eh?

Ben sonríe.

La siguiente fotografía es la de las dos modelos que llevaban vestidos con la espalda al aire y un montón de collares, posando con unas sonrisas enormes y deslumbrantes. El bolso de Louis Vuitton apenas se ve.

—No me puedo creer lo agobiadísimos que estábamos con ese maldito bolso —le dice Rebecca—. Y, por supuesto, va *Vogue* y escoge una fotografía en la que ni siquiera se ve.

—Son geniales —responde Ben.

—Aún queda una más —dice Rebecca—. Un retrato de un artista.

—¿Un artista?

Rebecca asiente. Ben saca la última fotografía. Está impresa en blanco y negro, y se ve a un joven de perfil, con la mirada fija y concentrado en algo que no se aprecia en la imagen. La luz moteada hace que su rostro parezca delicado y afilado al mismo tiempo. Lejano y cercano. Seguro de sí mismo, como si fuera un experto. Curioso, como si no supiera nada. Es guapo.

Ben toma aire.

—Pero si soy…

—Eres tú —le dice Rebecca.

ADAM

Hoy Adam ha llegado temprano a la clínica, pero aun así tiene que esperar. Cuando llegó ya había un montón de gente haciendo cola, como los clientes del videoclub antes de una tormenta de nieve. Estuvo tentado de marcharse, por supuesto, como ha hecho las otras veces. Pero hoy decide quedarse. Después de la última sesión con su psicólogo en la universidad, se siente más valiente.

Cuando le llega el turno, sigue a la enfermera a una salita al final del pasillo. Tiene más o menos la edad de su madre y lleva unas trenzas con cuentas en las puntas que van haciendo *clic, clic, clic* al caminar. Cuando Adam entra, la enfermera cierra la puerta y señala una silla junto a una mesita. La mujer toma un portapapeles.

—¿Nombre? —pregunta.

Clica el bolígrafo y Adam se acuerda de la doctora Nieves.

—Adam.

—¿Seguro? La mayoría de la gente que viene aquí se llama John o Jane.

—John —responde Adam—. Vale.

—John Johnson, ¿verdad?

La enfermera comienza a escribir en el formulario.

—Exacto.

—¿Edad?

—Dieciocho años.

—¿Le han informado sobre cómo mantener relaciones sexuales seguras en este último año?

—¿Se refiere a en el instituto?

—Con *sí* o *no* vale, señor Johnson.

No es que esté siendo antipática; tan solo es eficiente.

—Sí —contesta Adam.

La mujer marca una casilla con el boli.

—¿Ha tenido relaciones sexuales sin protección en los últimos seis meses?

—No —responde Adam, pero al momento cambia la respuesta—. Creo que no.

La enfermera levanta una ceja.

—No lo sé —añade Adam.

La mujer marca otra casilla.

—¿Ha consumido alguna droga por vía intravenosa?

—No.

—¿Alguna pareja con VIH o sida?

—No —contesta Adam—. O sea, ya no. Es que…

—Entiendo —lo interrumpe, sin levantar la vista del portapapeles—. ¿Ha comido hoy?

—No.

Abre un cajón de un archivador que tiene bajo la mesa y saca una barrita de cereales Nature Valley.

—Tome —dice—. Mejor que tenga algo en el estómago.

—Gracias.

Después de unas cuantas preguntas más, dice:

—Hoy vamos a sacarle seis tubos de sangre. Después, se le asignará un número a su muestra y a usted. Su sangre se analizará de dos maneras distintas para evitar cualquier error. ¿Entendido?

—¿Dos maneras?

—Sí. La prueba ELISA y el inmunoblot. Con las dos hay un pequeño margen de error, pero, al hacer ambas pruebas, podemos estar casi ciento por ciento seguros de la exactitud del resultado.

—¿Casi?

—Casi. ¿Entendido?

—Sí.

—Bueno, pues las pruebas tardan unos diez días, pero decimos catorce por si acaso. Después de catorce días, llámenos, díganos el número que le hemos asignado y le daremos cita para que venga a recoger los resultados. ¿Entendido?

—¿No pueden decírmelo por teléfono?

—No. ¿Entendido?

—Catorce días… —responde Adam. Le parece poco tiempo y, a la vez, una eternidad—. Entendido.

La mujer marca otra casilla.

—Muy bien. Apoye el brazo aquí, por favor. Con la palma hacia arriba.

Saca dos guantes de látex de una caja que está en lo alto de un estante, luego le ata un trocito de goma alrededor del bíceps y le da unos golpecitos en esa parte suave del interior del codo. La zona de Callum. *Esa zona se la di a él.* La enfermera le frota la piel con un algodón antiséptico.

Adam observa la aguja mientras se aproxima a su piel, hace presión y se hunde. Un pinchazo repentino, un estallido, un disparo de dolor agudo. El tubito de plástico transparente empieza a llenarse de líquido. Se queda paralizado al ver la intensidad de su color, un rojo casi eléctrico. Sale de su cuerpo con tanta facilidad…

En menos de un minuto le ha sacado seis tubitos de sangre. La enfermera extrae la aguja y le aprieta un algodón contra la piel.

—Sujéteselo, por favor —le pide. Le pega un trozo de esparadrapo para mantener el algodón en su sitio—. Asegúrese de beber algo más de agua hoy, ¿de acuerdo? Y cómase la barrita de cereales.

Le entrega un folleto: *Cómo sobrevivir a la espera*. Luego le da un papel con el número que le ha asignado.

—No pierda ese número. Si lo pierde, no podremos entregarle los resultados. ¿Entendido?

Adam no responde. La observa introducir los tubitos de sangre en una caja de plástico, esos pequeños recipientes que contienen una parte de sí mismo y que no volverá a ver jamás. Piensa en el viaje que harán. ¿Hasta dónde llegarán? ¿Qué pasará cuando lleguen adonde sea? ¿Seguirán perteneciéndole siquiera?

—¿John? ¿Entendido?

—Lo siento. Sí. Entendido. Catorce días, ¿verdad?

—Exacto. Sé que no es fácil.

—No.

En eso está de acuerdo.

—Cuídate, Adam —le dice, sonriendo al fin.

—Gracias —responde Adam—. Muchas gracias.

Sale de nuevo a la calle y se cubre con la mano la parte interior del codo, la zona de Callum, para protegerla.

BEN

Hace un minuto Ben estaba dormido, pero entonces sonó el teléfono y ahora está intentando encontrar el botón para contestar la llamada sin las gafas. El número de octubre de *Vogue Paris*, en el que aparece Isabella Rossellini en la portada, se le cae de la barriga al suelo y aterriza con un ruido sordo.

Al fin encuentra el botón.

—¿Diga?

—¿Hola? ¿Está Ben?

Ben sabe que es Adam desde que pronuncia la primera sílaba. Han pasado siete semanas, toda una vida, desde la última vez que lo vio. Fue aquel día en que metieron los pies en la fuente de Washington Square y Ben dijo una estupidez tremenda. Han pasado miles de cosas desde entonces, y a la vez no ha pasado nada en absoluto.

—Adam —dice, y se deja caer de nuevo en el sofá—. Hola.

—Hola —responde Adam—. Llamaba por si te apetecía hacer algo. Ir a dar un paseo o algo así. No sé.

Ben se endereza en el sofá.

—¿En plan... ahora mismo?

—Sé que es tarde.

—No pasa nada. Estaba despierto. ¿Qué te apetece hacer?

Adam se queda callado durante un minuto insoportable. Ben se lo imagina mirándose los zapatos, o apartándose el pelo de los ojos, o arrepintiéndose de haber llamado. A lo mejor podría proponerle algún plan. Pero ¿qué? *Piensa, Ben. Piensa.*

—Es que me apetecía verte —dice Adam al fin—. ¿Sabes?

Ben piensa en lo extraño que es que una persona pueda estar a un kilómetro, o a cientos de kilómetros, pero que pueda oír su voz como si lo tuviera al lado, como un susurro en el oído.

—¿Ben?

De repente, a Ben se le ocurre el plan ideal.

—¿Qué hora es? —pregunta.

—Las once pasadas.

—Nos vemos en treinta minutos.

—¿Dónde?

—Ya sabes dónde —responde Ben.

Cuelga antes de que a Adam le dé tiempo a responder. Se pone los zapatos y se sube la cremallera de la sudadera. Se mira en el espejo de al lado de la puerta; no tiene el pelo demasiado mal. Deja la gorra de béisbol. No le hace falta.

ADAM

Adam sabe a dónde ir, pero decide tomar una ruta más larga. En lugar de ir directamente al lugar en el que ha quedado con Ben, que solo le llevaría unos cinco minutos, se acerca primero a Horatio Street. Recorre toda la calle, desde Hudson Street hasta el río, respirando el aire fresco conforme avanza. *Esta sigue siendo la calle de Callum*, piensa. *Este sigue siendo el aire que respiraba Callum.*

En los meses y años venideros, Adam acudirá a esa calle los días en los que esté feliz, los días en los que no lo esté tanto y los días en los que tenga una maraña de confusión y preocupación y culpa y pena y arrepentimiento en la cabeza. En verano agradecerá la sombra de los tilos y en invierno se preguntará si volverán a florecer. En ocasiones se sentará en algún escalón, pero otras veces tan solo paseará. Nunca le dirá a nadie a dónde va. El único que necesita saberlo ya lo sabe.

Al llegar a la autopista Joe DiMaggio, primero espera a encontrar un hueco para cruzar la vía con el tráfico que viene del norte, aguarda, y luego cruza la vía con coches que provienen del sur. No hay casi nadie en el muelle. Solo un chico con el pelo alborotado apoyado en una bici y hablando con una chica con el pelo rapado, y un grupo de adolescentes que caminan despacio hacia el centro, bailando vogue en silencio mientras caminan.

Adam salta con cuidado la cadena con la señal de «No pasar» y sale al muelle de Jane Street. Camina despacio, tratando de evitar los baches y las grietas. Se pregunta cómo grabará esa escena, cómo creará el resplandor tenue de las luces de la ciudad que se reflejan en el río. Se pregunta si es posible.

Al final del muelle, con los pies en el borde, Adam se gira para mirar la ciudad. Escucha su coro con atención, su música. Cierra los ojos y levanta los brazos como si fuera a dirigir una orquesta.

Hay música por todas partes.

De repente llega una ráfaga de viento y casi pierde el equilibrio. Da un paso hacia un lado, luego hacia el otro, y se le engancha el pie en un tablón suelto. Mueve los brazos en círculos para recuperar el equilibrio y está a punto de caerse, pero no.

Siéntate, se dice a sí mismo. *Llegará pronto.*

ADAM Y BEN

—Quiero saber más sobre ti —le dice.

—¿Cómo qué? —pregunta.

—No lo sé —responde—. Muchas cosas.

—Te cuento lo que quieras.

—¿Lo que quiera?

—Lo que quieras.

Se para a pensar.

—Vale. Cuéntame cuándo lo tuviste claro.

Responde, y luego él también le hace una pregunta. Se quedan allí sentados durante una, dos, tres horas de la noche, con los pies colgando sobre el río, intercambiando preguntas por respuestas. «Cuéntame cómo lo soportaste». «Cuéntame qué es lo que escondes». «Dime a dónde te gustaría ir». Se sorprenden con las cosas que saben de sí mismos, y con las que no. Hablan y se escuchan con atención. Se ríen de vez en cuando. Pierden la noción del tiempo.

—¿Alguna vez te preguntas por qué? —pregunta.

—¿Por qué qué?

—Por qué todo, supongo.

—Sí —contesta, agarrándose al borde del muelle—. Cada dos por tres.

—Yo también.

Le parece que la brisa del río es más cálida de lo que cabría esperar en esa época del año. Le alegra sentirla; sabe que queda poco para que llegue el frío, y entonces será invierno. Y poco después habrá pasado un año desde que todo cambió.

En unos instantes exhalará y sentirá el roce de la mano de su amigo sobre la suya. Será una caricia leve, como un soplido. Pero la electricidad de ese roce le atravesará el cuerpo y le llenará de valor y de lucidez. Cerrará los ojos para sentirla. Deseará que la sensación dure mucho tiempo.

Y se dirá a sí mismo: *Quizá pueda durar. Quizá dure. Quizá.*

Nota del autor

Había un chico que venía mucho a la tienda de discos. Era el típico chico con unas zapatillas Fila impolutas, repeinado, siempre dando botecitos al ritmo de la música que poníamos de fondo. Se pasaba horas en mi sección, la de los sencillos de doce pulgadas, y si quería escuchar un tema yo se lo ponía: Shannon, Colonel Abrams, Dead or Alive, Madonna. Era 1986, el año en que cumplí los dieciocho. Él era mayor que yo. El flechazo fue monumental.

Una vez esperó a que saliera del trabajo. Para hablar, para coquetear. Para besarnos, esperaba yo. Pero solo quería que nos diéramos la mano. «Vale —dije—. Pues nos damos la mano». Me pareció el comienzo de algo. Pero después de aquello dejó de venir.

Unas semanas más tarde, le pregunté a una amiga que teníamos en común si lo había visto y me dijo: «¿No te has enterado?». Le dije que no. Me posó la mano en el brazo. «Lo siento —me dijo—. No hagas que me preocupe por ti también».

En aquella época guardaba muchos secretos. No me abría a nadie porque sabía lo que la gente diría: «Ten cuidado». Pero con esas palabras no querían decir que mirara a ambos lados antes de cruzar, ni siquiera que usara condón. Querían decir: «No seas gay. No puedes hacerme esto. Por favor, cambia. ¿Es que no ves las noticias?».

Cinco años después, ya guardaba menos secretos. Encontré un piso barato en la Avenida C y me enamoré de un chico de Eldridge Street. Fue una relación un tanto agitada, complicada. Tenías que haber visto su sonrisa. Salíamos a bailar toda la noche y luego me llevaba al río a pasar el día. Nos quedábamos allí hasta que volvía a oscurecer, escuchando Ten City e imaginando futuros en los que nos fugaríamos. «Iremos a muchísimos sitios —le decía—. Haremos muchísimas cosas». Él no me creía. Y acabó teniendo razón. Dicen que los recuerdos se desvanecen con el paso del tiempo, pero a mí no me parece que sea cierto. Los llevas contigo como piedras en el bolsillo. A veces, cuando todo está en calma, los sacas para darles vueltas entre los dedos. Luego te los vuelves a meter en el bolsillo para mantenerlos a salvo. Pero no los olvidas.

El sida es una enfermedad sumamente traicionera que no sigue ningún guion, ningún patrón. El virus del VIH agota el sistema inmunitario de su huésped y les despeja el camino a infecciones horrorosas: toxoplasmosis, encefalitis, histoplasmosis, infección por citomegalovirus, tuberculosis, neumonía por *Pneumocystis*... Todo puede ir muy rápido o muy despacio. Para cada paciente, la experiencia puede ser muy distinta.

Sin los tratamientos más avanzados que se desarrollaron a finales de la década de los noventa, alguien con sida se podía enfrentar a una procesión infinita de problemas. Las bacterias o virus comunes contra los que los sistemas inmunitarios sanos luchan a diario podían atacar con una eficacia devastadora. A veces, el paciente se recuperaba de una infección justo a tiempo para enfrentarse a otra. Podía enfermar, mejorar y volver a caer enfermo por alguna otra razón, una y otra vez. Además, los efectos secundarios del tratamiento podían ser brutales. Incluso con todos los cuidados posibles, era imposible prever qué ocurriría. Todo dependía del momento, del privilegio y de la suerte. Pero, incluso con suerte, el resultado era casi siempre el mismo.

En 2001, los Centros para el Control y la Prevención de Enfermedades informaron que, de todos los casos de sida que se identificaron entre 1981 y 1987, más del 95 % fueron mortales. En el periodo comprendido entre 1988 y 1992, fue algo menos del 90 %.

Cuando me llamas por mi nombre transcurre en 1990, un año de transición, con un pie en los ochenta y el otro en busca de tierra firme. Todo estaba en constante cambio: la cultura pop, la política, la tecnología, el futuro. ¿Qué nos depararían los noventa? ¿Quiénes seríamos durante esa década? ¿Seguiríamos vivos siquiera?

No es ninguna exageración decir que muchos de nosotros no estábamos tan seguros. La forma en que el virus se abría paso entre nosotros —un amigo, un flechazo, un rival, un polvo de una noche, un amor verdadero— hacía que pareciera inevitable; mientras, el resto del mundo se ponía lazos rojos y esperaba a que pasara, en el mejor de los casos. Recuerdo que una vez vi a alguien en la televisión decir que lo mejor sería enviar a todos los gais a una isla para que se extinguieran. Una forma conveniente de lidiar con un grupo de personas que incomodaban. Mi novio se preguntaba si al menos podríamos elegir la isla. Que sea bonita, por favor, con buenas temperaturas, sin muchos mosquitos y con un chiringuito junto a la playa. No hacía falta presupuesto para socorristas. El humor negro era un mecanismo de supervivencia. Cómo le echo de menos.

Cuando escribo estas palabras, en 2021, el VIH y el sida siguen muy presentes. No hay cura ni vacuna. Decenas de millones de personas en todo el mundo viven a día de hoy con el virus. Cientos de miles mueren cada año.

Sin embargo, seguimos manteniendo la esperanza. Tras décadas de activismo y progresos científicos extraordinarios, disponemos de medicamentos que ayudan a minimizar la presencia del virus en el cuerpo y a prevenir que se transmita de una persona a otra. Estos medicamentos han salvado innumerables vidas. Pero, por desgracia, todavía hay millones de personas que los necesitan y no pueden acceder a ellos. La desigualdad siempre ha estado en el centro de la historia del VIH y el sida. La desigualdad, la ignorancia, el estigma, la intolerancia y la codicia.

Y, sin embargo, la colaboración, la creatividad, la inteligencia, la persistencia y el orgullo también se encuentran en el centro de la historia. Y el amor. El amor siempre está presente.

Cuando me llamas por mi nombre es una obra de ficción. Representa solo una parte diminuta de la experiencia del VIH y el sida a lo largo de los años. Ninguno de los acontecimientos de este libro ocurrió en la vida real; al menos, no exactamente. Ninguno de sus personajes existió en la vida real; al menos, no exactamente. El hospital St. Hugh, la tienda Dome Magazines, el videoclub Sonia's Village Video... Ninguno de esos lugares existió en la vida real; al menos, no exactamente. Pero tú existes en la vida real, y yo existo en la vida real, y eso significa que en la vida real también existe la esperanza. Encuéntrala y agárrala con fuerza, porque la esperanza crecerá en tus manos.

La epidemia del VIH no ha terminado, ni mucho menos. Todavía hay muchas historias que contar y escuchar. Y debemos contarlas y escucharlas. Todavía hay mucho que aprender. Y debemos aprenderlo. Todavía queda mucho trabajo por hacer. Y debemos hacerlo. No podemos rendirnos.

Por favor, no te rindas.

Agradecimientos

Gracias a:

Mark Podesta, editor y colaborador que ha dado vida a este libro y lo ha transformado de manera desinteresada y con un talento increíble; este libro te pertenece. A **Dan Mandel**, mi agente, cuya generosidad es un superpoder. A **Christian Trimmer**, por creer. A **Hayley Jozwiak, Trisha Previte, Alexei Esikoff, Jie Yang, Chantal Gersch, Kristin Dulaney, Jordan Winch, Kaitlin Loss** y el resto del equipo de Henry Holt Books for Young Readers y Macmillan Childrens Publishing Group.

Gracias a:

Susan Ottaviano, por protegerme. A **Jorge Ramón**, mi hermano querido de toda la vida. A **Tim McCoy** y **Brian Ruhl**, que me acogieron y formaron una familia conmigo. A **Bryan Roof**, que me ayuda a seguir siempre adelante, por mucho que me tropiece. A **Buzz Kelly**, que me mantiene despierto hasta muy tarde para hablar de la belleza y la esperanza. A **Paul Zakris**, que demuestra que la risa es indispensable. A **Jay Inkpen** y **Steven Kolb**, que me envuelven en calidez sin importar la distancia. A **Marc Leyer** y **Christopher Barillas**, que me ayudan a ver más allá de la superficie. A mi pareja de baile del Body & Soul, **Alex White**. A **Doc Willoughby**, que me proporciona estabilidad. A mi querida **Lisa Kennedy**, que me ayuda a encontrar la paciencia y la fortaleza. A **Geoffrey Shaw** y **Alec Baum**; el futuro está en vuestras manos.

Gracias a:

John Shea, él ya sabe por qué. Al **Dr. Michael Liguori**, que me salvó la vida. A **Ryan Kull**, que logró convertirme al optimismo. A **Karen Ramspacher**, que me mostró una compasión que no merecía y que nunca olvidaré. A **Scott Sanders**, que siempre ve el lado bueno. A **Tom, Peter, B. J., Todd**, y al resto de los bribones de aquellos primeros años. A **Danny Goldstein, Andrea Boone, Chris Israel, John Torres, Cody Lyon, Gant Johnson, Mac Folkes, John Bowe, Sarah Pettit, Michael Goff, Roger Black, Trine Dyrlev, Mark Tusk, Tamar Brazis, Chris Echaurre, Spencer Cox, Brett Mirsky, Rachel Clarke, Alan Zaretsky, Luiz DeBarros, Antonio Branco, Grace Young, Andy Lerner, David Cicilline, Elle Simone, Brian Franklin y Sally Holmes**.

Gracias a:

ACT-UP. A Gay Men's Health Crisis. A Community Health Project/Callen-Lorde Community Health Center, sobre todo a **Health Outreach to Teens**. Al **Instituto Hetrick-Martin**.

A **@theaidsmemorial** en Instagram.

Gracias a:

248 E. 2nd, 237 Eldridge, 35 Bedford y **90 Bank**. A **Casa Magazines**. A **Field Six** en Jones Beach. Al **Sound Factory**. A **The Bar**. A **Las Más Guapas del Boy Bar**. Al **Shelter**. Al **Body & Soul**.

Gracias a:

Patrick Kelly, Scott Ross, Ian Charleson, Jermaine Stewart, Keith Haring, Rudolf Nureyev, Rock Hudson, Freddie Mercury, Tseng Kwong Chi, Derek Jarman, Arthur Ashe, Paul Monette, Tina Chow, Max Robinson, Anthony Perkins, Dorian Corey, Dack Rambo, Alison Gertz, Liberace, Tony Richardson, Alvin Ailey, Halston, Pedro Zamora, Gia Carangi, Brad Davis, Eazy-E, Sylvester, Michael Callen, Dan Hartman, Marlon Riggs, Way Bandy,

Robert Mapplethorpe, Hervé Guibert, Herb Ritts, Vito Russo, Willi Smith, Randy Shilts, Ilka Tanya Payán, Emile Ardolino, Michael Bennett, Denholm Elliott, Ricky Wilson, Antonio Lopez, Patrick O'Connell, Joe MacDonald, Robert Moore, Leonard Frey, Arnold Lobel, Willi Ninja, Robert La Tourneaux, Fabrice Simon, Harold Rollins, Bill Connors, Colin Higgins, Juan E. Ramos y los millones de personas que siguen siendo una fuente de inspiración. Tenían mucho más que decir.

Y, sobre todo, gracias a **Steven Cuba**, mi rompecorazones fascinante, sexi, divertido, creativo, desconcertante, testarudo, precioso e inolvidable. Te echo muchísimo de menos. Por la noche, cuando todo está en silencio, todavía te oigo pronunciar mi nombre.

¿TE GUSTÓ
ESTE LIBRO?

Escríbenos a

puck@edicionesurano.com

y cuéntanos tu opinión.

¡Gracias por vivir otra
#EXPERIENCIAPUCK!